Αίλουρος

Наталья Ключарёва

ВРЕМЯ — НАСТОЯЩЕЕ

Собрание прозы

Ailuros Publishing
New York
2018

Nataliya Klyucharyeva
Time Is Present
Collection of Prose

Ailuros Publishing
New York
USA

Редактор Елена Сунцова.
В оформлении обложки использована работа Елены Щёкиной «Ты и я».
Подписано в печать 21 сентября 2018 года.

www.elenasuntsova.com

ISBN 978-1-938781-55-1

Вы очень хорошие!

Ялос —

Время — настоящее

Повесть

Часть первая

Всё начинается у памятника Ленину. Это не символ. Это центр города. Место, где все встречаются — «под рукой». В смысле, под рукой памятника.

Мальчик приезжает со своей окраины, девочка — со своей. У девочки клетчатое зелёное пальто, в котором она всегда мёрзнет, у мальчика — шинель, увешанная булавками и значками. Он поэт.

Она всегда приезжает первой. И ждёт у его у пыльного пьедестала. Разглядывает прохожих и голубей. Она не обижается. Не упрекает. Она такая. Какая? Он не может подобрать слов. Кроткая? Гордая? Простая? Сложная?

Да важно ли это — когда красивая. Самая красивая в классе. И в его на три четверти иллюзорном «донжуанском списке», на который он так любит намекать.

Потом они медленно идут по бульвару, пустому и прозрачному без листьев. Держатся за руки. Говорят. Он говорит. Она улыбается, глядя под ноги. И он никогда не знает, к чему эта улыбка. К его словам или к её потаённым мыслям, текущим своим чередом, как подземная река. Это ужасно бесит. Но девочка похожа на ангела с картин Возрождения. И их любви всего лишь две недели. Мальчик подавляет раздражение, как зевок. И говорит, говорит. Вороны гарцуют на голых ветках.

Они идут туда, куда указывает Ленин своей длинной рукой. Слишком длинной по сравнению с телом. Особенно если стоять внизу и, замерзая, ждать.

Идут не в светлое будущее, а в бывший монастырь, в котором при жизни вождя был концлагерь для врагов режима (этого они, к счастью, пока не знают), а теперь находятся планетарий и их лицей.

«Лицей для одарённых». Они — одарённые? Он несомненно. Все тетради вдоль и поперёк измараны стихами и рисунками, где непременно фигурируют черепа, шприцы и опасные бритвы «Нева».

А она?

«Я совсем тебя не знаю», — в который раз упрекает он.

И тут же бросается выдумывать. Рифмы заводят неведомо куда и бросают. Он злится, бормочет, сжимает кулаки, клянется перейти на прозу. Ему уже не до неё.

В лицей они входят молча. Она не мешает. Не вмешивается. Она такая.

В тот день, когда всё начинается, мальчик впервые приезжает к памятнику раньше неё. И почему-то пугается. Он точно знает — случилось непоправимое. Она не опоздала. Не проспала. Не простудилась. Нет.

Разлюбила. Попала под машину. Умерла. Или у неё кто-то умер.

Всё это слишком страшно. Слишком велико для него.

Он хочет стрельнуть жетон — позвонить из автомата. Не ей, соседям. У девочки телефона нет. У мальчика тоже. А сотовые ещё не изобрели.

Но если позвонить — тут же всё и узнаешь. Нет-нет-нет. Лучше стрельнуть сигарету и давиться дымом, кашляя и обдирая горло. Прислониться к грязной гранитной грани, чтобы не так кружилась голова. И чувствовать себя ужасно взрослым. И очень несчастным.

«Докурю и пойду», — решает он. И тут из перекошенного автобуса выныривает она. Девочка в клетчатом пальто. С бескровным лицом. Таким страшным, что поэту хочется сбежать. Залезть под одну из синих ёлок, которыми обсажен памятник.

Но поздно. Она уже идёт к нему. Пригвождая к месту потемневшими, чужими глазами.

«Я её совсем не знаю», — с ужасом понимает он и затягивается так, что обжигает пальцы.

— Свет очей моих! — кричит поэт издалека, словно боясь подпустить её ближе. — Ты мрачнее ночи! Что стряслось?

Он очень надеется, что она опять отмолчится. И всё пойдет, как прежде. И они пойдут по бульвару в лицей. И он расскажет, что видел во сне шаманскую инициацию на свалке ядерных отходов. Он не хочет тяжести. Он любит, когда легко.

Но она не молчит. Она отвечает.

— Видела страшный сон.

— Ох, — выдыхает поэт облегчённо. — А я уж испугался.

Правда, видеть сны — его прерогатива. Но он готов простить. Даже выслушать. Он так рад. Правда, если она не расскажет, он не станет расспрашивать. Интересные сны может видеть только он. Ведь он — поэт.

— Они шли по набережной. Девушка впереди. Мужчина следом. Они говорили. Она обвиняла. Он обвинял. Они так ненавидели друг друга. Я знала, что это мёртвые. Что он её когда-то убил. А потом его тоже убили.

— Все умерли, какой ужас. А мне сегодня такое приснилось! Заброшенный атомный реактор, запретная зона, огороженная проволокой, а внутри бродит огромный белый медведь с синими разумными глазами. И я к нему пошёл, потому что это был дух...

***

Эх, Петя, Петя. Запел свою песню. Впрочем, она знала, что он не услышит. Вот мама — другое дело. Пододвигает чашку с цикорием, смотрит в глаза.

— Почему тебя это так взволновало?

— Они будто связаны со мной. Чего-то хотят. Они не просто так мне приснились... У нас в семье никого не убивали?

— Ну и вопросы с утра пораньше! А какая она, эта девушка?

— Совсем молодая. И очень красивая. Чёрные, коротко стриженые волосы. Волны у висков. Кружевной воротник и белая брошь посередине. Страшная такая, с шипами... И почему-то в одном платье, зимой.

— Ну и ну. Сейчас подожди.

Глоток цикория. Редкостная гадость. Они обе любят кофе. Но денег на кофе нет.

И вот перед ней на столе старинная фотография. Она даже не удивляется. Та самая девушка. Один в один. Даже брошка.

— Ты мне её уже показывала? Я не помню, но в памяти, наверное, осело и приснилось, да?

— Нет. Точно нет. Никогда.

— Почему?

— Потому что это Ия, моя старшая сестра. Которую следователь убил на допросе. Я приехала сюда, в этот город, разыскать её следы. Да так и осталась. Ию забрали, когда отец уже был в ссылке. И мама к нему поехала. А Ия от них отреклась. Не писала. Доходили только слухи. Мама мне о ней рассказала, уже умирая. Молчала всю жизнь. Боялась.

Вот так всё и начинается. Слова с уроков литературы. Или истории. «Следователь, допрос, ссылка». Вдруг входят в твою жизнь между двумя глотками цикория.

— Ты ведь знаешь уже, что это — было?

— Знаю, конечно. Но...

Но одно дело читать эти слова в библиотечной книжке с обтрёпанными углами. И совсем другое — услышать у себя на кухне. Под уютное гудение холодильника и бормотание радио. И какое странное, тоскливое имя: Ия. Будто вопрос: и я? Неужели и я тоже?

— Почему ты мне ничего о ней не рассказывала?

— Ждала, когда подрастёшь. Вот дождалась, видимо.

«Зачем она меня этим грузит?!» — злится Петя.

Но молчит. Всё-таки — самая красивая. И до этого всё шло, как надо. Ладно, пусть. Можно ведь и не слушать. Можно стихи сочинять. Что там в троллейбусе он такое начал... «и тра-та-та, и будто в трансе...»

— Да ты не слушаешь!

— Радость моя, я весь внимание.

О чём она? Да всё о том же, вот скука.

— Просто шли и кричали о своей ненависти. Что не могут простить. И не хотят. Это даже без слов было. Просто очень тяжело. Как никогда. Знаешь, если они мне ещё раз приснятся, я не вынесу. Это очень страшно, когда мёртвые — так ненавидят.

— Не приснятся, — равнодушно роняет поэт пустое слово.

Надо же хоть что-нибудь сказать. И вдруг — кто за язык-то тянул?! — добавляет:

— Я о них напишу — и они отстанут.

Она останавливается. Смотрит настороженно: верить ли? Он стоит насупившись. По привычке подбирает определение к цвету её глаз. Такой уж он, этот цвет. Трудно уловимый. Мучительный для поэта. Янтарный? Медовый? Ореховый? Тёмно-золотой? Никак. Нет. Какие же ещё слова выдумать? Разве что на эльфийском языке.

Теперь он кое-что о ней знает. Но это ли хотел он знать? Конечно, нет! Какие-то репрессированные родственники. Иван Денисович и прочая тоска. Арест, допрос, следователь. Эти слова для стихов не годятся.

Петя хочет забыть о своём обещании. Он хорошо умеет забывать. Кухня, поздний вечер. Табуретка подпирает дверь — чтоб успеть прикрыть черновик, если кто-то войдёт. Но *эти*, кажется, уже спят. Они встают в несусветную рань. На свой завод, моторный. Муторный. За стенкой в комнате говорит только телик. Правда, они и когда не спят — молчат.

Кухонный стол завален книгами. «Тихий Дон» — задание по литературе. Тригонометрия — то, чего он никогда не поймёт. «Но надо сделать вид, что ты хотя бы попытался». В их гуманитарном лицее точными науками не напрягают, но и совесть надо иметь. Новый Завет в мягкой обложке. Всучили улыбающиеся сектанты возле цирка. Хотел оставить в троллейбусе. Но открыл в самом конце — и ахнул. Ничего не понятно. Но мощно. «Слушайте, слушайте, что Дух говорит церквам». Музыка трубной речи. Он тоже хочет так уметь. Теперь это его учебник поэзии. Один из многих. Тем более — скоро кончится век, тысячелетие. Самое время читать Апокалипсис. Или писать свой. «Что забыл ты первую любовь свою». Такие простые слова. В чём их сила?

«Первая любовь», — вздыхает Петя.

Вспоминает о своём обещании. Хотя она, конечно, не первая. Впервые он влюбился в пятом классе. А, может, в детском саду. Если без поцелуев тоже считается. И без мучений. Петя усмехается. Приятно думать о чём-то другом.

Время идёт. Опять закипает чайник. Поэт горбится на табуретке. Батарея жарит спину. Голова горит и кружится. Длинные волосы лезут в глаза. Всё труднее спрятаться. Вздыхая, берётся за тетрадь. Выводит знаки тангенсов и котангенсов. В произвольном порядке. Удовольствие писать. Всё что угодно. Любые буквы. Метить чёрными крюками поле чистого листа. О! Строчка! Записал. Прямо под тангенсами.

Стук в квартиру. Раздражённый, громкий. Петя подскакивает, роняя табуретку. Бежит в коридор. Соседка. Засаленный розовый халат поверх ночнушки. Всклокоченный перманент.

К телефону! Это может быть только *она*. Петя бросает взгляд на часы. Одиннадцать. Блин.

— Что ещё случилось?

— Написал?

Так требовательно. Будто учительница литературы. Петя мямлит что-то про вдохновение. Соседка пялится в экран. По тёмной комнате мечутся тревожные вспышки потустороннего голубого света. Звук приглушен. Щупальца равнодушного недоброго внимания присасываются к каждому его слову. Если бы она могла, она бы залезла в трубку, чтобы не пропустить ни звука. Живые отношения питательнее сериалов. Соседка. Тётка. Рыночная торговка. Вечно подкладывает ему гнилую картошку. Снисходительно обсчитывает. А он стыдится уличить.

— Я кое-что узнала. Вдруг тебе поможет. Мой дедушка — отец Ии — был архитектор. Он тут кучу всего построил в городе. Я тебе завтра покажу.

— Да, давай до завтра. Тут спят все уже.

— А я боюсь засыпать, — вздыхает. — Ну, ладно. Ну, пока.

Архитектор. Мне поможет. Как же! Сейчас поэму накатаю. Дочь архитектора убита на допросе. Тьфу.

— Извините за беспокойство. Спокойной ночи.

— Ага. Сладких снов, — ухмыляется соседка.

Тётки ненавидят поэтов. Или пытаются до смерти закормить. Это у них называется заботой.

Всё-таки не зря он выбрал её. Девочку в клетчатом пальтишке. Легкую, как осенний лист. Того и гляди унесёт ветром. Она умеет слушать, как никто. Она никогда не будет жарить ему котлеты. Вонять кипящим маслом. Единственная родная душа среди мясных туш. Единственная живая.

От умиления кухня дрожит перед глазами. Поэт моргает. Вздыхает. Он сделает, раз обещал. Разве ему сложно. Разве она не заслужила. Это так романтично. Так благородно. Спасти любимую от кошмаров.

Поэт лежит на тетради. Зажмурившись так, что глазам больно.

Вот набережная. Фонари. Снег. Две тёмные фигуры. Друг за другом. Всё ближе. Нет-нет. Не хочу. Не буду. Идите прочь. Отошли. Исчезли. Только метель мельтешит. Будто вокруг фонаря вьётся рой золотых ангелов. А внизу стайки серых мальков. Невесомые тени снежинок.

На этом он засыпает. Малиновое городское небо висит в окне.

Эх, Петя, Петя. Впрочем, она знала, что так будет. С самого начала. С той минуты, у памятника, когда он первый раз осторожно взял её руку. Будто какой-то опасный предмет. И пошёл рядом. Весь каменный. Как истукан.

Почему она пошла с ним? Почему сразу же согласилась? На предательство, ненадёжность, непонимание. На всё его столь очевидное отсутствие. Даже на то, что он никогда не будет называть её по имени.

Из-за стихов? Нет. Она, вообще, подчинилась не ему. А чему-то большему. Мама называет это судьбой. Дедушка, наверное, сказал бы — *промысел*.

Дедушка Василий Григорьевич. Как хорошо, что теперь он есть. Это почему-то наполняет. А вот — Петя. Идёт рядом. Держит за руку. Уже не напряжённо, небрежно. Она видит и слышит его. Но это не наполняет. Наоборот. Почему?

Петя сердится. Петя горланит, пугая ворон и прохожих: «Люби его, пока он живой....»

Девочка в клетчатом пальто уже два часа таскает его по городу. Показывает дома, которые построил её дед.

Пожарная каланча рядом с Лениным. Гостиница у лицея, где в подвальном кафе они столько раз пили дешёвый кофе, сбежав с уроков. Бывший кинотеатр, где премудрый хиппи, похожий на раввина, продает книги, без которых невозможно жить...

Давно знакомые здания теперь словно принадлежат Пете. Чуть больше, чем остальным. Но истинная хозяйка, конечно, она. И это раздражает. Петя хмурится. Выпускает руку.

А рука — будто ждала. Тут же юркнула и гладит стену. Трещины — как морщины. Это уже никуда не годится. Но не ревновать же к дедушке-архитектору? К кирпичам прошлого века?

Петя завидует. Он даже пытается вспомнить что-нибудь о своём деде. Но ничего интересного не приходит на ум. Лесник, нелюдим, охотник. Жил один в чаще. Раз в месяц приезжал в город за махоркой. Забивал холодильник чем-то страшным, бесформенным, розоватым. Тем, что носило жуткие имена: «лосятина», «зайчатина», «медвежатина»...

Петя вдруг ныряет в забытый детский ужас. Вспоминает, как боялся. И деда, жившего в лесу, будто сказочный колдун. И мёртвых зверей, запертых в морозилке. Боялся, что они выберутся. И будут мстить.

Нет, не так. Это были уже не звери. Те назывались понятными словами из детских книжек: лось, заяц, медведь... А здесь было что-то другое. Нехорошее. Тошное. Исказившее облик и имя милого зверя. Лося-тина. Тина, тина. Липкая тина небытия. Поглотившая и лося, и зайца. Первое прикосновение к смерти. Как будут звать меня, когда я умру? Петя-тина?

Дед всегда молчал. Бабка врала, что он вообще не умеет говорить по-человечьи. Только воет у себя в чаще. А волки откликаются. И мясо он жрёт сырым. Потому что в сторожке печки нет. Хотя как без печки зимой? Брехня, наверное.

Петя вспоминает всё это за полсекунды.

Будто прыгнул в кипяток. И вынырнул обновлённым.

Детский страх оказывается живым. Вокруг него дрожит воздух. Петя знает эту дрожь. Это толкаются ненаписанные стихи. Возможные. Просятся наружу. Видимо, он может помочь. Но пока у него ни разу не получилось. Несмотря на груды исписанной бумаги.

Он очень удивлен. Он не ожидал обнаружить что-то живое в недрах своей семьи. Он, вообще, мало интересуется родственниками. С тех пор как научился читать, у него свой путь. Подальше от их котлет, телика и муторного завода.

Детский страх оказался живым. И всё же. Не расскажешь ведь возлюбленной про лосятину в морозилке. Это тебе не особняк в стиле модерн. Поэт опять мрачнеет.

— Может, закончим экскурсию? Мне холодно.

— Да, конечно.

Она сразу гаснет. Надо загладить неловкость. Сделать заинтересованный вид. Пошутить.

— Почему ты раньше ничего не рассказывала? Когда ещё тепло было?

— Так я сама только вчера узнала! И сразу позвонила.

— А-а... Но почему? Зачем Василина Васильевна скрывала от тебя такого замечательного деда?

— Понимаешь, его расстреляли. Сначала выслали в Казахстан. Потом снова арестовали. И расстреляли.

— За что?!

Смотрит, как на идиота.

— Ни за что.

— Извини. Я просто не знаю, что говорят в таких случаях. Когда любимая сообщает о расстрелянных родственниках... Но почему же ты только сейчас узнала?

— Этот сон. Вчера. Ну, помнишь? Мне приснилась Ия. И маме пришлось немного рассказать. И о ней. И о нём. Она сама только взрослой узнала. Бабушка всю жизнь молчала. А она и не спрашивала. Тогда у многих пап не было — после войны.

Ну, ладно. Раз уж всё равно зашла речь.

— А сегодня? Не снились?

— Ой, нет! — так радуется, что спросил; даже неудобно. — Мне приснился дедушка. Он сидел на ковре. Седой, но растерянный — как ребёнок. И переставлял с места на место свои дома. Только маленькие, игрушечные. Это тоже было ужасно грустно. Но не страшно. Просто очень-очень жалко. И всё.

Незаметно они выходят на набережную. Безлюдную в этот час. Синюю от наступающих сумерек. Жёлтую от фонарей. Отгороженную от мира людей. Нежилыми особняками справа. Древней чёрной рекой слева.

«Подходящее место для явления призраков», — думает Петя.

«Я больше никогда не смогу гулять здесь — и не вспоминать о них», — думает Тася.

— Пойдём в музей! — хором говорят оба.

И впервые со вчерашнего утра — смеются.

В музее работает Василина Васильевна. Тасина мама. Свой человек. Единственный свой среди взрослых.

Не считая Сан Саныча. Их учителя литературы. С ним тоже иногда случаются разговоры. После которых всё переворачивается в голове. И встаёт на место. Но бывают и неизбежные стычки. Двойки за непрочитанный «Тихий Дон», ругань из-за сигареты, выкуренной на крыльце лицея...

Отношения же с Василиной Васильевной — ВэВэ — пока не омрачены ничем. Петя ужасно любит сидеть в крошечной музейной подсобке. До потолка заваленной всякой всячиной. Слушать бесконечные рассказы ВэВэ. И пить чай с сушками.

— Осторожно, зубы не сломай!

— Ну и ну! Никак! Не откусить!

— Что ты хочешь — музейные сушки!

— Каменного века?

— Почти.

ВэВэ даже с БГ знакома. Это повергает Петю в священный трепет. И пускай знакомство продолжалось десять минут. Зато каких! Наверное, никто на белом свете не может похвастаться, что вместе с БГ тащил в подвал старинную икону.

ВэВэ часто по просьбе Пети повторяет рассказ об этом историческом моменте.

— Дело было так. Понадобилось перенести в фонды Николу Можайского. А он — огромный. Одной не справиться. Даже если всех наших старушек запрячь. Сижу, думаю, что делать. Вдруг прибегает смотрительница. Скорей, скорей! Мужчина на экспозицию забрёл! Не упустите! И побежала я мужчину ловить. Тихий такой, вежливый. Сразу видно, из Питера. Взялся он за Николу с одной стороны. Я с другой. И потащили. А пока несли, я ему про Николу чуть-чуть рассказала. А он — про себя. Музыкант, мол. Бард. Но вы вряд ли слышали. Фамилию назвал. Я руками всплеснула. Чуть Николу не уронили. Как же, говорю, знаю. Дочка слушает. Ну, привет дочке. На том и распрощались.

Когда они входят, ВэВэ что-то пишет. Лист не умещается на крохотном свободном пятачке стола. Часть его лежит на чугунной пепельнице. Часть на книгах. Первое движение ВэВэ — спрятать исписанную бумагу. Они оба замечают это.

— Представляешь, пишу тебе письмо! — тут же сообщает ВэВэ, чтобы снять неловкость.

— Мне? Зачем?

— Я вчера о дедушке немного рассказала. Могла бы больше. Но почему-то очень трудно говорить. Не знаю, в чём дело. Вот и решила написать. Глупо, конечно. Но я с детства люблю письма. Мы со школьной подругой каждый день виделись. А потом расходились по домам — и строчили друг другу письма. Многостраничные! Сейчас вспоминаю — сама удивляюсь. Находили же о чём!

Всё-таки ВэВэ не такая, как всегда. С какой-то параллельной мыслью. С двойным дном, что ли. Петя чувствует себя лишним. Собирается домой. Его не удерживают. Только насыпают в карманы каменных сушек. «В пути погрызть». Ну, и чтоб не обижался. Но он всё равно обижается. Поэт.

Поэт прижимается лбом к автобусному стеклу. Поэт видит свои глаза. Сквозь них просвечивает промзона. Бесконечный серый забор. Скудно освещённый фонарями. А за ним — исполинские призраки труб.

Бедные глаза. Хотели бы они видеть что-нибудь другое. Лазурные берега. Багряные скалы. Но он привык. Приспособился. Сумел разглядеть дрожание воздуха вокруг бетонных блоков и ржавых ворот. А что? Вполне себе декорации для апокалипсиса. Зона.

Слово «зона» цепляется за что-то. И крутится в голове. Но вспоминается почему-то не Сталкер. А зануднейший Иван Денисович. Которого Сан Саныч, не надеясь, читал им на уроке вслух. Ну, да. Там ведь тоже зона.

Нет-нет. Тут точно никаких стихов. Не надо об этом думать. Поэт всматривается в заоконный пейзаж. Пытаясь увидеть что-нибудь поэтичное. Подходящее для конца света. И видит колючую проволоку. Поверх заводского забора.

«Дорогой мой ребёнок. Вот ты уже и не ребёнок. А я оказалась не готова. Как дворники к снегопаду. Кажется, ещё вчера я читала тебе книжки, пропуская грубые и грустные слова. Потому что ты от них плакала. И вот теперь я должна рассказать тебе историю, сплошь состоящую из таких слов. И их уже не выкинешь. Не смягчишь.

Даже не знаю, с чего начать. Я всё узнала за один день. Моя мама, твоя бабушка, специально сбежала из больницы, когда поняла, что ей осталось недолго. Сбежала, чтобы рассказать. Это далось нелегко. Она ведь никогда в жизни со мной не говорила. Только самые необходимые указания: обед на столе, повяжи шарф, пора спать. И мне казалось — это нормально. Нам с тобой, конечно, легче. У нас есть опыт разговоров.

А мама всю жизнь молчала. И ей было невероятно трудно переступить этот порог. Она хотела и не могла. Из неё лезли какие-то газетные передовицы. Про труд на благо родины. Я даже разозлилась. «Стоило убегать из-под капельницы, чтобы поведать, как ты строила социализм в своём гардеробе?» Я была бессердечна. Как все молодые.

Она работала гардеробщицей, да. Всегда старалась выбирать самые незаметные должности. Где можно спрятаться, затаиться. Это была её главная жизненная задача — не попадаться на глаза. Такое призрачное существование. Которое только перед самым концом осмелилось воплотиться в речи.

И главное, ничего такого страшного она мне не рассказала. Самого страшного — ни про дочь, ни про мужа она просто не знала. К счастью. Это потом уже я сама в архивах выяснила. Для неё они просто исчезли. Как на сеансе чёрной магии. Без разоблачения. Даже, когда стало можно узнать, она не наводила справки. Боялась.

Я родилась после ареста отца. В начале тридцать девятого. К моменту моего появления на этот свет он уже полгода был на том. Во второй раз всё прошло в ускоренном темпе. Допрашивали один раз. Суд длился десять минут. Ничего не признал. Приговорили.

Обвиняли во вредительстве — что подкладывал негодные кирпичи в фундамент кинотеатра, который строил. Чушь, конечно. Но в его первом деле есть вообще обвинение в монархизме

— на основании... фамилии: Царенко. Так что негодные кирпичи — это ещё даже не абсурд.

Хотя он всё делал добросовестно, на века. А тут, надо думать, особенно старался. Ведь это была его первая работа по специальности в ссылке. Три года они с матерью голодали. Она ничем не могла помочь. Только плакала и боялась. Купеческая дочка. А он, архитектор, уже очень немолодой, почти шестидесятилетний, ходил к базару играть на скрипке. Тем и жили. Подаянием. А скрипку эту я помню. Пылилась на шкафу. И её нельзя было трогать. Потому что — «отцовская». Я думала, он был музыкант.

Первый раз его забрали в тридцать пятом. Из-за аптекаря. Они вместе в преферанс играли. Ещё с дореволюционных времен. Всё бы ничего, но аптекарь был немец. И двое других преферансистов — тоже. И вот этих старичков арестовали. И объявили фашистской организацией. Ну, что удивляться. У нас в городе тогда кого только не обезвреживали. Даже террористическую группировку в союзе художников. А тут немцы. Сам бог велел.

По этапу отправили в Казахстан. Мать продала, что смогла. И поехала следом. А Ия осталась. Ей было семнадцать. Училась на рабфаке. Она через газету отреклась. Не писала. Новости сообщали сердобольные соседки. Ия вскоре выскочила замуж. За какого-то важного чекиста. Революционера в третьем поколении. Пил он жутко. И чуть не каждый день сидел в огромной луже перед горсоветом, лупил воду и ревел: «Убьюююю». Бедная Ия. Она, наверное, так выжить пыталась. Врала ему, что сирота. «Скрывала вражеское происхождение». Как он клялся потом следователю... Так вот и восстанавливаешь историю семьи по протоколам допросов.

А жили они в доме с аркой. Знаешь, за спиной Ленина. Элитный дом для партийной верхушки и прочих начальников. Оттуда каждую ночь кого-то уводили. Этот дом, кстати, на костях стоит. Там раньше кладбище было. А на месте Ленина — церковь.

Вот и всё. Про брата Сережу я, пожалуй, в другой раз расскажу.

А Ия погибла во время следствия. В справке написали, что от воспаления легких. Ну, да, простудилась.
Мама думала, что она освободилась и живёт где-нибудь здесь. Взяла с меня слово найти её.

И я нашла почти сразу. Вышла с поезда, спросила, где архив. И через час уже держала в руках тоненькую папку.

Можно было уехать в тот же день. Но я поняла, что хочу пожить здесь немного. В городе, который построил мой отец. Походить среди этих зданий, поглубже «войти в контекст». Потому что четырёх машинописных страниц в деле сестры мне не хватило, чтобы заполнить провал родовой памяти.

Я надеялась, со временем что-нибудь ещё всплывет. Устроилась в музей. Поближе к прошлому. Не заметила, как пролетел год, который я отвела на то, чтобы "во всём разобраться". Потом ещё один. И вдруг до меня дошло. Я не "временно живу в чужом городе". Я вернулась домой. Из ссылки».

Всё трудней даётся ему самый простой жест. Взять за руку. Будто он прикасается не к ней. Не только к ней. Будто через неё с ним в контакт пытается войти что-то другое. Страшное. Нежеланное. Слишком тяжёлое. Вдавливающее в землю. Под землю. В подземный мир. Поэт не хочет земли. Он хочет лететь. Хочет быть лёгким.

Как это объяснить? Разлюбил? Разочарован? Напуган. Слишком мал.

Но «красота» пока перевешивает. Неразгаданный цвет глаз. Лицо, на которое тянет смотреть всегда. Как на какую-нибудь великую картину.

Бедный мальчик. Он, правда, уверен, что дело тут в красоте.

Но нет. Красота ничего не прибавляет к ней. И ничего не убавляет.

И вовсе не сочетание мышц лица заставляет оглядываться на неё в толпе.

Когда-нибудь он это поймёт. Возможно.

А пока он понуро ждет её на ступеньках лицея. На бывшем монастырском крыльце. Волосы свесились на лицо. Лезут в глаза. Прячут от мира.

Поэт не теряет времени даром. Всегда, каждую минуту он пытается её разгадать. Нащупать словами. Уловить вслепую брошенной рифмой. Он исписал уже две тетради стихами о ней. Но всё мимо. В другую сторону.

А вот чужие стихи иногда попадают. Написанные не о ней. И, кажется, вообще, не о любви. И давным-давно... Понятнее от них не становится. Но тайна звенит в ответ. Как случайно задетая струна. Рука шарит в потёмках. Пытаясь снова вызвать этот звук. Но ничего. Тишина. Темнота. Тайна.

«Образ твой. Мучительный и зыбкий. Я не мог в тумане осязать. Господи! Сказал я по ошибке. Сам того не думая сказать».

Поэт выкрикивает чужие строки в метель. Ведёт за руку свою загадку. Сквозь снежные завалы. Вот сейчас она спросит — твоё? А он многозначительно промолчит. Но она не спрашивает. Она почему-то вообще вырывает руку. И бросается в сторону. Догадалась, что не моё? Растерянно думает поэт. Но в следующую секунду всё вылетает у него из головы. Все стихи. И все мысли.

В сугробе на обочине лежит алкаш. Драная ушанка на затылке. Расстегнутая куртка неопределённого цвета. Лежит, развалившись. И машет рукой. То ли регулирует уличное движение. То ли дирижирует невидимым оркестром.

А девочка с ликом мадонны тянет его за другую руку. Пытается поднять. Но не может даже сдвинуть с места.

— Не трогай его! — орёт поэт.

Он хочет крикнуть ещё. Что она рехнулась. Что это отвратительно. Противно... Но не успевает. Девочка произносит: папа.

— Папа, вставай же! Ты замёрзнешь! Идём домой!

Поэт проглатывает слова. Глотает воздух. Протирает глаза.

— Да что же это такое! — восклицает девочка. Она чуть не плачет.

Её голос. Всегда спокойный. Отстранённый. Бесстрастный. Сейчас дрожит и срывается. Она живая? Она живая!

— Чё ты пялишься!

Тычок под рёбра. Чёрный человек оттесняет поэта. Одним движением выдёргивает из снега того. Которого она назвала папой. Прохожий в кожаной куртке. И спортивных штанах.

— Девка надрывается. А этот таращится. Мурло волосатое! Да стой ты ровно! Ну! Подняли! Теперь куда? В обезьянник?

— Зачем в обезьянник? Домой.

— Так ты его знаешь? А я думал — бомжа спасти решила. Святая душа.

— Это не бомж! Это профессор!

— Да ну! Хорошие профессора на дороге не валяются.

— Тема моей докторской — антропософская парадигма...

— Не надо! Верю! Доставим в лучшем виде!

— ...и сотериологический дискурс в ранних работах...

— Мне тоже завтра рано на работу! Эй, нестриженый! Впрягайся с другого боку!

— ...Рудольфа Штайнера и Даниила Андреева...

— Ну, фрица ты зря приплёл. А вот про нашего брата, про Данилу — это дело. За Данилу — хвалю! Профессор с доставкой на дом! А адольфов своих ты брось! Послушай моего совета. Мы этим адольфам в сорок пятом всё уже показали. Нечего и вспоминать. Тоже мне — в ранних работах!

Приятное общение продолжается всю дорогу. Профессор гнёт свою линию. «Сущности, абстрактное тело, сверх-Я». Провожатый — свою. «Данила, братан, Родина, всем покажем». Петя спотыкается. И злится. Тася идёт сзади. И вытирает слёзы драной ушанкой.

Старинный особняк в самом центре. Ещё не занятый банком. Или салоном красоты. Деревянная лестница. Запах человеческого жилья. Фикус на подоконнике. Дверь, обитая чёрной клеёнкой. Куски ваты из прорех. Не заперто.

— Широко живёшь. Ворья не боишься? А, понял, не дурак. Одни книжки. Что, даже кровати нет? И куда прикажешь сгрузить твоё абстрактное тело? Прямо на пол?

— Спасибо вам большое!

— Да ладно. Чего я. Не русский? Русский человек пьяному завсегда товарищ. Сегодня я дотащил. Завтра меня. Верно? Э, да что там. Девушка ты хорошая. Святая. Вижу, что святая. Не спорь. А вот с этим волосатым чудилой ты зря. Кто он тебе? Друг-любовник? Гони его в шею. Мой тебе совет. Я таких, как он, на дух не перевариваю. Бил, бью и бить буду. Пока не очищу святую Русь от этой погани наркоманской. Ладно. Только из уважения к тебе. И твоему профессору. Не размажу сегодня по стенке. Эту соплю. Ладно-ладно. Ухожу.

— Спасибо большое!

— Гони в шею!

— Спасибо!

— Святая!

Они остаются одни. Выключатель свисает со стены. Свет тут точно не работает. Хорошо, что за окном фонарь. Где-то капает вода. Как в пещере. Профессор лежит лицом к стене. Тихо. Даже дыхания не слышно. Она осторожно ходит по комнате. Что-то ищет. Он хотел бы сбежать. Но не решается выходить на улицу без неё. Там человек в спортивном костюме.

Наконец, она поднимает с пола занавеску. И укрывает профессора.

— Тася! — вдруг отчётливо произносит тот.

Она замирает.

— Молодец, что заглянула. У тебя есть деньги? Я знаю, тебе мать на завтраки даёт.

Она поворачивается и быстро выходит из квартиры. Поэт летит следом. Не чуя под собой ног.

Всю дорогу до остановки он молчит. Держит её руку. Похожую на маленького зверька. Это из-за пушистой варежки. Держит и молчит. Если бы не человек в спортивном костюме. Он бы сразу сбежал. Но приходится идти рядом. И слушать.

— Высокие идеалы, — говорит она. — Просто у него высокие идеалы. Высокие требования к себе. И к людям. Он болен. Он не виноват. Не думай о нём плохо. Умоляю.

Он молчит. Мрачно. Брезгливо. Внушительно. Как прокурор. Она чувствует себя виноватой. И оправдывается. Он чувствует себя обманутым. И молчит.

Она обманула. Да. Втянула в эту мутную историю. Он хотел лёгкости. Долгих поцелуев в подъезде. Янтарных глаз. Податливой руки. Красоты. Стихов. Полёта.

А вместо этого ему подсовывают каких-то репрессированных родственников. И вдогонку — спившегося профессора.

— Высокие идеалы, — беспомощно повторяет она.

Он не отвечает.

Будем справедливы. Годы спустя он вспомнит этот вечер. И ужаснётся. И дорого даст, чтобы повернуть время вспять. И снова пойти вместе с ней к остановке. И найти в себе самые простые слова. Сказать, что ей нечего стыдиться. И незачем оправдываться. Тем более перед ним. Что профессор крут. Даже человека в спортивном костюме обучил «абстрактному телу»...

Как много потом у него будет слов. Таких правильных. Таких тёплых.

Уже не нужных.

Медленно-медленно идёт он к своей остановке на следующее утро. Как встретиться с ней после вчерашнего? Он чувствует, что предал. Но предпочитает думать, что предали его. Он запутался. И ему ужасно хочется сбежать. От всего. Просто сделать шаг в сторону. И начать заново. Перевернуть страницу.

К счастью, в переполненном троллейбусе едет Нюрка. Одноклассница. Высокая, тощая, с красными шершавыми руками. Нюрка говорит всегда только о Японии. Вот и сейчас. Рассказывает поэту о бездомном Басё. Хочет быть интересной. Ему, и правда, интересно. Но больше всего он рад другому. Теперь не придётся быть с Тасей наедине. Они пройдут по бульвару втроём. Непринужденно болтая.

Под памятником тактичная Нюрка хочет сбежать. Но Петя зацепляет её вопросом. О других японских поэтах. И Нюрка не может остановиться до самого лицея. Её так редко спрашивают о Японии. Только смеются.

Тася молчит. Петя не смотрит в её сторону. Он так увлечён японскими поэтами. Но в конце концов даже Нюрка улавливает — что-то не то. И спрашивает с самурайской прямотой:

— Поссорились? Что стряслось? Не дурите!

— И не думали, Нюри-сан, — фальшиво улыбается Петя.

Раскрывает перед ними дверь. Тяжёлую, старинную. С блестящей латунной ручкой. Нюрка бежит готовиться к докладу. Про роль Японии в Первой мировой. Тася — .

Тася. Теперь даже это имя его раздражает.

Но опять повезло. Сан Саныч. Как всегда на бегу. Жмёт руку.

— Поедешь на фестиваль в Кострому? Поэтический?

Конечно, он поедет! Хоть в Кострому, хоть в Чухлому, хоть в Хохлому. Пешком пойдёт. С котомкой.

— Ехать надо сегодня. Извини, замотался. Не успел раньше предупредить.

Да, да, да! Именно сегодня! Отлично!

— Стихи с собой?

Конечно.

— Не забудь позвонить родителям!

В сумерках Петя идёт по парку. Совсем запущенному. Похожему на лес. Останки фонтана в кустах. Воняющая мочой беседка. Битые стёкла под ногами. Где-то в глубине этих зарослей должна быть усадьба. В ней сейчас дом отдыха. А в нём — фестиваль. Первый поэтический фестиваль в жизни Пети.

Он очень рад возможности не думать о Тасе. Но чем больше старается не думать — тем больше думает. Закон белого медведя.

— Да отвяжись ты от меня! — кричит поэт.

Он кричит не Тасе. А той тяжести, что через неё пытается дотянуться до него.

Из темноты выныривают подозрительные личности.

— Где здесь магазин? — интересуются они.

— Где здесь фестиваль? — робко спрашивает Петя.

Личности неопределенно машут. И исчезают. Только человек в малиновом пиджаке на голое тело немного задерживается. И важно поясняет:

— Юноша, без магазина фестиваль не состоится.

— Почему? — удивляется Петя.

— Юноша, — констатирует собеседник и тоже исчезает.

Петя снова один. Здравствуй, Тася. Отвяжись, оставь в покое.

Кому это он?

Судьбе?

На черном дереве хрипло, как алкаш, орёт ворона.

— Nevermore!!! — усмехается Петя.

Ему немного не по себе. Но не оценить красоту цитаты он не может.

— Нет! Никогда! Не дождётесь!

Тьма окружает со всех сторон. Хрустит невидимыми ветвями. Вздыхает совсем по-человечески. Шевелится и вздрагивает. Тьма отвечает беззвучным хором: «Дождёмся. Никуда не денешься. Дождёмся...»

Всё вокруг живёт и дышит. Даже земля под ногами. В которой лежат те, кого нет. И земля, и воздух, и облака, и чёрный космос над ними. Всё исполнено неведомых сил. И тянется к нему, чтобы воплотиться. Как?

Через речь. Через его живой голос.

Он не то что бы вдруг понимает это. А просто вдыхает из тьмы. И вот уже знает. И это знание не отменить. Не вернуть обратно.

«Кто вы? Мёртвые? Но мёртвым же ничего не нужно. А тут — такая жажда. Такая тоска и жуть...»

— Кто здесь?! — тонко выкрикивает Петя.

И куда-то бежит. Спотыкаясь и боясь оглянуться.

— Я здесь. Эй, юноша! Стой!

Петя готов расцеловать безымянного поэта в малиновом пиджаке. Никому в жизни он так не радовался.

— Ну и рожа. Привидение встретил? Тут водятся.

Петя затравленно кивает. Пододвигается поближе к избавителю.

Тот понимающе вытаскивает портвейн. Из внутреннего кармана. Одним ударом вбивает пробку в бутылку. Секунда — и в Петю вливается сладкая мерзость. Он давится. Сгибается пополам.

Поэт лупит Петю по спине. Рука у него тяжёлая.

Вот она — инициация. Боевое крещение.

Малиновый пиджак присасывается к горлышку. Запрокидывает голову. Будто сейчас сыграет гимн. Долго-долго булькает. Потом швыряет в кусты пустую тару. И издаёт неописуемый звук. Петю передёргивает.

— Рассказывай, юноша, — велит поэт. — Оленьку встретил?

— Кого?

— Оленька тут чаще всех является.

— Как?

— Как положено. В белой рубашке. С распущенными волосами. И бегом.

— Что?

— Бегает, говорю, Оленька. Никак не может остановиться. За ней по этому парку дольше всех гонялись.

— Кто?

— Ну, кто. Кони в пальто. Комиссары в пыльных шлемах.

— Зачем?

— Ох, юноша. Ну, зачем же. Затем. Они тут всю семью порешили. Помещиков. И детей, и женщин. Призраки кишмя кишат. Дом отдыха пустует. Дурная слава. Никто не едет. Под фестиваль поэзии бесплатно сдают. Репутацию подправить... А Оленька, видно, больше всех жить хотела. Всю ночь от них по парку бегала. Что ты хочешь — шестнадцать лет. Вот с тех пор так и бегает. Прячется за деревьями... Эй, юноша! Отставить нервы! Портвейна больше нет!

— Откуда ты это знаешь?

— Люди говорят. Бабки. А бабки они — огого! — движущая сила истории!

В эту секунду за малиновым пиджаком начинают колыхаться кусты. Петя перестает дышать. На тропинку, матерясь, вываливаются тёмные фигуры. Трое длинноволосых и один бритоголовый.

— Явились! А у меня всё кончилось! Юноша Оленьку встретил. Пришлось пожертвовать.

— А у нас — своё. И много. Пройдёмте в нумера, — отвечает один из длинноволосых, тряхнув дипломатом.

Дипломат призывно звякает. Поэты идут на звук, как крысы за дудочкой. Петя плетётся следом. Всё равно он не знает дороги.

И через полчаса ему уже тепло, весело и совсем не страшно.

Петя первый раз в жизни видит живых поэтов. И потом ещё долго будет уверен, что именно так и выглядит настоящая литературная жизнь. Казённый лакированный стол, заставленный бутылками. Дым, синхронно выдыхаемый десятком глоток. Бессвязные монологи, когда каждый кричит о своём и никто никого не слышит. И тетради стихов, падающие на пол, где по ним пройдётся ещё не одна пара стоптанных башмаков.

Понемногу Петя начинает различать отдельных персонажей. Вот трое длинноволосых из парка. Все они приехали из города Иванова. Все они Димы. Все поэты. Только один — футурист, второй — гей, а третий — член жюри.

Их бритоголовый товарищ при ближайшем рассмотрении оказывается поэтессой. Леной из Вологды. Периодически Лена взгромождается на тумбочку. И надрывно скандирует. Всегда одно и то же. Может, больше она ничего не написала?
«Ворона! Идёт! По проспекту!»

— Ну-ну, подруга. Держи себя в руках. Это всего лишь ворона. Пускай идёт, — мурлычет Дима-гей, девчоночьим жестом заправляя за ухо светлую прядь.

Люди входят и выходят. Дима-футурист, хозяин дипломата, знает всех и вся. Каждого нового человека он торжественно объявляет. Как конферансье:

— Гениальный поэт из Нерехты. Гениальный драматург из Волгореченска. Гениальный критик из Вятки.

В тесном номере уже столько гениев, что нечем дышать. У Пети с непривычки рябит в глазах. И стены качаются, как деревья. Ему бы прилечь. Но некуда. Он держится из последних сил. Старается слушать. И сохранять лицо. Но голова неуклонно тяжелеет. И в конце концов падает на стол. Среди бутылок и чужих стихов.

— Кто это, кстати? — успевает услышать Петя.

— Гениальный юноша. Из парка. Он видел Оленьку.

— Отличная рекомендация! Пусть напечатает вместо предисловия к сборнику!

— А лучше — вместо сборника!

Петя просыпается от криков и грохота. Не понимая, где он. По тесной комнате мечутся какие-то фигуры. То ли дерутся. То ли танцуют. То ли помогают друг другу не упасть.

Единственная неподвижная точка — это лысая Лена. Она свернулась калачиком на своей тумбочке.

— Что происходит? — спрашивает Петя.

— Мамочка, — стонет Лена, — мамочка, прости...

— Ничего особенного, — Дима-гей подсаживается вплотную к Пете. — Наш орёл, как всегда, захотел полетать. Только забыл окно открыть.

Человек в малиновом пиджаке стоит у подоконника. На каждой руке у него висит несколько гениев. По голому торсу стекает кровь. В пустую раму дует ледяная ночь.

— А ты мне сразу понравился, — грубая мужская ладонь накрывает Петину коленку. — Такой невинный...

Петя в ужасе вскакивает. Пробирается к двери. Наступает на что-то. Или на кого-то. Дёргается. Спотыкается. Стукается. Наконец, выбегает.

Коридор тёмен и пуст. Вдалеке теплится тусклая тоскливая лампа. Как свет в конце тоннеля. За каждой дверью гудят пьяные голоса.

Ему вдруг нестерпимо хочется к Тасе. Держать за руку. Идти по бульвару. Молчать. Дышать ею. Как свежим воздухом. После прокуренной комнаты.

Хочется в музейную каморку к ВэВэ. К сушкам каменного века. К разумным разговорам. От которых чувствуешь себя взрослым.

Он бежит к лестнице. Но вспоминает, что автобусы уже не ходят. Потом вспоминает про тёмный парк. Где Оленька прячется среди стволов. Шестнадцатилетняя, как он сам. Как Тася.

Поэт малодушно разворачивается.

И мгновенно трезвеет.

В глубине полутёмного коридора белеет ночная рубашка. К счастью, она летит в другую сторону. И всё-таки сердце кувыркается где-то в горле. Наполняя рот вкусом крови.

Первобытный ужас длится вечность. Пару секунд. Потом страшное видение начинает дубасить в дверь. С силой, не свойственной призракам. Выражается оно тоже весьма приземлённо:

— Грёбаные уроды! Откройте! Я тексты забыла!

Петя смеётся. Ну и ну. Чуть не поседел. А это всего лишь какая-то брутальная литераторша. Он подходит ближе. И даже помогает ломиться в запертую дверь.

Мнимого призрака зовут Энга. Какой вычурный псевдоним.

— А я тебя за Оленьку принял, — весело сообщает Петя.

В ответ девушка ругается, как грузчик в гастрономе. Сложные трехэтажные конструкции извергаются из неё неудержимым потоком. Смысл уловить сложно. Но Петя немного понимает. Речь идёт о ненависти и любви. Кто-то влюбился в Оленьку. Какой-то поэт. И постоянно пытается покончить с собой в этом парке. Энга ненавидит Оленьку. Как живую. Как соперницу?

— Подожди, — прерывает Петя с пьяной фамильярностью. — Так ты сама в него влюблена, что ли? В этого любителя призраков?

— Я? — орёт Энга на всю усадьбу. — Сдурел? Я его ненавижу!

Дверь так и не открывается. То ли хозяев нет, то ли они спят мёртвым сном.

— Ну попробуй, вспомни, — зевает Петя.

Ему уже хочется отвязаться от этой громкой девицы. И где-нибудь прилечь.

— Вспомнить?! — вопит Энга. — Я свою память пропила ещё в десятом классе! Лучше новых настрогаю. Пару циклов. Чё вылупился? То говно, которое сейчас в моде, пишется за пять минут. Вставляешь слово .уй — и все в а.уе. Прости за тавтологию. А ещё если подпустить немного секса. Желательно однополого. Приправить радикализмом. Вроде исламских боевиков. А сверху насыпать модных терминов. *Симулякр, ризома, деконструкция.* И успех обеспечен. Скучно.

Петя оторопело хлопает глазами. Ну и лекция. Ликбез. Курс молодого бойца.

— Ты похож на телёнка, — кривится Энга. — Наверное, считаешь, что поэзия — это святое? Служение? Призвание?

Она гогочет. Петя заискивающе усмехается. Ему стыдно признаться. Но до этого момента он думал именно так.

— Учись, пока я жива, — поучает Энга. — А то не будут ни печатать. Ни на фестивали звать. Сгниёшь в своей Пындровке.

— Где?

— Ну или откуда ты там? Из Буя? Из Костьящера? Ох, не могу! Младенец! Варежку закрой! Я плохого не посоветую. Я всю эту грёбаную мутотень насквозь знаю.

Петя боится показаться дураком. Но всё-таки спрашивает:

— А тебе самой нравится? То, что ты за пять минут пишешь. А потом на фестивалях читаешь.

Энга глумливо ржёт. Потом кашляет. Потом молчит.

— Нравится? — допытывается Петя.

— Это ты от водки такой настырный? Или от рождения?

— От скуки! — огрызается он.

— Ну-ну. От скуки есть лекарство получше.

Энга одним движением стягивает через голову ночнушку. Петя перестает дышать. Он ещё никогда. Несмотря на всё своё бахвальство. Неужели? Вот оно? Сейчас? А как же *та*?

— Я вообще-то. Это. Женат.

— Встречаетесь больше недели — значит, женат. Ну-ну.

Она пялится на него в упор. Дерзко. Торжествующе. Нахально. Но он почему-то вдруг ясно видит отчаянье. В этих блестящих в темноте глазах. Такое огромное. Что оно заслоняет собой всё. Даже обнажённое девичье тело. С жуткими лиловыми шрамами на обеих руках.

— А, это, — она перехватывает его взгляд. — Это когда я с тем психом рассталась. Послала его. К чёртовой Оленьке. Тогда я последний раз и стихи писала. Настоящие... Ладно. Пока, телёнок. Заскучаешь — заходи.

Она идёт по коридору, волоча рубашку по вытертой ковровой дорожке.

Нет, — говорит себе Петя. — Нет, никогда.

Да, — говорит себе Петя. — Да, сейчас же.

В два прыжка он оказывается у её комнаты. Дверь приоткрыта. Нет-нет! Да-да.

На следующее утро Пётр впервые читает на публике. У него двоится в глазах. И голова живёт отдельно от тела. Он пропускает строчки. Неправильно интонирует. Теряет всякий смысл. Стихи рассыпаются, как лопнувшие бусы. И то, что раньше казалось таким живым. Теперь — просто шелуха. Шлак. Пустая порода.

На последних рядах пьют, прикрывшись дипломатом. На первых — судорожно шелестят бумагой, готовясь выступать. Никто не слушает. Кроме Энги. Сидит, развалившись. Вытянув в проход длинные ноги. И демонстративно хлопает. Стоит ему на секунду замолчать.

Все стихи посвящены Тасе. Её имя стоит, как благословение, над каждым текстом. Но Пётр ни разу не произносит его вслух. Стыдится. Который раз он предает её? Кажется, уже третий. Высокие идеалы. Энга. Да, третий.

Шум нарастает. Петя почти кричит. И вдруг обрывается на полуслове. До конца стихотворения ещё две строфы. Но он больше не может выдавить ни звука. Тупо смотрит в тетрадку. Будто не понимает, что это и зачем. Кто-то оттаскивает его от микрофона. И выводит из зала.

— Ну, чего сдулся? — по-хозяйски трясёт его Энга. — Хотел бурных оваций? Тогда надо было .уй вставлять. После каждой строчки. Вместо знаков препинания. Я же учила!

Петя молчит. Энга хохочет.

— Идём, опять буду учить! Двоечник!

Вскоре Петя снова сидит в зале. Переполненный физическим ликованием. И метафизической тоской. К микрофону выходит растрёпанная Энга.

— .уй, — произносит она чётко. — И для тех, кто не понял: .уй.

И всё. Молчит. Пялится на него. Петя готов провалиться. Тишина.

Первым начинает хлопать Дима-футурист.

— Это концептуально! — выкрикивает он из-за дипломата. Дипломат испачкан в побелке.

Потом присоединяются два других Димы. По каким-то своим причинам. Или из солидарности. Толстый критик из Москвы, хихикая, стучит пухлыми ладошками.

Из угла, где сидят традиционалисты, доносится: «Позор!»

В ответ летят концептуальные матюги. Через минуту в зале стоит дикий гвалт. Надвигается побоище. Неудавшийся самоубийца в малиновом пиджаке напрыгивает на кого-то. На голой груди болтается замызганный жёлтый галстук.

Энга со скучающим видом спускается со сцены. Выходит в коридор. Петя, как привязанный, тащится следом.

Она сидит на подоконнике, закрыв лицо руками. И твердит:

— Тоска тоска тоска тоска тоска.

Из зала вырывается малиновый пиджак. Один рукав у него отодран. Галстук задран вверх, как удавка. Он отшвыривает Петю и прыгает к окну. Петя не успевает понять, что к чему.

А те двое уже орут друг на друга. С каким-то отчаянным восторгом. Она отвешивает ему затрещину. Он выкручивает ей руку. Секунда — и они уже катятся по полу. Петя делает шаг, чтобы вмешаться. И вдруг видит расстёгнутые джинсы. Это вовсе не драка. Он протирает глаза.

— Давай отсюда. Нечего, — подталкивает его к выходу Дима-футурист. — Никого спасать не надо. Они уже давно так. Жуть, конечно. Но все уже привыкли. Идём лучше в магазин.

При свете дня парк выглядит уныло. Но не страшно. Страшно только Димино лицо. Всё в непонятных фиолетовых пятнах и багровых подтёках. Будто пьяный футурист намалевал.

— Говнюк ты, — неожиданно изрекает Дима.

Петя открывает рот.

— Ждёшь объяснений?

— Ну... Хотелось бы.

— Спутался с этой. Тьфу! А тебя такая девушка любит!

— Какая?

— Которой твои паршивые вирши посвящены.

— Я же не говорил!

— Ибо говнюк. А всё равно понятно. Передай ей, что в Иваново есть человек, всегда готовый на ней жениться! Я аспирант, стипендия высокая!

— То есть ты моей любимой через меня делаешь предложение? И кто из нас говнюк?

— Ты, конечно!

Дима аккуратно ставит дипломат в грязь. И, размахнувшись, бьёт Петю по скуле.

Откуда ни возьмись налетают другие Димы. Скручивают футуриста. И оттаскивают в кусты.

— Кровопролитие? — потирает руки московский критик.

— Обычное дело. Влюбился в музу. Начистил харю автору, — объясняет Дима-гей.— Этим каждый фестиваль заканчивается.

— Постмодернизм! — умиляется критик.

Странно чувствует себя Петя. Странно и мерзко. Будто вывалялся в грязи. На следующее утро он выдавливается из переполненного троллейбуса на полдороге. Его тошнит. В лицей он идти не может. Там *она*. Домой не хочет. Там воняет котлетами.

Он бредёт по заброшенным ржавым рельсам. Упирается в запертые ворота. Бетонный забор раскрошился. В дыры видны непонятные инопланетные конструкции. Опутанные сухой травой. Промзона. Зона.

У забора валяется огромная труба. Петя с трудом забирается на неё. И долго курит, роняя пепел на джинсы. Нужно что-то сделать. Что-то резкое. И значительное. Как-то освободиться. Или, может, очиститься.

Петя сползает вниз. Складывает в жерло трубы тетради со стихами. Он их всегда таскает с собой. Мало ли. Вдруг почитать попросят. Он складывает их. Вырывает листок. Чиркает зажигалкой. В трубе хорошо горит. Ветер сюда не задувает.

Огонь листает страницы. Они становятся чёрными и прозрачными. Как ангелы тьмы. Слова остаются на них до конца. Только синяя паста становится золотой. В последние секунды ещё возможно прочитать что-то. Петя раскачивается на корточках. Как дикарь. Или сумасшедший. И читает, читает. Парящие в огне золотые строки. Осыпающиеся пеплом на полуслове. Ему снова хочется кричать от восторга. Слёзы застилают глаза. Дым, дым. Поэт утирается рукавом шинели. На рукаве — серый сухой репей. Житель необитаемого пространства.

Потом он часто будет жечь свои тетради на пустырях. Только это перестанет быть ритуалом. Порывом. Огненным очищением. И станет продуманной практикой. Подвёрстыванием архивов под новый имидж. Стал циником — в топку все сентиментальные слюни. Сделался реалистом — сжечь всех эльфов, марсиан и гостей из будущего. Новые отношения требуют нежности — срочно предать огню весь брутальный трэш.

И только много лет спустя. Став совсем взрослым. Он поймёт, что периоды повторяются. И тогда так хочется перечитать сожжённую тетрадь. Не ради текстов. Какие там тексты. А ради встречи с тем мальчиком. Которого больше нет. Которого уже не вспомнить.

Но это потом, потом. Когда тебе шестнадцать, прошлого нет. Оно мешает. Его бросают у каждого поворота. Как сломанный чемодан. Забывают, сжигают, перестают узнавать. Когда тебе шестнадцать, хочется идти налегке. Это нормально.

Тася ждёт у памятника. Пети всё нет. Голуби, машины, синие ели. Синие — это он так говорит. Голубые ему кажется пошло. Смешной. Но сегодня ей почему-то совсем не хочется его видеть. Тася смотрит на часы. Смотрит на арку за спиной Ленина. Её задумывали как триумфальную, говорит мама. А для многих она стала воротами на тот свет. И для Ии тоже.

Кстати, архитектор потом... Что, был расстрелян? Нет, спился. Усердно травил своих коллег. Делал карьеру. Возглавлял, руководил, был отмечен. Но вот спился. Тоже по-своему жертва. Только с другой стороны.

Тася огибает памятник. Медленно заходит под арку. Смотрит, запрокинув голову. Так высоко. Торжественно и страшно. Эхо. Эхо собственных шагов. Особенно отчётливое ночью. Последнее, что они слышали в жизни. Ведь дальше была не жизнь. Был ад. Который никогда не кончался. Даже если удавалось выжить и вернуться... А последнее, что видели — чёрного истукана. Парящего в ночном небе. С рукой, указующей путь во тьму.

Свод кое-где осыпается. Трещины ветвятся над головой. Почему-то это успокаивает. Тася гладит старую стену. Ветхость понятна. Хоть и печальна. Но она — в природе вещей. За неё можно зацепиться. И вернуться на землю. В себя. Потому что мысли об Ие. О дедушке. И обо всех прочих. Это что-то такое. Где её нет. Потому что — непонятно. Как нам с этим жить. Очевидно, уже не так, как прежде. Но как?

Тася опять проводит рукой по арке. На перчатке остается побелка. Тася отряхивает её. И в этот момент вдруг вспоминает сон. Арка будто качается над головой. И тихо гудит. Как колокол. Без языка.

Да! Они ей снова приснились. Как она могла забыть! Опять ночная набережная. Опять безысходная ненависть. Бесконечная, будто змея, пожирающая свой хвост. Опять эта липкая тяжесть. И безнадёжность.

(Вот отчего ей сегодня так тошно!)

И даже отдельные слова.

«Больно!» — кричала она.

«Заткнись!» — кричал он.

Они шли прямо на неё. Девушка впереди. Он немного сзади. Она вжалась в чугунную ограду. Внизу была огромная река. Полная людей. Головы, головы. Яблоку негде упасть. Почему же не видно рук. Как они плывут? Почему не тонут?

«Это не вода!» — голос за спиной, прямо над ухом.

Мёртвая девушка стоит почти вплотную. И смотрит. К счастью, не в глаза. Куда-то за плечо.

— Мама, мама! Чего они от меня хотят?

— А почему ты думаешь, что они непременно чего-то хотят? Может, просто сон? Тяжёлый, неприятный, но...

— Нет! От снов не бывает такой тоски! У меня её вообще никогда не бывало! Я не узнаю себя. Я не понимаю, что мне делать. Смотрю на свои руки. Испачканные в побелке. И мне кажется, я себе снюсь. Не хочу никого видеть. Ходить, говорить, слушать. Мама! Я больше никогда не буду счастливой? Будто меня отравили, украли душу. Я бы хотела вернуться туда, где я ничего не знаю. Я не могу быть прежней. Но какой мне быть? Мама! С тобой такое бывало? Что было с тобой, когда ты о них узнала?

— Не поверишь, но я была счастлива. Я думала, что я одна на свете. И так и должно быть. А когда они вошли в мою жизнь — мне стало так хорошо.

— Но ведь их больше нет!

— Вот когда я не знала — их, правда, не было. А теперь они есть. Может, для того они и приснились. Чтобы быть у тебя. Чтобы быть.

— Я понимаю. Да-да! Ты права. Теперь они у меня есть. Но почему же тоска не отпускает? Если бы цель была достигнута — всё бы прошло. Но нет. Кажется, это только начало. Они чего-то очень-очень сильно хотят. Но чего?

— Не знаю. Не знаю. Одно могу сказать точно. Не пытайся от неё сбежать. От тоски. Она своего всё равно добьётся. Только с бо́льшими потерями. И ещё — ищи. Ищи, где становится легче. Это и есть путь. Тоска сама выведет. Куда ей надо.

— Легче? Когда говорю с тобой. Когда думаю о них. Как ни странно... Слушай! А расскажи мне о брате Серёже. Помнишь, в письме? А? Уроки я уже всё равно загнула.

Ох, Серёжа. Серёжа. Брат Лизы. Моей мамы. Я долго искала в архивах его фотографию. Ничего. А потом до меня дошло, что фотография-то у меня! Тот выцветший снимок с резными краями, что лежал у мамы в шкатулке для пуговиц, на самом дне. Снимок, от которого она всегда отмахивалась: «А, какие-то родственники, не помню». Снимок с баснословной, сказочной датой: 1903 год. В детстве он меня ужасно притягивал.

На высоком стуле — девочка. Круглые глаза, круглые щёки, круглые кудри. Вся в белоснежных кружевах. Как в облаке. А рядом — страшно серьёзный мальчик. Чуть постарше. Тоже кудрявый. В непременном матросском костюмчике.

Меня вдруг — как стукнуло. Да это же они! Лиза и Серёжа. Конечно, мама отмахивалась. Она ведь всего боялась. А Серёжа был первым, о ком она приучилась молчать. Еще в 1918 году.

У меня в голове — будто бы пазл сложился. Я вдруг вспомнила, как она, посреди нашего единственного разговора, попросила эту шкатулку. «Очень успокаивает — перебирать пуговицы». Да, понимаю, меня тоже. Разговор получался ужасно трудный. Рождался в муках. «Горло пересохло — налей воды». Я ушла на кухню.

Потом, когда... Когда начались похоронные хлопоты, я эту фотографию среди белья нашла. Убирая постель. Думала, случайно выпала. Сунула куда-то. Не до неё было. Но фотография не потерялась. Приехала со мной сюда. Как осколок детства. И память о маме. Ведь это — едва ли не последнее, что она держала в руках...

А потом я поняла, что она её недаром хранила. И неслучайно тогда попросила. А пока я на кухне была, видимо, под подушку спрятала.

Этот Серёжа. Ох. Ну нет, расскажу всё же. Раз начала. Он её, кажется, *там* встречал. Под конец она меня уже не узнавала. А с ним говорила. Будто он тоже в комнате. По другую сторону кровати. И знаешь, я скорее поверю в призраков. Чем в то, что моя мама сошла с ума...

Обычно купеческие семьи большие очень. А их было только двое. Серёжа и Лиза, погодки. Кажется, другие дети умерли в младенчестве. Лиза — ровесница века. Стало быть, Серёжа родился в 1899 году.

Между февральской и октябрьской Лиза вышла замуж. За модного архитектора. Много старше ее. Говорит, всё венчание проплакала. По дороге в церковь испачкала подол. И это показалось дурной приметой.

Я потом читала газеты того времени. Там много гневных статей — о том, что город залит нечистотами, как в средневековье. Власть непонятно в чьих руках. Кто за что отвечает — неясно. И как следствие — выгребные ямы никто не чистит. Вонь, грязь. На Волге, пишут, появились пираты. Грабят баржи с хлебом. Пираты двадцатого века. Солдаты на четвереньках выползают из ворот винного склада. Ещё никого не убили.

Только в пьяных драках. Даже последнего губернатора, продержав месяц в тюрьме, выпустили. И он благополучно скрылся в Париже.

Но прежняя жизнь рушится. Постепенно. Как в замедленной съёмке. Подвенечное платье заляпано. Грязью нового мира. Действительно, символично. Я бы тоже плакала...

А Серёжа гимназию кончил. На врача учился. В восемнадцатом году летом на каникулы приехал. С роднёй повидаться. Тем паче, сестра на сносях. А он — всё-таки без пяти минут доктор.

По всем расчётам, она должна была родить в августе. Сережа до этого хотел куда-то ещё съездить. Погостить. На даче у товарища. Она упросила остаться. На всякий случай. Мало ли что. Она потом всю жизнь эту вину носила. Тем более что товарищ тот, на даче, куда Серёжа собирался, уцелел. За границу потом уехал.

В июле в городе восстание началось. Против советской власти. Эсеры устроили. Красные две недели без передышки палили зажигательными снарядами. Весь центр выгорел. Впрочем, это отдельная история. Пострадавших было очень много. Серёжа кого-то на улице подобрал. Отвёл в лазарет. И его упросили остаться. Врачей не хватало.

А потом их, полуживых от усталости (не было времени спать — непрерывный поток раненых), взяли красные. Тех, кого хватали потом — хотя бы судили, в концлагеря отправляли. Один, кстати, в монастыре устроили. Где лицей ваш.

А Серёжин лазарет был ближе всех к передовой. Их одними из первых арестовали. Тогда ещё никакие суды не действовали. Только «тест на руки». Пригоняли всех пленных на станцию, где штабные вагоны стояли. И велели показывать руки. У кого грубые, рабочие — тех вели к комиссарам на допрос. Разбираться. А у кого нет, тех сразу же на насыпь. И пулю. Без вопросов.

А Лиза во время восстания родила дочку. Ию. В подвале. На руках у мужа и старой няньки. Без акушерки, без доктора. Весь город пылал, обстрелы непрерывные. Какие тут роды... До последнего надеялась, что Серёжа придёт. О нём долго ничего не знали. Потом кто-то из знакомых рассказал. Видели, как его вели к станции. Тела не нашли. А может, и не искали. Поначалу туда вообще никто не смел соваться. Все по подвалам прятались. Особенно у кого руки не те. Хоронили их там или нет. И если да, то где. Никто не знает.

Так что Серёжа канул без могилы. Как и Ия потом. И как мой папа. Такой уж век. Без родовых могил. Без корней.

— Знаешь что, ребёнок. Давай-ка чаю попьём. С сушками. И валерьянкой. Хватит с нас. На сегодня.

— Точно!

Тася спускается с крыльца лицея. Медленно, как во сне. Хорошо, что он не подходит! Наверное, почувствовал. Надо же, какой чуткий. Я бы не смогла с ним сейчас болтать. Как ни в чём не бывало.

Петя пинает ледышку. Курит и кашляет на ходу. Спешит завернуть за угол. Хорошо, что она не подходит! Наверное, почувствовала. Такая чуткая. Я бы не смог с ней сейчас болтать. Как ни в чём не бывало.

Они расходятся в разные стороны. У каждого своя дорога.

Одноклассницы шепчутся за спиной. Бросают сочувственные взгляды. Он её? Или она его? Вот в чём вопрос.

Пусть пока останется без ответа.

Тася долго ходит по промозглым улицам. От одного дома к другому. Они для неё уже почти как люди. Дома, которые построил дед. Василий Григорьевич Царенко.

Последний стоит у самого вокзала. Такой неуместный среди бараков, стоянок и ржавых ларьков. Высокие стрельчатые окна покрыты непроглядной пылью. В доме не живут. Там какая-то контора. На дверях замок. Тоже пыльный. Бедный — Тася гладит дом по красному ребру, — бедный.

Она думает о Серёже. Вот ведь станция. Где-то здесь всё и случилось. Знать бы место. Она идёт к путям. Надеясь — на что? Столько лет прошло. Но вдруг — будет знак. Вдруг она почувствует что-то.

Из привокзальной забегаловки выходит профессор. Они сталкиваются с Тасей лицом к лицу. Оба предпочли бы сделать вид, что не заметили друг друга. Но это невозможно.

— Привет, папа.

— Жив и я. Привет тебе привет.

Профессор навеселе. Но в начальной стадии. Он ещё может идти. Поддерживать беседу. Но уже не выворачивается наизнанку с похмелья. Можно сказать, ей повезло. Хоть и неизвестно — помнит ли он её. Или принимает за одну из своих студенток. Хочет ли он её видеть. И не лучше ли просто идти своей дорогой.

Она так давно не говорила с ним. Но она молчит. Молчит. Но не уходит.

— Куда-то уезжаешь?

— Нет. Просто гуляю.

— Не лучшее место для прогулок. Хотя я тоже люблю тут ходить. Полоса отчуждения — меня с детства завораживало название. А теперь это метафора моего плачевного существования. Отчуждение. Здесь все друг друг чужие. И мы с тобой — чужие. Не надо ля-ля. Ты думаешь, я просто спиваюсь и деградирую? А я, может, как персонаж Достоевского — постигаю последнюю правду. О людях, о себе. И она отвратительна, эта правда. Штайнеру и не снилось. Я во всём окончательно разочаровался. Поставил крест. Мне теперь дорога — только туда. Знаешь, что там?

— Поликлиника?

— А за ней — кладбище. И я, конечно, имею в виду его.

— Но, папа...

— Папа, папа, бедный папа, ты не вылезешь из шкапа. С другой стороны, у меня даже нет к себе претензий. В этом времени, в этом месте я мог прожить только такую жизнь. Честь имею откланяться. Желаю здравствовать. Искренне ваш. Ничего особенного.

Профессор приподнимает ушанку. С момента их последней встречи она уже лишилась одного уха. Он идёт прочь. Такой походкой, что хочется взять отвертку и подтянуть разболтавшиеся гайки. Сейчас он вспомнит про деньги. Тася поскорее разворачивается. И почти бежит в другую сторону.

Перрон. Первый путь пустует. Вокруг совсем никого. Тася подходит к концу платформы. Спускается вниз. И идёт, идёт.

Начинает темнеть. Переговоры диспетчеров кажутся голосами с того света. На дальнем пути стонет и скрежещет колесами длинный товарный поезд. Какой невыносимо тоскливый звук. Запах мазута. Серый снег вперемешку с серым гравием. Она идёт. Настороженно, осторожно. Она ждёт знака.

Серёжа, Серёжа. Окликни. Откликнись. Позови. Отзовись.

Через два года мне будет девятнадцать. Как тебе. В день рожденья я приду сюда. На твою насыпь.

Она так погружена в свои мысли. Что слышит шаги — только когда они уже совсем близко.

— Да стой же ты! Зову, зову! Оглохла?!

У Таси слабеют колени. Кружится голова.

Но нет. Это папа. Бедный папа. Всё-таки вспомнил про деньги. Он уже спотыкается. Глаза налиты кровью. Значит, успел ещё.

— Стой!

— Стою.

— По рельсам ходишь? В Каренину играешь? Смотри, не дури. Большей глупости нет, чем эта. Я другое хотел... Ты меня сбила. Что-то важное. Ах, да. Совесть — она как воздух. Без неё человек не живёт. А справедливости нет и не будет. Ни здесь, ни там. Потому что здесь — несправедливость, а там — милосердие. Ха-ха! Но куда деваться одинокому борцу за правду? Только на полосу отчуждения. Но я не это хотел. А что же? Такое важное. А? Ну. Ладно. Деньги у тебя есть?.. Это всё? Этого и на боярышник не хватит! Э, ладно, давай. Кто-нибудь добавит. Прощай! И не забудь про совесть!

Последние слова он кричит уже издалека. Приложив ко рту ладони. Динамик на столбе отвечает ему на непонятном наречии. По-прежнему мучается и лязгает товарный поезд. Мелкий снег шуршит о капюшон. Всё это она будет слышать теперь всегда при слове «совесть».

«Он как будто прощается», — думает Тася.

«Он как будто прощался», — говорит Тася вечером на кухне.

«Он как будто прощался», — повторяет спустя двадцать восемь дней на том самом кладбище, что за поликлиникой, рядом с вокзалом.

«Но я так и не поняла про справедливость. Надо просто запомнить. Когда-нибудь дорасту», — думает Тася и дует на ледяные пальцы в перчатках. Ноги у неё тоже замерзли. А слёз почему-то нет. Нет слёз и много посторонних мыслей. И много чужих рядом. И хочется лишь одного: поскорей домой. Греться цикорием. А может, кофе сегодня купим — ради такого случая?

— Почему-то никак не могу понять, что происходит, — говорит Тася. — Не могу сосредоточиться.

— Потом поймешь. Смерть — она как дерево. Растёт долго. Я вот до сих пор до конца не понимаю, что мамы нет. Снится мне всегда как живая... А Петя придёт?

— Вряд ли. Мы совсем отдалились.

Но Петя тут. Прячется за чужими спинами. «Смерть растёт, как дерево», — слышит он голос ВэВэ. И думает, что ослышался. Но воздух вокруг бессильных берёз начинает дрожать. «Берёза — дерево царства мертвых. Плакальщица. Провожатая», — думает Петя. Он почти забывает, зачем он тут.

Спины расступаются. И они видят его, своего поэта. Прислонился к берёзе и что-то лихорадочно царапает на пачке сигарет. Они переглядываются. И улыбаются. Совершенно одинаковой улыбкой. Они не подходят к нему. Чтобы не спугнуть вдохновение.

— Как же я вам завидую! — говорит старичок с длинными белыми волосами. Он похож на волшебника. — Как завидую!

Старичок суёт Пете чистый тетрадный лист. И быстро проходит мимо. Петя даже не успевает поблагодарить. Краем сознания он отмечает, что все уже куда-то идут. Но это только секунда. Потом он съезжает вниз по стволу. Пристраивает на коленке бумагу. И продолжает своё дело.

Тася с ВэВэ оборачиваются в конце аллеи. Снова улыбаются. И уходят.

берёзы в промзонах, бессильно опускающие тонкие руки на серый бетонный забор. берёзы, осеняющие помойки и груды металлолома. берёзы, молчаливо стоящие вдоль рельсов, что уходят в никуда, как единственный (и такой бессмысленный!) знак присутствия человека. берёзы на обочинах размытых дорог. похожие на кротких плакальщиц, что провожают на казнь или каторгу. плакальщиц, которым не дозволено скорбеть и сокрушаться вслух. но которых выдают опущенные плечи, общий безнадёжный очерк фигуры.

берёза — воплощение нашей подавленности, предобморочной красоты, которая никого не спасёт. это дерево, растущее на пороге царства мёртвых, зоны. в нём совсем нет сил. но есть свет, совершенно удивительный, необъяснимый. за который можно всё отдать. особенно осенью. под ледяным дождём, под тяжестью свинцового неба.

берёза — русская женская душа. безропотная, безвольная, почти бесплотная. но всё-таки не окаменевшая, мягкая, полная обречённого света, над которым ничто не властно. которому она сама не хозяйка. который просто есть. без всяких причин и усилий.

берёзы на заросших полях сражений, обнимающие корнями кости убитых и убийц. берёзы у стен тюрьмы, под окнами одиночных камер. берёзы, тихо растущие внутри брошенного барака, разорённой усадьбы. между сгнивших шпал. там, где больше никого нет. и уже не будет.

когда мы исчезнем, они останутся. люди уйдут под землю, и она станет местом обитания молчаливых берёз. ведь землю наследуют кроткие.

— Только вас ждём! — сердито кричит старичок-волшебник.

Он стоит на подножке маленького автобуса. Остальные друзья и коллеги уже внутри. Сейчас они отправятся в столовую. Сядут вокруг длинного стола, покрытого неуютной клеёнкой. Профессор Снегирёв, что стоит сейчас на подножке и торопит вдову и дочь, скажет речь. Он любит выступать на похоронах. Все выпьют. Потом ещё выпьют. И скоро жизнь возьмёт своё. Напряжение спадёт. И они начнут обсуждать грядущие защиты, тупость студентов и интриги на кафедре. Совсем забыв о том, кого больше нет. Ведь о тех, кого нет, очень трудно помнить.

— Мы не поедем, — твердо говорит ВэВэ. — Нам надо побыть одним.

Негодующие возгласы доносятся из автобуса. «Так принято». «Традиция». «Не по-людски».

ВэВэ крепко берёт Тасю за локоть. И уводит прочь. Мимо покосившихся солдатских звёзд. Мимо старинных каменных крестов. Мимо новенького бандитского склепа, похожего на коттедж. Мимо старушек, продающих искусственные цветы.

— Интересно, что бы сказал папа? — тихо говорит Тася.

Ей немного не по себе. Правильно ли они поступили? А вдруг, действительно, надо было ехать со всеми. Сидеть за столом. Фу, страшно представить! Но вдруг — так надо?

— Он бы сказал, что справа от тебя — склеп миллионерши Пастуховой. Именно около него собирались заговорщики в восемнадцатом году. Потому что приметный. А где-то у ограды, в безымянной могиле, лежат те, кого потом расстреливали на насыпи. Может, и наш бедный Серёжа. А вот эта чёрная башня — усыпальница князей Голицыных, один из которых... Продолжать?

— Давай лучше поговорим о папе.

Тася улыбается. Ей уже ясно, что они поступают правильно. Он бы одобрил. Он тоже всегда нарушает приличия. Ради чего-то живого. Настоящего. То есть нарушал. Только вот надо собраться. И не уходить в посторонние мысли и разговоры. Это почему-то ужасно трудно. Она рада, что Петя отстал. Он бы мешал сосредоточиться. Говорил что-нибудь не к месту. А молчать он не умеет.

Слышны гудки поездов. Совсем рядом. За домом, где поликлиника. Они говорят: «Не забудь про совесть». И всегда теперь будут это говорить.

— Давай, — отвечает ВэВэ. — Конечно. Просто вспоминать. Только — чур — хорошее. Хотя, лучше, наверное, без условий. Что вспомнится. Мне вот вспомнилось, как он меня сюда гулять таскал. Причём на первом или втором свидании. Поднял бумажную гвоздику, которую кто-то обронил. Понюхал. И чего, спрашивает, люди боятся могильных цветов? Будто смерть заразна. Глупое суеверие. Красивая роза, жаль, не пахнет. Тебе подойдёт к пальто...

— И ты взяла?

— А что делать! Не хотелось же показаться суеверной. На первом-то свидании.

— А почему роза? Ты ведь сказала — гвоздика?

— Ну, он даже ель с сосной путал. В другом измерении жил. В истории. Знаешь, как он водил школьников по городу? Не «посмотрите налево, посмотрите направо». А «закройте глаза и представьте, что ничего этого нет». Учителя ругались, дети были в восторге. Он и жил так же. Закрыв глаза и представляя что-то совсем другое на месте нашего бедного неинтересного здесь и сейчас.

Они медленно идут по кладбищенской дорожке. Тасе холодно. И хорошо. Хорошо, что можно говорить. Они редко о нём говорили раньше. Берегли друг друга. Только ей почему-то ничего не вспоминается. Кроме их последней встречи на насыпи. Но об этом она рассказывала уже сто раз.

Вдруг сбоку раздаётся треск. Ломаются сухие ветки. Кто-то продирается сквозь заросли старой сирени. Древний ужас мгновенно окатывает двух женщин. Юную и пожилую. Через секунду на дорожку вываливается Петя. Взъерошенный и перепуганный.

— Я заблудился, — говорит он, озираясь. — Забрёл в какой-то бурелом. Думал, теперь всю жизнь буду таскаться по этому кладбищу. Какое оно, оказывается, огромное! А вы не уехали? Как хорошо! Я видел автобус. Думал, вы там, со всеми.

— А мы вот тут, одни, — улыбается ВэВэ.

Она снимает с его рукава репейник. Отряхивает испачканное чем-то белым плечо. Пете становится хорошо. И страшно стыдно. Должно быть, так чувствовал себя блудный сын. Тася молчит. Ему трудно смотреть в её сторону. Голова не поворачивается. Будто прострел в шее. Как у бабки.

— У меня есть коньяк, — нерешительно предлагает он. — Не хотите? Погреться?

— Нет-нет, — испуганно отшатывается Тася, и это её первые слова, сказанные ему с прошлого месяца. Он даже успел забыть её голос.

— А я не откажусь, — ВэВэ подмигивает растерявшемуся Пете. — Ноябрь без коньяка, что корова без быка... Так Андрей говорил, — и, видя, что он не понимает, — Андрей Серафимович, наш...

Петя поспешно кивает. Он не знает, как звали профессора. Но ему хватает ума сообразить.

Они делают по глотку из плоской, как фляга, бутылки. Тася слегка подпрыгивает, чтобы согреться. Она тоже не смотрит на Петю. Она смотрит на соседний памятник. На овальный снимок. Старушка в платочке. Цветастом таком. Наверное, праздничный. Специально надела. Видно, в город ездила к фотографу. Вот так. Смотришь в камеру — и не знаешь, что это твой взгляд с могильного обелиска. Глафира Семёновна Веретенникова. Какое имя!

— А, это семейное, — доносится до неё, — Андрей тоже обожал памятники разглядывать. Остановится — и по датам жизни, по выражению лица — всю биографию читает. Будто о знакомом говорит. Даже не по себе становилось.

— А у меня, оказывается, отец у него учился. И диплом писал. Сегодня тоже сюда приехал. А я вообще не знал, что он универ заканчивал. Думал, техникум какой-нибудь. Раз на заводе всю жизнь.

Петя машинально закуривает. Потом прячет сигарету в рукав. И испуганно косится на ВэВэ. Та смеётся. Петя нерешительно улыбается. Выпускает дым. В кармане у него исписанный листок. Это делает сильным. И счастливым. До завтрашнего утра. Он даже спокойно говорит об отце. Будто у них всё как у людей. Как надо. А они последний раз общались, наверное, лет десять назад. Дальше — только ругань и ор. И презрительная молчанка.

Он, конечно, не станет рассказывать всего. Как с утра отец разбудил его пинками. И за шкирку выдернул из кровати. И силком потащил на кладбище. Сам-то Петя намеревался проспать. Накануне специально всю ночь просидел над переводом «The Wall». И вот тебе на — этот работяга, живущий между теликом и станком, знает профессора и оповещён о похоронах...

— Хорошо, что ты здесь! — говорит ВэВэ. — Очень правильно.

У Пети пылает лицо. Это от коньяка. Конечно.

Тася проводит рукой по кривой ограде. Кусочки голубой краски остаются на пальцах. Ещё одно имя. Она же хотела не отвлекаться. Опять поезда. Да, помню. Совесть.

— Давайте домой. Я совсем замерзла.

— Да-да! — ВэВэ невнимательно обнимает её и торопится договорить: — ...Первое детское воспоминание — как дворник сжигает во дворе книги его арестованного отца... У них в семье все книгочеи были. Андрей в детстве прочитал всю библиотеку в своём райцентре. Пришёл однажды за новой книжкой. А ему говорят, что новых больше нет.

— И тогда он стал писать?

— Нет, перечитывать.

Петя провожает их до самого дома. На проспекте имени «изувера и палача». Как говорил Андрей Серафимович.

На проспекте — изуродованные тополя. Тянут свои культи в розовеющее небо. Перемигиваются фонари и светофоры. Чёрные брызги летят из-под колёс.

Проспект имени палача разрезает окраину на две части. Как нож. И уходит в голые поля. Там, в полях, он называется уже какой-нибудь трассой. И несётся, плюясь грязью в придорожные кусты. Вперёд, вперёд. До следующего — точно такого же — города. Где сливается с другим — точно таким же — проспектом. Имени другого (или того же самого) «изувера и палача». Как говорил Андрей Серафимович. Профессор, алкоголик, сын врага народа.

— Давай завтра на старом месте? — выдыхает Петя на пороге квартиры.

— Давай, — спокойно отвечает Тася. По-прежнему не глядя на него.

Странное чувство. Поэт не может подобрать к нему слова. Не радость. Не любовь. В нём много покоя. Много стыда. Но больше всего — беспомощности. Чувство, что всё решено. И от нас не зависит. Мы можем противиться. Барахтаться. Можем даже выбраться на берег. Но другой реки всё равно не найдём. И рано или поздно вновь войдём в эту. Если хотим куда-то приплыть. Ну или пожалуйста, сиди на берегу, кидай камушки. Можешь даже заблудиться в прибрежном лесу. Встретиться с медведем. Всё равно. Движение — только здесь. Движение, жизнь. Странно.

Нет радости в нём и наутро. Новое утро под вытянутой рукой. Несмотря на солнце. Такое редкое, почти забытое. От солнца волосы девочки меняют цвет. И к ним тоже не подобрать слов. Как к глазам. Как к чувству. Они отливают золотом. Сосновой смолой. Медью и мёдом. Нет, бесполезно.

— Ты похожа на фею, — говорит он, осторожно трогая прядь на плече.

Девочка молчит. Ворона кричит. Ворона идёт по проспекту. Имени изувера и палача.

Бедный поэт. Говорить придётся ему. Но что тут скажешь.

— Будто вернулся домой, — пробует он. Нет, фальшиво.

— Я по тебе скучал, — ещё хуже, просто враньё.

— Ты такая красивая, — это правда. Но что толку.

Тогда, разозлившись, он включает привычную пластинку. Смешную, необязательную чушь. Которую вчера уже рассказывал Соньке или Ленке. Голос его меняется. Он будто выступает со сцены. Широко, размашисто, разудало. Он нравится себе. Почти. Всё-таки немного стыдно. Но надо говорить громче. Заглушать стыд.

Мимо идёт толстая девочка. За руку с папой. Папа смотрит в сторону. Думает о своём. Девочка говорит одна. Поэт ловит край фразы:

— Правда, что внутри всех людей живут скелеты? И они вылезут, когда мы умрём?

Воздух начинает дрожать. Игла соскальзывает с пластинки. Всё обрывается на полуслове. Теперь слышен ветер. Мокрые всхлипы шин. И несмолкающие птичьи крики.

Но надо же говорить, — спохватывается он.

— Ну, а ты? Что нового? Только старое? Может, прочитала что-нибудь? Что-то тебя поразило?

— Вряд ли тебе интересно, — нехотя отвечает она.

— Давай хотя бы попытаемся! — вдруг прорывается настоящий голос.

От неожиданности она даже взглядывает на него. Но тут же отворачивается. Нет, смотреть она пока не может.

— Ладно. Попробую. Вот недавно. В библиотеке. Я читала старые газеты. И наткнулась на специальную рубрику: «Рву связь». Для тех, кто хотел публично отречься от своих родных. Ну, которых арестовали. Но тебе это вряд ли интересно.

Ой, нет. Опять из неё скелеты полезли! Репрессированные родственники. Она, вообще, о чём-нибудь другом умеет? Тоска. Нет, он больше не будет приближаться. Хватит. Сегодня после уроков он пойдет провожать Соньку. Или даже Нюрку-сан. Если все остальные отфутболят. За этот месяц он, наверное, уже со всеми перецеловался. Столько подъездов. Столько запахов. И все неприятные. А река? Наверное, ему показалось.

Он хочет отпустить её руку. И уйти вперёд. Но это будет совсем некрасиво. Ладно уж, дойдут вместе. Вот он уже, бывший монастырский храм. В полукруглом алтаре — высокие окна (потом их заложат кирпичом). Видно, как одноклассники страдают над контрольной по тригонометрии. Когда они проходят мимо, по-прежнему держась за руки, все девчонки, как по команде, поднимают головы. И провожают их. Тяжёлыми многозначительными взглядами.

Ему становится смешно. Надо изобразить. Пусть позлятся. Он наклоняется к Тасе. Делает нежное лицо. И спрашивает:

— А как твои сны? Видела что-нибудь? Ну, такое…

— Нет, — бесцветно обрывает она.

Это неправда. Сегодня ей приснился отец. В расстёгнутом чёрном пальто. Как в их последнюю встречу на насыпи. Он шёл по пустому полю. Спотыкался. С трудом передвигал ноги. Огромные комья глины на сапогах. Мимо летели большие птицы. Бесшумно. И очень низко. Так, что касались его. А он прижимал к лицу их белые крылья. То ли целовал. То ли утирал слёзы. И говорил: «Птицы, братья мои… Не могу с вами… Грязь не пускает...»

«Это не грязь, — отвечали голоса, — это просто земля».

Петя с отстранённой галантностью распахивает перед ней тяжёлую дверь. И она вдруг видит одиночество. Видит, слышит, чуть ли не осязает его. Она даже протягивает руку. Будто пытаясь пощупать. Или отодвинуть.

Старинные монастырские ступени. Всего шесть. Серые, с чёрными вкраплениями. Петя перемахивает через них в два прыжка и исчезает за следующей дверью. Она поднимается медленно.

Воздух словно становится плотным и тягучим. Как резина. Слои времени. Своего, чужого. Прошлого, будущего. Спрессованное вещество жизни. Её. Мамы. Папы. Дедушки-архитектора. И другого, чьи книги сожгли во дворе. И серьёзного мальчика Серёжи. И навеки испуганной девочки Лизы... И чьи-то ещё, незнакомые, жизни. И везде оно — одиночество.

Оборванные связи. Пустота вместо бытия. Дыры, зияния. Господи, как страшно!

— Ты чего тут? Заснула?

Поэт уже долетел до дверей класса. Но всё-таки вернулся. То ли решил позлить девиц, зайдя вместе. То ли побольше опоздать на контрольную.

Как бы то ни было. Вот его рука. Горячая, грубая, торопливая. Выдергивает её из тяжести. Тащит вверх. По ступеням. Которые тут же перестают быть непреодолимыми.

— Ты такая странная! — вот теперь он говорит от всего сердца. — Будто спишь на ходу! Где ты вообще? Алло? Оживи хоть немного!

— Ты такая странная! Вечно где-то витаешь! Вернись в реальность! Посмотри правде в глаза! — кричат ей разгорячённые одноклассницы.

Она стоит на пороге крошечного кабинета английского. Они — сидят на партах. В двух шагах. Но так далеко. Бесконечно.

— Ты всех презираешь! В тебе нет ничего человеческого! Он никогда не будет любить тебя!

Ого! А начиналось всё с «дружеского» желания «открыть ей глаза» на Петину неверность. Но почему-то очень быстро перешло в побиение камнями. Может, потому, что она молчит?

— Ты не имеешь права его прощать! Ты этим всех нас оскорбляешь! Да он в этот месяц с каждой! Даже с Нюркой!

Долговязая Нюрка с вечно красными руками. Единственная, кто время от времени спохватывается и произносит, как заклятие:

— Не обижайся, мы тебе добра желаем!

— Ты считаешь себя выше всех! Ты всегда будешь одна!

Звенят девичьи голоса. Ретивые, праведные. Взвиваются, как на пионерской линейке. Всё выше, и выше, и выше. Всё это уже было когда-то. Много-много раз. Кто-то стоял один, а вокруг бесновалась стая. И повод всегда был лишь повод. Подачка для совести. Для отвода глаз.

Она не отводит глаз. Не оправдывается. Не молит о пощаде. Только щёки начинают предательски пылать. И это почему-то их успокаивает. Они добились своего. Вывели из равновесия эту английскую королеву.

— А! Ты всё-таки живая! Всё-таки что-то чувствуешь!

Ну да. Умение владеть собой всегда принимают за бесчувствие.

— Не обижайся! Мы тебе добра желаем!

— Конечно, — спокойно отвечает она. — Добра. Как инквизиторы.

И в этот момент почему-то все замечают, что у неё рыжеватые волосы. Может, солнце так на них упало. Сквозь пыльное окно. Сквозь облачную завесу. Вдруг дотянулось. На один миг.

Она поворачивается. И выходит из класса.

Наверное, когда здесь был монастырь, на этом месте предавали анафеме. Всё это уже было. И будет всегда.

Но почему? Почему?

— Потому что люди — немного звери. Всё непохожее кажется им опасным. Страх заставляет нападать. Ужасно примитивно, увы.

— Знаешь, когда они на меня напали. Всем скопом. Вдруг. Я почему-то вспомнила, как папа не пустил меня в пионеры. Просто в день, когда все вступали, повёл вместо школы в кафе. Купил мороженое. Наполовину растаявшее. В металлической вазочке. А в ложках — круглые дырки. И через них мороженое капало мне на форму, на белый фартук. Я спросила, почему ложки дырявые? Чтобы не хотелось украсть. Я удивилась. А он вдруг стал говорить. Долго-долго. Непонятно, по-взрослому. Но я всё равно понимала, угадывала сквозь слова. Что в детстве кажется, будто мир устроен логично, будто во всём есть смысл. И надо просто задавать вопросы, чтобы понять. Но вот он вырос. И столько книг прочитал. И стал таким умным, что уже и поговорить не с кем. А логики так и не понял. Может, её тут и нет. И не стоит пытаться её обнаружить. Просто принять мир бессмысленным. Как дырявая ложка...

И потом, когда все были в галстуках, а я нет. И все надо мной смеялись. И говорили, что я, должно быть, очень плохая, раз меня не взяли в пионеры. Я думала: это просто дырявая ложка. И мне почему-то становилось легче. И вот я её вспомнила сегодня. Когда они напали. Почему? А непочему. Просто дырявая ложка. Но мне от этого уже не полегчало. Наоборот. Если смысла нет — как жить? Зачем?

— Конечно, есть. Есть! Даже если мы его не видим. Человек погибает от бессмысленности... Андрей ведь потому и пил. От тоски по смыслу. Думал, раз он не нашёл, значит, его вообще нет. Трагедия всех умных людей. Нам, маленьким, легче смириться. Не с отсутствием смысла. Не с дырявой ложкой. С этим никто не может смириться. Но со своей ограниченностью. Неспособностью понять.

— Скажи, а в том, что Серёжу убили на насыпи. А дедушка-архитектор играл на скрипке, прося милостыню. А потом и его убили. В том, что красавица Ия вышла ночью из арки в летнем платье. И уже никогда не вернулась... И — что стало с моим другим дедом, чьи книги сжигал дворник? — наверное, тоже ничего хорошего... Во всём этом тоже есть смысл?

— Боже мой. Я не знаю ответа. Никто не знает. Сказать, что есть, — чудовищно. Но если нет. Ведь это ещё хуже! Правда? Чайник согрелся. Давай чашку.

— Я не хочу чая! Я хочу смысла!

Ох, Андрей, Андрей. Теперь твоя непримиримость заговорила в нашей кроткой девочке. Так вдруг. Я будто тебя сейчас слышу. Оставь её, не мучай. Отпусти. Если ты меня слышишь. Если ты меня слышишь.

— Расскажи про папиного отца. Кто он был?

— Андрей никогда не говорил. Наверное, сам не знал. Ему же года два-три тогда было. Только имя осталось. Зато какое. Серафим.

— «Нам остаётся только имя».

— Да-да. А от многих и имён не осталось. Так что нам ещё повезло.

— И в этом тоже есть смысл?

— Я не знаю. Не знаю.

— Совсем недавно мне казалось, что взрослые знают всё.

— Ну вот. Теперь ты тоже взрослая. И знаешь, что это не так. Выпей всё-таки чаю. Тебя трясёт.

— Девчонки, что мы наделали! — говорит в этот момент Нюрка. И закрывает лицо шершавыми ладонями. — У неё же папу вчера похоронили. А мы. Набросились. Всей стаей.

Они всё ещё сидят в классе. На партах. Никак не могут разойтись. На улице темнеет. Идёт снег. Никто не решается встать и зажечь свет. В темноте проще. Можно не смотреть друг другу в глаза. Можно продолжать. Гнуть свою линию.

— Она всё равно не права. Его нельзя прощать. А то он возомнит, что...

— Но ведь это их личное дело.

— Нет. Это касается всех нас.

От чая правда становится легче. Привычный терпеливый вкус. Кажется, будто мир вернулся на место. Хотя это не так. Но иллюзия врачует. Давай ещё глоток. Ещё.

— Нет, сушка не влезет... Скажи, а твоё первое воспоминание — тоже какой-нибудь мрак и ужас?

— О, нет. Совсем наоборот. Сгущёнка. Длинная тягучая струя из военной фляжки. Медленно-медленно спускается в ложку. Дядя Венир вернулся с фронта. Наш сосед по коммуналке. Это самое начало войны. Он уже без ноги. Пятеро его детей застыли вокруг стола. И ждут, шумно втягивая сопли. Мне разрешили посмотреть, как они будут есть. И я смотрю во все глаза. Кому первому достанется это чудо. Смотрю совершенно бескорыстно. Как кино. Я даже не мечтаю. Я ведь всё понимаю. Это не мой папа... И вдруг. Ложка летит мне в рот. Я даже не успеваю понять, в чём дело. Мне. Чужой девчонке. Которую из милости пустили посмотреть. Первая ложка сгущёнки... Наверное, поэтому у меня совсем другое отношение к миру. И к людям. Несмотря на то, что и мне приходилось так же стоять у позорного столба. И выслушивать сводный хор доброжелателей. Как Андрею. И как тебе сегодня.

— А от тебя-то они чего хотели?

— Да того же самого. Устроить мою личную жизнь. Лучше, чем у меня самой это получается. Правильнее... Не связываться с алкоголиком. И уж, конечно, не рожать от него. Да ещё в таком возрасте. Одна особо доброжелательная дама даже в обком обращалась. Требовала принять меры. А уж сколько Андрею вытерпеть пришлось. Все эти собрания. Обсуждения, осуждения. Потеряешь тут веру в человечество.

Да, всё это уже было. И будет. Но как же завтра снова войти туда? Как переступить порог? Как преодолеть шесть старинных ступеней? На которых одиночество раскинуло перед ней свою бесконечность.

Разве что Петя?

Но у памятника его нет. Зато там топчется долговязая Нюрка. Только не это. Как хочется спрятаться. Сбежать. Обогнуть дом с аркой, выйти с другой стороны. Где стоит пожарная каланча, построенная дедом.

Она идёт прямо. Не сворачивая. Спокойно здоровается. И дальше. Не замедляя и не ускоряя шаг.

Нюрка неловко топает следом.

— А я ведь тебя жду.

«Не всё вчера сказала?» — вопрос вертится на языке.

Но она косится на каланчу. На арку. И молчит. Молчит.

— Извини за вчерашнее. Мне так погано после этого. Хотя все говорят, что мы правы. А я нет. Вот, возьми. Это лучшее, что у меня есть. Вообще, в жизни.

Она суёт Тасе маленькую книжку. И убегает. На своих длинных ногах. Похожая на цаплю. Нюрка-сан.

На бумажной обложке стоит: Басё. И нарисован босоногий старик, снявший шляпу перед падающими листьями.

Тася открывает наугад и читает:

О, сколько их на полях!
Но каждый цветёт по-своему —
В этом высший подвиг цветка!

И вдруг она понимает, что смысл есть. И люди не так уж плохи. И впервые за тысячу лет — улыбается. И тут же — уколом в сердце — резко вспоминает его. Бедный папа. Неужели с ним ни разу не было ничего такого? Ложки сгущёнки. Томика Басё. Случайного луча сквозь тучи. Не может быть! А что, если он не умел увидеть? А, может, не хотел?

— На нём хорошо гадать! — возвращается Нюрка. — А ещё я про Петьку хотела. Ты никого не слушай. Он, конечно, козёл. И ногтя твоего не стоит. Но любит он только тебя. Потому что ты — настоящая. А мы — пока нет.

Она хочет опять убежать. Но Тася вдруг протягивает ей книжку.

— Какое здесь твоё любимое?

— Все любимые, — пунцовеет Нюрка.

Ночью те двое впервые начинают слышать друг друга. Их набережная по-прежнему завалена снегом. Ия в своём летнем платье и туфельках, как всегда, проваливается в сугробы по колено.

— Мне было больно! — кричит она в чёрную спину палача.

Тот вдруг останавливается под фонарём. И, полуобернувшись, бросает:

— Молчи!

— Никогда не замолчу! — визжит Ия.

Он начинает медленно поворачиваться. Всем корпусом. Как робот.

Тася видит Петино лицо.

Тася вскакивает с кровати. И долго стоит босая на ледяном полу. Фонарь во дворе бьёт прямо в глаза. Скоро его скроют листья. Осталось совсем чуть-чуть. Но Петя. Причём здесь Петя? Какая отрава эти проклятые сны. Спокойно, спокойно.

Она берёт со стола Басё. Идёт в ванную. И читает. Читает. Не понимая ни слова. Ни одного.

Весна. Время возвращения. Возвращается синева в небеса. Грачи на помойки. Поэт — к той, кому. Той, кого. Тьфу, проклятье! Слова вот никак не вернутся. Хоть вой.

Петя прыгает в автобус. Петя летит, разбрызгивая грязь. Под памятником — никого. Конечно. Сегодня воскресенье. Вербы трясутся в руках старух. Автобус, идущий на её окраину, подскакивает и трещит. Грозя развалиться.

Во дворе поэту вдруг становится страшно. Он топчет останки снега. Топчет свои следы. Топчет бурое месиво. Он никак не может войти в подъезд. От страха он даже затевает разговор с маленькой девочкой. Пока её бабушка митингует с соседкой про пенсию и цены. Поэт успевает рассказать о своей любви. Два круглых глаза смотрят, не отрываясь. Девочка ужасно серьёзна.

— Она красивая? Очень? Как Барби? Как Просто Мария?

— Нет, как ангел. Если ты знаешь, кто это такие.

— Конечно, знаю. Это друзья дедушки.

— Да?

— Мой дедушка живёт на небе. Он сидит на облаке. И смотрит на меня вниз. А когда хочет есть, то лижет облака. Они как мороженое. А играет он с ангелами. Это такие невидимые люди с крыльями и добром внутри. Но некоторые ангелы падают. И злеют. И от них вся беда. Когда я вырасту, я изобрету специальную рогатку. Чтобы упавших ангелов обратно на небо закидывать.

— Это ты здорово придумала.

— Да, я знаю, как всё исправить.

— А мне? Как мне всё исправить? Знаешь?

— Конечно, знаю. Ты должен прийти к твоей любимой. И попросить прощения. И подарить что-нибудь. Ну, иди же!

— Идём! — спохватывается бабушка.

Внучку за ручку. Пете — подозрительный взгляд. Похожий на подзатыльник.

— Давай скорей.

— Подари ей рисунок! — кричит девочка, оборачиваясь на бегу. — Или красивый камушек!

На этих словах из подъезда выходит Тася. С книгами в руках. Старые книги с махровыми краями.

— На помойку?

— В библиотеку.

— Почему ты так испугалась? Это всего лишь я. Не призрак.

— Я… Ну, я... Не ожидала.

— Давай помогу?

— Нет! Нет! Не надо!

— Ладно-ладно. Не буду. Не волнуйся так. Я тебя не узнаю. Проводить можно? Ну, в библиотеку.

— Как хочешь.

— Вот. Теперь — узнаю. Девушка, которой всё равно. Хочешь — приходи. Хочешь — уходи. Хочешь — расшибись в лепёшку, свернись в узел, встань на уши…

Что я несу? Ведь я приехал мириться. Объясняться в любви.

Но боевая колесница несётся без остановки. Подпрыгивая на ухабах. Словно старый автобус. Слова разлетаются, как грязь из-под колес.

Он говорит почти то же самое, что девчонки в кабинете английского. Только при этом непрерывно повторяет глагол «любить». Прогоняя его по всем временам, лицам и наклонениям. Будто выполняет грамматическое упражнение.

Люблю. Не любишь. Любила ли. Не умеешь любить. Тебя никто не любит. Меня никто не любит. Полюби меня. Любимая. Меня вы не любили.

Дальше начинаются стихи. Которые он, разумеется, скромно попытается выдать за свои. Будто она вообще читать не умеет. Тася почти не слушает. К утру у неё разболелось ухо. Как раз с той стороны, где спрягается «любить». Она теперь очень хорошо слышит себя. Своё ровное дыхание, свои рваные мысли. А вот остальных слышит как сквозь стену. Толстую стену башни. И ей это нравится.

Библиотека прерывает поток красноречия. Поэт брезгливо морщится, переступая порог. Другой поэт (и гражданин) топорщит куцую бородёнку с портрета. Пыльные бархатные шторы застят дневной свет. Полки с картонными буквами. Облезлые корешки. «Природа нашего края».

Пете становится дурно. Он не переносит такие места. Где нет ничего живого. Зачем она ходит сюда? Какая она всё-таки странная.

Раздражение вскипает с новой силой.

И тут он видит её руки. Сначала он просто смотрит на них. Поскольку это единственное, на что здесь не противно смотреть. Смотрит, смотрит. И в какой-то момент понимает, что не в силах отвести взгляд. И готов простоять так всю вечность. Дыша книжным тленом. Ничего не слыша и не замечая. Кроме двух лёгких рук, живущих своей отдельной жизнью.

Ископаемая библиотекарша что-то пишет в формуляре. Тася что-то говорит ей. Лампочка в плафоне потрескивает и гудит. Словно силится произнести осмысленное слово.

А руки меж тем вершат своё волшебство. Внимательно и милосердно касаются книг, которые он предлагал отправить на помойку. Скользят и возвращаются. Выпрямляют и разглаживают. И старческая бумага, негодная даже на вторсырьё, становится вдруг вместилищем чьей-то мысли. Обретает значение. Своё место в мире.

Эти руки всему придают смысл. Всё делают нужным. Выравнивают искривление бытия. Как руки жреца. Или демиурга. В эти руки хочется вложить себя. Как в лодку. Медленно плыть через темноту. И смотреть на звёзды.

— Пойдём, — говорит она. — Пойдём. Ты слышишь?

Как же он далеко. Как глубоко. На другом краю вселенной. Такого с ним никогда. Но это прекрасно. Хоть и непонятно — что. Видение? Помрачение рассудка?

Руки выводят его на свет и воздух. Твёрдо и бережно. Как руки сестры. Усаживают на ступеньки. Прикладывают талый снег к вискам.

Что это? Обморок? Озарение? Откуда ты меня возвращаешь?

— Всё хорошо. Просто я… засмотрелся. Наверное.

С этого момента. Начинается отсчёт. Чего-то настоящего. Внутри него. И между ними. Конечно, оно будет постоянно заглушаться. Засоряться. Уходить под землю. Но не исчезнет уже никогда. Они оба это знают. И молчат. А что тут скажешь?

У неё в руках — чёрная книга. Красные буквы. «Книга памяти», — машинально читает он.

Память, говори. Память.

***

Время катит волны. Одну за другой. Настоящее. Ненастоящее. Пустое. Медленное. Молниеносное. Или это не волны? А мазки, что ложатся один поверх другого. Сливаются и просвечивают, меняя цвет. Прошлое. Давно прошедшее. Никак не желающее проходить. Продолжающее происходить. Где-то. Когда-то. Или — прямо здесь и сейчас?

Эти мысли в голове поэта. Оступаются и ходят по кругу. Не мысли. А слепые вожди слепых. Как говорится в одной старинной книге. Сколько там красивых слов. И фраз. Там мёртвые хоронят своих мертвецов. А верблюды проходят сквозь игольное ушко. Ничего не понятно. Но очень красиво.

Поэт сидит на крыше. Свесив вниз ноги в драных кедах. Перед ним — огромное небо. Всегда новое. И тонкий месяц. Похожий на выпавшую ресницу.

Внизу летят за горизонт одинаковые прямые проспекты. Имени душегубов и палачей. Внизу — одинаковые дворы, полные битых стекол и стоптанных окурков. Одинаковые серые школы в виде буквы Т или П. Будто надпись для того, кто наблюдает сверху: и тп, и тп. И тому подобное. Всё одинаковое. И нет ничего нового под солнцем.

Одинаковые люди выходят из троллейбусов. Идут в одинаковые дома. Рыбьи хвосты торчат из унылых сумок. Или куриные когти.

Одинаковая одежда. Одинаковое выражение лиц. Одинаково изглоданных временем. Не-настоящим, не-прошедшим. Каким-то не-сущим.

Подобия, подобия.

Бесподобна только девочка. Затерявшаяся где-то там, за рекой. На другой (точно такой же) окраине. Среди точно таких же домов, дворов и тп, и тп.

Но с девочкой слишком сложно. Надо быть настоящим. А это такой утомительный труд. Что поэт постоянно сбегает. И пытается забыть. Не быть.

Труд не менее утомительный. Если разобраться.

Поэт сидит на крыше и думает про время. Это какие-то чужие мысли. Чужие вопросы. Может, из книг. Может, из разговоров на уроках литературы. Ему приятно думать чужие мысли. Потому что свои — тянутся за реку, на другую окраину. Тянутся и гудят, как провода. Провода, внутри которых бежит не ток, а стыд.

Нет, лучше — чужие слепые мысли. Что ходят по кругу и оступаются в яму.

Прошлое, о котором помнят. Живёт в нас. Значит, в настоящем. Прошлое памяти — часть настоящего. Забытое прошлое — оно ушло навсегда. Или тоже живёт в нас? Только тайно. Невидимо. Как радиация. И в отместку отравляет всё вокруг.

Чужие мысли опять спотыкаются. А собственные — перекидываются через реку. Словно мост.

Он знает, что будет. Он снова не выдержит — и вернётся. И не попросит прощения. Будто ничего не произошло. И она промолчит. Как всегда. И он будет рад, что обошлось без объяснений. Он вряд ли смог бы что-то объяснить.

Он будет рад. И будет разочарован. И спустя совсем немного снова умчится прочь. Уверив себя, что ей всё равно. Раз она молчит. Не жалуется, не обвиняет. Значит, можно. Значит, с ней так можно. Сама виновата. Надо было после первого же предательства. Порвать связь. Не простить. Правильно ей девчонки говорили.

Поэт усмехается, трогает скулу. Вчера Нюрка влепила ему знатную затрещину. Он чуть не свалился со ступеньки. В её унылом подъезде. Где тоскливо воняет кошками и мусором. Зачем-то опять попёрся провожать. Зачем-то опять полез целоваться. Перецеловавшись перед этим со всеми остальными. «Прощальная гастроль трубадура», — острил Сан Саныч.

Последний звонок. Экзамены. Выпускной. Всё сквозь туман. В какой момент после обморока в библиотеке он опять от неё оторвался? И поплыл искать забвения в чужие руки, чужие подъезды. Он уже не помнит. Без неё жизнь теряет фокус. Рассеивается. Туман, туман.

Сегодня он получил от Нюрки любовную записку. На шести страницах. Полную проклятий и хокку. Нюрка уезжает в Питер. Изучать японский, разумеется. «Прощай, наваждение, рассейся. Время лечит». И буквы расплываются от слёз. «Это не слёзы, — спешит пояснить Нюрка. — Я пишу на улице. Тут дождь».

На небе ни облачка. Маленький розовый месяц. Утлая лодочка, пересекающая океан. Здесь, на крыше, глядя за горизонт, можно почувствовать, что живёшь на планете. Которая медленно проворачивается сквозь космос.

Вот и первая звезда. Прямо над головой. Увидеть бы, как она появляется. Но нет. Всегда замечаешь её, когда она уже здесь.

Он делает из письма самолётики. И пускает их. Один за другим. Медленно, будто в кино, они летят над городом, где уже зажигаются фонари. Взмывают, петляют и, как подстреленные, падают вниз. Счастливого пути, Нюри-сан. Счастливого освобождения!

В прошлом туман. В будущем — и того хуже. Надо что-то срочно решать про свою жизнь. «Делать выбор». От этого поэта душит тоска. Он ничего-ничего-ничего не хочет. Только пускать самолётики с крыши. И караулить первую звезду. Читать сказки про эльфов. И плевать на подоконник родительской спальни.

«Не знаешь, куда податься? Иди на филфак», — твердят ему все.

Ясно. Слова — единственное, что его по-настоящему интересует. Занятие пустое и зряшное. Для тех, кому больше некуда деться. Неучей, неудачников, недорослей. Слова, слова, слова. Бумажные самолётики с крыши. Легковесные, легкомысленные, легкокрылые.

Да, конечно, он пойдёт на филфак. В скучное здание, похожее на общественную баню. Где студенты курят на крыльце. Горланят под гитару в коридорах. И пьют настойку боярышника на лекциях. Прикрывшись томом Ясперса.

Всё это уже было. И будет. И нет ничего нового под солнцем.

«Не знаешь, куда податься? Иди на филфак».

Он понимает. Слова — ничего не стоят. Это ни о чём. Урок усвоен.

Время тягучее и пустое. Неподвижное. Ненастоящее. Поэт лежит на крыше. Перед глазами темнеющая синева. Он словно летит.

Всегда превращается в сегодня — только когда вновь возникает *она*.

Становится прохладно. Он неохотно спускается вниз, в мир людей.

Никого не хочется видеть. Меньше всего — соседку. Базарную тётку. Враждебный человеческий вид. Но она будто поджидает.

— Иди. Третий раз уже звонит.

Сердце взлетает. Поэт спотыкается об обувь в чужом коридоре. И падает, зацепив торшер.

— Недодо, — шипит соседка.

Он делает вид, что это не про него.

Её голос в трубке. Как всегда спокойный.

— Приходи завтра на раскопки? Там интересно. Мама тебя приглашает. Древнее городище. Я вчера бусину нашла. Придёшь?

— Конечно, приду. Я пойду за тобой хоть на край земли. Хоть под землю, — хочет сказать поэт.

Но только молчит и мычит. Соседка гремит тарелками на кухне. Будто собирается выступать с духовым оркестром. Тася прощается. Бесконечно долго он слушает короткие гудки. Торопливые и тревожные. Как сигналы кардиограммы.

Всё снова кажется сном.

«Мама тебя приглашает». Не она. Конечно, не она. Старая добрая ВэВэ. Пытается связать порванную нить. А, может, просто не знает. О его очередном предательстве. Или как Тася. Благородно делает вид. Достали уже со своим благородством! Честнее было бы наорать и врезать. Как прямодушная Нюрисан. Он трогает щёку. И усмехается. Уже не болит. Надеюсь, и у неё тоже.

Через пять минут ему влепят вторую затрещину. По другой щеке. Для симметрии. Как сказано в древней книге.

Скандал разгорается с порога. И набирает обороты так стремительно, что поэт даже не успевает разуться. Отец орёт. Мать жарит котлеты. Её слоновья спина в туго натянутом халате. Невозмутимость кухонной жрицы. Ни за что не оторвётся от своей адовой сковородки.

Отец орёт. А поэт смотрит в эту мясистую спину. И загадывает. Если обернётся, он останется. Перетерпит.

«Армия. Мужчина. Будущее», — три слова возвышаются над бурным потоком брани, как три скалы.

— Мне не нужно ваше будущее, — тихо произносит он.

— Иди поешь, — приказывает спина.

— Я сыт по горло! — вопит поэт.

И тут же получает оплеуху. Свобода оглушает его, как выстрел. Слёзы брызгают из глаз. Он смеётся. И хлопает дверью так, что за шиворот сыпется побелка. Больше никогда. Никогда.

Ничего общего. Рву связь.

Свобода кружит, как карусель. Делает бесчувственным к страху. Поэт улыбается во весь рот. Загребает непослушными ногами землю. Идёт неровно. На ходу стреляет сигарету у бритоголового в спортивном костюме. Которого в другой раз обошёл бы за версту.

— Махач был? — со знанием дела спрашивает тот.

На пальцах наколоты синие перстни. На бугристой шее золотая цепь. Толстая, как ошейник.

За свою сигарету он хочет, чтоб его выслушали. Поэту не жалко. Ему некуда спешить. Всё важное будет завтра. Сегодня только свобода. Незаметно возникает пиво. Затем водка. В полночь у бюста Дзержинского поэт выслушивает исповедь хулигана. Где убитые в пьяной драке вьетнамцы чередуются с любовью к «святой замужней девушке». Всё это сопровождается припевом: тебе одному расскажу, в стихах опишешь.

На рассвете поэт просыпается. С трудом отрывает скрюченное тело от бульварной скамейки. Поднимает с асфальта окурок. Пускает в небо сиреневый дымок. Красота режет глаза. Сокрушает сознание. След вишнёвой помады на оранжевом фильтре. Изумрудное сияние бутылочного осколка в розовой луже.

Он вытягивает затёкшие ноги. Джинсы залиты вчерашним пивом. На правой штанине синей ручкой написано «No future». Сверху вниз, в японском стиле. Какая чушь. Нет только того, чужого будущего. Куда его насильно пытались запихнуть. А его собственное, конечно, есть. И сбудется совсем скоро. Он хохочет, пугая брезгливого утреннего бегуна. Шарахает пустую бутылку о бордюр. И острым краем стекла отрезает глупый девиз. А потом и вторую штанину. Для симметрии. Там тоже написано что-то модное. «I hate myself», кажется.

Одиноко грохочет по пустому проспекту пустой грузовик. Ласточки со свистом стригут небо. Ветер шевелит пыльные листья. На рассвете даже в городе мир живёт будто сам по себе.

Поэт со стоном встаёт. И отправляется пешком в центр. Где на раскопках древнего городища его ждёт будущее.

Он идёт по трамвайным рельсам. Прыгает по шпалам, идеально не подходящим под человеческий шаг. Мимо заброшенных заводов. Мимо зарослей репейника и борщевика. Мимо неопознанных объектов с выбитыми стеклами. Мимо свалок, гаражей и бесконечных бетонных заборов…

Его заветная зона. Воспоминание о будущем. Мир после всего.

Он орёт песни. Придуманные другими мальчиками и девочками. Что так же бродили по окраинам провинциальных городов. Похожих друг на друга. Как навязчивый кошмар.

«А мы пойдём с тобою погуляем по трамвайным рельсам…»

Следующая строчка, для которой он ещё только набрал воздуха, вдруг настигает откуда-то из-за спины.

«Посидим на трубах у начала кольцевой дороги...»

Будто время споткнулось. Или эхо поторопилось.

Становится жутко. Но в ту же секунду его обгоняет тощий парень в камуфляжных штанах. Он идёт не по рельсам, а по тропинке сбоку. Поэтому движется быстрее. Продолжая перехваченную песню. И не глядя на Петю.

«Нашим тёплым ветром будет чёрный дым с трубы завода...»

Бесформенный солдатский рюкзак стучит по спине. Битые стёкла блестят под тяжёлыми ботинками. Петя ускоряет шаг. Неправильно упустить человека. Который идёт там же и поёт то же. Хотя и обидно. Даже не повернул головы. Будто в его жизни такие встречи — плёвое дело.

— Эй, ты кто?

— Странник.

— А зовут-то как?

— Снусмумрик.

Петя молча шагает рядом. После такого ответа дальнейшие расспросы кажутся излишними. Хруст стёкол. Розовые дымки над исполинскими трубами. Странник не сбавляет ход. Пете виден только острый лисий нос под чёрным капюшоном.

— А губная гармошка у тебя есть?

Тот усмехается. Достаёт из кармана какую-то металлическую загогулину. Прижимает к зубам и дёргает маленький язычок. Странный вибрирующий звук. Дикий и совсем не музыкальный. Который почему-то хочется слушать и слушать. Представляя себе монгольскую степь или чукотских оленеводов. Вот колебания звука почти затихают. Но кажется, воздух продолжает расходиться волнами. Только уже неслышными.

— Что это? — спрашивает Петя.

— Варган. Хомус. Дрымба. Jews harp.

— Что ты сейчас сказал?

— Я тебе ответил.

— А. Понятно. А куда идёшь?

— Вперёд.

— А что ищешь?

— Себя.

— Давно?

— Всю жизнь.

— А еда у тебя есть?

— Да.

— Поделишься?

— Поменяюсь.

— На что?

— А что у тебя есть?

— Ничего.

— Нет, это мне не нужно.

— У меня есть стихи, мысли и песня, которую я сочинил сегодня утром.

— Давай песню.

Петя хрипло запевает, прыгая по шпалам. Странник идёт вперёд. Не проявляя ни малейшего интереса. Но потом достаёт свой варган и начинает тихонько подыгрывать. Петю переполняет беспричинное ликование. Будущее есть!

Издалека слышен грохот первого утреннего трамвая. Странник перекидывает рюкзак на грудь, вытаскивает батон и, разломив, суёт половину певцу.

Они отпрыгивают в разные стороны от гудящих рельсов. Трамвай проезжает мимо. Снусмумрик несётся следом. Запрыгивает на железную трубу, торчащую сзади, как хвост. Он уезжает, не попрощавшись. Не обернувшись. Так ни разу и не взглянув на случайного спутника, с которым преломил хлеб.

Петя чувствует себя обманутым. Но всё-таки счастливым. Он прижимает к лицу половинку батона. И вдыхает лучший на свете запах.

«Я только что заработал свой хлеб. Сам. Собственной песней. А отец говорит, это невозможно».

Петя начинает смеяться. Будущее есть.

К месту раскопок он приходит совсем измотанным. Правда, там ещё никого нет. Слишком рано. На воротах висит огромный замок. Такой ржавый, будто его откопали тут же.

Солнце жарит безлюдный бульвар. Поэт умывается в фонтане. Щурится от блестящих под водой монет. Потом заваливается в траву у забора. И так долго смотрит в небо, что неподвижная синева наполняется кругами и волнами. Будто с земли на небо льётся невидимый дождь. Кружится голова. Он зажмуривается.

Прохладная ладонь ложится на лоб. Не открывая глаз, поэт улыбается.

— Ты как сестра милосердия.

— Тебе плохо?

— Мне так хорошо, что кажется, будто я уже умер. Только не убирай руку.

Долгое молчание. Ладонь на лбу становится теплее. Он начинает задыхаться без слов. Но что сказать? Какой мост протянуть через провал очередного предательства? Он перебирает фразы. Как колоду карт. И не может найти ни одной. Всё звучит фальшиво. И он брякает первое, что подвернулось. Кажется, самое неподходящее.

— О чём думаешь?

— Зачем тебе?

— Ну... интересно!

— Твой интерес как ветер. Быстро повернёт в другую сторону.

— Ты не доверяешь мне?

— Нет, конечно.

— Но почему?!

— А ты правда не понимаешь?

Рука вздрагивает, чтобы взлететь. Он ловит её, кладёт обратно. По-прежнему не открывая глаз.

— Пусти. Я устала. Мне пора.

— А мне? А я? Ты ведь вчера звала вместе…

— Пойдём, если хочешь.

Это вечное её «если хочешь».

Он поднимается на ощупь. Делает колеблющийся шаг. В ту сторону, куда ушла её тень. Натыкается на забор. Идёт, шаря по шершавым доскам. Её рука возвращается. Опять прохладная. Или это уже другая? Крепко берёт под локоть, разворачивает.

— Прекрати. А то в раскоп свалишься.

— Провалиться под землю. Это именно то, чего я сейчас желаю.

— Но никто не желает отвечать за твои переломанные кости. Открывай глаза.

Этот новый тон. Неприятный. Хотя и абсолютно заслуженный.

— Ты говоришь, как чужая. Мне страшно увидеть тебя.

— Тогда я пойду. Придёшь в себя — присоединяйся. Только без фокусов. Пожалуйста.

И уходит. Вот так. А ты думал, можно бесконечно плевать в этот колодец? Выезжать на обаянии. И плетении словес. Улетать и возвращаться. И всегда находить окно открытым. Стой теперь, подпирай забор. Упрямо зажмурившись. Как провинившийся ребёнок.

Зачем тогда звонила, звала? Или правда просто передавала просьбу ВэВэ?

Рядом кто-то закуривает. Запах дыма. Но он не откроет глаза. Это уже дело принципа. Какого такого принципа? Он пока не придумал.

— Спишь стоя, как часовой?

Незнакомый насмешливый голос. Манерный и медленный. Противный.

— Играешь в жмурки с невидимкой? Эй, ау?

— Лучше сигаретой поделись.

— Поделюсь, если скажешь, что происходит.

— Зачем?

— Так. Праздное любопытство. Курить-то хочешь? Тогда рассказывай.

— Кажется, у меня разбито сердце.

— Бывает. А глаза?

— Боюсь открыть.

— Почему?

— Мне кажется, весь мир исчез.

— Из-за твоего разбитого сердца? Забавно. Ты поэт?

— С чего ты взял?

— Только поэт настолько эгоцентричен, чтобы думать, будто миру есть дело до его сердца. Не бойся, тут ничего не изменилось.

— Спасибо, успокоил. Сигарету-то дашь?

— Извини. Кончились. Счастливо оставаться.

Невидимый мерзавец удаляется. Поэт с досады стучит кулаком по забору.

Потом ещё долго ничего не происходит. Кроме воркования голубей. И шелеста листьев. Наконец, ему надоедает.

Он резко открывает глаза. И, ослеплённый яркостью мира, бредёт на раскоп. Не очень-то понимая зачем.

Рыть землю. Очень странное занятие. Тяжёлое. Тревожное. Будто врезаешься железным остриём во что-то живое. Будто причиняешь боль. Но ещё хуже — думать о том мёртвом, чем набито это живое. А вдруг лопата наткнётся на чью-то кость? Противоестественно прикасаться к тому, кого больше нет. Кто ходил, говорил, думал. А теперь его беззащитные кости лежат в земле. И каждый дурак может взять их в руки.

Но хуже всего голос, который неотвязно нашёптывает: «И ты станешь тем же. И от всех твоих метаний и мечтаний не останется ничего. Только голая, неопознанная кость».

Петю мутит. Он вяло ковыряет лопатой уже разворошенные комья сухой земли. Не глядя по сторонам. Где-то поблизости — чужая Тася. Где-то — любопытный гад, надувший с сигаретой. Ни на кого не хочется смотреть.

Спасают только слова. Он бормочет себе под нос. Пытаясь подобрать ключ. Или отмычку. И вырваться на волю.

«Туга земля. Трудна земля. Глубоко земли нутро. Набито камнями оно. Набито костями оно. Черепами, черепками, черепаховым гребнем. Грязь и глину разгребём. Что внутри нутра найдём? Для чего мы тут живём? Туго земли нутро. Тугой оно полно. Единой тугой земной, что все мы станем землёй...»

— Настоящий дервиш: грязный, оборванный и бормочет.

Тот же противный тягучий голос. Петя медленно поднимает тяжёлую голову. Чтобы увидеть врага. Солнце бьёт в глаза. На секунду ему кажется, что перед ним ангел. У людей не бывает такой красоты. Фарфоровой, словно прозрачной. Точно выверенной и неподвижной. Будто волосы и скулы вырезаны из одного куска мрамора. А потом раскрашены в идеально контрастные цвета: чёрный и белый.

— Эй, дервиш. Рот закрой. Я не девка, чтобы так пялиться.

К счастью, редкую красоту озвучивает мерзкий кошачий голос. Иллюзия разбивается. Поэт трёт глаза.

— Ты держишь лопату, как посторонний предмет. Будто не понимаешь, что с ней делать. И вообще что делать здесь. В этом чужом жестоком мире.

— Заткнись! — хочет огрызнуться Петя.

Но случайно вновь натыкается взглядом на это лицо. И теряет дар речи. Чёртова кукла.

— Идём на перекур, дервиш. Я тебе задолжал сигарету.

Петя послушно плетётся следом. Он рад отойти от развороченного чрева земли.

Приседает на корточки у забора. И снова закрывает глаза. Чтобы уберечься от угрожающей красоты.

— Давно за тобой наблюдаю. Кажется, ты вот-вот лишишься чувств. Боишься?

— С чего ты взял?

— Боишься мёртвых?

— Да ничего я не боюсь! Ушёл из дома, пил с убийцей, спал на скамейке, любимая разлюбила, сам виноват. Есть от чего загрузиться. И без мертвецов. А они тут, что, попадаются?

— Месяц назад вскрыли яму с костями. Почти сто человек. Свалены в подвале. Женщины, дети. У всех — следы насильственной смерти. Сильное впечатление. Не для слабонервных.

— Ой. А что с ними случилось?

— Говорят, монгольский отряд вырезал весь город. Когда князь с дружиной где-то сражались.

— Ярослав! Не повторяй хоть ты эти враки!

Петя открывает глаза и видит загорелого старичка. Тот яростно машет папиросой. Черноволосый ангел покачивается на бордюре. Едва заметно улыбаясь.

— Чуть что — сразу монголы виноваты! На сто человек ни одного нательного креста! Это язычники! Меряне! Их вырезали при насильственной христианизации!

— Меряне — специализация профессора Снегирёва, — светски поясняет Ярослав.

— Меряне — любовь всей моей жизни! — страстно выкрикивает старичок.

Петя понимает, что не сможет больше прикоснуться к земле. Он суётся в ворота. Попрощаться с Тасей. Но она так сосредоточена и самодостаточна. Очищает какой-то бесформенный предмет от земного праха. На секунду он вновь проваливается в гипнотический ритм её рук. Но вездесущее мурлыканье тут же возвращает в явь.

— На первокурсниц засматриваешься? На эту можешь не нацеливаться. Прекрасна, но холодна, как античная статуя.

— Это не первокурсница! Это любовь всей моей жизни. Как выражается ваш профессор.

— О. Ну-ну. Поэт и красавица. Классика жанра. Ужасно банально.

Петя разворачивается. Чтобы отшить нахала. Или вообще врезать. И опять оказывается моментально обезоружен разящей наповал красотой. Как глупо!

Тася сидит вполоборота, не поднимая глаз. Подойти он почему-то не решается. И сумрачно плетётся прочь.

— Юноша устал держать лопату? — интересуется профессор, что по-прежнему мусолит за оградой свой беломор.

Седые космы перехвачены обувным шнурком. Растянутые треники в засохшей глине.

— Ненавижу, когда меня называют юношей, — злится Петя, а вслух уныло мямлит, что лопата тут не при чём.

— А что при чём? Дела? Срочные, сердечные?

— Вот прицепился! — негодует Петя и зачем-то признаётся настырному старикану, что боится наткнуться на человеческие останки.

— Ага! — торжествует профессор с хищным ликованием, будто настиг давно преследуемую добычу. — Теперь вы от меня не уйдёте!

— В смысле?

— Бояться мёртвых — болезнь современного человека. Наши предки покойников не боялись. Они с ними общались. И черпали из этого жизненную силу. У современного человека другие источники энергии. Знаете нефтеперерабатывающий завод на московской дороге?

— Да, конечно.

— А знаете ли вы, что он построен на месте огромного поля мёртвых? Там были сотни, тысячи захоронений. Место силы, где древний человек напитывался колоссальной энергией. Знаете ли вы, что раньше люди всегда селились вблизи своих мертвецов? И обязательно к востоку от них. А почему? Солнце днём светит живым, а ночью мёртвым. На закате живые смотрят, как оно уходит за курган, восходя в мире мёртвых. Понимаете? Это момент контакта, когда солнце видят и те, и другие.

И в этот момент они общались. Советовались, делились новостями, искали утешения, поддержки. И получали. А мы? Тьфу! Спасаемся бегством при одной лишь мысли о возможности соприкоснуться с тем светом… Думаем питаться нефтью! Идите, юноша, идите! Я всё сказал!

— Э-э. Ммм. Спасибо, профессор!

Переваривая неожиданную лекцию, Петя плетётся по бульвару. И натыкается на Василину Васильевну.

Летняя ВэВэ с веером и в соломенной шляпке. Букетик искусственных фиалок кокетливо приколот к полям. Первая ассоциация, молниеносно пронзающая его больную голову: бумажные цветы с могил.

Но ВэВэ так искренне рада встрече, что ему становится неловко.

— Петя! Наконец-то! Ты на раскопки?! Какой молодец! Очень не хватает рук!

— Не хочу вас разочаровывать. Но я не туда, а оттуда.

— Вот так новость! Почему же? Не...

Видно, что у неё на языке вертится вопрос о Тасе. Но она деликатно проглатывает его и, смутившись, поспешно произносит:

— Не понравилось?

— Не могу там. Как-то не по себе. Особенно после рассказа о братской могиле. Ну, вы знаете эту историю?

— Да-да, конечно. Об этом все говорят. И в университете, и в музее.

— Вот, кстати. Давайте я вместо этого в музее помогу? Коробки потаскаю? Николу Можайского? А в земле рыться — это нет. Так и кажется, что сейчас рука нащупает… чью-нибудь руку...

— А она тебя — цап! — ВэВэ, смеясь, хватает Петю за локоть. Он дёргается и отшатывается. — Что ты?! Я же шучу!

— Да-да, — бормочет он, силясь улыбнуться.

Она заглядывает ему в глаза. Внимательно и мягко. Как Тася. Когда-то. Так, что хочется выложить ей всё, не дожидаясь вопросов. И глаза у неё — такого же странного, неуловимого цвета. Но из-за расходящихся солнцем морщин в них меньше тайны и больше теплоты.

— Когда я прикасаюсь к земле, я начинаю думать о смерти. О мёртвых. О том, что все там будем. И о том, что они — будто чего-то хотят от нас. И какое-то чувство вины. И стыд. Типа «извините, что живу». Чего они хотят? Завидуют? Хотят утянуть нас туда же? Я не понимаю. Так жутко. Весь этот город, вся земля — до отказа набита бывшими людьми. Мы ходим по улицам, смотрим на солнце. А на нас смотрят мертвецы, которых мы топчем. И чего-то от нас хотят. Но чего? Понимаете о чём я?

— Да-да, мой мальчик. Конечно… Тася тоже недавно спрашивала: чего они от меня хотят? Ну, эти, из её снов. Она тебе рассказывала?

— Да-да. И что вы ответили?

— Что есть только один способ узнать. Спросить.

— У кого?

— Да у них же!

— Что?!!! Я думал, я один сумасшедший! Как это — спросить? На спиритическом сеансе, что ли? Когда один двигает блюдце, а остальные верят, будто оно ездит само? У нас девчонки на Рождество баловались.

— Ну, блюдце, предположим, действительно, ездит само. Я тоже баловалась. В юности.

— Не смешите меня! Вы же разумный человек! По всем законам физики — это невозможно!

— А мы разве про физику? Мы про метафизику… Но не буду спорить. Это неважно. Задать вопрос можно когда и где угодно. Необязательно на спиритическом сеансе.

— Ах да! Мне тут только что один профессор рассказал. На закате надо смотреть на солнце. И вопрошать мёртвых. Как древние меряне.

— А, меряне... Валя Снегирёв, значит, и до тебя добрался. Умнейший человек. Чудаковат немного, резок. Но, как говорится, а не странен кто ж? В чём он прав, так это в том, что раньше у людей был обряд. Устойчивый способ контакта с потусторонним, помогавший...

— Обряд? Это крашеные яйца жрать на могилках? Увольте! Меня в детстве пытались таскать на кладбище. Только смог — отбился от этой весёленькой традиции... И почему всегда обязательно жрать? Или пить? Какая в этом метафизика? Зачем мёртвым крашеные яйца и дешёвые карамельки? Бумажные цветы или рюмка, прикрытая чёрным хлебом?

— Ритуал — он не для мёртвых. Для нас.

— Ага! Выполнить набор абсурдных действий — и успокоиться! Откупиться! И забыть!

— Но разве ты не хочешь того же?

— Я?

— Ну, да. Забыть. Не думать. Жить спокойно. Разве нет?

— Пожалуй... Но...

— Но когда так поступают другие, ты видишь, что это неправильно?

— Не знаю... Наверное... А вы как думаете?

— Думаю, что забывать не надо. И ритуал — не для того, чтобы забыть. Наоборот, чтобы вспомнить. Вот ты говоришь — чего они хотят? Ты тоже чувствуешь, что они чего-то от нас ждут. Уж явно не того, чтобы забыли. Это ведь и так происходит. Само.

— Хотят, чтобы их помнили? Но зачем? Что им это даёт?

— О, этого мы знать не можем. Сейчас.

— Брр... Как сложно... Но яйца на могилках — всё равно глупость!

— Ну, во-первых, яйца — не так уж и абсурдны. Просто мы вне традиции. А раньше яйцо было символом мира. И солнца. И возрождения жизни. О смыслах, которые наши предки вкладывали в это катание яиц с курганов — можно бесконечно говорить. Спроси у Вали Снегирёва, расскажет.

— Нет, спасибо! Я и так верю!

— А во-вторых, раз смысл древних обрядов утрачен, можно, думаю, самим изобрести.

— Что?

— Ну, свой способ контакта. Такой, который будет иметь смысл лично для тебя.

— Например?

— Ну... Вот у Андрея... В день ухода мамы он ставил перед её фотографией три вещи, которые она очень любила. Белую сирень, бокал белого вина и кусок торта «Наполеон».

— Опять еда... А у вас? Ну, вот вы сейчас с ним... ну, с Андреем... э-э-э...

— Серафимовичем... да, я поняла твой вопрос... Я, знаешь, всем письма пишу. И ему. И маме. И папе, которого никогда не видела. И Тасе, которая сидит по другую сторону стола и изучает, сжав губы, очередной список репрессированных...

— Что-что она делает?

— А ты не знал? Ну, пусть это останется между нами.

— По-моему... Может, я не прав... Но было бы лучше... если бы она читала что-нибудь другое... любовные романы, к примеру.

— Ха-ха. Конечно. Было бы несомненно лучше. Легче. Ей, в первую очередь. И всем нам. Но у каждого свой путь. Свои вопросы и свои ответы... А Андрей обязательно добавил бы, что ограничивать сферу интересов женщины любовными романами — это... неправильно. Несовременно... Ты только не обижайся!

— Нет, что вы...

— Сейчас в музее обед. Приходи через часик. Найдём тебе работу.

***

— Золотце, ты откопала зеркальце?

Кивает.

— Ты в него посмотрелась?

Качает головой.

— Ты суеверна?

Пожимает плечами.

— Ты дала обет молчания, пока не свяжешь рубашку из крапивы?

Улыбается.

— Твой поэт ушёл к реке.

Вздыхает.

— А меня зовут Ярослав.

Опускает глаза.

— Я очень хочу услышать твой голос!

Улыбается. Вздыхает. Пожимает плечами.

— Извини. Почему-то совсем не хочется говорить.

— Ура! Я тебя расколдовал! Я тебя услышал!

Поэт спускается к реке. Крошащиеся каменные ступени уходят прямо под воду. С детства это место кажется ему волшебным. Словно, если продолжать идти по старой лестнице, попадёшь во дворец подводного царя.

Он всегда хотел попробовать. Но так и не решился.

Вот и сейчас он останавливается у кромки воды. Опускает руки в реку. Слушает плеск маленьких волн. Смотрит на тот берег. На деревянные домики среди берёз.

Чуть выше по течению — стоянка каменного века. Это тоже — завораживает с детства. Смотреть на реку и пытаться представить, как видел её первобытный человек.

Вода мерцает, слепит, укачивает. Можно бесконечно проваливаться в этот текучий блеск, у которого нет дна. Достигнуть взгляда неандертальца. Взгляда рептилии, впервые ступившей на сушу. Взгляда, который не улавливает ничего, кроме колебаний света.

Поэт смотрит на реку. А река на него.

Здесь нет времени. Здесь — всегда.

Он трясёт головой. Возвращается. Снова мысли. Снова плен слов. Снова непонимание.

Бутылка тычется носом в берег, как одушевленное существо.

Странные разговоры. Сколько их внутри бесконечного дня. Зачем мне мёртвые? Кого тут помнить? Деда-лесника, который умер один в своей сторожке? Да с какой стати. Я хочу быть как можно дальше от них. От скворчащих сковородок и тяжёлого мясного молчания.

Он снова погружает ладони в воду. Уйти, уплыть. Никогда не возвращаться. Исчезнуть за поворотом реки. Он всматривается в дрожание воздуха на пределе видимого мира. И вдруг осознаёт всю безграничность своего одиночества. Свою чуждость всему и всем. Это похоже на удар в спину. Он едва не падает в воду, потеряв равновесие.

Одиночество намного старше поэта. Оно словно вломилось в солнечный день его семнадцатого лета откуда-то издалека. Из будущего, до которого ему ещё предстоит дорасти, очаровываясь и разочаровываясь, обижаясь и обижая, требуя любви и не давая взамен ничего, кроме беспомощных стихов и невнятных обещаний.

Это чувство было с ним всегда. С рождения. А может, раньше. Он моментально узнает его холодок и стальной привкус. Видит огромный двор своего детства. Всегда пустой, открытый всем ветрам. Куст сирени, казавшийся отдельной вселенной. Божьих коровок, ползущих по гладким листьям. Деревянную ракету, которая так никуда и не взлетела.

Видит палку, ковыряющую неподатливую почву. Тогда, пытаясь вытащить осколок зелёного стекла, втоптанный в землю, он впервые осознал, что все умрут. Вечером решил уточнить у отца. Выслушал ругань. И усвоил, что это — табу. О смерти нельзя ни говорить, ни думать. Зелёное стёклышко лежало в кармане. Он сжимал его, пока ладонь не стала липкой.

Отец часто орал. У него не было других реакций. Отсутствующее молчание — или крик.

И всё-таки мальчик пытался вступить в контакт именно с ним. Мать всегда стояла спиной. И смотрела в свою сковородку.

Отец, несмотря ни на что, больше походил на человека. Из-за гитары, пылившейся на стене. Прикасаться к ней тоже было строго запрещено. Но мальчик, улучив момент, украдкой трогал струны и, прижав ухо к деревянному боку, слушал гулкий стон, затихающий в глубине. Гитара казалась пленницей. Такой же, как он сам.

Иногда комнату наполняли гости. Одолев горы салата, переплыв колышущиеся моря студня, они начинали упрашивать отца. Тот отказывался. Огрызался. Но когда мать, поджав губы, уходила на кухню, отец поспешно вставал и сдёргивал с крюка свою невольницу, свою Шамаханскую царицу. Оглаживал хозяйским жестом, от которого у мальчика перехватывало дыхание. Мать свирепо гремела посудой. Гости переглядывались, как заговорщики. Отец начинал петь. Его багровое лицо оживало. И в эту секунду мальчик прощал ему всё. И плакал, забившись под стол. И мечтал, что однажды отец догадается об их родстве, и они сбегут, захватив гитару, куда-то в настоящую жизнь, где горят костры, машут крыльями палатки и любимые улетают в туман. Но отец так никогда и не догадался, что мальчик здесь такой же пленник, а не что-то, идущее через запятую после котлет, серванта и гаражного кооператива...

Сидя у реки, поэт периодически вспоминает новое обстоятельство своей жизни. И снова теряет его из вида, отдаваясь течению. Но тревожная мысль раз за разом всплывает в сознании, как поплавок.

«Я ушёл из дома, — думает он. — Где же я буду спать и что есть?»

Чем ближе вечер, тем чаще выскакивает на поверхность другая мысль: вернуться, повременить.

Таская музейные коробки, Петя то и дело хочет обсудить своё положение с ВэВэ. Но разговор идёт столь насыщенный и интересный, что жалко прерывать его такой прозой жизни, как вопрос о ночлеге.

Проводив их с Тасей на автобус, поэт долго сидит на своей остановке. Болтает ногами, курит, чтобы заглушить голод, и пропускает один автобус за другим. Когда он решает, что на следующем всё-таки поедет домой, из сумерек выплывает Ярослав с раскопок. На нём белые джинсы и чёрная рубашка с алой гвоздикой в петлице.

— «Как денди лондонский одет»...

— А ты по-прежнему — в грязи и грёзах.

Ярослав откидывает прядь со лба. Меланхоличный, томный, невыносимо манерный — сейчас он похож на декадентского поэта. Пете смешно и слегка противно, но что-то цепляет его, не даёт уйти.

— Ну, дервиш, какие планы на вечер?

— Найти ночлег.

— Выгнали из дома?

— Ушёл.

— Блудный сын. Понятно. Могу предложить матрас.

Пете отчётливо неприятен этот человек. Но он почему-то не может отказаться. Оправдываясь тем, что «надо же где-то ночевать».

По пути Ярослав неохотно отвечает на вежливые расспросы. Выясняется, что он живёт один. В квартире, оставшейся от бабушки. Нет, отношения прекрасные. Но там «слишком много вещей».

Зато в жилище Ярослава нет вообще ничего. За исключением предложенного гостю матраса. Петя ошарашенно ходит по пустому пространству. Обнаруживает ещё низенький чайный столик в углу. Тяжёлый чугунный чайник. Две миниатюрные чашки, словно из кукольного сервиза. Подставку под благовония в виде вытянутой ладони. Все вещи можно пересчитать по пальцам.

Света здесь тоже нет. На столике теплится свеча. Да фонарь заглядывает в окно.

Ярослав молча варит рис (ага, значит, есть ещё и кастрюля). Петя (с лёгким уколом совести) вспоминает Нюрку. Вот кому понравился бы такой минимализм.

— Ты тоже поклонник Японии?

— Нет, не особо.

— Аскет? Самурай? Йог? Последователь Диогена? Сектант? Нестяжатель?

Ярослав отрешённо качает головой.

— Ну, какие ещё варианты? Всё? Быстро же ты иссяк. А мир гораздо разнообразнее. К счастью. Не всегда удается сразу прилепить ярлык.

— Да я и не хотел. Просто никогда в жизни не видел такой квартиры!

— Ну и что с того?.. Рис готов. Прошу.

Тарелка у Ярослава только одна. Он уступает её гостю, а сам ест из кастрюли. С изяществом обнищавшего лорда. Двумя деревянными палочками. Пете досталась единственная ложка. Свеча потрескивает на низком столике. Ярослав снисходительно объясняет, что с чаем надо сначала «познакомиться».

— Понюхать, что ли? — изумляется Петя, чувствуя себя неотёсанным болваном.

— Ну да, — Ярослав с презрительной полуулыбкой подносит к его лицу жестяную банку.

Пете всё время хочется уйти. Но уходить некуда. И к тому же ему ужасно интересно. Несмотря на.

После ужина Ярослав выдаёт гостю спальник. А сам устраивается на голом полу. Петя протестует.

— Ничего, мне полезно, — загадочно отвечает хозяин.

Петя закипает.

— Полезно — для чего? Для смирения плоти? Для закалки? Для отсечения привязанности к удобствам?

— Остановись. Это всё ярлыки. Это неинтересно.

Ярослав резко задувает свечу.

— А что интересно? — без всякой надежды спрашивает Петя.

После долгого молчания из темноты приходит ледяной ответ:

— Интересно: любит ли она тебя?

— Я не знаю, — ошарашенно лепечет Петя и только потом спохватывается: — А какое тебе...

— Никакого. Праздное любопытство.

Опять молчание. Петя начинает засыпать. Спальник пахнет сандалом. Темнота покачивается, как лодка. Он отталкивается от невидимого берега и плывёт. Над ним движутся медленные звёзды. Одна из них светит так ярко, что он понимает — это сон.

— А ещё интересно — есть ли в мире справедливость, — доносится издалека.

Он хочет ответить, но язык не повинуется. Да и нет у него такого ответа, ради которого стоило бы бороться с силой тяжести. Он улыбается внутренней невесомой улыбкой — и плывёт дальше.

«Блаженны спящие, ибо пробуждены будут», — думает он во сне, продолжая улыбаться.

Однако пробуждение совсем не блаженно. Он просыпается резко, будто лодка наткнулась на камень. Всё тихо. В свете фонаря стоит вокруг пустой куб, лишённый ориентиров. Секунду поэт ищет глазами знакомый сервант, ненавистную люстру. Потом вспоминает, где он. И тут же натыкается на взгляд. Потрескивающий от ненависти. Ярослав сидит в позе лотоса в своём углу. И смотрит. Глаза его блестят в темноте.

— Ты чего? — выдыхает Петя.

— Созерцаю природу Будды, — отвечает тот сквозь зубы. И отворачивается.

— Ты маньяк?

— Медитация такая.

— Я пойду.

— Транспорт уже не ходит. — усмехается Ярослав.

И Петя остается сидеть на своём матрасе. Как заговорённый.

— За кого меня только не принимали. За гея, психа, шпиона с Марса. А вот маньяка ещё не было.

— Шпиона с Марса?

— Да, это кондукторша. Люся. Она меня в свой троллейбус не пускает. Говорит, я подослан, чтобы его сломать. А троллейбус-то едет в светлое будущее. Ему сам вождь тринадцать раз в день путь указывает.

— Что за бред!

— Ей положено. У неё справка из диспансера. А троллейбус, правда, мимо памятника проезжает и едет в ту сторону, куда вытянута рука.

Петя молчит. И хлопает глазами. Он не знает, что сказать. А Ярослав, напротив, вдруг впадает в неожиданное оживление.

— Кондукторша Люся в этом зверинце — самый нормальный человек. Простая честная дурочка со справкой. А остальные...

— В каком зверинце? В троллейбусном парке, что ли?

— В обкоме партии.

— Какой партии?

— Коммунистической. У нас, на первом этаже истфака. Я к ним часто на собрания хожу.

— Ты коммунист?

— Боже упаси!

— Тогда зачем?

— Праздное любопытство.

— Ааа, — произносит Петя. Что ещё тут скажешь.

Наступает очередной период молчания. В тишине слышно, как кто-то наверху мерно скрипит половицами. Петя смотрит в потолок и пытается припомнить, было ли в его жизни что-то, сделанное из праздного любопытства? Что-то настолько же абсурдное, как хождение в обком? Ну, разве что ухлёстывание за всеми одноклассницами сразу. Включая Нюрку, которая ему совсем не нравится.

Пете почему-то ужасно хочется тоже сделать что-то из праздного любопытства.

— Кто это там наверху не спит? — зевает он.

— Старый палач, — незамедлительно сообщает Ярослав.

Зевок застревает в горле.

— Что? Кто? Чего ты гонишь?

— Я просто знаю. Там живёт персональный пенсионер, старый чекист Раевский, по прозвищу Декабрист. Легендарная в своё время личность. Отправил на тот свет не одну сотню людей.

— А... э....

— Хочешь что-то спросить? Валяй. Я много могу о нём рассказать.

— Но как ты узнал?

— А этот милый старичок постоянно кляузы пишет. На уборщиц, на соседей, на городские власти. И ходит по подъезду, собирает подписи. Так что фамилию его я знал. Запоминающаяся такая, историческая... И когда та же самая фамилия обнаружилась под приговором о расстреле моего близкого родственника, я, конечно, заинтересовался. Стал выяснять. Оказалось, что следователь Раевский — чуть ли не единственный из них, кто дожил до наших дней. Ну, ты знаешь, этих героев тридцать седьмого года потом почти всех тоже под нож пустили. За их ударный труд. А он мало того что уцелел, так ещё вёл дела бывших коллег. Разоблачал и приговаривал...

— Проклятье! И тут расстрелянные дедушки и злодейские следователи! Никуда от них не деться!

— От них, действительно, никуда не деться. А у тебя — тоже кто-то репрессирован?

— У меня?! Нет... То есть не знаю. Мое праздное любопытство ещё не приводило меня в архивы КГБ!

— Тогда о ком ты?

— Да так. Неважно.

— Понятно, — Ярослав улыбается, как пиранья. И вытягивается на голом полу. — Давай спи, дервиш.

Пете хочется домой. Но дома у него нет. Хочется читать сказки про эльфов. Хочется встроить в уши фильтр, который не пропускал бы все эти разговоры про тридцать седьмой год. Хочется плакать. Быть маленьким. И чтобы кто-то жалел. Но его даже в детстве никогда не жалели. Только орали, если разбивал коленку... Хочется хотя бы ощутить человеческое присутствие в этой темноте. Поэтому он задаёт вопрос. Совершенно не интересуясь ответом.

— А он знает, что ты знаешь?

— А как же. Я его спросил. Когда он постучал с очередным доносом на нерадивого сантехника. Не вы ли будете? Тот самый, легендарный?

— А он?

— Клянусь моей бабушкой, в первую секунду — он испугался. Но потом присмотрелся. И расслабился.

— Почему?

— Не знаю. Понял, что я не представляю опасности.

— А ты?

— Что я? Я проиграл этот бой. Длившийся одну секунду. И утешаюсь скрипом половиц по ночам. Но я не знаю, кем надо быть, чтобы тебя устрашился следователь Раевский? Кем-то более страшным, чем он сам? Вряд ли я хотел бы победить такой ценой.

— Не понимаю.

— Неудивительно. Спи.

— Заснёшь тут...

И всё-таки после долгого молчания Петя начинает засыпать. И опять сквозь дрёму слышит:

— Поэтому меня и интересует вопрос: есть ли на свете справедливость?

Он отталкивается от этих слов, как от скалы, и уплывает на утлой лодчонке в непроглядный кочующий океан.

Они повсюду. Их всё больше. Выходят из дверей и окон, калиток и колодезных люков, спрыгивают с деревьев, приезжают на подножках трамваев и крышах троллейбусов. Один даже умудрился посадить свой аэроплан прямо на площади, у памятника.

Они идут строем. На груди — какие-то цифры. То ли даты жизни, то ли арестантские номера. Барабанщик медленно поднимает вверх свои палочки. И ещё медленнее — опускает вниз. Без звука.

Они дружно открывают рты. Будто все рыбы мирового океана собрались, чтобы спеть хором. Но ничего не слышно. Как под водой. Они идут в ногу. Глаза их пусты. Лица обращены к памятнику, как подсолнухи к солнцу.

Убийцы маршируют плечом к плечу с убитыми. Вот семенит кривоногий, поблёскивают очки, топорщится бородка. Размахивает бумажкой: «Уничтожить как класс». Его подпись.

А следом, дыша в плешивый затылок, шагают уничтоженные. Сотня за сотней. За тысячей — миллион. Два миллиона. Идут на убыль, на убой, на удобрение.

Порой мелькнёт в толпе знакомое лицо. Русалочьи глаза, запрокинутая голова, тетрадь под мышкой. Идёт не в ногу, спотыкается. Озирается. Будто ищет кого-то. Но кого тут найдёшь...

Медленно маршируют мёртвые. Неслышно печатают шаг. Открывают рты. Держат равнение. Салютуют неупокоенному вождю: «Аве, Цезарь!»

Они идут всю ночь. Все бесконечные ночи. Идут и никуда не могут прийти. Никогда не могут остановиться.

Все следующие дни Петя пребывает в оглушённом состоянии. Отсутствует. Он не включается даже в судьбоносные моменты. Даже когда ВэВэ, узнав о его уходе из дома, совершенно просто предлагает пожить в квартире профессора.

— Правда, там ничего, кроме книг, нет, — извиняется она.

— А мне ничего другого и не надо! — искренне отвечает Петя.

Но туман не рассеивается и тут.

Весь остаток лета он ведёт странное призрачное существование. Воображая себя то поэтом в парижской мансарде, то студентом-разночинцем в петербургских трущобах.

Вскоре он обнаруживает, что ВэВэ немного ошиблась. От профессора осталась не только библиотека. Но и мешок макарон, пачка соли и кирпич монгольского чая. Для поддержания жизни этого вполне достаточно.

Светлые летние ночи. Поэт рассеянно роется в книгах. Читает несколько сразу. По абзацу, по паре страниц. Пока не проваливается в какую-нибудь одну. И летит в ней уже до дна. До утра.

Проснувшись, идёт обедать в музей. Тактичная ВэВэ даёт ему уйму незначительных поручений, преподнося их как нечто невероятно важное. Тася по-прежнему пропадает на раскопках. Каждый вечер она заходит в музей, и они втроём идут на остановку. Но говорят только Петя и ВэВэ. От Таси за всё лето он не услышал и десятка слов. Правда, они ни разу не оставались наедине. К его огромному облегчению. Потому что он теперь совсем не знает, о чём с ней разговаривать.

Однажды, разбирая профессорскую библиотеку, он находит на полке, за книгами, токую бумажную папку с надписью «Отец». Со странным чувством развязывает полуистлевшие тесёмки. Внутри всего два листа. На первом — выписка из какого-то официального документа. И опять эти тоскливые слова, от которых так хочется быть подальше: «Трибунал, приговор...»

«И тут они меня настигли», — чертыхается Петя и собирается захлопнуть папку.

Но почему-то прочитывает всё.

«Успенский Серафим Степанович

Родился в 1900 г., Коми Респ., г. Усть-Сысольск; русский; врач-хирург. Проживал: Уссурийская обл., г. Ворошилов.

Арестован 17 июля 1937 г.

Приговорён: Военный трибунал Приморской Группы войск 14 октября 1937 г., обв.: по ст. 58-10 ч. 1 УК РСФСР.

Приговор: 7 лет лишения свободы и 3 года поражения в правах».

На втором листе — отрывок каких-то воспоминаний. Петя начинает читать, не понимая, зачем они тут. И только в последнем абзаце обнаруживает доктора со сказочным именем Серафим.

«Врач Данила Дементьевич Буга вернулся в медпункт с вахты, куда его вызывали. Я в это время на плоском речном голыше точил для шприцов иглы — величайшую ценность и дефицит в наших условиях.

— Бросай это дело, — сказал Буга, — беги на поднятие трупа в бригаду Чудинова. Опять кого-то шлёпнул конвой. Чего застыл? Давай быстро!

Я схватил фанерный чемоданчик с красным крестом на крышке и выскочил за зону. Я шёл быстрым шагом. Липкий пот застилал глаза. Из-за дальнего холма показались две одинокие фигурки, шедшие на значительном расстоянии друг от друга.

Первым оказался малорослый тощий парнишка, тяжело переставлявший большие рваные без шнурков ботинки, одетые на босу ногу. Руками он придерживал то ли штаны, то ли живот под рубахой. Измождённое и серое от пыли лицо было отрешённым.

— Ты из какой бригады? — спросил я его.

— Чудинова, — выговорил он пересохшим ртом.

— Кого там у вас застрелили?

— Меня, — сказал он, отводя глаза в сторону.

Я был послан на поднятие трупа, и шутка не показалась мне смешной.

— Первый раз вижу ходячего покойника, — сказал я.

— Я не покойник, я не помер...

Он молча приподнял серую рубаху, и справа на животе я увидел яркое круглое отверстие небольшого размера, из которого выглядывало что-то розовое и блестящее. Ни капли крови ни на коже, ни на одежде я не заметил. Я раскрыл стерильный пакет и наложил на это место повязку.

— Кто же в тебя стрелял? — спросил я с сомнением.

— А вон идёт, чёрт нерусский, — сказал он без злобы, неприязни и страха.

— Куда он ведёт тебя?

— На кухню. Обещал накормить от пуза.

Подошёл конвоир. Тоже худой и мелкий. Монголоидный тип голого лица скрадывал возраст. Он тоже шёл, вяло переставляя ноги, винтовку держал так, что ремень волочился по пыли.

— Кого застрелили? — спросил я бойца.

Он молча кивнул на парнишку.

— Куда ведёшь?

— Лагерь. Столовый, — ответил он, глядя себе под ноги.

В моём сознании всё это не укладывалось. Я шёл на поднятие трупа, чтобы в акте зафиксировать факт смерти и, по возможности, причину её. Я с сомнением оглядел эту пару и устремился к забою. С огнестрельными ранениями я ещё не встречался, не знал их специфики. Совсем недавно вызволенный из забоя, я делал первые шаги в лагерной медицине.

Минут через пятнадцать я подошёл к бригаде Чудинова.

— Где труп? — спросил я Чудинова.

— Ушёл, — кинул он равнодушно, не отрываясь от дела.

— То есть как?

— На своих ногах. Татарин увёл его в лагерь.

Видя мое недоумение, Чудинов стал разъяснять:

— Видишь, — сказал он, — пацан попросился пойти за отвал. Боец разрешил. А когда Зверев, ну, пацан, повернул за отвал, выстрелил, гад, по нему. Пацан качнулся, но не упал. Его развернуло лицом к татарину, глядит на него, качается, держится за живот. Татарин сник как-то, засуетился, позеленел. Видать, это у него первый. Пойдём в лагерь, говорит, накормлю от пуза на кухне. Пацан потоптался тихо-тихо на месте и... пошёл. Шарипов, ну, конвоир, сзади... Они тебе не встренулись, что ли?

Когда запыхавшийся я вошёл в медпункт, Буга встретил меня словами:

— Отправил я его на телеге в больницу. Упирался, не хотел ехать, пока не накормят. Конвоир обещал.

Хирург лагерной больницы, Серафим Степанович Успенский, прооперировал Зверева, сделал ревизию брюшной полости. Месяца полтора продержал в отделении. Потом Зверева перевели в оздоровительный пункт. Парень мог рассчитывать на продление жизни.

Конвоира Шарипова я больше на нашем участке не видел. За Зверева ему, конечно, ничего не было. Ну, перевели на другой прииск. А, может, ещё и наградили за бдительность и прилежание...»

Петя медленно завязывает тесёмки. За окном стоит желтоватая городская ночь. На следующий вечер он молча отдаёт находку Тасе.

«О! — восклицает Тася, прижимая папку к сердцу. — Спасибо! Спасибо тебе!»

И отворачивается, смутившись своего внезапного воодушевления.

«Слишком много прошлого, — думает он ночью, роняя на пол очередной пыльный том. — Хочется уже настоящего. А его всё нет и нет».

Вместе с осенью приходит тоска. Спать на полу становится холодно. Когда родители на работе, Петя проникает в отчий дом за тёплой одеждой. И долго лежит на своём старом диване, не в силах встать. Где-то здесь, в этой ненавистной квартире с сервантом и стенкой, осталась часть его души. И эта потеря не даёт ему покоя. Где она? В знакомом наизусть узоре обоев, населённом фантазиями одинокого детства? В засохшей капле краски на полу? В продавленных пружинах, расположение которых помнит спина?

Лифт останавливается на этаже. Он подскакивает с бешеным сердцем. Пронесло, соседи. И всё же — пора. Поэт сбегает по загаженной лестнице, привычно зажимая нос. На втором этаже что-то заставляет его замедлить шаг. Перегнувшись через прожжённые окурками перила, он видит их. И вжимается в стену. К счастью, лампочки везде выбиты.

Родители ждут лифта. Судорожно обнимая набитый свитерами рюкзак, поэт напряжённо вслушивается. Почему-то он уверен, что в его отсутствие они говорят о нём. Но они молчат. С унылым скрипом открываются двери лифта.

— Видал? — произносит мать, тяжело ступая в кабину.

Петя перестает дышать. Вот сейчас она скажет, например: «Видал конуру, где он живёт? Соседи говорят, там даже кровати нет!»

— Яйца-то намедни по девятьсот брали. А сейчас уже тысячу.

Отец мычит. Двери закрываются. Когда лифт проезжает мимо, до него долетает ещё тюлька в томате.

Выходя на темную улицу, он слышит внутри себя только одно: рву связь.

Тоска швыряет охапки листьев в двери трамваев. Пускает по полу холодные сквозняки. Раскачивает фонарь во дворе. С тоской к поэту, наконец, начинает возвращаться ощущение собственной жизни. Короткими вспышками. Но это уже кое-что.

На филфаке всё погружено в мутную дремоту. Скучные лекции, двойники школьных уроков. Поэт спит, вжимаясь лбом в парту. Будто пытается прободать толщу неподвижного времени. Скоро он научится читать и даже сочинять стихи под невнятный бубнёж с кафедры. Скоро он поймёт, что высшее образование получают на переменах. Стремительные сближения. Жадные разговоры в прокуренных туалетах. Бесконечные строки. Свои и чужие. Стучащие в голове, как поезда. Но всё ни о чём. Ни о том. Всё ни о том, прозрачная, твердит.

Самое важное происходит на большой перемене. Петя бежит через весь город, чтобы на минуту увидеть *её*. Бежит через дворы, где кошки сонно жмурятся с карнизов. Неподвижные, как маленькие сфинксы. Бежит по тихим улочкам, где старушки бредут за молоком. Мимо казарм и госпиталя, мимо сквера и кинотеатра, мимо почтамта и кондитерской фабрики. На бегу он читает объявления на стенах. Будто боится пропустить что-то важное. Что-то, касающееся лично его. Но и там всё одно и то же.

Тоска бежит рядом. Как чёрный пес. Но она выдыхается быстрее. Подбегая к истфаку, он уже свободен.

Тася стоит на крыльце. В стороне от курящих и гомонящих студентов. Одинокая и отважная, как фонарь в густом тумане. Озаряя серую морось, поглотившую мир.

Он добегает до неё. Хватает прохладные руки. И прижимает к пылающему лицу. Он не может говорить. Только шумно дышит и улыбается. Она тоже улыбается. И тоже молчит. А потом раздаётся звонок, и она уходит.

«Как свидание в тюрьме», — думает он, медленно бредя по бульвару.

На свою пару он всё равно уже опоздал.

В конце бульвара, на усыпанной листьями скамейке, его поджидает отдохнувшая тоска.

Часть вторая

То, что происходит потом, очень трудно объяснить. Петя и не пытается. Тася постоянно крутит это в голове, заходя то с одного, то с другого бока. Но и у неё не получается.

Снова осень. Только уже другая. Последняя осень второго тысячелетия.

У памятника они больше не встречаются. Они вообще встречаются теперь крайне редко. И то случайно.

Но Петя часто бывает там, где когда-то, в начале времён, терпеливо ждала его девочка в клетчатом пальтишке. В окружении голубых елей (тогда он называл их синими). Рядом с аркой, где прошла и навсегда исчезла другая девушка. О которой он так ничего и не написал. С неприятным именем. Тревожным и трудным, как всё, о чём лучше забыть.

Забыть, чтобы с чистым сердцем стоять у памятника в полыхании кумача. И, срывая горло, орать в мегафон очередное рифмованное обличение.

Да, Петя теперь — мастер лозунгов. Специалист по мировой несправедливости. Борец с гидрой капитализма. Змееборец практически.

Как это случилось? Он уже не помнит.

Наверное, когда-нибудь, поджидая Тасю, ради смеха завернул в обком на первом этаже истфака. И вышел оттуда, унося колоритные человеческие типы («Я же всё-таки литератор!»), перлы полубезумных ораторов и пачку агитационных газеток.

Его сразу взяли в оборот. Надавали кучу поручений, даже не спросив о цели визита.

Его сразу приняли как соратника, товарища и брата. Несколько совместных пьянок (в обкоме оказалось на удивление много молодых) укрепили внезапное братство. Одиночество разинуло пасть — и проглотило наживку.

Он не помнит, когда стал воспринимать всё, что слышал на собраниях, всерьёз. Когда искренне возомнил себя героем и революционером. Когда громыхание ржавых штампов стало его собственной речью.

Это неважно. Важно, что он горит. Кипит, пламенеет, сжимает кулаки, выпятив вперёд небритый подбородок. Ему хорошо. Он впервые обрёл внятную цель. Борьба. С несправедливостью. До победного. Чтобы не осталось ни одного бедного.

Да, и стихи у него теперь такие. Которые можно скандировать в мегафон.

Под которые удобно маршировать. Смело, товарищи, в ногу.

Теперь он вдохновляется революционными песнями.

А все свои прежние бумажки — целый рюкзак — бестрепетно предал огню. За наивность и безыдейность. Взвейтесь кострами. Уцелело лишь подаренное Тасе. Она сохраняет всё.

Потом он, конечно, пожалеет об этом.

Как и о многом другом.

Но сейчас он счастлив. Оглушён собственной яростью. Ослеплён яркостью кумача над головой. Брит налысо — *как Маяк*. Красная гвоздика в петлице. Тяжёлые радикальные ботинки. Беломор в зубах. Цельный образ. Пускай с чужого плеча. Ведь это — плечо товарища.

«Вы жертвою пали в борьбе роковой», — вопит Петя.

«Сталин. Берия. Гулаг», — это он тоже вопит, а что? Все же кричат. А когда кричишь хором — как-то не задумываешься о смысле.

Это как ходить строем. Может, он бы и свернул на соседнюю улицу, где на перекрёстке мелькнула Тася, направляющаяся в архив. Но все идут в другую сторону.

«Как он изменился, — думает Тася, провожая глазами Петю, марширующего под красным флагом. — Сможет ли он вернуться? Теперь у него тоже есть прошлое. Но совсем не такое, как у меня. Героическое. Великое. Прошлое, которого не было. Там нет людей. Только громкие фразы».

Тася, напротив, ищет живых людей. Среди мёртвых бумаг, смертных приговоров, омертвевшего языка газет. Пытается заглянуть в их сознание, нащупать пульс. Но отовсюду на неё смотрит только одно: ужас.

Ужас имеет множество образов и ликов.

Вот из чьих-то воспоминаний: каждое утро две старухи, открыв форточки, перекрикиваются через двор: «Твой-то Лёшка ещё дома?» — «Дома, а твой Володька?» — «И мой тоже!» Это они про сыновей. Что тех не забрали ночью. Самое страшное в этом — обречённое «ещё».

В газете «Северный рабочий» за тридцать седьмой год очень много пишут о противогазах. Директор завода целый день работает в противогазе. Автопробег в противогазах. Физкультпарад в противогазах.

У доски учительница в противогазе. За партами, сложив ручки, школьники в противогазах. Тася долго смотрит на газетную фотографию. И тоже начинает задыхаться. Кажется, воздух той эпохи так отравлен ужасом и болью, что люди уже не могут им дышать.

Над одной коротенькой заметкой — буквально два абзаца — она сидит целый час. Проваливаясь всё глубже. И глубже.

Жёны комсостава из района — ну и наименование! — решили отправиться в областной центр на съезд. Пешком — семьдесят километров. И, разумеется, в противогазах. Лето тридцать седьмого. Большой террор уже начался. Этих беда ещё (опять это жуткое «ещё»!) не коснулась. Иначе бы не направили на съезд. Но кто-то из знакомых наверняка уже стал «врагом».

Несколько женщин в резиновых масках идут по лесам и полям. Днём и ночью. Как, должно быть, пугались те, кто встречал их на просёлочной дороге.

Тася представляет это так ясно, будто смотрит фильм. Солнце, колосья, жаворонки. Кто-то работает в поле. Поднимает голову, видит вдалеке цветастые платья — девчата идут. Отворачивается, улыбнувшись. Но взгляд цепляется за что-то. Что-то не то в этой привычной картинке. Что-то тревожит. Вглядывается, бросив работу. Медленно камера приближается («девчата» подходят) — и становится видно... Хоботы, стеклянные глаза. Босху и не снилось.

Газета, конечно, пишет, что этой безумной выходкой жёны демонстрировали свою боеготовность. Они и сами, наверное, так думали. Не замечая, что страх уже лишил их чувства реальности.

Тася пытается представить себя, идущей в противогазе среди летних полей. Она никогда не надевала эту штуковину на лицо. Только однажды в школе заглянула внутрь и, содрогнувшись, отложила.

В нём почти ничего не видно. Почти невозможно дышать. Но есть что-то, заставляющее терпеть, — страх. Ведь и не понимая, все отлично чувствовали, что происходит. Страх за близких. За птенцов в гнезде. Не успеть вырастить. Древний, животный инстинкт. Женская охранительная магия. Пострадать, чтоб отвести беду. Пойти пешком в дальнюю обитель (на съезд). Дать зарок. Не есть, не пить, не говорить. Не дышать. Сносить семь пар железных башмаков. Лишь бы беда прошла стороной.

Жаль, в газете нет фамилий. Было бы интересно проверить. Вдруг — получилось? Вдруг именно этих — не тронули?

— Барышня, мечтающая над подшивкой старых газет. Какое редкое зрелище.

Тася вздрагивает. Ярослав. Старшекурсник. Печальный мальчик с чёрной чёлкой на глазах. Что-то часто он стал ей встречаться. Тасе неловко в его присутствии. Она не знает, почему. Может, слишком пристальный взгляд? Никогда не хочется с ним разговаривать. Это, наверное, невежливо.

— Что ты тут делаешь? — Тася через силу пытается соблюсти приличия: задать пустой вопрос, услышать ненужный...

— Смотрю на тебя.

Такого ответа она не ожидала.

— Зачем?

— Сам не знаю.

Сам не знаю, зачем хожу за тобой. Кружу по этажам, высматривая в толпе студентов. А увидев, уже не выпускаю из вида. Просто мне хорошо, когда я смотрю на тебя. Только в эти редкие минуты и хорошо. Потому что ты такая — будто ничего не было. Будто мир не сведён судорогой зла. И справедливость существует.

Тася тоже не знает, что теперь говорить. Она молча закрывает подшивку. И встаёт. Сомневаясь, не будет ли это слишком резко. И обидно.

— Извини, мне пора.

— Позволь, я помогу.

Ярослав осторожно вынимает у неё из рук тяжёлые газеты.

— Тридцать седьмой год? Зачем тебе?

— Курсовая... — чуть слышно произносит Тася.

— На какую тему?

— История семьи, — ещё тише отвечает она.

— Пару лет назад я тоже читал эти газеты. Искал упоминания о первом лётчике в городе.

— Занимаешься историей воздухоплавания?

— Тоже историей семьи. Это Ярослав Найдёнов. Брат бабушки. В честь которого она настояла назвать меня. Невзирая на приметы.

— Какие приметы?

— Считается, что нельзя давать детям имена плохо кончивших родственников.

— А он...? Разбился?

— Расстреляли. Вместе с невестой. В один день. Может, даже в одном месте.

— И ты...? Что-нибудь тут нашёл?

— О, настоящее сокровище! Вторую половину разрезанной фотографии. У бабушки всю жизнь хранился снимок. Она-первоклассница с мышиными косичками стоит на крыльце, прижимая к сердцу лётный шлем. С обожанием смотрит вверх. На кого — неизвестно. Потому что тут фотография обрывалась. Прямо на линии её восхищённого взгляда.

— Это был Ярослав?

— Да, высоченный белозубый красавец. Вроде Гагарина. И рядом с ним — такая же красавица. С косами вокруг головы. Оба неприлично счастливые. А над ними — транспарант: «Ура! Наш ученик в небе!» И внизу — моя семилетняя бабушка.

— Она тебе о нём рассказывала?

— Никогда. Я сам всё раскопал. Уже после её смерти... Осталось, правда, одно странное воспоминание. Как она забирает меня из садика, и дети вопят: «Ярослава забрали!» — а бабушка слишком резко затягивает мой шарф, произнося сквозь зубы: «Когда они перестанут твердить эту отвратительную фразу!» Я тогда, конечно, не понимал. А теперь представляю, при каких обстоятельствах она слышала точно такую же фразу.

— А дело его ты читал?

— Разумеется. И фотографию оттуда переснял. Он там, представляешь, тоже улыбается. А передних зубов уже нет. И глаз подбит. Но вид всё равно бравый, разбойничий. Я, вообще, не видел, чтобы люди на этих фото улыбались.

— Почему зубов нет? Ведь фотографировали ещё до начала допросов?

— Оказал сопротивление при задержании. Единственный известный мне случай. Потом объяснял следователю Раевскому, что просто спешил на свидание.

— И её из-за этого — тоже?

— Не из-за этого. Об их романе и так знал весь город. Он же был герой. Покоритель небес, Икар. Заметная фигура. Да и она тоже. С парашютом прыгала. Пела. Во всех любительских спектаклях главные роли играла... Но я, конечно, проверил. Когда он говорит, что торопился к невесте, она уже у них. И потом —

обвинение строилось на любовных письмах. Так что её арест был неизбежен.

— Любовных письмах?

— Да. Они по-немецки переписывались. Не знаю зачем. Наверное, чтобы покрасоваться друг перед другом. Мол, мы ещё и это умеем... «Разве так поступают порядочные комсомольцы?» — по-отечески журил следователь Раевский на первых допросах. А дальше понеслось — фашистская организация и прочие фантазии. Через месяц бедная Валя уже не только перечисляет всех членов аэроклуба как участников заговора, но и сообщает, что они планировали посадить самолёт прямо на трибуну Мавзолея. В тот момент, когда отец народов махал ручкой возбуждённым трудящимся.

— И их всех — ?

— Ну да. Громкое было дело. Заговор лётчиков.

Тася будто выныривает из-под тёмной воды. И замечает, что они стоят в еле освещённом библиотечном коридоре. Друг против друга. Там, где застал разговор. Ярослав прислонился плечом к стене. И смотрит в упор. Ей снова становится неловко. Хочется поскорей распрощаться. Ярослав улавливает её движение прочь — и быстро произносит:

— Ну, а твои? Кого ты там ищешь?

И Тася уже не может уйти. Никому ещё она не рассказывала о *них*. Не считая Пети. Которому наплевать. Она начинает неохотно. Думая отделаться парой фраз. Но незаметно выкладывает всё. Даже про сны.

Ярослав слушает очень внимательно. Он даже не шевелится, боясь спугнуть. Только глаза становятся всё тоскливее и темнее. Как шахты, полные чёрной воды.

Вот об этот взгляд она в конце концов и спотыкается. И спохватывается. Зачем я выливаю это на чужого человека?

— Сейчас уже, наверное, библиотека закроется. Пойдём, — смущённо говорит Тася.

Ярослав с трудом отрывается от стены.

— Да, пора.

Он старается идти как можно медленнее. Хоть немного продлить.

— Постой! А следователь — кто? Тоже Декабрист?

— Нет. Следователь Антонов.

— Антонов?! — он останавливается. — Как твой поэт?

— Да, распространённая фамилия, — растерянно отвечает Тася. Будто оправдывается.

Она никогда не обращала внимания на это совпадение.

— А что, если…?

— Что?

— Нет, ничего. Не бери в голову.

Но именно это и происходит. Мысль, невысказанная, но внятная, с той минуты поселяется в ней, как вирус. От которого никак не излечиться. Всё заволакивает туман.

Ярослав помогает надеть пальто. Открывает дверь. Подаёт руку на ступеньках.

Но она уже не здесь. В своих мыслях. В своей мысли.

— Вот мы и обменялись мертвецами, — печально говорит Ярослав. — Можно сказать — породнились.

Она рассеянно кивает.

Он наклоняется и быстро целует её в висок.

Она вздрагивает и отшатывается.

Он разворачивается и уходит прочь.

Не оглядываясь. Он знает, что она не смотрит вслед.

И она действительно не смотрит.

Всю ночь Тася гонит от себя упорную мысль. И под утро понимает, что есть только один способ избавиться от неё. Проверить.

Дело следователя Антонова ей сначала не выдают — не родственник.

— Ну пожалуйста! — жалобно просит Тася. — Очень нужно одну вещь проверить.

— Какую такую вещь? — сварливо интересуется архивный юноша.

— Вот как раз — что не родственник.

— Не положено.

— Я одним глазом гляну и отдам.

— Не положено.

— Никто даже не заметит!

— Не поло...

— Да почему не положено?!

— Ну как же! Вы — представитель... гм-гм… потерпевшей стороны интересуетесь… ээээ… стороной противоположной… ещё и на предмет родственников...

— И что? — не понимает Тася.

Архивный юноша молча, с достоинством точит карандаш.

«Как он похож, — рассеянно думает Тася, — только на кого? Будто я где-то о нём читала... У Гоголя? Салтыкова-Щедрина? Не помню...»

— Как что? А вдруг вы мстить захочете?

— Захотите, — автоматически поправляет Тася. И только потом спохватывается: — Кто?! Я?! Мстить?! Да как вам такое в голову-то взбрело!!

— Ну, вы, может, и не захочете, — поспешно отступает тот. — Но люди всякие бывают.

— Не захотите, — снова вырывается у неё, и она быстро добавляет, чтобы не выглядеть бестактной с этими постоянными поправками: — Почему вы не хотите мне помочь?

— Не положено, — вздыхает он и поспешно уходит в глубину архива.

— Что же теперь делать? — Тася потерянно разглядывает правила пожарной безопасности.

На одной картинке изображён человек в противогазе.

«Пожар на атомном реакторе», — читает она. Вряд ли тут противогаз поможет.

— Давай по-быстрому, — шипит над ухом.

Тася шарахается в сторону. Стукается плечом о стенд. И видит, что в руках у неё — папка. Старательный канцелярский почерк на обложке: «Антонов Алексей Иванович. 1905 года рождения. Место рождения — Мукомольная слободка. Из рабочих».

— Да, сядь ты, сядь. Не мозоль глаза.

Тася послушно садится. И осторожно открывает папку. Будто оттуда может выскользнуть змея.

«Мукомольная фабрика принадлежала отцу Лизы и Серёжи, деду Ии. А его родители, значит, там работали. Как всё переплетено», — думает она, пробегая глазами анкетные строки.

Вот и оно: «Жена — Антонова Клавдия Михайловна, билетёр кинотеатра, беспартийная, из крестьян. Дети — Василий Антонов, 1935 года рождения».

«Значит, три года было. Жену, скорее всего, тоже. Потом проверю. А мальчика — куда?»

Тася на секунду поднимает голову. Сотрудник архива отрешённо точит свой карандаш. Она переворачивает страницу и начинает лихорадочно читать протокол.

Антонов признаётся во всём на первом же допросе. Боится слишком знакомых ему методов следствия? Но в его односложных ответах не слышно страха. Только желание поскорее со всем покончить. «Да-да, был, состоял. Чего там дальше?» Кое-где он даже подсказывает следователю, видимо, новичку, правильные формулировки.

Она почти видит *их*. С одной стороны стола — суетящийся юнец, хватающий то ручку, то папиросу. С другой — неподвижный Антонов, придавленный к стулу какой-то неземной силой тяжести. Бесформенный, как груда камней. Почти не похожий на человека...

Она быстро дочитывает до конца. «Приговорён к высшей мере наказания». Приговор приведён в исполнение в тот же день.

Тася закрывает дело. Подходит к стойке. На столе перед молодым человеком — целая гора карандашной стружки.

— Спасибо, вы меня очень выручили.

— Давай, давай. Без разговоров.

Ни на что не надеясь, Тася всё же спрашивает:

— А как узнать, что стало с мальчиком? Ну, с сыном. Жену-то ведь тоже потом...

— Что-что. Детдом Первого мая. Что же ещё. Туда всех гэбэшных сирот отправляли. Элитный детдом. С нормальной кормёжкой. Мы своих не бросаем.

— А как...

— Каком кверху! Я не справочное бюро.

«Почему он вдруг стал грубить? Обиделся, что я его поправляла?» — думает Тася, идя по пустому осеннему бульвару.

Но быстро забывает о хамстве архивного юноши. И погружается в подсчёты.

«Так, недавно отмечали юбилей. Петя просил помочь с подарком. И я думала, что пятьдесят, а оказалось, всего сорок. Значит, 1959 год. В это время Васе Антонову — двадцать четыре. Вполне возможно. Стоп, может, он тут не при чём... Как зовут папу? О, нет! Да, точно!»

Тася вспоминает Петины слова: «Николай Васильевич. Как Гоголь. И такой же мрачный».

«Вот, пожалуйста. Здравствуй, Вася Антонов... Да мало ли их! Это же не Иннокентий Раевский!»

И чтобы отогнать навязчивую мысль, Тася начинает прыгать по нарисованным на мокром асфальте классикам, повторяя про себя:

«Вася Антонов. Вася Антонов. Один из миллионов».

На клетке «рай» её ловят и отрывают от земли такие знакомые руки.

— Я — Пётр, страж порога, имеешь ли пропуск в рай?

С тех пор, как встал под красные знамёна, Петя избегает её. Переходит на другую сторону улицы. А тут вдруг сам явился.

«Что-то случилось», — понимает Тася.

Но Петя весел. С ним это тоже теперь бывает крайне редко. Не до шуток — сплошная несправедливость вокруг.

Тасе становится стыдно. За эти ироничные мысли. Но главное — за Васю Антонова. С какой готовностью она поспешила связать Петю с убийцей Ии. Бедного, ничего не подозревающего Петю. Привычно лгущего, привычно предающего. Совершенно безобидного.

Тася не улыбается в ответ на его каскад остроумия. У неё вообще такой вид, будто она сейчас расплачется. Петя злится. Но держит себя в руках. Ведь он по делу.

— Товарищ Тася! Зная твои оригинальные вкусы, хочу пригласить тебя на одну... вечеринку. Где будет куча подвыпивших стариков. Которых можно расспрашивать о прошлом. Всё как ты любишь!

— На собрание в обком?

— Ну что ты! Я бы не оскорбил тебя таким предложением! На похороны!

— Боже! Кто-то умер?

— Как ты догадалась?! Да! Моя бабка! Не делай такое трагическое лицо. Никто не горюет. Злющая была, как тысяча чертей.

— Чья это мама? — еле слышно спрашивает Тася.

— Отца.

— И как он?

— Не рвёт ли на себе волосы? Да нет. Молчит и курит. Впрочем, он всегда молчит и курит. Приходи! Один я там помру! Сядут, выпьют — и начнут свой детдом вспоминать. Галдёж поднимут, как...

— Детдом?

— Ну да. У меня ж бабка детдомовская. Они там типа на выпускном поклялись дружить всю жизнь. Не знаю насчёт дружбы. А вот на похороны ходят. На дедовых поминках я этих разговоров наслушался, как...

— А он — тоже?

— Давно ещё. Я мелкий был. Классе в пятом.

— Тоже детдомовский?

— А. Ну да. Они ж с бабкой в детдоме познакомились. Года в три. Ужасно романтичная история.

— А какой детдом?

— Что? Ты так тихо говоришь! Привыкла шептать в своих архивах!

— Нет, ничего.

— Ну, так придёшь?

— Да!

— Я так и знал! До завтра! Встретимся «под рукой»!

Петя уходит, бодро ступая в лужи своими тяжёлыми ботинками. Полы расстёгнутого пальто машут по бокам, как крылья. Вороны надрываются на чёрных липах. Тася стоит в клетке «Рай». И смотрит ему вслед. Ветер выдувает из глаз слёзы.

За ночь она понимает две вещи. Скорее всего, бабушку похоронят рядом с дедом. И достаточно будет взглянуть на соседний памятник, чтобы сверить данные: год рождения и отчество. И ещё она понимает, что ни за что на свете не станет этого делать. Постарается держаться подальше от могил.

Но план не удаётся. Петя вцепляется в неё мёртвой хваткой и тащит прямо к раскопанной яме. Он, как близкий родственник, должен быть поблизости. А ему невмоготу смотреть в разверстое чрево земли.

«Антонова Анна Михайловна, 1935—1999», — против воли читает Тася.

Второй памятник, стоящий в ограде, просто сам лезет в глаза. Или она не может удержаться. Но вместо ожидаемого «Антонова Василия Алексеевича 1935 года рождения» с облегчением видит там совсем другое: «Смирнов Дмитрий Михайлович, 1933—1948».

— Кто это? — шёпотом спрашивает Тася.

— А, бабкин брат, кажется, — отмахивается Петя.

— Почему так рано умер?

— Наверняка расстреляли, — ехидничает Петя. — Не поискать ли в списках репрессированных?

— Чё ты мелешь, трепло! — резко оборачивается Петин отец. — Утонул он. В омуте.

Тася никогда в жизни не разговаривала с этим мрачным, всегда словно чем-то придавленным человеком. Даже те несколько раз, что бывала у Пети в гостях, когда тот ещё жил дома. Но тут её несёт.

— А где же похоронен ваш папа? — быстро спрашивает она.

Несколько секунд он молча смотрит на неё. Невозможно определить, какие эмоции выражает этот взгляд. Тася чувствует только, как тяжесть вдавливает её в землю.

— А в лесу, — медленно произносит он, наконец. — Своими руками зарыл. Возле сторожки. В одеяло закатал и зарыл. Мать мне потом всю жизнь это одеяло поминала. Хорошее, мол, верблюжье. Надо было в газеты завернуть. А он газет отродясь не читал. Где бы я их взял — в лесу-то?

— А почему... — Тася не обращает внимания на Петю, стиснувшего ей локоть.

— Почему не в гробу? Да не на кладбище? Потому, что полгода денег не видел. Завод зарплату не платил. На одних макаронах жили. Отец дичью спасал. Приезжал раз в месяц — и забивал холодильники... И вот — всё подъели. А его нет. Ну, я и отправился. Насилу нашёл сторожку эту. А он уж... ну... транспортировке не подлежал. Да и на какие бы шиши?

— Ну ты даёшь, — выдыхает ей в ухо Петя, когда отец отходит. — Я от него столько слов за всю жизнь не слышал! Красота — страшная сила!

Поминки в столовой у кладбища. Пластиковые стулья, липкая клеёнка на сдвинутых столах, гнутые алюминиевые вилки. Мрачный Петя, завладевший бутылкой водки. Напряжённые серые лица. Неловкая тишина первых стопок, а потом — ровный гул голосов, разговоры о засолке и конце света.

Тосты. Первый — за покойницу. Второй — за мужа покойницы.

— За Ваську-молчуна! Ваську-оборотня! Ваську-лешего! — доносится отовсюду.

— Хватит зубоскалить! — перекрикивает всех чей-то визгливый голос. — Давайте просто — за Василья Лексеича. И точка.

«Василий Алексеевич Антонов. И точка, — думает Тася. — Это ещё ничего не значит... Вот если прозвучит название детдома...»

Она не успевает додумать. Третий тост — «за наш замечательный детский дом имени Первого мая» — уже настигает её.

— Ты почему водой чокаешься? — кокетничает с Тасей старичок, обрамлённый белоснежными кудрями. — Это не по-христиански!

— Владимир Ильич, я за неё! — Петя тянется через стол и, не рассчитав, расплёскивает половину стакана.

— Э, э, — возмущённо гудят гости.

Петя неловко плюхается рядом с Тасей. Чуть не промахнувшись мимо стула. Она пытается отодвинуть от него водку. Но он прячет бутылку в карман пальто. Заткнув горлышко скомканной салфеткой.

— Престарелый купидон напротив, — перегнувшись через подлокотник, поясняет Петя слишком громким шёпотом, — это первый секретарь обкома. Представляешь! Такое революционное имя — Владимир Ильич! И абсолютно контрреволюционная фамилия: Деникин! Ха-ха! Над этим у нас только ленивый не прикалывается.

— Что ты там делаешь? — очень чётко произносит Тася.

— А ещё у него «бархатный баритон», — не слышит Петя.

— Правда! Он в филармонии выступает. Романсы поёт. У себя на балконе репетирует. Пока революционная молодежь вытаптывает траву под окнами. В надежде увидеть красавицу Натали. Дочку. Нашу революционную мадонну.

— Зачем ты туда ходишь? — повторяет Тася.

Но тут дверь отлетает в стену. И на пороге возникает лихая старушонка. В заломленном на затылок малиновом берете.

— Навстречу утренней Авроре, — бормочет Петя, пытаясь встать, и угрожающе нависает над столом.

Несколько рук ловят его и возвращают обратно.

— Нализался, мазурик, — мимоходом отмечает старушка, протискиваясь к пустому стулу.

— Штрафную! Штрафную! — гомонят гости. — Давай, Аврора, без разговора!

— Не могу! Помру! Я сюда, вообще, на скорой примчалась! Валокардин только что вкололи! Лошадиную дозу! Упросила до кладбища подбросить. Всю дорогу надо мной потешались.

— Аврора, бабкина подруга. Городская сумасшедшая, — сообщает Петя Тасе. — Собирает мусор.

— Это не мусор! Это артефакты! — живо откликается старушка через весь стол. — И я не сумасшедшая. Я художник-авангардист!

Тася пытается улыбнуться.

— Что-то мне не по себе, — говорит Петя детским голосом. — Пойду проветрюсь.

Тася не успевает и глазом моргнуть, как на освободившееся Петино место усаживается Аврора. Малиновый берет съехал ещё ниже. Острые глазки цепко смотрят из-под нарисованных бровей.

— Невеста?

— Нет, просто... одноклассница.

— А краснеешь, как засватанная.

— Аврорушка! Что это у тебя за мерзость? — кричит кудрявый Владимир Ильич.

Тася замечает, что старушка сжимает в руке кусок грязной велосипедной шины.

— Это было мерзостью минуту назад, когда валялось в канаве. А сейчас — это объект искусства. Артефакт. А, понимали бы что...

Аврора пододвигает к Тасе свою находку и вполголоса объясняет:

— Это профиль Пушкина, смотри. Вот — нос, лоб, тут — бакенбарды. Увидела?

— Да, — так же тихо отвечает Тася. — А у вас в детдоме был только один Вася Антонов?

— Один. Представляешь, не глядя схватила малиновый берет и на улице нашла — Пушкина. Это же чудо! И такие чудеса дарятся всем. Каждый день по сто раз. Но только художник их замечает и радуется. Понимаешь?

Петя стоит, вцепившись в ограду, и разговаривает с кладбищенской вороной. Рассказывает ей обо всём на свете. О дешёвой водке, выпивая которую, чувствуешь себя шпагоглотателем. Об оторвавшейся подошве и сапожнике по имени Адам, любящем карамельки. О блаженной красавице Натали Деникиной, что спасает бездомных котят и слегка косит глазами, как пушкинская мадонна. О прошлом, которое всегда с тобой. И будущем, которое будет справедливым.

— Ты похожа на картину Боттичелли, — говорит Аврора. — Умоляю, позволь написать твой портрет! Соглашайся, войдёшь в историю искусства! Только предупреждаю — меня уже не интересует форма, только преломления света. Так что ты себя, возможно, не узнаешь.

Петя заваливается в новый бандитский склеп. Ему так холодно, что почти не страшно. Он садится на корточки у стены. Глаза тут же закрываются. Центрифуга раскручивается внутри с космической скоростью.

— Хотя чем больше смотрю на тебя, тем сильнее искушение вернуться к реализму. Сделать нечто в духе старых мастеров. Где в слоистой полутьме теплятся лица... Ладно, посмотрим. Так ты идёшь? Конечно, сейчас. Зачем откладывать? Никто и не заметит.

Петя лежит на полу склепа. Тело не слушается. Но сознание продолжает работать. «Наверное, так чувствуют себя мертвецы». Ему становится то невыносимо страшно, то вдруг — совершенно спокойно. Как под водой во время шторма. Барахтаясь — он паникует, погружаясь, — испытывает ни с чем не сравнимое умиротворение.

«Смерть страшна только на поверхности. В глубине она...»

Мысль обрывается. Петя смеётся. Всё и так понятно.

Аврора приводит Тасю в свой дом. Это действительно дом. Двухэтажный особняк, окружённый зарослями, как в сказке о спящей красавице. Он не виден с улицы. И Тася, столько раз проходя здесь, не подозревала о его существовании. Аврора ведёт её закоулками, через дыры в заборах, через автостоянки и пустыри, засыпанные стеклянной крошкой. Дом надёжно спрятан от посторонних.

Внутри живут кошки, картины, лепные потолки, наполовину разбитые витражные окна и горы всевозможной рухляди, которую Аврора называет артефактами.

Тася осторожно переступает через ржавый скелет велосипеда, увешанный пакетами из-под сока. Гладит мимоходом чугунное кружево старинных перил. Рассеянно прислушивается к бесконечному монологу Авроры, не нуждающейся в собеседниках.

— Это дом доктора Бибикова. Внизу он принимал пациентов. Наверху — жил с семьёй. В свободное время переводил стихами «Слово о полку Игореве»... Ничего не уцелело. Когда я нашла этот дом — тут были одни стены... И он меня — позвал. И я живу с ним...

А Пете в склепе снится сон. Он блуждает по неузнаваемому городу, сворачивает в какой-то двор — и в просвете между домами видит реку. Идёт к ней. И на ходу понимает, что сейчас попадёт в Тасин сон. Оказавшись на набережной, действительно, сразу видит их. Девушка кричит. Приложив руки ко рту. Как на картине Мунка. Она приближается. Петя пытается сбежать. Но поздно — в крике появляются слова. Которые невозможно слушать. О том, как её убивал тот человек, что, грузно ступая, идёт следом. Его почти не видно. Бесформенная тёмная громада. Будто медведь.

— Я должен спросить, что им нужно, — удаётся вспомнить Пете. Но говорит совсем другое:

— Надеюсь, ей ты эти подробности не рассказываешь?

— Ты обещал, — бросает девушка.

И медленно, как в фильме ужасов, начинает поворачивать к нему своё белое лицо.

Петя с криком просыпается. И на четвереньках выползает из склепа.

Тася неподвижно сидит посреди пустой комнаты. На неудобном венском стуле. Она смотрит на какую-то щель в плинтусе. И думает свою неотвязную мысль. Она даже не расспрашивает Аврору о Васе Антонове. Зачем? Всё и так ясно.

— Этот дом тебе очень подходит, — говорит Аврора, выдавливая краску из перекрученного тюбика. — Гораздо больше, чем какая-нибудь серая пятиэтажка, где ты наверняка живёшь. Ты кажешься такой же настоящей, как он. Словно из той, исчезнувшей жизни. От которой осталась одна ложка.

— Какая ложка? — от удивления Тася даже включается.

— Серебряная. Я нашла её в той трещине, которую ты так напряжённо созерцаешь. Видимо, дети засунули. Здесь детская была... Представляешь? Из всего того, что наполняло жизнь и дом доктора Бибикова, уцелела только чайная ложечка, пролежавшая за плинтусом весь этот звериный век. Осколок Атлантиды. Даже перевод «Слова» пропал...

Петя, спотыкаясь, бежит среди могил. Опять он заблудился на кладбище. Как в день похорон Тасиного отца. Сто лет назад. Он смотрит на берёзы. Вспоминает свой текст, написанный тогда. Ни строчки не осталось в памяти. Сама бумажка с каракулями, казавшаяся когда-то смыслом и оправданием всего, давным-давно сожжена на пустыре. А теперь ему вдруг становится жалко. До слёз.

Среди стволов белеет церковь. Словно на картинах передвижников. Петя протискивается к ней между стоящих почти вплотную оград. Может, там кто-то есть. Чтобы спросить дорогу.

Полустёртые святые склоняют головы по обе стороны двери. Петя долго топчется на крыльце. Разглядывает фрески. Время стёрло все лица. Остались лишь силуэты, процарапанные на штукатурке. Одинаковые, условные.

«А ведь когда-то каждый из них был живым, ни на кого не похожим человеком», — Пете опять становится невыносимо грустно. И всех жаль.

Покурить бы. Но сигареты он где-то выронил.

Аврора ненадолго замолкает. И к Тасе снова возвращается её мысль.

— Что делать? — спрашивает она у дома доктора Бибикова.

Спрашивает у лепного потолка. У трещины, сохранившей чайную ложечку. У золотой липы за окном.

Вопрос жжёт её изнутри. Того и гляди вырвется наружу языком пламени. Слетит с языка. Перебивая себя, она спрашивает первое попавшееся, неважное:

— Вас назвали в честь богини?

— В честь крейсера. Тебя что-то гнетёт. Поважнее моего имени. Я художник, я вижу. Эта серая тень на твоём лице. Тень мира сего. Я её не хочу! Где твой свет? А?

— Не знаю... Расскажите мне о нём... о них. Об Анне. О Васе, Василии Алексеевиче.

— Зачем? Пусть мёртвые хоронят своих мертвецов. Мы — живые.

— Ты что-то хочешь? — на крыльцо выходит старичок в чёрной рясе. — Давно уже тут стоишь.

Петя не знает, как надо обращаться со священниками. И не находит ничего умнее, чем слегка поклониться.

— Я заблудился...

— В жизненном лесу?

— На кладбище. Как отсюда выбраться?

— Да вот же прямая дорога к воротам. Тут невозможно заплутать... Хоронил кого-то?

— Бабку. Бабушку то есть.

— Отпевали?

— Нет, вроде... Только поминали...

— В церкви?

— В столовой...

— Понятно. Так зайди, помолись за упокой души. Раз уж ты всё равно сюда забрёл.

— Я не...

— Не веришь?

— Не умею.

— Ну, это неважно. Пойдём. Как звали?

— Бабку? Э-ээ... Анна Михайловна.

— Значит, о рабе Божьей Анне...

— «Об Анне». Я даже не сразу поняла, о ком ты. Она для меня всю жизнь Нюткой была. С тех пор, как я её удочерила. В детдоме старшие брали младших в дети. Я сама была младшая — четыре года. Но я никому не давалась. Одичала с горя. А когда Нютку с Митькой, братцем её, из кузова выгрузили — подбежала, схватила за руку. И с тех пор так и не отпускала...

— А кто их родители были?

— Мы друг друга всю жизнь знаем. Но про родителей никогда не говорили. Запретная тема. Даже когда можно стало... Нютка первое время всё спрашивала: «Де ня?». Я думала, про няню. Потом Митька объяснил, что Ня — это имя. Аня. Так мать звали. Две Анны. Чтоб не путаться одна — Аня, другая — Нюта: «Ня и Ню», как она говорила.

— Так. Ещё усопшие у тебя есть? Давай и их заодно.

— Я... Э-ээ... — от смущения Петя не может никого вспомнить.

К тому же он замечает, что от него разит перегаром. И начинает стесняться в сто раз сильнее.

— Ну, нет — так нет. Молодой ещё. Не накопил покойников. У меня вон — целая тетрадка.

Старичок поворачивается, надевает через шею какую-то длинную золотистую ленту. И, открыв потрёпанную книжечку, принимается успокоительно бормотать древние, наполовину непонятные слова.

«Дед Василий же ещё! — вспоминает Петя, но не решается прервать. — А ещё Тасин отец. Как его. Ах да. Андрей Серафимович. Стало быть, ещё и Серафим, который был доктором в лагере. А этот, как его, дед-архитектор. Имя забыл. А, точно! Если ВэВэ — Василина Васильевна, то и он — дед Василий. А ещё ведь бабкин брат — Дмитрий! Ну, и как же я мог забыть — Ия».

Петя вспоминает сон. И ему снова делается жутко. Тоненькая свечка прыгает в руках. Горячий воск капает на пальцы. И тут же застывает.

— Митька-то старше её. Он кое-что, конечно, помнил. Но тоже молчал. Однажды только про косы проболтался. Но он тогда не в себе был. Носился по картофельному полю — и орал, как ошпаренный.

— Почему?

— А это когда Нютка косы обрезала. Ну, повзрослела — захотела стрижку. Обкорнала себя садовыми ножницами. Понятное дело. А он увидел — и рехнулся. Мы не ожидали. Ну, знали, конечно, что у Митьки на этих косах бзик. Но думали, поругается — и остынет. А он видишь что. С тех пор с ней даже не разговаривал.

— С этим было что-то связано? Из прошлой жизни?

— Ну да. Он Нютке всегда сам заплетал две косички. И бинтами завязывал — ленты нам и не снились. Никогда не разрешал другую причёску. И очень бесился, если просила. И вот когда он по картофельным грядкам бегал, он всё про мать кричал. Что она каждое утро плела перед зеркалом косы. Сначала себе. Потом Нютке... И эти Нюткины косички — единственное, что у него осталось от рухнувшего мира. Как ложечка доктора Бибикова, понимаешь?

— Понимаю. Но потом-то они помирились?

— Как же. Нет, может, потом бы и помирились. Только не было у Митьки этого «потом». Утонул тем же летом. Будто только косы его тут и держали.

— Я ещё мёртвых вспомнил, — робко говорит Петя, когда старичок заканчивает бубнить.

— На вот. Пиши всех тут. Потом за них помолюсь.

Петя кривыми буквами выводит имена на четвертушке тетрадного листа. Старичок сидит на скамейке у стены. И тяжело вздыхает.

— Устал, — объясняет он. — Сердце замучило. Никак не вздохну полной грудью.

— Может, вам таблетки?

— Да какие уж мне таблетки... Ну, написал? Давай сюда. А это что? «И я»? То бишь, чтоб я и за тебя помолился? Так живых с усопшими не смешивают, на отдельной бумажке пишут.

— Нет, это не я! — вздрагивает Петя. — Это мёртвая. Убитая девушка. Ия. Имя такое.

Старичок вздыхает. И приписывает перед Петиными каракулями: «Невинно убиенная».

— Тогда и к Василию подпишите. Ко второму.

— Где это их всех у тебя поубивали? — снова тяжёлый вздох.

— Ну, где... В общем это... При Сталине.

— Понятно, — вздох. — Ну ничего. Теперь тебе полегче будет. Не так страшно.

— А откуда вы знаете, что мне страшно?

— А всем страшно. Знаешь, какая фраза чаще других повторяется в Евангелии? «Не бойтесь». Вот. Потому как — боятся.

— Чего? Мёртвых?

— Смерти. И жизни. Всего. Ну ладно. Ступай с Богом. Ступай.

— А вы? — Петя оборачивается на пороге. — Вы разве не боитесь?

— Да чего уж мне бояться... Ну, ступай, ступай, — старичок задувает свечку и мелкими шажками уходит в глубину церковного полумрака.

Непонятно почему у Пети сжимается сердце.

Потом, вспоминая эту встречу, он никогда не будет до конца уверен, что она ему не приснилась. Хотя тонкий восковой огарок долго ещё проваляется у него в кармане. Облепленный табачными крошками. Пока не провалится в дырку. В чёрную дыру, куда исчезает всё, что было.

— А Вася? Про его родителей что-нибудь известно?

— Смеёшься? Васька-молчун, когда вдруг произносил слово, все шарахались. Это было — как если бы дерево заговорило. Или зверь. Мы его оборотнем звали. Всё в лесу пропадал. Нас-то в лес одних не пускали. Ну, только с воспитателем по грибы-ягоды. А этот — разве кого спрашивал. Шасть через забор — и рыщет где-то до ночи.

— А как же он с Нютой... ну, подружился?

— Ой, брось! Все эти слова человеческие — любовь, дружба — это не про Ваську. Я тебе расскажу, как было. На выпускном он её к стене прижал — и брякнул: еду, мол, учиться. Отучусь — на тебе женюсь.

Мы перепугались, конечно. Но потом — забыли. Васька далеко уехал — в Сибирь куда-то, в лесной техникум. Я в художку поступила. Нютка в детдоме ещё два года проваландалась. Потом ко мне в город перебралась. Весело жили. Угол у двух старух снимали, на одной койке валетом спали. Всё хихикали — что когда-то такими же старухами станем. Не верили.

— Ой, мамочки... А потом он вернулся... Как же он вас нашёл?

— След взял, наверное. У ворот рабфака её подстерёг. Сцапал и потащил. И всё молчком.

— Ужас какой. А куда потащил?

— А в ЗАГС. Она и пикнуть не успела, как их проштамповали. И он её дальше поволок. Тут она наконец...

— Вырвалась?

— Какое там! У него клешни железные. Нет, она его теребить стала — куда да куда. Он ей в нос бумажку сунул — с распределением. На край области, в глухие леса. В сторожку... Тут-то Нютка и взвыла. Даже милиционер подошёл. Но Васька ему паспорт со штампом ткнул. Тот и отвязался. Да ещё с поучением. Мол, раньше надо было, гражданочка, думать.

— Ох, и что же? Так с ним в лес и поехала?

— А куда б она делась? Спасибо, я им у вокзала встретилась. С пленэра возвращалась. Нютка ничего и объяснить-то не может — только зубами стучит и твердит: «Живьём сожрёт! Живьём сожрёт!»

— О боже!

— Да не волнуйся. Я её отбила. Этюдником Ваську огрела. И тоже голосить стала. «Люди добрые! Спасите-помогите девчонку молодую насильно в лес увозят!» Народ столпился. Парни-то ничего, зубоскалят. А вот бабы вступились. В Нютку с одного боку вцепились, Васька — с другого. И перетягиваем, как канат. Комедь. Зевак сбежалось — целая площадь. А Васька не любил, когда людей много. Даже от демонстраций отлынивал. Так и тут. Зарычал — и отпустил Нютку. Мы все кубарем в канаву покатились. А когда встали, оправились — его и след простыл.

— Уф! И больше он не возвращался?

— Ну, милая моя, если б не возвращался, Колька бы на свет не появился. Нет. Каждый месяц приезжал. Деньги получал в конторе. Махорку покупал. И к нам в угол наведывался. Меня за дверь выставлял. И справлял своё звериное дело на железной койке. И всё — молчком... Нютка, болтушка, тоже стала от него молчанием заражаться. Уйдёт — она в стенку таращится, слова не вытянешь. Только огрызается. Тоска... Ну, потом она от меня съехала, дитё родилось... И как-то разошлись пути-дороги. Последние тридцать лет только на похоронах и встречались...

— Ну и видок у тебя, — охает Сан Саныч, налетев на бывшего ученика на перекрёстке. — Что, совсем плохи дела?

— Я это... с похорон, — оправдывается Петя.

Но под взглядом Сан Саныча вдруг разом видит и своё пальто, испачканное кирпичной пылью бандитского склепа, и перемазанные грязью коленки. И бутылку, торчащую из кармана.

— Особенно настораживает эта алкоголическая салфетка, которой заткнуто горлышко. Домой-то так и не вернулся?

— Не.

— И что — могильщиком подрабатываешь?

— Не. Бабку хоронил сегодня.

— Ясно. Извини. Просто ты так выглядишь, будто каждый день кого-нибудь хоронишь. Причём собственноручно... Живёшь-то на что?

— Да так... Сам не знаю. Девчонки подкармливают...

— Девчонки, девчонки... Вечные твои девчонки, — Саныч явно думает о другом. — Пишешь?

— Да так.

— «Сам не знаю»? Ну-ну... А что, если... Хотя... Ладно! Есть одна шабашка. Я взялся. Но времени — ноль... Пойдёшь в соавторы?

— Статью?

— Книгу!

— Круто! Конечно!

— Крутого тут, прямо скажем, мало. Но деньги кое-какие дадут.

— А что за книга?

— К юбилею моторного завода... Какая у тебя богатая мимика, можно в комедиях сниматься... Не спеши отказываться. Надо же как-то себя обеспечивать... Всю производственную муть возьму на себя. Тебе могу уступить самое вкусное — историю.

— «Пятилетку в три года», что ли?

— Ну не обязательно... Там и интересное можно найти, если не брезговать. Вот автопробег, например. Да, точно! Напиши-ка главу об автопробеге. Можно с цитатами из Ильфа и Петрова. Всё равно никто читать не будет... Ну как? За неделю справишься? Добро! В лицей приноси! Ладно, я помчался!

Дневной свет уходит. Аврора моет кисти в трёхлитровой банке. И удивительное дело — молчит. Коты, наконец допущенные в комнату, истошно трутся о ножки мольберта. Огромная усталость заполняет старый дом, как синяя вода сумерек.

— Я пойду? — тихо поднимается Тася.

— Иди-иди, — рассеянно кивает Аврора; мысли её далеко.

Скрип рассохшегося паркета под лёгкой ногой. Вздрогнув, старуха возвращается в реальность:

— Ах да — спасибо! И приходи завтра. Придёшь? Мне надо закончить.

Тася кивает. Ей тоже надо. Дослушать.

Долго-долго, до темноты, бродит она по городу. Пытается уложить в голове всё услышанное. Представить. Вжиться. И выныривает из задумчивости — только прикасаясь к очередному «дому деда». Со сказочными башенками и разноцветными изразцами. С глубокими трещинами, тропами времени.

Она не замечает, но маршрут её бесцельных прогулок уже давно натянут, как холст, на эти особняки в стиле модерн. Они кажутся ей нищими принцами. Осиротевшими, заброшенными на самое дно. Играющими на скрипке под дождём, чтоб прокормиться в ссылке. Рождёнными совсем для другой жизни.

Кажутся одинокими родственниками, которых она пришла навестить. Погладить по холодной руке с клеймом намалёванного ругательства. Сорвать криво приляпанную афишу очередного митинга. Стряхнуть воткнутые в каменный завиток окурки.

Кажутся выжившими из ума старухами. В полуистлевших бархатных шляпах. В очереди за докторской колбасой. Прямыми, надменными, напрочь забывшими, кто они и откуда родом.

«Василий Григорьевич Царенко», — шепчет она дому имя его создателя.

Дед Василий. Надо же. И у Пети ведь тоже — дед Василий. Вася Антонов. Жуткий искалеченный мальчик. Во всю жизнь не изживший тьмы, что накрыла с первых шагов. Что приходила «с работы» и лежала лицом к стене. Или хлестала водку, а потом гонялась по дому за «Клавдией, беспартийной билетёршей, из крестьян». Или молча сидела на табурете, свесив большие «натруженные» руки...

Он, конечно, ничего не рассказывал. Никому. Следователь Антонов. Один из миллионов. Мне кажется, они все молчали. Онемев от того, что творили. Но ведь тьме и не нужны слова. Она изливается, как хочет.

Вася не похож на других детдомовцев. Они — ранены потерей родителей. А он ею, скорее, спасён. Выведен из-под облучения тьмы. Правда, и такой дозы хватило с лихвой. Лес спасал его, но не спас. От этого нет спасения.

Нечеловеческое молчание следователя Антонова. Звериное молчание Васи. Заражённая молчанием «болтушка Нютка». Молчание Николая Васильевича — уже человеческое, полное гнева и обиды неведомо на кого, готовое прорваться словами, только тронь.

Три поколения отмалчивались. Отмалчивали тьму. Петя — первый заговорил. Да как. Будто за всех сразу.

На следующий день Петя идёт в библиотеку. Он почти уверен, что встретит Тасю. Но её там нет. Тася сидит на венском стуле в доме доктора Бибикова и слушает историю любви. Самую печальную на свете.

Петя с отвращением листает подшивку старых газет. Ту самую, где Тася когда-то вычитала про жён в противогазах.

Но видит совсем другое. Мёртвый язык. Громкие лозунги, которые так бодрили его совсем недавно. Смешиваются с запахом пожелтевшей бумаги. И рассыпаются в труху. Он вчитывается в заголовки и никак не может понять, чем он восхищался?

«Партия — наш рулевой». «Все на борьбу с гидрой контрреволюции». Тоска, тоска.

Он пытается писать про автопробег. Но выжимает из себя лишь те же прокисшие штампы. «А что, если я совсем разучился? И теперь всегда буду изъясняться языком советской пропаганды? Что, если дар не прощает измены? Но я же искренне. Я же — за справедливость!»

Петя курит третью сигарету подряд на библиотечном крыльце. Очень хочется, чтобы пришла Тася. Приложила ладонь ко лбу. Соврала, что всё поправимо.

Но вместо такой необходимой Таси по ступенькам поднимается язвительный Ярослав.

— Научился читать, дервиш?

— Разучился писать, — Пете так одиноко, что он отвечает, хотя предпочёл бы промолчать.

— Разве тут необходимо какое-то особое умение? Я слышал тебя на митингах. Кричать ты горазд. Бери любую передовицу и скандируй в мегафон.

— Да я не для этого, — отмахивается Петя.

Он собирается спросить, зачем Ярослав ходит на митинги. Но вспоминает про «праздное любопытство» — и проглатывает вопрос.

Ярослав заходит внутрь. Петя, как привязанный, плетётся следом. Полутёмный библиотечный коридор. Тот самый, где. Молчи, память. Ярослав резко оборачивается:

— Тебе от меня что-то нужно?

— Я... да... — растерянно мямлит Петя. — Хотел посоветоваться. Я тут пытаюсь писать на заказ... и не знаю, с какого бока зайти... Это про историю, вот я и подумал, что ты...

— Тема?

— Автопробег...

— Год?

— Не помню, тридцать шестой, кажется.

— А, это когда они доехали до Чёрного моря и подарили парализованному писателю Островскому букет каучуковых роз?

— Вот-вот, то самое! Ума не приложу...

— И тебе правда нужен мой совет?

— Я... ну...

— Имена участников знаешь?

— Да, вроде попадались где-то.

— Во всех невинных развлечениях тех лет, вроде автопробегов, съездов, прыжков с парашютом и прочего, очень быстро появляется сюжет, если поискать упомянутые фамилии в «Книге памяти».

— Где-где?

— Библиотекари знают.

Ярослав быстро уходит. Петя пожимает плечами. И послушно идёт заказывать книгу. Где-то ему уже попадалось это название. Но вспомнить не получается.

— Зря пришла, — мрачно встречает её Аврора. — Я разучилась писать. Ничего не выйдет.

— Разве так бывает? Взять — и разучиться?

— Э, — Аврора раздражённо машет рукой. — Сразу видно, ты не из наших. Конечно, бывает. Сплошь и рядом.

— Но почему? Должна же быть какая-то причина.

— Вовсе нет. Мы не хозяева своему дару. Что мы в нём понимаем вообще? Откуда он приходит? Куда уходит? Не наше собачье дело.

— Я пойду?

— Сядь. Где вчера. Подождём немного. Только не задавай глупых вопросов. Распусти волосы. Нет, собери обратно. Да не так! Эх, тоска. А тут ещё он приснился... Может, потому меня и обесточило? Я всегда мёртвая после этих снов.

«Снов?» — настораживается Тася. Очень хочется спросить. Но она сдерживается.

Аврора сидит напротив и молчит. Яростно вкручивает карандаш в точилку. Цветные стружки падают в подол длинной юбки. Вдруг лицо её стремительно светлеет, как небо в ветреный день.

— Дай-ка мне клей. Там, на подоконнике. Живо!

Тася, замерев, смотрит на маленькие морщинистые руки. Только что такие нервные и бессильные. Теперь они летают над чистым листом. Лёгкие, ловкие. Творят из ничего, едва касаясь. Будто и не в них тут дело. Может, правда, не в них? Может, карандашная стружка, поднятая неведомым ветром, сама ложится на бумагу, превращаясь в кроны деревьев, облака, цветы...

«Это чудо», — понимает Тася, и ей впервые становится жаль, что сама она, увы, лишена таких мгновений.

Петя видит красные буквы на переплёте — и опять смутное воспоминание мелькает на краю сознания. Какой-то весенний день. Сто лет назад. Но углубиться он не успевает. С белого титульного листа смотрит чёрное слово: репрессий.

Он непроизвольно отдёргивает руку. Первый порыв — сдать все пять томов обратно, не открывая. Но у библиотечной стойки толкается плотная толпа студентов. Обречённо вздохнув, Петя бредёт в читальный зал.

«Напишу про этот несчастный пробег — и забуду. А книги сдам вечером, вместе с газетами. Никто же не заставляет меня их читать. Ну, взял и взял».

Он снова пытается выжать из себя хоть что-то. В голову непрестанно лезут резиновые розы, которые какой-то умелец вырезал из шин. Петя строчит саркастический абзац, перечитывает — и зачёркивает таким широким жестом, что книги, лежащие на краю, с грохотом валятся на пол.

Чертыхаясь, Петя лезет под стол. Один из томов — первый — раскрылся при падении. Не удержавшись, он заглядывает к однофамильцам. Антоновых оказывается много — несколько страниц.

Петя выбирается обратно (разумеется, треснувшись головой) — и начинает читать, потирая затылок. Сначала он бегло скользит по строчкам, не желая углубляться. Но глаз невольно цепляется за отдельные слова, как за железные прутья, торчащие посреди пустыря.

«Русский, безграмотный, конюх».

«Священник из деревни Поцелуево».

«Дело прекращено за смертью обвиняемого».

«Родился в 1936, приговорён в 1931».

Петя протирает глаза: опечатка? Приговорён до рождения? Приходится вчитаться. А, ясно, семья выслана, родился на спецпоселении...

Дальше:

«Батрак, пастух, начальник. Землекоп, парикмахер, цыган. Ткач, надзиратель, студент...»

Незаметно он начинает выписывать эти слова, нанизывая их на какой-то зловещий хромой ритм. Как громыхание колодок на этапе.

А иногда сбивается с шага, ныряя в чью-то судьбу.

«*Сторож в бане*... В чём же он провинился? О, антисоветская агитация! Представляю: тощие тела, шайки-лейки и среди всего этого — голос агитатора, невидимого в банном чаду: “Долой большевиков!”

Нет, скорее всего, просто ворчал что-нибудь стариковское. Мол, раньше и мыло лучше мылилось, и веники были гуще. “А это што? Это ж пучок розг. Все листья с голодухи объели...”»

Петя усмехается. Но дальше стоит слово «расстрел». И смех попадает не в то горло. Он хочет захлопнуть книгу. Но вместо этого быстро подсчитывает, что банному сторожу было семьдесят девять лет.

«А ведь затягивает!» — думает он, впервые понимая Тасю.

И наконец вспоминает, что видел эту книгу у неё в руках.

«Клеветнические измышления, порочащие жизнь трудящихся».

«Террористическая организация художников».

«Высылка по национальному признаку».

«Вот она, музыка революции. О которой я столько талдычил. “Расстрелян — реабилитирован — место захоронения”. Футуристы думали, что новый язык — это “дыл бул щур пыр”, а это “итл вмн огпу”...»

Он вспоминает о своём задании. Быстро листает страницы. И уже через пару минут знает, что четверо из пятерых участников пробега были расстреляны, а единственная среди них женщина — политрук Римма Дар — приговорена к десяти годам лагерей.

«Автопробег мертвецов», — появляется на бумаге.

И воздух вокруг начинает дрожать.

— Его звали Май. Собственно, и до сих пор зовут. Но уже не его, — Аврора берётся за кисти, и из неё вновь начинают изливаться потоки слов. — Тебе этого, конечно, не понять — и слава богу!

— Я постараюсь.

— Чего тут стараться. Это жизнь, а не урок чистописания. Целый никогда не почувствует, каково обрубку. Да и зачем?

— Но я понимаю. Он так изменился — что это уже не он. Да?

— Не он, да... Тот Май уцелел только в моих снах. Когда я вижу его там... Сначала я радовалась — а теперь заранее плачу. Потому что знаю, как невыносимо будет проснувшись... Мы встречаемся в одном и том же месте. В солнечной берёзовой полосе меж двух полян. Я редко туда попадаю. Хотя стремлюсь чуть ли не каждую ночь. Но забываю — с какой стороны выходить из города. А если и вспомню — это на юг, по московской дороге, — то всё равно не нахожу. Потому что эти берёзы вечно оказываются не там. И появляются совершенно неожиданно. Не я прихожу, они меня находят. А среди них — всегда стоит Май. И машет мне. И подпрыгивает от нетерпения. И смеётся. И радость переполняет его, как... Как подставить ладони под сильную струю родника — и вода тут же хлещет через край... Он был таким живым, не передать... И целых три месяца я стояла под этим водопадом — и не могла дышать от счастья...

В лицее уже никого нет. Только Сан Саныч сидит за письменным столом в крошечном закутке. Отгородившись стенами книг от темноты, наполняющей бывший собор. Маленькая сгорбленная лампа освещает его руки и тетрадь. Всё остальное реально только на ощупь.

— По поводу автопробега... — выдыхает Петя, падая на стул.

И долго путается в пальто в поисках кармана. Хриплое дыхание баламутит тишину.

— От самой библиотеки бежал?

Судорожный кивок.

— Это не настолько срочно.

Петя, наконец, нащупывает листок.

— Вы бы хоть радио включили. А то тихо — как в гробу.

— А мне нравится. Полное погружение. Капитан Немо исследует дно.

Петя затравленно озирается.

— Но если хочешь — давай включим. Чего нервный такой?

Саныч поворачивает ручку громкости.

«Где он, май, вечный май?» — мяукает радио.

— Ой, лучше не надо! — подпрыгивает Петя.

И в новой оглушительной тишине протягивает через стол сложенную пополам бумажку.

Саныч усмехается. Раскрывает. Хмурится. Щурится. Поднимает брови.

— Ну, это, конечно, не к юбилею завода...

— Ха! — мрачно произносит поэт, откидываясь на жёсткую спинку стула.

— Почему ты не спрашиваешь, что случилось? Девчонки обычно такие любопытные...

— Ну, я догадываюсь. Откуда можно вот так — не вернуться.

— Догадливая, да? Повернись обратно. Стоп. Замри.

Аврора закусывает губу и набрасывается на холст — так, что мольберт дрожит и покачивается на неровных от старости половицах. Какое-то время длится поединок. Потом она резко отшатывается. И падает на стул.

Наступает странная тишина. Тася понимает, что всё закончилось. И сейчас Аврора, наверное, даже не помнит о ней. И надо бы встать и откланяться.

Но она не спешит. Напоминать о себе. Проявляться в реальности.

Ей хочется подольше побыть вот так. Словно не существуя. Выпасть из жизни. Как чайная ложечка за плинтусом. И в этом нежилом промежутке беспрепятственно думать и думать свою длинную, неподвижную мысль. Обходить её, как товарный поезд, стоящий на запасном пути.

Или поднырнуть под вагоны. И выбраться на свободу.

С бесшумностью призрака Аврора вырастает у мольберта. И, едва касаясь бумаги, начинает всё с начала.

— Нда, поздравляю, — Сан Саныч задумчиво теребит подбородок. — Даже не знаю, что сказать. Думаю, ты сам понимаешь — это что-то настоящее. А не просто плетение словес.

— Оно пришло помимо моей воли. Не спрашивая согласия. Лично я не хочу иметь ничего общего со всем этим!

— Конечно-конечно, кто же хочет. Никто. Но, кажется, это неизбежно.

— Да почему же? Я-то тут при чём?

— Все при чём. Мы все потомки. Либо убийц, либо убитых.

— Ну уж нет! Я потомок обычных людей.

— Конечно. А ты думаешь — вот эти бедолаги с моторного завода, о которых ты написал, были какими-то необычными? Или те, кто им приговоры подписывал? Обычные люди. Как ты и я. Хотя ты-то себя, конечно, необычным считаешь.

— Это к делу не относится! Я имел в виду, что была куча людей, которые просто жили своей жизнью — и вообще ни в чём не участвовали. Ни с той, ни с другой стороны.

— Ты уверен?

— Конечно! Ведь в стране не только репрессии происходили! А ещё много всего...

— Например?

— Ну... Великие стройки...

— Смеёшься?! Все эти стройки руками зэков и происходили. Я думал, уж это-то ты знаешь! Я же вам сто раз рассказывал!

— Ну да, да... Но была ведь и просто обычная жизнь. Ходили на работу, гуляли в парке, пили ситро.

— Эх, Пётр. Ну у тебя же есть воображение. Вот и представь себе эту «обычную» жизнь, когда никто не знал, доживёт ли до утра. И каждую ночь ждал гостей дорогих. Не ко мне ли? Соседа забрали — пронесло! Можно ещё денёк лимонад попить в парке...

— Ну предположим. И что? При чём тут я? Почему я должен об этом думать?

— Долгое эхо. В несколько поколений. Мы все живём с последствиями. Даже если не подозреваем об этом. И чтобы освободиться — каждый должен что-то сделать. На своём месте.

— Но что?!

— Ну, в твоём-то случае ответ очевиден.

— Стишки писать? Об этом? Ну нет!

— Да ты уже делаешь!

— Нет!!

«Ничего ему не скажу, — думает Тася. — А сам он никогда не... Но при чём тут он? А как бы я жила, если бы вдруг узнала такое — о себе? Я бы чувствовала себя виноватой. Да-да. Но почему? И что с этим делать? Если честно — то эта тень тут же легла на него — и мне страшно представить, что он, например, возьмёт меня за руку. Не говоря уж обо всём остальном... Но зачем же так? Не просто какой-нибудь следователь. А именно тот... Как в бульварном романе...»

— Не думай об этом! — приказывает Аврора. — Ты всё портишь своим убитым видом! Я не пишу страданий — ими и так забит весь мир. Меня интересует только свет... Прогони эту морщину со лба! Что тебя угнетает? Сейчас докончу нашу печальную повесть — и поймёшь, как всё у вас хорошо, на самом-то деле...

— Меня не утешает, что кому-то ещё хуже.

— Ах-ах, мы благородны. Всё равно слушай. Не для утешения. А просто. Потому что каждая старуха должна кому-то поведать свою историю. Так устроен мир.

«Как я теперь с ним встречусь? Как буду говорить — постоянно думая об этом? Я не смогу сделать вид, что ничего не случилось! Но — сказать? Нет!»

— Я всё время думала, как с ним встречусь. Представляла до мельчайших деталей. Как у Пастернака. «Ты борешься с волненьем и мокрый снег жуёшь». Это ведь он тоже её *оттуда* выколдовывал. Как Орфей Эвридику. Так вот и я. Представляла всё до вздоха, до тени от ресниц, до хруста льда на лужах... Он *там* был совсем недолго. Чудовище через два года сдохло. Я знала, что скоро он вернётся. Каждый день его на улице видела — и умирала от счастья. А потом понимала, что обозналась. Дальше... Надо собраться с силами, чтобы рассказать. Помолчи немного. И голову подними. Я же не бурлаков на Волге пишу. Вот так. Отлично. Замри.

«Теперь каждую его подлость, каждое мелкое предательство я буду невольно объяснять родством со следователем Антоновым. Жуткая глупость! А если однажды я не сдержусь — и скажу? В ответ на что-нибудь неважное и простительное —

вроде истории с бедной Нюркой — проедусь тяжёлым катком. И раздавлю навсегда. Ведь узнать о себе такое — это на всю жизнь... Ужас! Будто у меня в руках атомная бомба. Я могу уничтожить его одним словом. И как теперь вообще с ним говорить? А вдруг оно само выскочит?»

— В тот день я пришла в какие-то гости. Было шумно, тесно. Завели пластинку... Знаешь, такая толкотня, как только в молодости бывает — когда все говорят одновременно со всеми. И чему-то радуются. Я очень легко заражаюсь этим общим воодушевлением... И вот я кружилась, трещала, порхала. И не сразу заметила, что некоторые девчонки на меня так странно поглядывают. А потом одна отвела в сторонку и шепчет: «Май вернулся». Я подскочила: «Где он?» — «Да вон же, у окна! Ты правда не замечаешь? Он давно тут»... Самая страшная минута моей жизни. Сначала наступила мёртвая тишина. Хотя вокруг продолжалось веселье. А я стояла, как посреди пустыни. И боялась посмотреть. Почему-то заранее всё знала. Но я себя заставила...

Аврора бросает кисти. И хватается за угол мольберта. Будто боится упасть.

— Деточка, это был не он! Не то что поседел, похудел, лишился зубов, ног, рук, — это всё чепуха. Я так его любила, что узнала бы даже в груде костей. И он как раз внешне-то почти не изменился. Но это был не он. Понимаешь? Нет-нет! Ты не должна этого понимать! Просто слушай.

Аврора отпускает мольберт. Делает два нетвёрдых шага к окну. Вцепляется в подоконник.

— Не знаю, как я нашла силы подойти. Он сидел, сгорбившись, опустив голову. Будто из него вынули позвоночник. «Май!» — позвала я. Голос меня не слушался. Он скользнул своими пустыми выключенными глазами. И оскалился. Наверное, это была улыбка. «Это ты?» — зачем-то спросила я. «Нет, — ответил он чужим голосом. — Не я. Ты же видишь». Он встал и начал пробираться к выходу. Словно приходил только ради этой фразы. Я поймала его за руку. Рука была чужая и холодная. «А Май вернётся?» — выдохнула я ему в ухо. Он опять оскалился: «Нет!» — «Почему?» — «Он умер». — «Он не может умереть, потому что я его люблю!» Он вырвал руку и крикнул мне в лицо: «Чушь! Это никого ни от чего не спасает!»

— И ушёл?

Тася подходит ближе. Ей кажется, старуха сейчас рухнет.

— И ушёл.

— И больше вы никогда не виделись?

— Ну, это в книжках. А живя в небольшом городе, разумеется, порой встречаешься на улице.

— И он... так и не вернулся?

— Нет. Он сказал правду. Май умер. И моя любовь его не спасла. Я прячусь за афишными тумбами, чтоб он меня не видел. Будто я виновата... Зачем вскочила? Давай на место.

— Да, — Сан Саныч задумчиво крутит в руках листок с текстом. — Это, конечно, не для книги про юбилей завода. Это для какой-то другой книги. Настоящей. Твоей. Которая может случиться. А может и нет. Чтобы её написать, надо ещё многое прожить. Трудное. Неприятное. Интересно, осмелишься ли ты.

— Я с этим впервые столкнулся ещё в лицее. Через... одну девушку. И отшатнулся. И с тех пор всё отшатываюсь и отшатываюсь. А оно меня на каждом углу подстерегает — и вылезает отовсюду. Из заказной статьи про автопробег, например.

— Да-да. Очень похоже...

— На что?

— Я бы сказал. Да вы не любите громких слов.

— На судьбу, что ли?

— Ну предположим.

— Вот уж нет! Прямо наоборот! Я это всей душой ненавижу! Я даже на ваши уроки по Солженицыну не ходил. Помните, вы нам разрешали — если совсем против сердца, то можно прогуливать.

— Конечно, помню. А ты — помнишь, когда ещё этим правом воспользовался?

— Да вроде больше никогда.

— Странно, правда?

— Чего же странного?

— Сильное напряжение у тебя вокруг этой темы... А ты с нами и на экскурсию не ездил?

— Куда?

— К водохранилищу, которое зэки строили?

— Не помню.

— Значит, не ездил. А то бы точно запомнил. Как мы по колено в грязи по картофельному полю пёрли, когда автобус увяз.

— А, я что-то слышал. Какой-то безумный старикан завёз в самую грязь, а сам слинял. Девчонки потом неделю кипели...

— Ну, это нам ещё повезло. Май Сергеевич двух японцев как-то в болоте бросил. А журналиста одного в карцере сутки продержал.

— В каком карцере?

— Да в самом настоящем. Лагерном. Он там брошенные бараки в лесу нашёл. И туристов туда возит.

— Кто?

— Ну, кто. Мая Латунина не знаешь, что ли? Я думал, его каждая собака знает.

— Не-а.

— Ну, общество «Мемориал», «Книга памяти» — слышал? Это всё он. Сам бывший зэк. Из тех, что наше водохранилище строили. Странный тип. Матершинник, пьяница — хотя этим-то, конечно, никого не удивишь. И в рамках своей темы даже вполне адекватен... Но, попадая *туда*, в бывшую свою зону — начинает, мягко говоря, чудить.

— Неужели вы его отпустили? Он ушёл, а вы остались в гостях?

— Конечно, нет. Разве я могла? Шла за ним, как привязанная, по улице.

— А он?

— Ты прям как Нютка. Тоже всё время: а он? А она? А потом? Когда я ей книжки по ночам пересказывала.

— Он видел, что вы за ним идёте?

— Конечно. И когда ему надоело, швырнул в меня камень. Как собак отгоняют. Не попал. Я остановилась. И долго смотрела на этот булыжник. Увесистый такой. А когда подняла глаза, тот, кто его кинул, уже исчез. Я отнесла камень домой. И, если опять невыносимо тянуло к нему — сжимала в кулаке. И удерживалась.

— И он у вас до сих пор хранится?

— Опять из книжек. Нет, конечно. Я столько переезжала. Потерялся. Не помню даже, как... Ничего не осталось от Мая. Только сны.

— До чего же ужасно! Но почему так? Другие же возвращались.

— Не знаю. Другие меня не интересуют... Если ты будешь постоянно скакать, я до конца света не закончу. Дневного света, разумеется.

— Подождите, а чем он сейчас занимается?

— Знать не желаю!

— Он случайно не водит экскурсии в бывший лагерь? Мы с классом ездили. Он...

— Не смей ничего рассказывать!

— Простите. Я только хотела сказать, что тоже, кажется, его знаю.

— Неправда! Его знаю только я. Остальные имеют дело с самозванцем.

— Простите. А вы не писали его портрет?

— Что я, самоубийца, что ли? Прекрати болтать! Не то изображу в виде чёрного квадрата!

— У тебя есть мысли, как это можно продолжить? Развить?

Мысль у Пети только одна — поскорее с этим покончить. И забыть. Но Сан Саныч не отступает. Держит листок с текстом. Так уважительно. И говорит — будто не с ним, а с кем-то гораздо лучше и умнее. Или просто — старше. Это подкупает. Хочется соответствовать. Но как?

— Ну, — тянет Петя. — Не знаю. Может, в деревню съездить?

— Куда?

— Ой, не помню. Селифонтово? Селиваново? Семибратово? Я записал, там на обороте. У всех автопробеговцев место смерти — эта деревня. Причём она мне уже попадалась. В «Книге памяти». Ещё у кого-то. У банного сторожа, вроде.

Петя внезапно вспоминает, как ВэВэ проговорилась, что Тася читает списки репрессированных. И какой дикостью это ему тогда показалось. А теперь им было бы что обсудить. Ха-ха.

Саныч задумчиво барабанит пальцами по столу.

— Слушай, — лицо его вдруг озаряется вдохновением. — Поезжай-ка ты в эту деревню прямо завтра!

— Ой. Ну, может быть. Я не знаю, — теряется Петя.

— А я знаю. Если затянешь — упустишь. Надо действовать быстро. Пока идёт волна. Завтра!

— Ну, постараюсь...

— Ох, нет, этот ускользающий тон... Соскочишь. Как бы тебя покрепче зацепить...

— Да зачем? Ну, деревня. Ну, кладбище там какое-нибудь. И чего?

— Сам не знаю. Шестое чувство... Придумал! Пришлю за тобой Лету!

— Не надо! Кто это?

— Первый выпуск лицея. Лета — удивительная. Увидишь. Святой русский человек. С навязчивой идеей — кому бы себя принести в жертву. Сейчас вот в сельской библиотеке работает. Живёт там в заброшенном доме одна. Детям книжки читает вслух каждый вечер.

— Очень мило. Но мне-то она зачем? Я сам читать умею.

— У неё большой опыт в этих делах. Она с поисковиками уже лет пять ходит. Ну, которые останки солдат ищут. Слышал?

— Не надо Леты. Очень вас прошу, — Петя поднимается и тянет к себе листок с текстом. — Я пойду. Уже поздно.

— Поговорите с кем-нибудь из местных! — кричит Сан Саныч вслед.

И эхо, живущее под сводами бывшего храма, придаёт его голосу значительность. Как в театре.

Петя выбегает из лицея. На улице моросит. Перевёрнутые чаши фонарей полны золотых рыбок. Он останавливается на углу. Злобно прикуривает. И, выкрутив огонь на полную мощность, поджигает своё самое жуткое и самое настоящее стихотворение.

— Ни за что! — шипит он. — Не дождётесь!

Пылающая бумага падает в лужу. И плывёт. Как огненный корабль.

Петю бьёт дрожь. Надо немедленно выпить. В обком. К своим. К товарищам. Вперёд.

На бульваре он замечает Тасю. И поскорей переходит на плохо освещённую боковую аллею. Тася тоже видит его. И спешит свернуть. Только в другую сторону. В параллельную темноту.

Под фонарями теперь только листья. Бегут друг за другом. И никак не могут догнать.

Петя поднимается по ступенькам истфака. Когда-то он стоял здесь, задыхаясь от бега, и прикладывал ко лбу её ладонь. Теперь он громко стучит тяжёлыми ботинками, чтобы отогнать ненужное воспоминание.

На факультете давно никого нет. Только в крошечной каморке на первом этаже горит свет. И два длинноволосых студента пыхтят над лозунгами. По тёмным коридорам с железными вёдрами на головах скачут революционные панки. Похожие на одичавших тевтонских рыцарей.

Какая-то пьянка в обкоме, как всегда, есть. Надо только поискать. Вон анархисты — один толстый, другой горбатый, — хихикая, лезут в окно. Сейчас они выдернут из стены истфака российский флаг и вставят на его место чёрное знамя. Эту шутку они повторяют из ночи в ночь. И каждое утро безропотный сторож (из новообращённых первокурсников) возвращает всё обратно.

В актовом зале троцкист из Англии читает лекцию о международном положении. Пахнет дорогими духами. США доживает последние дни, ура. Безымянный товарищ с синими космами, завернувшись в триколор, возлежит на подоконнике, как мумия.

Петя пьёт настойку овса с панками, портвейн с анархистами, коньяк с троцкистами. Легче ему не становится. Но хотя бы удаётся забыть, почему так тяжело. А почему, действительно?

Время от времени он прижимает кого-нибудь к стенке и пытается задать мучающий его вопрос. Но получается нечто абстрактное.

«Зачем мы здесь? Зачем мы?» — твердит он нетвёрдым языком.

Громила-панк по кличке Паровоз вместо ответа издаёт петушиный крик. А товарищ с синими волосами хрипит: «Будем дикими!» — и впивается в него обветренными губами, басовито стеная на весь этаж. Петя, плюясь, выпутывается из триколора и выбегает вон.

Утро обрушивается молниеносно. Как гильотина. В несусветную рань кто-то начинает долбить в дверь профессорской берлоги. Монотонно и терпеливо. Словно судьба.

Поэт корчится на ложе из книг. Затыкает уши. С головой заползает под старый ковёр, подобранный на помойке. Единственное нажитое за эти годы имущество.

Но стук не отступает. Петя понимает, что есть только один способ прекратить пытку — открыть. Он заранее знает, кого увидит за дверью. Конечно, там «святой русский человек» по прозвищу Лета. Саныч подослал. Как и грозился. О нет!

Он скатывается с книжного постамента. Выдёргивает из дверной ручки палку, служащую засовом. И открывает рот. Лета, которую он представлял в юбке до пят и белом платочке, одета в камуфляж и берцы. На голове бандана, за спиной — огромный рюкзак.

— Уже собиралась выломать, — говорит Лета, переступая порог. — Недоброе утро? Сейчас.

Рюкзак брякает об пол.

— Кофе. Аспирин. Быстро. До электрички полчаса.

— Я не поеду! — Петя послушно запивает белую таблетку чёрным кофе из термоса.

— Умойся!

— Я никуда не еду! — кричит он из кухни, подставляя лицо под холодную воду.

— Носки шерстяные! Нету? На!

— Откуда ты свалилась на мою голову!

— Саныч позвал. Ты в курсе. Шнурки развяжи, тогда влезешь. Ключи? Не запираешь? Книги жалко...

— Никто не покушался пока. А однажды воры приходили. Банку солёных огурцов на столе оставили. Пожалели.

— Не отвлекайся. Двадцать минут. Бегом.

Две пары тяжёлых ботинок топают по лужам. Марш-бросок. Лета ему по плечо. Бежит рядом. Не отстаёт. «Брат-солдат», — усмехается Петя, которому вдруг совершенно необъяснимо начинает нравиться происходящее.

В электричке он долго не может отдышаться. Во рту стоит привкус крови. Лета снова достаёт термос. Петя делает глоток и кривится.

— Я думал, кофе.

— Отвар валерьяны. Снять сердцебиение.

— У тебя термосы на все случаи жизни?

— Всего два. И бутылка спирта.

— С этого и надо было начинать!

— Нет, спирт — для интервью.

— С мертвецами?

— С очевидцами.

— О нет... Зачем я туда еду, скажи на милость?

— Чтобы написать.

Её отрывистые ответы — как острый нож — отсекают лишние вопросы. Петю тянет поболтать. Но Лета смотрит в окно. И он чувствует себя идиотом.

— Ты всегда так говоришь?

— Как?

— Будто слова экономишь.

— Да. Экономлю.

— Ясно, — вздыхает Петя и тоже начинает созерцать куцый пейзаж. Однообразный и космический, как щипание балалаечной струны.

Неопрятные космы серой травы на макушках кочек. Жалкий след неуверенного человеческого присутствия. Непонятные строения с провалившимися крышами. Осыпающиеся платформы. Останки допотопных машин. Покинутая обитателями планета.

Его затягивает невнятная похмельная метафизика.

— Эта земля граничит с царством мёртвых. Поэтому жизнь здесь такая кривая и чахлая. Деревце на краю зоны.

— Рильке говорил, что Россия граничит с Богом.

— Это ему издалека показалось.

— А он здесь бывал. Даже у нас в городе. Жил две недели в крестьянской избе. Дрова рубил.

— И просветлился. Ё-моё! Две недели дрова рубил! Если б он лес валил. Десять лет. В Сибири. Тогда бы я его послушал.

— Ты прислушиваешься только к тем, кто выжил на лесоповале?

— О господи... Нет! Этих я вообще не читал. И не собираюсь.

— Как же ты пишешь?

— Что?!

— Книгу. Саныч сказал, что ты пишешь книгу. О репрессиях.

— Боже мой! Теперь я ещё и книгу пишу! Кошмар какой-то! Не собираюсь я ничего писать!

— И никуда ехать. Я знаю.

Петя утыкается лбом в грязное стекло. Они сговорились. Сначала Тася с её снами и архивами. Теперь Саныч с его безумной затеей. Да ещё эту наслал. Реку забвения.

— Почему тебя так странно зовут? Родители любили греческие мифы?

— Родители не при чём. Они дали другое имя.

— Какое?

— Неважно. Я с ним давно не живу.

— А это — откуда? Какая-нибудь романтическая история?

— Никакой романтики. Дух-помощник. Так меня назвал.

— Что? Кто? Ты — сумасшедшая?

— Волк.

— Что?

— Это был волк.

— Галлюцинация?

— Нет, сон. Первая ночь среди мёртвых.

— Ты тоже спишь на кладбище?

— Там нет могил. Это места боёв. Мы их ищем. Потом хороним.

— А, поисковые отряды. Саныч говорил.

— А ты зачем спишь на кладбище?

— Я дервиш. Шутка. Спьяну уснул однажды. В бандитском склепе. Чуть не поседел.

— А я — поседела, — Лета стягивает бандану, Петя нервно кашляет.

На её большой голове топорщится стерня едва отросших серых волос. Лета безразлично смотрит на вереницу гнилых столбов. Петя не знает, что сказать. Первый выпуск лицея. Значит, всего на пять лет старше. Надо же.

— У вас в отряде все седые?

— Нет. Но...

— Ну?

— Каждый пережил.

— Что?

— То, о чём не рассказывают. Просто просыпаешься утром и видишь: другой человек. Походка другая. Взгляд. И говорить не может. Потом голос возвращается. Но это — другой голос.

— Жуть! Если так страшно, то — зачем?

— Надо.

— Нет, оно понятно. В общем смысле. Но вот именно ты — зачем?

— Прадеда хотела найти.

— Нашла?

— Нет.

— Остальные — тоже своих ищут?

— Да.

— И хоть кто-нибудь нашёл?

— Нет. Других нашли. Много.

— Ну и?

— Они — тоже свои. Чужих нет... Выходим!

Лета хватает рюкзак и бросается в тамбур. Петя, поколебавшись, выбегает следом.

На платформе безымянного километра нет никого, кроме них. Тянет бесприютностью с полей. Лета разворачивает карту. И остриженным под корень ногтем проводит черту:

— Через поле. За час доберёмся.

— Я не пойду, — говорит Петя ей в спину.

И, подняв воротник пальто, спускается по раскрошенным ступенькам. Лета уже шагает по полю. Не оборачиваясь.

Идти неудобно. Спутанная сухая трава хватает за ноги. Петя каждый раз обливается ледяным потом. Настолько одушевлённым кажется это движение.

— Постой! Почему здесь так тихо? — кричит он Лете.

— Листья облетели, — не очень уверенно отвечает она.

— А птицы?

— Так ведь осень...

Лета впервые взглядывает ему в глаза. Он видит, что и ей не по себе.

— Хочешь чаю?

— Лучше спирта!

Над их головами резко вскрикивает большая птица. И, сделав крутой поворот, уплывает назад, к железной дороге. Они долго провожают её глазами. Несколько первых, появившихся из ниоткуда, снежинок опускаются на их запрокинутые лица.

— Даже орёл сюда не полетел, — шепчет Петя.

— Пустельга. Не нагнетай. Если страшно — молись.

— Что? Я не умею! Лучше уж... Можно тебя обнять?

— Да.

Ничего мужского и ничего женского нет в этом объятии. Только что-то древнее. И вечное. Как поле. Куст. И небо, которое бездомным холодком течёт за воротник.

Как всегда, на помощь приходят стихи. Спотыкаясь и оступаясь, Петя погружается в спасительный транс. И страшное становится — прекрасным.

«Прозрачный пограничный перелесок берёзовый пронизанный сквозной. Холодная река в ладонях поля. Засеянная мёртвыми земля».

Он падает на одно колено. Смотрит в небо. И не замечает репейника на пальто и грязи на джинсах.

«Бесследно в безымянном бездорожье. Как дерево, упавшее на гать. Мой странный проводник, мой волк-помощник, как страшно мне вслед за тобой ступать».

Лета идёт впереди. Он отстаёт всё больше. Но это уже не пугает. Запрокинув голову, он вдыхает всю широту горизонта. И смеётся. Чем страшнее слова, тем легче душа. Поэт поднимает серый камень и кладёт в карман. Чтоб не взлететь.

«Что ищем мы? Что ищет нас? Что хуже? Чьи руки простирают к нам кусты? И чей сегодня ужас к нам на ужин, как чёрный конь, шагнёт из-за черты?»

— Стоп, приехали, — он налетает на Лету и не сразу вспоминает, кто она.

Обочина. Гнутый дорожный знак, слегка подъеденный ржавчиной: Селиваново.

— Какое дикое название. Дремучее, древлянское…

— Обычное. Не надо выдумывать. Хочу предупредить — вопросы задаю я.

— Ладно-ладно, — отмахивается поэт и тут же забывает.

Жуткое слово «Селиваново» проваливается внутрь. И крутится там среди других слов. Как топор в котелке. Селиваново. Костяное, нутряное, медвежье. Очень сильное. Совсем не человеческое.

Селиваново кажется необитаемым. Словно размётанные смерчем, валяются тут и там старые заборы. Опутанные сухими стеблями. Почти вернувшиеся в природу. Домики, завалившиеся каждый на свой бок, выглядывают из зарослей. Над деревянным колодцем висит выцветшая бумажная иконка. От святого остался только белый нимб.

Петя нащупывает в кармане сигареты. И с облегчением думает, что приехали они зря. В этот момент Лета резко сворачивает в проём меж двух заборов. Разглядывая что-то под ногами, как охотничий пёс. Присмотревшись, Петя замечает козий горошек. Она, действительно, взяла след.

За заборами начинается заросшее поле. Несколько коз поднимают головы при их приближении. Пастух — загорелый высохший дед в толстых очках — стоит неподвижно. Опираясь на былинный посох из толстого сука. Только узловатые пальцы шевелятся, перебирая самодельные чётки. Как некие отдельные существа. Большие муравьи, к примеру.

Лета подходит. Козы трясут бородами, осуждающе блея. Пастух молча оглядывается. Лицо его не выражает абсолютно ничего. Будто он смотрит в даль неживой природы.

— Чьи вы? — произносит он, наконец, голосом старого дерева.

— Свои, — убедительно отвечает Лета.

— За молоком, что ли? — уточняет пастух.

— Да, — говорит Лета.

— Нет, — говорит Петя.

Старик медленно разворачивается к нему. Лета мотает головой, но поздно:

— Мы ищем место, где у вас тут людей расстреливали, — выпаливает Петя.

Лицо старика по-прежнему пусто. И безмятежно. Не издав ни звука, он начинает уходить в сторону деревни. Козы торопятся следом. Переругиваясь раздражёнными голосами.

— Эй, куда? — Петя растерянно делает шаг за ними.

— Не надо, — останавливает Лета.

— Но...

— Я же предупреждала. Вопросы задаю я. Спрашивать напрямую нельзя. Никто не скажет.

— Но как тогда?

— Просто говорить. Может, долго. О грибах, огородах, пенсиях. Само всплывёт. Рано или поздно.

— Вот ведь...

— Ладно. Пойдём ещё кого-нибудь поищем.

Они обходят всю деревню. И даже стучатся в несколько домов, по виду наиболее обитаемых. Но ничего. Только псы, захлёбываясь, скалят зубы из-под заборов.

— Вот для кого наш визит — событие, — пытается шутить Петя. — Нам ещё не пора на электричку?

— Если есть собаки — значит, здесь живут. Электричка только вечером. Успеем.

— Почему же никто не выходит?

— Не хотят.

— Я всё испортил? Что же делать?

— Где-нибудь сесть. И ждать. Сами придут.

Лета с Петей проходят деревню насквозь. И оказываются на старой дороге, где когда-то даже ходили автобусы. О чём сейчас напоминает лишь остов остановки. Рядом покоится железнодорожная цистерна без колёс. В ржавом боку прорезано окошко с грубо приваренной решёткой. Облупившиеся буквы с трудом складываются в слово: «Магазин». Железная дверь висит на одной петле. Внутри бывшего магазина кто-то шевелится. Пете становится не по себе. Лета тихонько свистит.

— Кого ты зовёшь?

Из самодельного дверного проёма выпрыгивает бесцветная дворняга. Потом ещё и ещё одна. Все, как на подбор, паршивые, в репьях и мусоре. С розовыми дырами лишая в пыльной шерсти. Петя прячет руки в карманы. Лета снимает рюкзак — собаки шарахаются. У самой мелкой между лап омерзительно и жалко дрожит хвост.

— Ну-ну, — Лета разворачивает пакет с объедками. — Не надо так бояться.

Псы ловят куски на лету. И заглатывают, не жуя. Вдруг всю свору сдувает прочь. В кусты.

Откуда доносится полное бессильной ярости урчание. Лета швыряет остатки еды им вслед. И оборачивается.

— Боятся, твари божии, — подошедший человек лыбится беззубым ртом. — Мужики, ну, охотнички, отстреливают. А вы чего ж? Кости из города везли? У нас тут своих навалом. Костей.

Человек на секунду замолкает и выжидательно глядит на них. Почти с тем же выражением, что собаки. Лицо, похожее на кору дерева. Небесно-голубые придурковатые глаза. Отросшие волосы, перетянутые шнурком. Никаких примет времени. Не считая ослепительно белого пуховика. Явно с чужого плеча.

— В церкви намедни дали, — человек почтительно щупает белоснежный рукав. — Целёхонький. Махнёмся, а? На пузырь? Робятки?

Лета качает головой и вытаскивает спирт.

— Оденься, холодно. Застегнись. Ну? Давай, помогу.

— Родненькие! Робятки! Да как же я вас ждал! Идём-ка, на остановке сядем?

— Как звать-то?

— Володька я. Дурак. Батя отходил. Оглоблей. Давно. Малой был.

— За что?

— За то самое. Чего вы тут расследуете.

— Видел?

— Видел. Ничё не видел. Всё забыл. Батина наука.

— По голове, что ли?

— А то. До весны потом помирал. Но ничё. Отудобил. Ожил на солнышке. А вот память отшибло. Даже буквы вылетели. Зато от школы получил вольную, красота!

— До весны, говоришь? Зимой, значит, дело было?

— Куды! Осенью! Мы с Володькой, с другим, с Кузьмёнковым-то, грибы как раз пёрли. Мамка затемно выгнала. К рассвету полное корыто набрали.

— Ого!

— Зуб даю! Корыто! Тут в грибные года вёдра за посуду не держали.

— Тяжело, поди?

— Дык! Из того всё и вышло, паря! Дяденька-солдат нас с поля шугнул. Обходите, мол, по дороге. Тут учения. А мы не дураки. С корытом энтим такой крюк закладывать. Отошли малость. И снова по полю чешем. Плесни-ко! Тут нас грузовик и нагнал.

— Кузов-то крытый?

— Да не. Всех видать. На коленках стояли. А по бокам — дяденьки с ружьями. Шпионов, стал быть, наловили. На убой везут.

— Страшно было?

— Да не. Дело привычное.

— Много их видели?

— Не. Первый раз. Но знал, какие дела творятся. В школе-то говорили.

— Значит, не испугался.

— Струхнул, вестимо. Володька тож. В землю врос. Нам бы бежать. Да корыто. Не бросать же. А тут ещё тётенька энта, ну, молодуха, голосить принялась. Вскочила, руки к нам тянет. «Детоньки, детоньки мои! Прощайте!» А дяденьки её — прикладами… Есть ещё? Налей-ко… Эх, да, брат. Вот как сейчас её вижу. Глаза чернущие. От страха. А косички белобрысые. Как у девчонки. Белая, красивая. «Детоньки, детоньки…». Видать, остался кто у неё, дома-то… Вот так, да…

— Что же, прямо по полю грузовик ехал? Не по дороге?

— «Детоньки», да… Голос такой певучий. До сих пор в ушах… Чего ты там? А, да. По полю. К лесочку они свернули. И тряслись по целине. Сухость стояла. А то б увязли, да.

— Эта дорога-то?

— Ну. Из города ж везли.

— А поле?

— Не помню. Батя память отшиб. Не видел, не знаю. Мотыгой отдубасил. Дураком сделал.

— Оглоблей же?

— Что ты! Откель у нас оглобля. Лошадей-то всех в колхоз забрали.

— А Володька, тот, второй. Может, он помнит?

— Скажешь тоже! Он и не видал ничего. Как дяденька-то в нас из кузова пальнул, так и дунул твой Володька по полю, что заяц.

— Так и ты, верно, не отставал?

— Обижаешь! Вперёд него до деревни домчал.

— Ну. Значит, тоже места не знаешь.

— Всё я знаю! С закрытыми глазами тот березнячок найду!

— Вернулся, что ли?

— Ну.

— За корытом?

— А то. Только они его на обратном пути переехали. В щепки. И грибы всмятку. До сих пор слеза прошибает, как вспомню. Жалко. Одних ведь белых набрали.

— Зачем же они так? Нарочно?

— А пёс их разберёт. Может, и со зла. Мало ли... Постоял я у разбитого корыта. И тихой сапой по следам колёс двинул. Не знаю зачем. Не спрашивай. Всё мстилось, будто зовёт она. «Детоньки, детоньки...» За что ж её-то? Такую ласковую, белую, а?

— Ни за что.

— Да как же? А?

— Вот так.

— Ну, брат, наливай. Самое-то страшное тут. Лей, лей. А то не смогу... В общем, так. Далёко они, конечно, в лес не забирались. На первой же полянке, где старая ель, высоченная, всех и порешили. Землёй закидали кое-как. По-быстрому. А из-под земли... Погоди, дух занимается... Из-под земли — *она* стонет. Тётенька моя. Вот те крест. Бабий голос-то. А остальные там мужики были... Бросился яму разрывать. Руками прям. И не сдюжил. Ну, чё, малой совсем. Наткнулся сразу... понял, что человека трогаю... И всё. Вывернуло раз, другой... Я и дёрнул обратно. Батю позвать. Ну, дальше ты знаешь... А теперь слушай, братец. Весной я дотуда дополз. Прилёг. Ну, отдышаться. И снова услышал. Из-под земли. Стонет и зовёт меня. Зовёт, зовёт... Думаешь, дурак? Кумпол жжёный? Наливай! Ну? Как нету?.. Эх, люди! Место им покажи, а сами — с поллитрой! Только губу разъело! Тьфу на вас! Тьфу-тьфу-тьфу! Одно слово — городские.

— Здесь ведь наверняка продают. Мы купим.

— А ты, я гляжу, деловой. Ну, добре. Двинули к Губахе. Она орать начнёт, что ничем таким не занимается... Ты бумажку под половик суй и беги круг дома. Из заднего окна тебе дудулю спустит. Усёк? Кон-спы-рация!

С поэтом что-то неладно. Он ещё плетётся следом. Цепляется взглядом за белоснежный пуховик. Но уже не слышит. Слова как мокрые камни — пытается ухватиться — и соскальзывает под воду. В зелёную тишину.

Хочет позвать. Но вместо губ — облака, где вспыхивают медленные птицы — то саблей клюва, то щитом крыла...

Он успевает увидеть, как необъятная Губаха замывает кровь на крыльце. Швыряет тряпку из стороны в сторону. И яростно полощет в железном ведре.

Тут и зрение его покидает.

Он не слышит перебранки. Не видит, как Володька хромает прочь. Не помнит, как они с Летой опять оказываются в поле. Но хорошо помнит, когда и ноги отказываются ему служить. Там, на опушке берёзовой рощи. Он падает на кочку. И натягивает на голову пальто.

— Ясно, — произносит Лета и входит в лес одна.

В ту же минуту он явственно слышит... Нет!

От ужаса сознание сразу включается. И начинает бешено вертеться: промочил ноги, температура, бред.

Затыкает уши. Так, что пальцам больно. Отпускает. Тишина.

И снова. Уже не крик, а нарастающий гул голосов.

Если вслушаться. Можно разобрать слова. *Они* хотят, чтобы он услышал.

Скорей! К людям. К живым.

Ноги не слушаются. Как во сне. Может, это и есть сон? Ну конечно!

Лета выходит из леса:

— Чего испугался? Там нет никого. Обычная полянка. Грибов куча.

Тянет к нему белые руки, обвивает золотыми косами, шепчет ласково:

— Кого испугался? Меня?..

Лета? Нет, у неё простой отрывистый голос. А этот — напевный и жуткий, влажный, как мать сыра земля.

Он не хочет слышать. Бежит по пустому полю. Голос летит следом. Стрелой, птицей.

— Детоньки мои, детоньки, прощайте...

Спотыкается, падает. Резкая боль в лодыжке. Кто-то гонится за ним. Уже близко. Ужас подступает к горлу. На ногу не встать. Ползти. Ползти.

Хватает за воротник пальто.

— Да стой же ты! Что за цирк?!

Лета? Откуда она здесь? Что вообще происходит? Что она говорит? Кто она такая? Кто здесь?

Будто карусель в голове. Всё быстрей и быстрей. Вот уже и небо с полем тронулись. Плывут по кругу. Последнее, что он видит — Летин рюкзак у себя под щекой. И заглядывающий в лицо колосок сухой травы. Поэт улыбается внимательной былинке. И проваливается в ничто.

Сознание гасло медленно, как закат. А включается разом — будто лампа. Петя открывает глаза. И видит книги. Пыльные корешки до самого потолка. Паутина в углах. Солнечный свет сквозь грязные окна. Он дома.

Незнакомый парень в камуфляже ковыряется в замке. Что-то там вкручивает.

— Ты кто вообще? — осторожно интересуется Петя.

— Живой, — отмахивается тот, продолжая шуровать отвёрткой.

— В смысле?

— Ну, живой я! Живой! Не мертвец! Сто раз уже объяснял! Достало!

— Кому?

— Тебе, блин! Не Летке же.

— А она где?

— За жратвой пошла. А ты чё, без шуток? Ничего не помнишь?

— Не-а, — Петя беззаботно вытягивается на своём ложе из книг, покрытом старым ковром.

Почему вдруг так хорошо? Может, из-за солнца?

— Психбригаду хотел вызывать, — сообщает парень. — Летка уговорила утра дождаться. Пройдёт, пройдёт. И надо же — прошло. Никогда такого не видел. У нас в отряде многих кроет. Но чтобы так.

— А ты тоже — этот? Поисковик?

— Ролевик, боевик и массовик-затейник.

— Чего?

— Ничего.

— Откуда ты вообще взялся?

— Из-под земли вылез, ясен пень.

— Чего?

— Да ничего. Задрал ты, если честно, гражданин поэт. Сам с тобой чуть не рехнулся. Хоть помнишь, что ты гнал?

— Нет. И рассказывать не надо. А что ты там всё ковыряешь?

— Он ещё спрашивает! Замок вставляю! Не могу же я всю жизнь в твоей каморе дверь спиной подпирать!

— Да я никогда не закрываю...

— Ну, парень, ты даёшь! Даже этого не помнишь? «Держите дверь! Они уже на лестнице!»

— Кто?!

— Кони в пальто! Мертвецы твои глючные. Баба какая-то с косами.

— Не надо! Я же просил!

— Ладно-ладно.

— Звать-то тебя как?

— О нет! Сейчас опять начнётся. Я — Родион. НЕ РАСКОЛЬНИКОВ. Ясно? НЕ РАСКОЛЬНИКОВ!

— Понял, не дурак. В бутылку-то лезть зачем?

— Затем! Своей достоевщиной весь мозг проел. «Миллионы старушек», «миллионы убитых задёшево», «смерть крупным оптом»... Одного не пойму. Я же рядом был, на соседней станции — с батей дом строили. Какого лешего она тебя с собой потащила? Сидел бы, книжечки почитывал.

— Сам не понимаю.

— А замки мертвецам не помеха. Надо святой водой порог побрызгать. Или вон — иконку повесить. Искал, искал в этих завалах. Только нерусскую нашёл.

Родион Нераскольников тычет отвёрткой в репродукцию Сикстинской мадонны, прилепленную пластырем над дверным проёмом.

— Она русская, — шепчет Петя, уплывая в счастливый сон. — Её Пушкин любил...

Всю следующую неделю поэт сидит дома с лёгкой температурой. Ест сваренный Летой суп. И читает бесконечно длинный и бесконечно нудный роман про старообрядцев — единственную книгу с сюжетом среди монографий и словарей.

То и дело он засыпает. Слова прорастают в сон, ветвясь и переплетаясь. Там они пронизаны солнцем, полны ветром. Он просыпается с улыбкой. Пьёт воду из-под крана. И снова заваливается на ковёр, кутаясь в пальто. Время продолжается без него. Возможно, поэтому он так счастлив.

Но пауза не может длиться вечно. Как бы нам того ни хотелось. Второй том близится к концу, когда в дверь стучат. Петя подскакивает с колотящимся сердцем. Как человек, которого внезапно разбудили. Первое его побуждение — затаиться.

— Открывай, я знаю, что ты здесь! — доносится недовольный голос Сан Саныча.

«Книга! — спохватывается Петя. — Автопробег! О нет...»

Смущённый, он с трудом поворачивает ключ в новом замке. И предстаёт перед гостем, пряча глаза. Как нашкодивший школьник.

— Слышал, ты приболел, — произносит Сан Саныч тоном крайнего разочарования. — Дело житейское. Но ужасно невовремя.

Петя издаёт несколько невнятных междометий.

— Да-да. Не вынесла душа поэта. В курсе. Слышал. Но пока ты сидел, то бишь лежал в затворе — нас опередили! Смотри! Целая полоса в сегодняшнем «Северном рабочем». И таким невозможным, нечеловеческим языком! На, полюбуйся!

Петя осторожно разворачивает газету. Пробегает глазами первый абзац.

— Когда они успели? — ошарашенно выдыхает он. — Сто с лишним человек, и многие уже опознаны. Как такое возможно?

— Ну, Лета со своими ребятами всю неделю там. Май Латунин подключился, разумеется. Мат стоял над полями, как туман. Он, конечно, больной на всю голову. Но в этих делах — профессионал невероятный. И с какой-то бешеной энергией. Уже все архивы перевернул. Ну, да у него там свои базы данных. Он давно в теме... Ты дальше читай. Оцени красоту слога.

Петя послушно смотрит в газету. Строчки плывут и мелькают, как речная вода. Смысл остаётся за бортом.

— Что-то я не могу, — вяло произносит он и ложится.

— Оригинальное у тебя ложе, — Сан Саныч присаживается на край ковра. — Просто жаль. Хочется, чтобы для важных историй находились какие-то нормальные человеческие слова. Понимаешь? Без штампов, без общих мест. «Кажется, сама земля здесь стонет...»

— Стонет! Я сам слышал!

— Да-да, — рассеянно откликается Саныч. — На Лету большое впечатление произвели твои монологи. Хотя она — человек бывалый. Но я-то не девушка... Ну кто это писал! Только послушай! «По остаткам модельных туфелек и двух кос опознана второй секретарь обкома ВЛКСМ Анна Смирнова»... Ну нельзя же так! Или вот: «Останки лежали слоями, как пирог»...

— Перестаньте!

— Да, ты бы написал лучше. Но...

— Никогда в жизни! Ни за что! Не буду об этом ни писать, ни думать! Оставьте меня в покое!

— Ладно-ладно. Не буянь. Обидно просто. Ну, выздоравливай. Кстати, книгу про автозавод я уже сдал — сроки поджимали. Пытался туда эту историю вставить. Заказчики вычеркнули — тема не юбилейная.

— Постойте! Как её звали?

— Кого?

— Ну, в статье. Секретарь какого-то обкома... с косичками...

— А, комсомолка в модельных туфельках. Меня тоже впечатлила. Сейчас... где же она... А, вот: Анна Смирнова.

— Моя бабка в девичестве тоже была Анной Смирновой.

— Ну, неудивительно.

— Да уж. Это вам не следователь Раевский.

Сан Саныч уходит. Петя ставит на плиту кастрюлю с картошкой. Маленькая Лета притащила тогда целый мешок... Надо же. Пока он тут валялся, они были там. На той жуткой расстрельной поляне. В берёзовом перелеске. Куда он даже не смог зайти. И Лета с её короткими фразами и седой головой. И Родион Нераскольников с его громким басом и девичьим румянцем на небритых щеках. И ещё какие-то незнакомые люди. Суровые и правильные. Не то что он. Мямля, размазня. Профигачил самое важное. Саныч прав.

Петя хмурится и раскрывает оставленную газету. После основной статьи идёт рубрика «Комментарий эксперта». Некий профессор Снегирёв сообщает, что в двух шагах от Селиваново находился огромный город мёртвых — три сотни курганов мерянской культуры. «Конечно, чекисты об этом не знали. Они могли выехать из города в любом другом направлении. Но какая-то неведомая сила привела их именно сюда».

Петя вспоминает давнее лето. Раскопки. Загорелый старикан с «Беломором» в зубах. Его пылкая лекция о связях с загробным миром. Что-то там было такое, вдохновляющее. А, да. Солнце на закате — как способ контакта с тем светом.

Петя невольно выглядывает в окно. Красный шар висит в чёрных ветках. Он отшатывается.

«Зачем я только вспомнил!»

— Тает луч пурпурного заката, синевой окутаны цветы... — раздаётся вдруг на пороге оперное пение.

Петя чуть не опрокидывает на себя кипящую кастрюлю.

— Где же ты, желанная когда-то, где же ты, дарившая мечты? Где же ты, товарищ Пётр? Дело государственной важности! Ах вот куда ты спрятался. Ну, здравия желаю!

Круглый, розовый и кудрявый — революционный купидон Владимир Ильич Деникин собственной персоной. Пухлая ладошка встряхивает Петину руку.

— Дверь была открыта, я вошёл. Поправился? Завтра придёшь? Стихи готовы?

— Что? Куда? Зачем стихи?

— Ну как же! К праздничному митингу, Пётр! Забыл, какой завтра день?

— Потерял счёт времени. Болел. Спал.

— Понятно, понятно. А я уж испугался, что ты покинул наши ряды. Ну, поздравляю! С корабля на бал! Завтра — день рожденья русской революции! Собираемся у памятника Вождю. В десять. Как всегда. С тебя — поэтическое воззвание к трудящимся! Побольше огня и веры в светлое будущее!

— Да-да, — вяло кивает Петя. — Постараюсь.

— Но у меня ещё одна просьба. Личная. Пользуясь служебным положением, так сказать...

Владимир Ильич подходит вплотную и умильно взглядывает на Петю своими маленькими голубыми глазками. Выцветшими и слезящимися. Петя невольно вспоминает шалые голубые глаза Володьки-дурака. В белоснежном пуховике. Интересно, был ли он там, когда раскопали его «тётеньку». Анну Смирнову с двумя косами.

— ...прямо в светлый праздник, чтобы мне приятное сделать. Так вот, я бы хотел... Поэтическое поздравление молодым — от лица, так сказать, партийной и сочувствующей молодёжи...

— Кто-то женится?

— Ты не слушал, Пётр?!

— Извините. Рассеянность. Ещё болею.

— Моя Натали завтра замуж выходит.

— Ого! — Петя роняет ложку в раковину. — Вот так новость! И кто же из героев сопротивления стал её избранником?

Владимир Ильич неожиданно заливается краской и быстро произносит:

— Очень положительный молодой человек. С блестящей будущностью. Всего двадцать пять лет, а уже директор телеканала!

— Какого?

— «Первого независимого»!

— А, это там, где круглые сутки губернатора славословят? Постойте! Так, значит, ваш жених — другой политической ориентации?

— Ну, я человек широких взглядов... И вообще, при чём здесь политика?

Владимир Ильич отставляет назад короткую ножку и поёт своим хорошо поставленным, филармоническим голосом:

— Важней всего — погода в доме, всё остальное суета...

— Она его любит?

— О, он к ней с большим уважением относится. Обещал мне евроремонт сделать...

— Вам он нравится, я понял. А Натали?

— Ну... Она не стала спорить. У нас в семье по старинке: слово отца — закон. Без этих новомодных вольностей.

— Круто! — Петя рассеянно берёт ложку и, разъярившись, с силой швыряет обратно. — Революция, значит, «освободила женщину». А теперь сами революционеры дочерей продают. За евроремонт!

— Пётр! Ты забываешься! — гневно тряхнув белыми кудрями, купидон отступает к дверям. Но на пороге останавливается. И, умоляюще сложив пухлые ручки, говорит своим обычным сладким баритоном:

— Напиши! Ну что тебе стоит! Натали будет приятно!

Полночи Петя сцеживает яд в обличительные памфлеты. Хохочет, пинает стены и почему-то чувствует себя счастливым. Хотя кроткую косоглазую красавицу всё равно ужасно жаль. С её бездомными котятами и куклами на подоконнике. Даже в самом несправедливом из миров она заслуживала чего-то лучшего.

«Девушка с газельими глазами выходит замуж за мешок с деньгами. Зачем Карл Маркс писал свой "Капитал"?»

Уже засыпая, он понимает, откуда пришло счастье. История бедной Натали вдруг освободила его от иллюзий. Здесь правды тоже нет. Зря он на лозунги повёлся. И никуда он завтра не пойдёт. А лучше наконец разыщет Тасю. И всё-всё-всё ей расскажет. Он не видел её целую сотню лет... С бабкиных похорон, кажется.

Во сне счастье продолжает наполнять его. Он едет в поезде. Лежит на верхней полке. И смотрит на огненный шар солнца, куда, изгибаясь, бегут золотые рельсы. Что-то было важное про закат. Нет, не помню. Куда я еду? А, без разницы... Так хорошо...

Но наутро дверь сотрясается от ударов тяжёлых ботинок, а лужёные глотки орут на весь подъезд: «Мы жертвою пали в борьбе роковой!» Товарищи. Зашли, почуяв его ненадёжность.

Петя сначала не хочет открывать. Но потом, боясь, что соседи вызовут милицию, рывком распахивает дверь и бросается вниз по лестнице. С воем и улюлюканьем свора мчится следом. На секунду ему становится жутко. Но во дворе, сделав над собой усилие, он останавливается и презрительно закуривает. Запыхавшиеся товарищи окружают его плотным кольцом. И говорят все сразу:

— Ильич распорядился, пойдёшь во главе колонны.

— Капитализм дерьмо!

— Деньги есть?

— Пролетарии всех стран, скидывайтесь!

— Давай, проклятьем заклеймённый!

За кожаными спинами топчется синеволосый товарищ. По случаю праздника она заплела свои космы в две дикие косищи. Пете становится нехорошо.

— Сделай другую причёску, а? — просит он, морщась. — Убери косы, умоляю.

Товарищ оскаливается. И исчезает. А через полчаса у памятника красуется свежевыбритым черепом. В жалких лиловых пятнах и кровоподтёках.

Ярослав, зачем-то ошивающийся в толпе, стягивает с себя шапку. И надевает на бывшего синеволосого товарища.

— Так тоже некрасиво? — с вызовом выкрикивает она.

— Холодно, — отвечает Ярослав своим самым человечным голосом.

— Праздное любопытство? — спрашивает Петя.

Тот молча отворачивается.

— Молодёжь, только без мата! — суетится Владимир Ильич. — Пётр! Стихи к митингу готовы?

— Только к свадьбе, — ухмыляется поэт.

— Подводишь! — поджав губы, купидон суёт ему листки. — Прочтёшь прошлогодние, я распечатал.

— Пап, кому это памятник? — спрашивает рыжая девочка, стоящая на остановке.

— Ленину.

— А что он хорошего сделал? Он поэт?

Молодой папа с серьгой в ухе сплёвывает и, глядя в упор на Петю с красным флагом, произносит:

— Да ничего. Только тыкал пальцем и приказывал: этого убить, у этого отнять...

— Ложь! — выкрикивает старуха с алым бантом в петлице. — Наглая ложь! Стыдно!

— Пап, это его слуги? — девочка с опаской берёт отца за руку.

— Ага.

— Они нас убьют?

— Не, мы на автобусе уедем. Запрыгивай!

С хрипом и допотопным шипением из динамика проклёвывается песня. «Смело, товарищи, в ногу». Колонна нестройно трогается. Горло сжимает неожиданная ностальгия. Вспоминается детство. Когда сидишь на плечах отца, машешь флажком и вместе со всеми самозабвенно вопишь «ура», совершенно не понимая, в чём дело. Иллюзия сопричастности.

Петя со знаменем идёт впереди. Ветер то и дело швыряет ему на лицо тяжёлое полотнище. И поэту кажется, будто откуда-то сверху — с балконов или облаков — на него выливаются вёдра крови.

Вот и старинный особняк с легкомысленными завитушками на стенах. Один из домов Тасиного деда — вдруг вспоминает Петя. Бывшее дворянское собрание. Ныне — ЗАГС. Колонна замедляет ход. На крыльцо выходит Натали в белом платье. Раздаётся раскатистое «ура». Она рассеянно улыбается. И смотрит, как всегда, на всех и ни на кого. Ускользающим, невесомым взглядом.

«Одна? — замирает Петя. — Неужели — взбунтовалась? Сбежала?»

Но тут выкатывается жених. Он просто слишком толст, чтобы протиснуться в двери одновременно с невестой. Презрительно машет колонне, как член Политбюро с мавзолея.

— Ура! — заливисто кричит в мегафон счастливый отец.

— Ура... — растерянно откликается несколько голосов.

Петя понимает, что остальные тоже видят толстяка впервые.

— Даёшь евроремонт! — хочет крикнуть он.

Но, взглянув на Натали, на её детские ключицы, торчащие из декольте, на покрытые мурашками обнажённые руки, осекается. И только глубоко вздыхает. Бедная девочка.

После небольшой заминки колонна двигается дальше. Уже не так бодро, как вначале.

В эту минуту по параллельной улице Тася идёт в библиотеку. Она совершенно не помнит, что сегодня демонстрация. Ей хочется взять газеты начала века. Прикоснуться к течению нормальной, неискажённой жизни. Она так устала дышать воздухом катастрофы.

На перекрёстке её замечает Ярослав. Отделившись от колонны, он бегом пересекает небольшой переулок. Догоняет. И долго идёт следом. Пытаясь восстановить дыхание. Сделать лицо. Но чем больше смотрит на неё, тем беспомощней себя чувствует. Наконец, она оборачивается.

— В библиотеку? — поспешно спрашивает он. — Можно составить компанию?

Тася вежливо кивает. Хотя ей совсем не хочется.

— Ты хорошо воспитана, — усмехается Ярослав.

Она краснеет. Он спешит перевести разговор.

— Как твои поиски? Удалось что-то ещё обнаружить?

Тася останавливается. Нечто вроде ярости поднимается в её тихой душе. Чувство неведомое, жгучее и стремительное. Ей вдруг кажется, что это Ярослав виноват во всём. С его многозначительными намёками и оговорками. Неподвижным взглядом и постоянными «случайными» встречами.

— За что ты меня так ненавидишь? — печально спрашивает он.

— А за что *ты* ненавидишь *его*? — выдыхает Тася.

— Не догадываешься? Я правда должен озвучить?

— Нет, не надо! — пугается она.

— Ну, отчего же, — Ярослав прислоняется спиной к жёлтой стене двухэтажного особняка. — Я скажу... Хотя — как хочешь. И вообще, с чего ты взяла, что я его ненавижу? Больно много чести.

— Да потому что ты... из-за тебя... — захлёбывается Тася, — это была твоя идея проверить родство... Мне бы такое и в голову не пришло...

— Ах, вон оно что, — медленно произносит Ярослав, и его глаза, помимо воли, озаряются злым торжеством. — Понятно... А я ведь случайно сболтнул... По наитию...

— А мне теперь с этим жить!

— Ну, ему-то ты не скажешь, разумеется...

— Ни за что!

— ...хорошо, хоть со мной поделилась, всё легче будет...

— А ты... — начинает Тася и так пугается собственной мысли, что тут же обрывает себя — и только смотрит на Ярослава потемневшими от ужаса глазами.

Впервые смотрит на него. Впервые видит. И безнадёжную красоту его, и отчаянное одиночество. И ледяные вершины гордости, и голые скалы властолюбия. И непроглядный туман боли, поднимающийся из ущелий. Ничего, за что можно было бы зацепиться.

Теперь никогда она не будет чувствовать себя в безопасности.

Смотрит в глаза-пропасти. Видит себя в них.

— Зачем я тебе? — спрашивает чуть слышно. — Оставь нас. Уйди.

— Уйду, — отвечает ещё тише. — Если ты хочешь.

В эту секунду из-за угла выворачивает демонстрация. «Ура!» — вопят лужёные глотки. «Мы жертвою пали...» — надрывается репродуктор.

Ярослав, рассмеявшись, как висельник, прижимается затылком к стене. Тася замирает вполоборота.

Отшвырнув с лица красную тряпку, которая уже кажется ему одушевлённым противником, Петя видит этих двоих, стоящих на углу. У старинного жёлтого здания. Прямо под мемориальной доской. «Здесь жил поэт...» — читает он мимоходом.

Они не смотрят друг на друга. Они смотрят на него. Он — с ненавистью. Она — с тоскою. Но между ними что-то происходит. Вот прямо в эту самую секунду. Что-то такое, от чего воздух твердеет, пространство искажается, время встаёт дыбом и реки текут вспять.

Моментально он оказывается словно на другой планете. Пустая гулкая улица напоминает сон. Исчезает толпа, гаснет музыка. Есть только эти двое. Между которыми он должен вбить клин. Немедленно. Непременно.

Не глядя, он суёт кому-то знамя. Чтобы освободить руки. И бросается наперерез колонне. К *ним*. Ему что-то кричат, хватают за пальто. Звук разрываемой ткани. Тычок под рёбра.

Ещё несколько шагов. Она отступает в сторону. В её глазах — смятение. *Тот* — не отступает. Ему некуда. Ненавистная фарфоровая кукла. Как хочется разбить тебя вдребезги об эту облезлую стену. Поэт хватает врага за плечи.

— Убью!! — само слетает с языка.

— Палачье отродье! — выплёвывает тот.

— Не смей! — кричит она, кулак поэта отпечатывается на бледной скуле. — Зачем ты это сделал?!

Защищает? Защищает *того*? Задыхаясь, он снова заносит руку.

— Ты подлый! Я тебя ненавижу!

Ах так! Вот как ты заговорила. Что же...

Лицо врага мертвеет. Взгляд проваливается.

И только тут до поэта доходит, что речь — не о нём. Что настоящая схватка происходит поверх его головы. Между теми двумя. Он опускает кулак. Чувствует себя дураком. Растерянным ребёнком в мире взрослых.

Она берёт его за руку. И властно уводит прочь.

Поверженный враг смеётся. Сползает вниз по жёлтой стене. И смеётся. Смеётся. «Здесь жил поэт...» — смеются серые буквы у него над головой.

— Куда ты меня тащишь?

Молчит.

— Постой, дай отдышаться!

Молчит.

— Я курить хочу! Эй, погоди!

Молчит.

— Да ты что — вообще меня не слышишь?

Петя пытается вырвать руку. Потом случайно бросает взгляд на неё. Чёткий профиль, будто высеченный из белого камня. Абсолютно спокойное, ледяное лицо. Глаза, обращённые внутрь.

Ему становится неуютно. Он снова чувствует себя маленьким. Незначительным и ничтожным. На фоне того страшного и важного, что происходит в ней сейчас. И о чём он не имеет ни малейшего понятия.

— Я тебя совсем не знаю, — вздыхает он.

И ему впервые становится по-настоящему горько от этих слов.

Надвигаются ранние осенние сумерки. Город опустошён непогодой. Будто ледяной ветер, врывающийся в него с реки, вымел с улиц всё живое. Кроме этих двоих.

Они всё идут. Всё молчат. Она по-прежнему крепко сжимает его руку. Он и не догадывался, что в этих тонких пальцах столько железной силы.

У пожарной каланчи Петя кивает в сторону остановки:

— Давай провожу?

Он ужасно замёрз. И уже давно мечтает о кастрюле с подгоревшей картошкой, которая ждёт его на плите. Тася замедляет шаг. Он видит, как она возвращается в реальность. Взгляд теплеет. Рука ослабляет хватку и повисает вдоль тела. Похоже, там, где она была, из неё вытянули все силы.

— Нет, — голос совсем чужой и сухой, как шелест бумаги. — Идём к тебе.

— Ко мне? — пугается Петя.

Она ни разу не заходила в профессорскую нору с тех пор, как он там поселился.

— Уж лучше я тебе всё расскажу, чем он.

После этой чудесной девичьей фразы Петины мысли принимают закономерный оборот. Вполне земной и даже успокоительный. На фоне тех безымянных ужасов, которые мерещились ему во время их молчаливого блуждания по городу.

Они молча идут по безлюдным дворам. Она больше не держится за него. И кажется совсем чужой. Петя сначала планирует разыграть сцену оскорблённого негодования. Но затем останавливается на другом варианте — благородного прощения. В глубине души он понимает, что совершенно не вправе чего-то требовать от неё. Он даже придумывает красивую фразу: «Ты вольна поступать, как хочешь. Мы свободные люди в свободной стране».

Но около дома ему вдруг делается невыносимо грустно. Он привык не замечать своего одиночества. Глушить его портвейном в компании случайных и малоприятных типов. Но сейчас оно наваливается ему на плечи, как... Да никак. У него даже нет сил подбирать сравнения.

Медленно-медленно поднимается он по скрипучим деревянным ступеням на свой второй этаж. Поворачивает ключ, распахивает дверь. Делает большой шаг — и летит, раскинув руки, прямо на ложе из книг. Движение, отработанное бессчётными пьяными возвращениями.

Она молчит где-то в темноте. На днях за неуплату опять отключили свет. Ну и ладно. Предстоящий разговор, должно быть, лучше вести не глядя друг на друга. Он вздыхает. Вспоминает, как они говорили с закрытыми глазами. На раскопках. Миллион лет назад. Было ли это? Или ему приснилось? Была ли девочка?

— Даже не знаю, с чего начать.

Её силуэт у окна. Смотрит во двор. Голос глухой, невнятный.

— Начни с того, что подойдёшь поближе. А то я ничего не услышу.

Она послушно садится на краешек вытертого ковра. В темноте их руки случайно соприкасаются. И он нечаянно притягивает её к себе. Секунду назад у него и в мыслях не было ничего подобного.

Дальше всё начинает происходить очень быстро. Со стремительностью и неудержимостью лавины. Они не произносят ни единого слова. Будто боятся помешать.

Когда они отрываются друг от друга, небо в окне уже начинает сереть. Петя на ватных ногах плетётся за водой на кухню. Потом они жадно пьют из одной кружки, сидя на груде перепаханных книг.

— Ты что-то хотела рассказать? — зачем-то вспоминает мальчик.

— Ничего! — смеётся девочка и выплёскивает остатки воды ему на живот.

«Пусть сам всё узнает», — думает она, поёживаясь.

«Теперь я её знаю?» — думает он, обнимая.

Большая ржавая кружка падает на пол.

С этих пор они выпадают из мутного потока времени. Погружаются в собственную вечность, на двоих. Там тихо, светло и по-настоящему. Каждый жест имеет значение. Каждое слово — вес. Будто в ритуале. Древнем, как мир.

Иногда они выбираются на улицу. Держась за руки и неуверенно ступая, словно по поверхности чужой планеты. Жмурясь от горящей на солнце лужи, поэт думает, что сейчас — весна. Но это просто оттепель.

Однажды во дворе их окликают двое. Высоченный парень в камуфляже. Коренастая девушка с большим рюкзаком.

— Не узнаёшь, поэт? Как замок-то? Призраки не взломали?

— Родион, — медленно, по складам произносит Петя, с усилием возвращаясь на землю. — Не Раскольников.

— Мы по делу, — быстро говорит Лета, хмурясь от их блаженных улыбок. — Есть возможность поставить там памятник. Нужен скульптор. Художник. Мы подумали, ты кого-нибудь знаешь.

— Памятник? — переспрашивает Петя; у него это слово ассоциируется только с базальтовым вождём, под рукой которого они всегда встречались. — Кому? Где?

— Ну ты чего? — Родион смущённо косится на девушку, которую поэт прижимает к себе. — Совсем выпал из реальности?

— Памятник расстрелянным в Селиваново.

Лета чересчур чётко проговаривает каждое слово. Ей почему-то приятно видеть, как тускнеют их сияющие лица.

«Это дурное чувство», — уличает она себя и говорит уже более дружеским тоном:

— Есть идеи, к кому можно обратиться?

Переглянувшись, они улыбаются. Лета с неприязнью отмечает зеркальное сходство этих улыбок. И хором произносят:

— Аврора.

— Хорошо. Когда к ней можно зайти? Надо срочно. Пока спонсор не передумал, — Лета бросает быстрый взгляд на Родиона.

— Ты, что ли? — усмехается Петя.

— Брательник, — неохотно отвечает тот.

— Он у тебя банкир?

— Деловой человек, — вздыхает Родион. — Вышел из тюрьмы — в депутаты собрался. Хотел сначала церковь построить, потом спортплощадку. Ну, для пиару. Бабла не хватает. А на памятник — скромный — в самый раз.

— Так когда к вашей Авроре зайти можно? — гнёт своё Лета.

— Да хоть сейчас!

— Шутишь? Сейчас ей явно не до того.

— Почему?

— Эй, в башне! — Родион стучит себя по голове. — Какой сегодня день?

— Какой-то особенный?

— Да ничего особенного. Всего лишь последний день второго тысячелетия. Ку-ку!

Они одновременно выныривают на поверхность. Оглушённо оглядываются вокруг. Суета и заботы тут же подхватывают их и уносят в разные стороны. Они снова живут во времени. Они назначают друг другу встречу: в десять вечера в доме доктора Бибикова.

— Придётся вспомнить, что такое часы, — грустно улыбается поэт, не в силах оторвать её от себя на остановке. — Мне будет странно одному. И страшно. Вдруг я тебя никогда не увижу?

— Увидишь, — она тоже выглядит растерянной. — Сегодня в десять.

Автобус трогается. Растерянный Петя машет рукой, как человек, теряющий равновесие. Что-то кричит — и неумолимо уплывает назад. Исчезает из вида. В ту же секунду невозможная тяжесть вдавливает её в драное кожаное сиденье. Будто всё это время ждала за углом, наливаясь, накапливая силу и ярость.

Автобус разворачивается, и памятник вождю, дом с аркой, пожарная каланча — как фигуры исполинской карусели медленно проходят перед ней, вызывая головокружение и дурноту. Все отложенные воспоминания вновь прорезают память.

«Это не решение, — думает она, вспоминая Петю, как давний сон. — Если оно вообще существует».

Тяжесть давит на плечи, ввинчивается в затылок, сжимает — не вздохнуть. Глаза закрываются. Словно чья-то железная рука опускает веки, как шторку в самолёте.

Лоб вжимается в ладони, лежащие на поручне. Туман, туман. Обрывки мыслей исчезают раньше, чем успеваешь ухватить — как рисунок на запотевшем стекле. И вот неизбежно, нетерпеливо, даже не дождавшись более глубокого сна, восходят перед ней *они*.

Никуда не идут. Стоят, соприкасаясь плечами, — и смотрят. Молча смотрят.

От ледяной воды этого слитного взгляда она почти просыпается. Но их железная воля словно удерживает невесомый покров. Тянет обратно.

И тут она, наконец, вспоминает вопрос, который всегда забывала:

— Чего вы хотите?

— Чего вы хотите?

— Чего вы хотите?

Эхо раскрывается, как веер. Летит в глубину.

— Жить! — произносят они беззвучно, но внятно.

Автобус подпрыгивает. Сон обрывается и тает.

— Но это невозможно! Вы мертвы! — почти кричит она, судорожно пытаясь нырнуть назад.

— Память — тоже форма жизни, — приходит немедленный ответ.

И она не знает — воображение это или действительно диалог.

— Вы хотите жить в моей памяти? — переспрашивает она.

— Не стойте в дверях, продвигайтесь в середину салона, — хрипит динамик.

«"Моя" — лишнее слово», — понимает она.

Поэт отвык от времени. Кажется, оно стоит на месте. До *неё* — по-прежнему целая вечность. По улицам несутся озабоченные праздником люди. Им вдогонку летят грязные брызги из-под колёс. Мигают гирлянды.

Он промочил ноги, его знобит. Он хочет обмануть время. Заходит в общагу театралки. Здесь много знакомых. Никого из них, правда, нет. Но это неважно.

— Все свои, — милостиво кивает ему красавица, восседающая на кровати, как жрица. Взбудораженные громкие люди суют поэту стакан какой-то дряни. Глотнув, он долго не может дышать. Его снисходительно лупят по спине. Суют под нос кружок солёного огурца, предупредив, что это надо не есть, а нюхать.

— Продолжай, Анна! — кричит кто-то.

Красавица плавно кладёт на колени маленький барабан. И начинает петь. Отбивая ритм ладонями. Поэт нашаривает за спиной стену и медленно съезжает вниз. Анна поёт. Тягучую древнюю песню. То ли плач, то ли блюз. Слов в ней нет, только голос. Густой, повелительный, бесконечно одинокий.

Поэт смотрит на большие белые руки Анны. Они гипнотически светятся в сизом от дыма воздухе. Медленно поднимаются. Медленно опускаются. И снова вверх.

«Анна поёт... — записывает он на клочке обоев. — *У Анны белые руки...»*

Две простые фразы, помноженные на театральный самогон, вдруг прорывают плотину. Стихи обрушиваются в него. Отделяя от мира. Стеной водопада.

Он не замечает, что Анна перестаёт петь. Что все люди, бывшие вокруг, уходят. Скрипит на сквозняке распахнутая дверь. И чья-то невидимая рука заботливо прикрывает её.

Когда он понимает, о какой Анне пишет, ему делается жутко. Как в парке перед усадьбой. Как в склепе. Как в поле под Селиваново.

Но остановиться уже нельзя. Если *оно* началось, *оно* не отпустит, пока не воплотится.

Анна поёт

сильные белые руки у женщины анны
сильный стремительный голос похожий на реку
анна поёт и бельё на коленях полощет
анна поёт и плетёт свои крепкие косы
будто бы вяжет в снопы золотые колосья

солнечным утром по голому русскому полю
анну везут убивать на колени поставив
видит на поле она двух голодных мальчишек
дети мои причитает безумная анна
тянет к ним руки большие бессильные руки

жизнь отрывают от анны а анну от жизни
намертво с жизнью сцепилась огромная анна
вот уже яму поспешной землёй забросали
вот уже стихло и эхо в лесу осквернённом
а под землёй бесконечная анна рыдает

сохнет над анной земля каменея от боли
молча сидят на ветвях онемевшие птицы
молча стоят не решаясь качнуться деревья
молча над ними лежит обездвиженный ветер
а под землёй продолжается женщина анна

руки её оплетают холодные корни
руки ее обнимают голодное поле
руки её поднимают пустынное небо
голос её поднимается выше и выше
анна поёт

Он долго ждёт, когда придёт последняя фраза. Перебирает варианты. Но продолжения нет. Это — конец.

Это конец? Держась за стены, поэт выбирается на крыльцо. Весёлый воздух оттепели толкает его в грудь. Так что он опять едва не теряет равновесие. Холодная капля падает на макушку.

«Я свободен, я забыл, что значит страх», — долетает из проезжающей машины. Веер брызг ложится на тротуар.

«Я свободен! — ликует поэт. — Я откупился! Я могу больше никогда об этом не думать!»

На ступеньках сидит типичный здешний персонаж — в растянутом чёрном свитере, с серьгой в ухе и пучком курчавых волос. Мрачно дымит беломором.

«Дух места», — усмехается Петя про себя.

— Где все? — поэт подсаживается к чёрному человеку.

— Разбежались кто куда. Такая ночь. Лучше тут не оставаться. Точно явятся.

— Кто? Менты?

— Ха! Привидения. Девушка-проститутка, которую выкинули из окна революционные матросы, и любивший её горбун-привратник. Он выбросился следом. И каждую полночь, особенно под Новый год...

— Да отстаньте от меня с вашими призраками! Сколько можно! — Петя вскакивает, стряхивая пепел с колен.

— Ясно. Материалист. Тяжёлый случай. Ну, хэппи нью ё, чувак.

Поэт вприпрыжку бежит по лужам. Ему так легко, что хочется опять набить в карманы камней, чтоб не взлететь. «Я свободен», — крутится в голове. Капли с крыш летят за воротник.

Следом идёт Ярослав. Ненависть, как огромная жаба, ворочается внутри. Знает или нет? Походка врага легка. Точно ничего не знает. Ну-ну. Сегодня такая ночь. Самая подходящая, чтобы жизнь бесповоротно изменилась. Ярослав оступается в лужу. Холодная вода затекает в ботинок. Это его окончательно выводит. Он ускоряет шаг.

«Ишь, порхает. Ты взвешен на весах и найден слишком лёгким. Теперь ты будешь ходить, шаркая и загребая ногами, как старик. Тяжесть навсегда придавит тебя к земле. Ты в моей власти!»

«Какой симпатичный чистенький старик», — думает Петя. Он так счастлив, что готов побрататься даже с фонарным столбом.

На крыльце круглосуточного магазина стоит персональный пенсионер Иннокентий Раевский. Из авоськи торчит батон и пакет молока. Он усмехается и свойски подмигивает. Первый прохожий широко улыбается в ответ. Второй — шарахается и сворачивает на другую улицу. Так волна, наскочив на скалу, отступает в безвидную темь ночного моря.

А Петя идёт себе дальше. Всё так же легко. Ни о чём не догадываясь.

У здания администрации, бывшего горсовета, — огромная вечная лужа. Она тут всегда. Когда-то бабы полоскали в ней бельё, а наместник Екатерины, глядя на оное непотребство из окон губернаторского дома, писал государыне о пользе просвещения.

Сейчас в луже сидит пьяный старик. Он лупит кулаками по воде и воет. Петя различает слово «ууууууубьюууууу». Но, возможно, это лишь его воображение.

«Какая разная старость, — думает поэт, брезгливо обходя лужу. — А ведь они оба, наверное, из *тех* времён... Нет! Я свободен! Прошлое, проходи!»

Он бросается бежать. Всё быстрей и быстрей. Будто будущее — это поезд, в который надо успеть запрыгнуть на ходу. Иначе останешься в вечной луже у горсовета.

За полчаса до начала третьего тысячелетия в особняке доктора Бибикова уютно, как в бомбоубежище. Единственная на весь дом лампа освещает заваленную горами артефактов каморку прислуги под самой крышей. Аврора принимает гостей. Румяный Родион сидит на перевёрнутом ведре. Бледная Лета — на сундуке с коваными углами. Сама хозяйка — покоится, как самодержец, в глубоком кресле, подобранном на помойке. Клочья обивки живописно свисают по бокам, словно бахрома. Кот Мышкин презрительно щурится с её колен.

— Надеюсь, я не сел на Пушкина? — подскакивает Петя, плюхнувшийся на старую шину.

— Сиди уж, трепло, — милостиво позволяет Аврора. — Так что там про памятник... Конечно, не самая удачная тема для новогоднего бала.

— Мы пойдём! — с готовностью поднимается Лета.

— Не скачи. Уже никуда не успеете. У вас самих-то есть какие-нибудь идеи? Или с *пустом* пришли. Как бабки в деревне говорят.

— Мы не с пустом, мы с Прустом, — невнимательно шутит Петя, с тревогой следя за Тасей, которая, как тень, бродит по комнате и машинально поднимает с пола какие-то обрезки.

— Ну... — мнётся Родион, явно имеющий что предложить.

— Ну! — приказывает Аврора.

— Короче, у нас в дачном посёлке есть памятник Лысому. Облупленный весь, обгаженный. Кепка отбита. Никто не хватится. Привезти его, значит, туда. Кинуть на землю. И прострелить чугунную башку!

— Да ты крутой акционист, Нераскольников! — подпрыгивает Петя.

— Тогда тебе нужен самосвал и самострел, а не я, — усмехается Аврора.

— Мы никого расстреливать не будем, — веско произносит Лета. — Даже памятники.

— Так и знал, что завернут, — сокрушённо вздыхает Родион.

— Это должен быть памятник не людям, а их отсутствию, — бормочет художница. — Их нет — вот что важно. Пустой пьедестал, над которым — воздух, небо, весь мир...

— Так Лысого тогда просто в кусты скинуть, а постамент туда.

— Тише ты! — шикает Лета.

Но поздно, Аврора уже потеряла мысль. Отвлеклась.

— Только не смей ничего выкидывать! Тут всё нужное! — кричит она Тасе. — Ну-ка, дай сюда... Так, это фантики из моей коллекции. Вот конфеты «Коммунарка», а вот — «Марсианка»! Готовая инсталляция!.. Ну, это счёт за электричество. Действительно, мусор. Хотя нет! На обороте можно рисовать!.. А это... Хм-хм... Это...

— Давайте всё-таки про памятник! Время...

— А это наш памятник! — Аврора торжествующе размахивает обрезком бумаги.

— Дурдом, — констатирует Родион. — Зачем я с ними связался! Богема чокнутая!

— Смотри сюда, глас народа!

Аврора расправляет клочок на коленях. Мышкин обиженно спрыгивает на пол.

Это лист бумаги, из которого когда-то вырезали человеческую фигурку.

— Памятник отсутствию. Сечёшь? Человека-то нет. Сквозь него ветер дует. Представил?

— Круть... Я хотел сказал: гениально!

В эту секунду небо над городом взрывает праздничный фейерверк. Они сбегают вниз, в большой тёмный зал. И встают каждый у своего высокого окна. Они смотрят в ночь, рассыпающую разноцветные брызги. Будто пытаются увидеть, что их ждёт.

Лета зажимает уши. Она не любит выстрелы и взрывы.

Петя припадает лбом к стеклу. Ему почудилось, под окном промелькнула женщина за руку с маленькой дочкой. Две тяжёлые косы змеятся по прямой спине. И такие же, но тонюсенькие, торчат из-под вязаной детской шапки... Он всматривается в ночь, грозя выдавить окно. Но внизу никого.

«Воображение, — поспешно решает поэт. — Тут никто не ходит. Это же пустырь»

«Прошлое, проходи!» — пишет он на запотевшем от его дыхания стекле. И, подышав ещё, добавляет: *«Будущее, будь!»*

Аврора смотрит на ослепительные раскаты салюта. И видит, как смеётся Май. Смеётся, закрывается рукой от солнца. Брызги счастья оглушают её, как водопад.

— Представляешь, — говорит юный Май, — если мы будем жить долго-долго, у нас есть шанс увидеть третье тысячелетие! Это же так интересно!

— И вот мы жили долго-долго, — отвечает ему старая Аврора. — И ты его видишь. Видишь?

Старый Май лежит на боку в своей луже. Видит отражение салюта в беспокойной воде. Мимо идут запоздалые прохожие. Молодая красавица в туфлях-лодочках и летнем платье. Следом — медвежьей поступью — тяжёлый человек в кожаной куртке. Грустный старик со скрипкой в чёрном футляре. И ещё какие-то люди. Много-много людей.

Май устаёт смотреть на мелькание ног. И переводит взгляд на неподвижный камень, лежащий прямо перед его лицом. Неприметный городской булыжник.

Вроде того, которым он запустил когда-то в девушку.

Чья любовь его ни от чего не уберегла.

Как её звали?

Да уже неважно.

Он протягивает скрюченную грязную руку. И из последних сил сжимает камень в кулаке.

Незабудки самого долгого дня

Рассказы

Звонок

Ты молчи. Я говорить буду. Потом спрошу одну вещь, ты ответишь. И всё. А пока молчи. Никогда не думал, что со мной случится такое: позвонить тебе. Ты молчи пока, слушай. Пасха вот была недавно. Я выпил спирту с истопником — наутро тоже воскрес. Пошёл гулять, искупался в фонтане, купил деревянную куклу у лотошника. Я на праздник всегда покупаю что-нибудь ненужное, как подарок не знаю кому. Верба вовсю цвела, воробьи галдели. Потом наступило 9 мая. Это мой второй любимый праздник после Пасхи. Они даже чем-то похожи: и там, и тут победа жизни над смертью. Я спросил соседского деда, что он делал 9 мая сорок пятого года. А он говорит: танцевал на улице под чужую гармошку, хлебнув настойки на маральих пантах. Ему тогда двенадцать лет было. Обшарил все аптеки, их у нас целых три, но такой настойки нигде не продавалось. Тогда я купил воздушного змея и пошёл на мост. Недостроенный, но по нему всё равно ходят. А я ни разу. Я высоты боюсь. И плавать не умею. А тут пошёл. Потому что уже решил, что сегодня позвоню тебе. Мне повезло: был сильный ветер. Змей моментально взмыл над рекой, над городом, над лесами. Я не стал привязывать, пусть летит. Смотрел на его разноцветный хвост, а потом на воду. Думал, связана ли моя река с той, на которой живёшь ты. Пожалуй, если плыть через океан, можно добраться. Это меня очень взбодрило. На мосту я встретил людей. Но разговаривать с ними не стал. Берёг слова для тебя. Ты потерпи немного. Я заказал всего лишь три минуты. Вчера мне приснилось, как зреет колос. Я видел это изнутри зерна. Он рос всю ночь. А я крутился в кровати и радовался, что мне снится такой созидательный сон. Обычно мне знаешь что снится. Будто я звоню тебе. И не могу дозвониться. Телефон сломан, номер не тот. Или рот зашит — такое тоже бывало. У нас в клубе однажды кино показывали. Там человека ведут на расстрел, а он конвоирам, которые его тащат, про детство рассказывает, как он с мамой на море ездил. До самой последней секунды так и рассказывал, представляешь. Сейчас и я как он. Скоро уже закончу. И спрошу. Но прежде у меня просьба: ты что-нибудь обо мне запомни. Это ведь нетрудно. Чтоб я остался в твоей памяти — хоть одной фразой. Хоть словом. Ладно? Такую глупость я делаю. Мы же виделись лишь раз. Но я всё отчётливо помню. Синее платье и на нём голубые цветы, по форме будто лилии, но маленькие, как незабудки. Интересно, ты его ещё носишь? А чёрное купила? Помнишь, ты всё волновалась, не обидятся ли родственники, если ты будешь в этом. Да. Так далеко можно заехать только на похороны. Внучатая тётя? Или двоюродная бабушка? Забыл. Да ты и сама, наверное, не помнишь. Столько лет прошло. Был солнечный день, у нас это большая редкость. И ты угостила меня мороженым. Я до этого ни разу не пробовал. А потом всё ел, ел, пока не заболел ангиной. А когда пароход отплыл, я по берегу бежал, и за мной погналась собака. Хорошо, что ты на палубу не вышла. А то бы посмеялась. Пароход назывался «Волна». Он до сих пор иногда тут ходит. Я каждый раз на пристани стою. Мало ли. Вдруг. Хотя тебе ведь не к кому здесь приехать. Сохранились ли у тебя камни, которые мы у мостков собирали? Я их долго ещё с собой таскал. Потом карман прохудился. И выпали. Такая жалость. Я весь день по берегу ползал. Да где уж — не узнал. На вид-то все похожи. Ой, слышишь гудок? Это сигнал, что сейчас разъединяют. Ну, всё. Скажи, а ты меня — не любишь?

Трамвай, троллейбус

Пришла осень, и он, как всегда, ей приснился. Случилось это в поезде по дороге домой. Она проснулась с колотящимся сердцем и увидела, что за пыльным стеклом уже плывут знакомые улицы. Наперегонки с поездом летел, раскачиваясь во все стороны, потрёпанный красный трамвай.

Она вышла на перрон и огляделась, будто ждала, что он окажется тут. Кого-то встречали. Парень в камуфляже кружил на руках визжащую девчонку. Смуглый носильщик свирепо толкал перегруженную тележку. Бежали на подошедший автобус дачники с огромными рюкзаками.

Она пересекла вокзальную площадь и свернула в солнечный переулок, щедро усыпанный жёлтыми листьями.

Ей навстречу шёл он. Они увидели друг друга одновременно. И оба остановились. Между ними было метров десять.

Казалось, он хочет провалиться сквозь землю. Или убежать. Но бежать было некуда. Они стояли и смотрели друг на друга. Он обречённо вздохнул и шагнул к ней. Подул ветер, и к нему на грудь прилетела кленовая звезда.

— Ну, здравствуй, — сказал он.

— Здравствуй, — повторила она и протянула руку, чтобы снять листок.

Он дернулся. Она жалко улыбнулась.

«Ты! Ты! — обваривалось всё внутри. — Ты!»

Она сделала глубокий вдох и подумала уже тише: «А ведь я десять лет сюда приезжаю, надеясь вот так, случайно, встретить его».

— Я к маме приехала, — произнесла она.

— Я догадался, что не ко мне, — ухмыльнулся он.

«Неужели сейчас уйдет — и всё?!» — испугалась она.

— Так и будем стоять? — спросил он.

— А ты куда?

— Никуда.

— Пойдём вместе?

Они шли, загребая ногами весёлые листья. Припекало. На бордюре щурилась пёстрая кошка. Рядом остановился трамвай. Это был её самый любимый маршрут. Он петлял по полосе отчуждения вдоль железной дороги, а потом проезжал мимо их универа.

«Вот бы сейчас, как раньше...» — затосковала она.

— Прокатимся? — предложил он.

Ей захотелось плакать.

В вагоне они были одни. Кондукторша в вязаной кофте, продав им билеты, ушла в кабину грызть семечки и судачить.

Она по старой привычке быстро сложила цифры.

— Несчастливый. А у тебя?

— А ты как думаешь? — он, не глядя, сунул свой билет в карман.

Они проезжали заросшие вербами останки брошенной стройки. Трамвай грохотал и лязгал на поворотах.

— Помнишь, мы тут пили шампанское из горла, и я ужасно хотела курить, а ты мне не разрешал?

— Ну-ну.

— А теперь я не пью и не курю.

«Сейчас он спросит почему, и я скажу, что я на втором месяце», — подумала она и впервые не обрадовалась, вспомнив об этом.

— Ну-ну, — он слегка усмехнулся.

— Остановка «Университет», — прохрипел трамвай сквозь страшные помехи.

Вот тут, на этом перекрестке, он стоял с непокрытой головой под густым непроглядным снегом, когда она уходила от него — «навсегда!» — к тому, который ждал за углом с подмороженной белой розой, а через месяц перестал даже здороваться.

— И всё-таки, зачем ты тогда ушла? — спросил он и впервые на неё глянул.

— Дура была, — ответила она просто.

— Только и всего?! — он разочарованно откинулся на спинку и вытянул ноги в проход.

Она покрутила обручальное кольцо, как всегда, когда чувствовала себя не в своей тарелке.

«Почему он даже не спросит, за кем я замужем? — горько удивилась она. — Наверное, ему уже всё равно. Конечно! Десять лет ведь прошло!»

— А у меня тут был роман с одной замужней, — вдруг неестественно оживился он.

«Ну уж нет! — закричала она внутри. — Знать ничего не желаю!»

— Ну-ну, — зевнула она и отвернулась к окну.

Из глаз её быстро выкатились две слезы.

«Я сижу и плачу, — внезапно вспомнила она. — Я люблю тебя. Всё будет хорошо», — это он написал на следующий день в её тетрадке. На перемене, пока она целовалась в коридоре.

— Мукомольный переулок, конечная, — сипло предупредил трамвай.

Выходя, он подал ей руку. Она схватилась и не отпускала. Он пожал плечами, и они пошли дальше, держась за руки, как десять лет назад.

Тогда была такая же осень. Только туман, раннее утро. Они прогуливали первую пару. Они были первый раз вдвоём.

«Зачем ты мне всё время снишься?» — спросил он и поперхнулся, она засмеялась.

— Ты мне сегодня приснился.

— Ну-ну! — опять усмехнулся он. — И что я делал?

— Так... — пробормотала она, вспомнив, как во сне они плакали, вцепившись друг в друга.

У неё зазвонил телефон.

— Ты где? — обиженно воскликнула трубка маминым голосом. — Всё уже остыло!

Он проводил её до остановки. Подъехал троллейбус. Она поднялась на подножку и оглянулась. Он быстро шёл прочь, огибая прохожих.

«Почему ты никогда не оборачиваешься, когда уходишь?» — зазвенел у неё в голове его голос десятилетней давности.

В открытые двери швырнуло охапку листьев. Она села у окна. Троллейбус тронулся.

Больше они не виделись.

Вера

На качелях лежали подтаявшие сугробы с чёрной каёмкой. Ноздреватый снег хранил в себе отпечаток голубиной лапы, перезимовавшую в безлюдном парке кленовую вертушку и смятый трамвайный талончик, номер которого, складываясь, обещал счастье.

Телеграфистка Вера остановилась у качелей, посчитала цифры на билете в сугроб, невесело порадовалась и подумала, что когда ей кажется, будто людям на неё наплевать, она права. Но права не до конца. Если додумать эту мысль, она станет совсем уж горькой, а поэтому почти безболезненной, ведь слишком большой масштаб не воспринимает ни глаз, ни сердце.

Так вот, люди вообще равнодушны к людям. Это мировой закон, вроде силы тяготения, а вовсе не её личная нескладная судьба.

От этой окончательной безнадёжности стало легко и пусто. Она покачала охрипшие качели, и те откликнулись протяжным стариковским охом. Голубь, топтавшийся на верхушке разбитого фонаря, распустил хвост и выпятил изумрудную грудь, подзывая подругу.

На пустых аллеях пахло неуютом оттепели: псиной, птичьим помётом и тревожным ветром, примчавшимся в их монотонный город из дальних стран, где всё совсем иначе. Телеграфистка Вера повернулась к нему лицом и почувствовала, как внутри надулись алые паруса.

Её понесло вперед, и Вера заскользила по рыхлому льду, там и сям прокалывая его каблуками и проваливаясь в сизую глубину, полную невидимой воды.

Остро, как курильщик хочет курить, она захотела написать Матвею. Обо всём этом. О голубиной печати на бланке сугроба, о человеческой печали качелей, о том, как вчера у помойки её приласкал бродячий кот, такой же ничейный, как она сама...

Но Вера тут же представила, как Матвей у себя на кафедре в перерыве между лекцией по старославянскому языку и зачётом по стилистике аккуратно вскрывает конверт, начинает читать, и брови его поднимаются всё выше... Звенит звонок — и её коты и сугробы с качелями, скомканные, летят в ведро для бумаг. Туда же отправляется ни в чём не повинный, оставшийся в наследство от бабушки конверт с изображением музея транспорта г. Свердловска.

Вера вздохнула, и алые паруса пожухли, как тюльпаны через неделю после 8 марта.

Она решила проблему испытанным способом. Зашла в кафе, взяла пирожное картошку и, прихлёбывая чай из пластикового стаканчика, написала письмо.

Какое хотела. С голубями, с горлышком бутылки, гудящим в сугробе, с пустым парком аттракционов и ворохом прошлогодних листьев на кафельном дне безъязыкого фонтана.

Вера почему-то чувствовала насущную потребность именовать окружающие её простые предметы, будто без привязки к словам они, стоило отвернуться, исчезали из мира.

Письмо она опустила тут же — в синий почтовый ящик на углу. Но, конечно же, не Матвею. А самой себе. В Екатеринбург, до востребования.

Во многих городах, больших и малых, телеграфистку Веру ждали невостребованные письма в пожелтевших бабушкиных конвертах, написанные одним и тем же неровным почерком.

Порой она видела во сне, как приезжает в какой-нибудь из этих городов, получает своё письмо, силится вспомнить, о чём сюда писала, вспоминает, а потом прочитывает совершенно другой текст, совсем ей незнакомый, написанный, вообще, Матвеем, который зовет её приехать.

Куда? Да именно в этот самый город!

И она ждёт его на скамейке в парке аттракционов. Рядом играет духовой оркестр и хлопают крыльями, силясь взмыть в небеса, разноцветные флажки над танцплощадкой.

И он, разумеется, приходит.

Да, она уже видит его, вот он идёт по боковой аллее. В своём вечном вельветовом пиджаке, сунув замерзшие руки в маленькие карманы, отчего плечи задираются высоко, как у аиста. А вокруг шеи намотан нелепый то ли детский, то ли дедовский шарф, делающий Матвея похожим на солдата разбитой наполеоновской армии.

Одно это сразу же наполняет Веру всей отпущенной на её век нежностью и грустью. Поэтому дальше она никогда не думает, даже во сне. А просто сидит на холодной скамейке и смотрит на Матвея, идущего к ней по боковой аллее парка.

Из года в год. Из города в город.

Девчонки

Метель началась, когда тополь у библиотеки был ещё полон зелёных листьев. Снег летел с невидимых небес, лёгкий и неумолимый, как ангел. Было что-то жуткое в его отрешённом круговом движении, которое не прекращалось ни днём, ни ночью.

— В связи с изменением климата Великий Потоп отменяется, будет Великий Сугроб. Один на всех — великий, снежный гроб, — гнусавил поэт Селёдкин, выдёргивая из снежного крошева маленькую библиотекаршу Юлю. — Почему вы сидите тут и плачете? Одна в снегах, как... как...

— Ой, избавьте от ваших «каков»! — Юля так яростно вытряхнула снег из ботинка, что потеряла равновесие и чуть не шлёпнулась обратно в сугроб.

— Неблагодарнейшая из дев! Я спас вас от разнузданной стихии!

— Стихия не может быть разнузданной. Она не лошадь. И не графоман, упившийся дешёвой водкой. И «спасвас» звучит смешно. Как ватерпас и васисдас.

— Жестокая! И всё-таки я видел, вы плакали... Могу ль узнать о чём?

— Птибурдуков тебя я презираю... Ладно, спасибо-досвиданья-мне действительно пора.

Ей хотелось ещё посидеть в снегу и поплакать. Но утомительный Селёдкин продолжал идти по пятам и извергать пятистопные ямбы. Видимо, тоже пробирался в библиотеку. Договариваться об очередном поэтическом вечере.

Ладно, можно поплакать и на ходу. Ведь он плетётся сзади и ничего не заметит.

Ветер шипел и шуршал, гремели, точно жестянки, заледеневшие зелёные листья на тополе. Было так шумно, что Юля осмелела и произнесла сквозь слёзы: «Расцветают липы в лесах и на липах цветы поют».

Почему-то ужасно хотелось повторять и повторять эту строчку. И непременно вслух. И плакать. В ней было простое и неуловимое волшебство. От этих цветущих лип и поющих цветов сквозь мёртвую каменную тоску начинали просачиваться ручейки слёз. Таких горьких. И таких сладких. Никаким мечтам не суждено сбыться, и это уже давно понятно, но всё равно больно. А душа по-прежнему жива. И живёт, даже когда совсем перестаёшь её помнить. И рада такой малости. Тому, что «на липах цветы поют».

— Ага, — злорадно прокаркал за спиной Селёдкин, — надо мной издеваетесь, а сами стишки бормочете! Да к тому ж плохие! Зацветают и цветы — тавтология! И потом липы не в лесу растут, а в парке. Ну а поющие цветы — это вообще ни в какие ворота не лезет! Цветы поют! Может, они ещё и танцуют?

Юля резко остановилась, и разогнавшийся Селёдкин налетел на неё, как петух на наседку. Сам он, конечно, предпочёл бы сказать: как коршун на голубку. Полы его чёрного пальто развевались на ветру, словно распростёртые крылья. С минуту они молча барахтались в сугробе, пытаясь встать. Юля вскочила первой и крикнула стоящему на четвереньках Селёдкину:

— Знаете, почему вы пишете такие плохие стихи?

— Я? Плохие? — задохнулся Селедкин. — Да ты... Да я... Тебя урою, сука...

Он уже был на ногах и нависал над маленькой Юлей, сверкая перекошенными очками. На секунду ей стало страшно, на полсекунды смешно. А потом надолго гадко.

Селёдкин дышал на неё вчерашним перегаром и жвачкой «Орбит» и сопел, будто бульдог. Он продолжал по инерции сохранять свирепый вид, однако был уже не зол, а растерян, точно школьник, сгоряча нахамивший завучу и не понимающий, зачем он это сделал и как теперь выкручиваться.

Он почесал нос, и Юле стало его жалко.

— Ага, уроете. И тут же в сугробе зароете, — примирительно усмехнулась она. — Бедный Селёдочкин! И откуда из вас это вылезло? НТВ ночью смотрите?

— Так почему же у меня плохие стихи? — оправившись от смущения, прошипел Селёдкин.

— Потому что мало читаете. Гумилёва не узнали. Поучать бросились. Цветы у него, видите ли, петь не могут.

— Ну, у Гумилёва-то могут, конечно.

— Цветы вообще могут делать всё, что угодно. И танцевать — вальс цветов забыли, что ли? — и ходить, и говорить... И даже лекции читать на филфаке. О польских поэтах второй половины XX века...

— У вас жар, Юлия Борисовна?

— Станиславовна. Да, горячка. Оставьте меня, поручик.

И Юля облегчённо рассмеялась. Ну конечно! Вот он — выход! Такой же, как и тогда, с Цветаном Боженовичем, профессором из Польши.

Он прочитал свою лекцию, которая вся, до единого слова, пролетела мимо неё, как сияющий поезд, и спустился с кафедры, чтобы навсегда исчезнуть. Тогда маленькая студентка Юля неимоверным усилием вырвала себя из своего золотого омута и подошла задать вопрос. Наиглупейший, разумеется. Но он не рассердился. «Скажите, а ваше имя по-польски обозначает цветок?» — «Да-да, Божий цветок», — ответил он, лучезарно улыбаясь. И упорхнул из аудитории. И из её жизни.

А она, чтобы уцелеть и не разлететься на золотые молекулы, стала каждый день отправлять письма: «Речь Посполитая, Божьему Цветку»...

И пока она, стоя посреди метели под зелёным тополем, выговаривала незадачливому Селёдкину, её вдруг осенило, что и эту разрывную пулю тоже можно упаковать в конверты и отослать подальше от себя. «Санкт-Петербург. Н. Г. До востребования».

Это будет, конечно, эффективнее, чем сидеть в снегу и плакать, привлекая прохожих графоманов. Она даже запела от облегчения. Разумеется, ту строчку, которая так и вертелась на языке: про липы в лесу. А Селёдкин подумал, что она его дразнит. И набычился.

«Дорогой Николай Степанович! Простите, что я вас беспокою. Если, конечно, это слово к вам теперь применимо. Как и все остальные слова. Ну, не будем о грустном. Николай Степанович! Я хочу Вам кое-что сказать. Вы, конечно, это уже сто раз слышали. Но что поделаешь. Придется выслушать ещё раз. Я люблю Вас. Люблю. Люблю. И буду писать это слово, пока мне хоть немного не полегчает... Нет, без толку. Ладно, тогда я лучше объясню, что имею в виду. Ведь хотя Вам и говорили это сто тысяч раз, но про моё "люблю" Вы ничего не знаете... Да, трудновато будет. Охо-хо! Нет, лучше пойти путём вычитания. Так вот, стихи Ваши мне, увы, не нравятся. За редким исключением. Они совсем не мои. Особенно все эти леопарды и бегемоты. Или хуже того — священная война. Фу, кошмар... И как человек Вы мне не нравитесь. Самоуверенность и самолюбование. Сплошная поза, ни слова в простоте. Это я не хамлю. Это я в любви признаюсь, не забывайте... Хотя тут, на человеческом уровне, мне всё-таки кое-что нравится. Как вы с детьми играли. И с мамой под ручку ходили. Это очень трогательно... Как мужчина Вы мне тоже не нравитесь. Меня пугают эти африканские страсти. И кажется ужасно пошлой ваша любовь к актрисам и балеринам. Ну дурной вкус, ну правда же! Так что же я полюбила? То, что в самой глубине. Так глубоко, где уже нет мужского и женского. Так глубоко, что даже в стихах оно почти не смогло проявиться. Не знаю, как оно называется. Может быть, дух. Вот этот дух — он мне родной. И это родство — самое прекрасное и самое безнадёжное, что со мной случалось. И дело не в том, что Вас давным-давно убили. Это, наверное, даже плюс... К живым вообще невозможно продраться сквозь все наслоения... Нет способов контакта. Духа с духом. Ведь мы знаем только слова. А это глубже слов, даже тех, что в стихах приходят... Ну вот. Я и успокоилась. Больше не хочется сидеть в сугробе и плакать. Спасибо, что выслушали, даже если это совсем не так. Я напишу ещё, если опять станет плохо? Ладно?»

— Медитируешь над методическими рекомендациями? — заглянула ей через плечо нестрогая начальница Света, Светик-Семицветик, как её прозвали за пристрастие к яркому макияжу необычайных оттенков.

— Угу, — Юля захлопнула блокнот и обернулась.

Светины глаза, подведённые, как у актрисы немого кино, светились сочувствием:

— Опять влюбилась?

— Да что вы!

— Методические рекомендации со слова «дорогой» не начинаются. Я случайно увидела, клянусь! Даже имя разобрать не успела!

— Я сию минуту всё сделаю! Уже почти начала! Ой, тьфу, почти закончила!

Юле опять захотелось плакать, желательно в сугробе. Она глянула в окно: не бродит ли поблизости ещё какой-нибудь незванный утешитель. Тополь по-прежнему зеленел посреди зимы — надменный, стойкий и нелепый.

«Как Николай Степанович со своей Африкой. Как я со своим Николаем Степановичем. Жаль, что в тополе нет дупла, я бы туда отнесла письмо. Письмо, а письмо, почему ты мне помогло так ненадолго? Я на тебя надеялась! Не могу же я в разгар рабочего дня то и дело бегать в сугроб плакать. Сейчас уже детей приведут. Да, вон топают! Ой-ёй!»

Дети её тоже не утешили. Сидели такие кислые, замороженные, будто на контрольной по математике. Потом, правда, немного воспряли. Стали придумывать, кто какой цветочный горшок. И одна хмурая отличница сказала, что она прозрачная, а внутри у неё — вода и золотые рыбки.

— Ты — цветочный горшок, мечтающий стать аквариумом! Как я тебя понимаю! — обрадовалась Юля. — Напиши об этом сказку! Или трагедию в стихах!

— Разве что комедию, — отрезала девочка.

Потом попросил слова жгучий брюнет Федя. У него, видимо, тоже выдался нелёгкий день. Федина сказка просто лучилась оптимизмом:

«Жили-были дед да баба. Снесла им курочка яичко. Яичко упало и разбилось. Дед упал и разбился. Баба упала и разбилась. А курочка их утешает: "Не плачь, дед, не плачь, баба". Потом сама тоже упала и разбилась. Вот и сказке конец, а кто слушал — упал и разбился!»

— Ну а мышка? — спросила Юля с надеждой. — Уцелела?

— Мышки там вообще не было. Её кошка сьела. Ещё давно.

Под конец мальчик Саша, у которого в сказках всё сделано из Лего, вдруг спросил, этаким скептическим тоном:

— А сами-то вы хоть книжки читаете?

— Читаю.

— А докажите!

Юля открыла сумку и продемонстрировала болотно-зелёный томик Гумилева. Все почему-то оживились, повскакивали, чтобы лучше разглядеть. А легоман Саша потребовал, чтобы она прочитала первое попавшееся стихотворение.

— Ну, тут всякое попадается...

— Давайте, давайте!

К счастью, выпала «Сахара». Ни кровавой резни, ни любовных утех. Всего лишь навсего планетарная катастрофа.

— Ну, всё понятно? — спросила она, дочитав. Надеялась, что они ничего не уловили, маленькие ведь ещё, третьеклассники, а тут слова — сплошь незнакомые.

— Чего же тут непонятного! — глаза мрачной отличницы злорадно сверкнули сквозь очки, совсем как у поэта Селёдкина. — Земля превратится в пустыню, и нас завоюют марсиане! Всё предельно ясно!

— Крутяк! — одобрил мальчик-Лего.

Когда они уходили, Юля заметила, что отличница сильно хромает — одна нога у неё не сгибалась — и снова собралась плакать в сугроб.

Но ей опять помешали. Уже у самых дверей дорогу перегородила горбатая библиотекарша Любовь Ивановна. Эта Любовь Ивановна отличалась непредсказуемостью. То дарит подарки без повода, то перестаёт здороваться. Тоже без повода. Сейчас она пребывала в подарочном настроении. Вручила Юле банку с капустой. Торжественно, словно статуэтку Оскара.

— Вот это да! — восхитилась Юля, понятия не имея, что следует говорить, когда тебе молча суют в руки три литра капусты. — Сами квасили?

— Квасить будем завтра, — глядя вниз и вбок, проскрипела Любовь Ивановна. — На бенефисе Селёдкина. Явка обязательна. Распоряжение директора.

— А если я вместо себя кого-нибудь пришлю? У меня соседка, такая дама интеллигентная... Если только она опять ногу не сломала, она постоянно падает...

Любовь Ивановна, не говоря ни слова, развернулась всем корпусом и отчалила по направлению к читальному залу.

«Ну что, теперь я могу спокойно пойти в свой сугроб?» — спросила Юля у бытия. И бытие ответило: «Не можешь».

На сей раз на пути возникло препятствие в лице Семицветика.

— Юлечка! Ну-ка, посекретничаем, — начальница многозначительно повела клеопатровыми очами в сторону раскидистого фикуса.

— Я понимаю, это не моё дело, — начала она шёпотом такой экспрессии, что все библиотечные барышни, зевавшие за стеллажами, навострили уши. — Ты не обижайся. Я за тебя, как за родную дочь!

Юля обречённо вздохнула и водрузила капусту на подоконник.

— Что это? Заготовки на зиму?

— Дар любви. Ну, Любви Иванны.

— А, понятно. Я, кстати, как раз о ней с тобой и собиралась поговорить. Да, не о нашей. А о той, настоящей. О любви.

Юля вздохнула еще обречённее.

— Я не буду спрашивать, кто он... Но скажи, у него серьёзные намерения? Он жениться-то собирается? Он знает, что у тебя дочь? Мужики ведь как узнают про ребёнка, сразу лыжи поворачивают... Ну?

— Нет.

— Я так и думала! Юля! Ты скажи! Сегодня же! Если проходимец, сразу и отвалится. Туда ему и дорога! Скажешь?

— А почему бы и нет! — рассмеялась Юля. — Пожалуйста! Я ему что угодно могу сказать!

— Ты так легкомысленна! А тебе ведь уже не двадцать...

— И даже не тридцать.

— Юлечка, не обижайся...

— На правду не обижаются!

— Я ведь за тебя, как за родную... Ну скажи, серьёзный он человек? Не поэт, я надеюсь?

— Не надейтесь, Светлана Вениаминовна!

— Рехнулась?! Непризнанный гений?

— Признанный, признанный, всё в порядке!

— Селёдкин, что ли? Да ведь он женат!

«Дорогой Николай Степанович! Мне велели рассказать Вам о Соне. А я ужасно послушная. Ужасно. Вам бы понравилось... Так вот, Соня. Мы вместе уже пять лет. Когда-то ей было три, она бежала передо мной, ловя летящие листья, и каждому листу давала имя. А я тащилась сзади с тяжеленной сумкой и думала: "Вот бежит человек, который ещё не знает о смерти". Да. Теперь всё изменилось. Вчера Соня объясняла свой рисунок: "Это мы танцуем в ангельском хороводе: мы с тобой, невидимый папа, игрушечка и Бог". Если бы я была поэтом, я бы так назвала книгу: "Игрушечка и Бог". Соня защищает меня от нянечек в садике. Встаёт, раскинув руки, и кричит: "Не смейте хамить маме!" А у меня порой не хватает сил даже на то, чтобы просто ей улыбнуться. Когда мы ссоримся, Соня говорит: "Ладно-ладно, поругайся. Тебе полезно. Всё равно я знаю, что мы эльфы. А остальные — тётки". Понимаете, Николай Степанович? В Ваше время это, конечно, называлось другими словами, но расклад был тот же. Не в нашу пользу, да? Но когда я писала Вам, что Ваш дух мне как брат, я примерно то же пыталась выразить. Вы ведь поняли, правда? И мне грустно не от того, что Вас нет на этом свете, а от того, что даже если бы мы стояли лицом к лицу, мы бы друг друга не узнали. А ведь мы родные. И нас так мало. И нам надо изо всех сил держаться друг за друга, а мы... Вы бы меня даже не заметили, если б мы встретились. Потому что я совсем не красавица. И уж точно не балерина. Спокойной ночи! Да, забыла. Я Вас ужасно ревновала всего один раз. Когда Вы писали Ларисе Рейснер о красных ветках ноября, когда природа думает, что её никто не видит, и перестаёт скрываться... Ну разве она могла это понять? А я вот понимаю».

На бенефисе Селёдкина присутствовали те же люди, что и десять лет назад. Все эти лица и все эти стихи Юля знала наизусть, хотя, конечно, предпочла бы знать что-нибудь другое. Правда, на этот раз мироздание сжалилось и послало ей одно новое лицо. И даже одно новое четверостишие. Оно называлось «Ответ». Читая его, Селёдкин многозначительно не смотрел в её сторону:

— Не поют цветы, не поют. Они молча рассвета ждут. Они молча падают ниц, чтоб засохнуть среди страниц. Сей мадригал имеет посвящение, — мрачно заметил Селёдкин, переждав жидкую овацию. — Но я не буду его озвучивать. Потому что этот человек показал себя крайне некомпетентным в поэзии. По крайней мере, в моей.

Новое лицо принадлежало восторженной старшекласснице. Девочка с розовой чёлкой до носа сидела в первом ряду и так усердно хлопала, что Юле, сидевшей в последнем, было видно, как у неё покраснели ладони.

Потом начался банкет. Неизбежный, как ноябрь после октября. Бутерброды с варёной колбасой, непременные возгласы ужаса, что Юля не ест мяса, всегдашние предложения закусывать конфетами «Белочка», водка в пластиковых стаканчиках.

— Селёдкин, возьми псевдоним, это невыносимо! — как водится, орал поэт Рюмин.

— Я своей фамилией горжусь! — кричал в ответ уже перекошенный Селёдкин.

А девочка с розовой челкой смело опрокидывала в себя водку и восторженно выдыхала:

— Обалдеть! Настоящие поэты! Анька обзавидуется!

Анька была подружкой, в соавторстве с которой девочка писала многотомный роман о битвах чёрных магов.

— Вы правда считаете, что Пушкин велик? — надрывался Рюмин, обнимая пунцовую Свету. — Но в чём критерий величия? Как его измерить? Почему именно Пушкин, а не Селёдкин? Рассудите нас, Юлия Цезаревна!

— Станиславовна. Извините, я сейчас.

— Держи её! Она не вернётся! Это волк в овечьей шкуре! — вопил Селедкин, простирая к Юле грозную длань с надкусанным бутербродом.

— Я хочу петь! — воскликнула поэтесса Олечка в алом пончо, и Юле удалось улизнуть.

Она спряталась между стеллажей, уткнулась лбом в пыльные корешки и наконец расплакалась.

«Только и всего. Как мало человеку нужно для счастья: спокойно поплакать в одиночестве. "Машенька, я никогда не думал, что можно так любить и грустить". Какая жалость, что не меня назвали Машей, а сестру. Ей это имя совершенно не подходит. Да и она всё равно переименовала себя в Алису... Проклятье! Кто-то шлёпает!»

Юля схватила с полки книгу и заслонилась от надвигавшейся тёмной фигуры. Свет горел только в подсобке, откуда доносилось жалобное пение Оленьки, и всё вокруг выглядело непривычно и загадочно, как в детстве.

— Что почитываем? — без интереса полюбопытствовал Рюмин.

— «Реформы Александра Второго». Люблю, знаете ли, на досуге освежить в памяти. Вы тоже?

— Странная ты, Юлька! — усмехнулся Рюмин и неловко облокотился о стеллаж.

«Ну вот. Раз я уже Юлька, сейчас начнутся некрологи».

— Пойдём, помянем Родьку. Он же тебе как-никак родственник.

— Ага, родственник. Они с Алиской меньше месяца женаты были. Только и успели, что перепиться на свадьбе. А потом протрезвели и развелись.

— Отказываешься помянуть невинно убиенного? — угрожающе колыхнулся Рюмин.

— Невинно убиенных в церкви поминают. А не на бенефисе Селёдкина.

— Мы русские люди. У нас — всюду Бог! Юлька! Не кобенься!

— Да иду, иду. Стеллаж не опрокинь только.

Пришлось отдать долг памяти Родьке единственным доступным здесь способом. Бдительный Рюмин следил, чтобы она не слукавила и выпила до дна. Селёдкин с гримасой, где смешались ситуативная галантность и незатухающая ненависть, пододвинул к ней конфету «Белочка». Поэтесса Олечка надрывным голосом пошутила, что водка без «Белочки» доведёт до белочки. Розовая девочка с готовностью захохотала, остальные кисло кивнули. Остроте про белочек тоже было уже лет десять.

Дальше начались традиционные на данном этапе споры, кто убил Родьку: спецслужбы или собутыльники? Всем, конечно, хотелось думать, что первые. Это почему-то повышало самооценку. Лишь Рюмин, держась в амплуа сурового реалиста, периодически восклицал с затаённой надеждой:

— Нужны мы им! Бросьте! У них есть дела поважнее!

Юля знала каждую реплику ещё до того, как её произносили. Будто смотрела фильм «Ирония судьбы». Вот сейчас они сойдутся на том, что это сделали спецслужбы, но руками собутыльников, и решат выпить за Россию. А после Олечка запоет романс о юнкерах. И Рюмин будет плакать и каяться, что с ней развёлся. И всё-таки обязательно ввернёт про подгоревшую гречку. И Светик-Семицветик решит, что пора доставать заначку...

— Ну рассуди же нас, Юлька! Ты тут самая рассудительная! Кто гениальнее: Рюмин или Селёдкин?

Этот вопрос по сценарию должен был возникнуть несколько позже. Видимо, Рюмин накатил, когда она плакала за стеллажами.

— Оставь её. Она поклонница Гумилёва! — произнёс Селёдкин с такой гадливостью, будто уличал Юлю в копрофагии.

— Но Гумилёв мёртв! А мы — живые!

— Она любить умеет только мёртвых! — Селёдкин торжествовал: редко ему удавалось так удачно блеснуть классиком.

— «Поплачь о нём, пока он живоооооой», — завыл Рюмин, бесцеремонно выдёргивая у Олечки расстроенную гитару.

— Он живой, — прошептала Юля. — Это вы мёртвые.

— Обалдеть! — донеслось из-под розовой чёлки. — Анька не поверит!

Юля снова попыталась исчезнуть. Но печаль сделала её рассеянной, и она выбрала неудачный момент. Светик как раз возвращалась к столу с новой бутылкой.

— Юлечка! Опять сбегаешь?

— Хочу проветриться.

— Погоди. Селёдкин обидится. А он злопамятный. Уже все уши мне прожужжал, на тебя жалуясь. Чем-то ты его уязвила... Неужели у вас роман? Никак не могу поверить!

— Светлана Вениаминовна, это ваши фантазии. Дарк фэнтези. Я легче заведу роман вон с тем тополем, чем с Селёдкиным.

— Так кто же он? Я его знаю?

— Все его знают.

— Ого!

— Девочки, можно с вами? — Олечка возникла из полутьмы, словно призрак убитого мексиканца. — Видеть не могу эту самоуверенную рожу. И опять он со своей гречкой! Сто лет прошло!

Олечка всхлипнула.

— Я ему столько всего простила. И Алиску, и сикилявок этих из театралки... А он кашу подгоревшую простить не может!

— Где она сейчас, кстати? — перебила Света, зная, что Олечке нельзя углубляться в прошлое.

— Алиска-то? — зевнула Юля. — Я ж говорила. В Аргентине.

— Обалдеть! — вынырнула из-за стеллажей ещё одна неустойчивая тень. — По правде? В Аргентине? А кто? И где здесь писают?

— По коридору налево.

— Иди на запах!

— Юлечка! Как можно! У нас учреждение культуры!

— Но запах об этом не знает!

— А кто в Аргентине? А зачем? А как туда попадают?

— Сестра моя Маша, она же Алиска. Замуж вышла. Искала в интернете, чтоб как можно дальше отсюда. Даже пять сыновей этого Педры её не остановили. Очень уж хотела сбежать на край света.

— Пишет?

— Она не любит.

— Тебя?

— Письма. Ну и меня, разумеется тоже.

— Юлечка, ну признайся всё-таки, кто он! Я всю ночь голову ломала.

— Крепкая же у вас голова, Светлана Вениаминовна!

— Ну Юлечка! Ну сжалься!

— Николай Степанович Гумилёв.

— Ну Юль, ну серьёзно!

— Да я правду говорю.

— А что ты удивляешься, Светик? Я это очень понимаю, — Олечка вдруг перестала лить слёзы и мечтательно улыбнулась. — Я вот однажды влюбилась в декабриста Полонского, который был сюда сослан, в имение родителей. Я о нём статью писала в «Северный вестник», дневник его в архиве читала. И письма к невесте, которая в Петербурге осталась. Ну и в итоге за другого вышла, конечно... Я по нему так тосковала, что Рюмин меня задушить пытался. Потом упаковку пудры себе в шею втёрла, чтоб синяки замазать. А ты не веришь!

— Ну, девчонки! Вы просто чемпионы по безнадёжности! Куда мне с моим Андрюшкой!

Андрюшкой звался известный киноактёр, которого Светик пылко любила уже много лет.

— Не, — отозвалась розовая девочка, переминаясь с ноги на ногу. — Абсолютная чемпионка — моя Анька. Она влюблена в персонажа нашего романа, которого сама же выдумала! Так сильно, что даже Алёхина отшила. А он самый красивый в классе.

— Так и мы их себе сами выдумали, деточка! И я своего декабриста, и Светик Андрюшку, и Юлечка — Гумилёва. Мы же их никогда в жизни не видели!

— Обалдеть! Неужели я по правде с вами разговариваю! Анька не поверит! Скажет, вру!

— И ты кого-нибудь выдумаешь со временем... — чуть слышно сказала Олечка настоящим трагическим голосом, совсем не похожим на то завывание, к которому все привыкли. — Здесь же совершенно некого любить!.. Ты не описаешься, деточка?

— Ой, спасибо! Я уже еле терплю! Вы такие клёвые!

Когда последнее «обалдеть» затихло в конце коридора, Юля воскликнула:

— Слушайте, я тоже больше не могу терпеть! Весь вечер хочу заплакать! А вы мне постоянно мешаете!

— Не надо, Юлечка! — крикнула Светик, и из глаз её, как по команде, хлынули чёрные слёзы.

— Только после Вас, Светлана Вениаминовна! — засмеялась Юля, не мешая смеху переходить в рыдание.

— Девчо-ооонки! — торопливо припустила Олечка. — И я с вами-ииии...

Юля не заметила, кто из них первый сорвался на вой. Олечка сначала робко по-щенячьи поскуливала, а потом вошла в голос, распрямилась, и с её лица вдруг исчезло всегдашнее выражение бедной жертвы.

— Ты такая красивая, Олька! — выкрикнула Юля сквозь слёзы.

— Ууууу! Распроклятая жизнь!!! — запрокинув голову, полупела, полуревела Олечка, и глаза её горели в темноте.

— Как жааааалко всех! — хриплым пиратским басом стенала Света.

Три немолодые женщины выли в темноте. Среди книг, которые никто не читал. Слаженно, в унисон, будто всю жизнь этим занимались. Они раскачивались из стороны в сторону, стукались о стеллажи, ловили друг друга, рычали и скалились, как волчицы.

Светик с размазанной тушью на щеках зубами пыталась содрать пробку с бутылки. Олечка, растрёпанная, как ведьма, утиралась алым пончо. Юля судорожно прижимала к груди «Реформы Александра Второго». Зелёный тополь смотрел на них сквозь метель. И ничему не удивлялся.

— Что-то девочка долго не возвращается. Может, уснула? Или заблудилась? — первой, как положено, пришла в себя начальница.

— Пусть поспит. Там сейчас будет мордобой. Слышите, уже «Чёрного ворона» горланят, — ухмыльнулась Юля.

— Пора вызывать такси, — вздохнула Олечка.

Из подсобки раздался звон разбитого стекла.

— Окно? — забеспокоилась Светик.

— Бутылка, — со знанием дела определила Олечка. — Рюмин «розочку» сделал.

— Бежать спасать? — лениво потянулась Юля.

И они снова расхохотались.

Звездища

Первым её увидел Колька Злодей, возвращаясь домой после небольшого загула. Было темно и глухо, только под ногами чавкала и хрюкала грязь, да ветер шевелил тени.

Надо сразу пояснить, что Колька вовсе не был каким-то особенным злодеем. Он был «как все люди» и очень этим гордился, потому что других поводов для гордости не имел.

Просто его фамилию — Databases — начиная с садика все, не сговариваясь, переделывали в Злодея, и он так к этому привык, что однажды в похмельной рассеянности, расписываясь в зарплатной ведомости, нацарапал кривое «Зло». Потом спохватился, попытался переправить на «Добро», но был зверски отруган Танькой-бухгалтершей, на которой потом женился.

И вот этот самый Колька, уже сбежавший от Таньки и иногда приходивший покачать на качельках годовалую Дашку, ибо как ещё исполнить родительский долг, он не знал, поздно ночью возвращался к себе, спотыкаясь и насвистывая.

Колька жил на самой окраине захудалого городка, в котором не было ничего примечательного, кроме монастырского собора таких внушительных размеров, что при желании там могли бы поместиться все горожане, включая иноверцев.

Прямо за Колькиной пятиэтажкой начинались картофельные поля и огороды, в лопухах под окнами часто паслись козы, а одинокая старуха Волкова, жившая на пятом этаже, просыпалась ночью от пения петухов и до утра дежурила на балконе.

Колька заворачивал за угол дома, к подъездам, когда прямо над его головой раздался отрешённый вопль Волковой, больше похожий на завывание ветра, чем на голос разумного существа:

— Светка! Светка! Ты чё по ночам шляесси?! Вот я тебе!

Колька даже шарахнулся в кусты от неожиданности.

— Тамбовский волк тебе Светка, старая коряга! — заорал он в ответ и даже погрозил кулаком, чего коряга, разумеется, видеть не могла, так как была почти слепа.

Вообще-то пререкаться с ней тоже не имело смысла: старуха то ли ничего не слышала, то ли ничего не понимала, завидев же прохожего, всегда взывала со своего балкона протяжно и нудно: «Светка, Светка», а кто была эта Светка, никто не знал.

Колька ещё раз чертыхнулся, уже вполголоса, обогнул дом и — застыл. Невысоко в ночном небе, прямо над гривой старой черёмухи, что-то сияло. Свет был нестерпимо яркий, как у прожекторов на футбольном поле, даже сильнее.

— Бля, — выдохнул Колька, — осподи помилуй... Конец света, чё ль?

Он бросился обратно и что есть мочи заорал старухе, чей белый платок трепыхался на балконе:

— Бабка!!! Бля!! Ты ЭТО видала?!!! Чё там такое?!!

— Светка! Светка! — долетело сверху.

— У тя окно на ту сторону выходит! — надрывался Колька, с перепугу позабывший, что с бабкой Волковой невозможно установить контакт. — Сползай, глянь, чё там такое!! Бляаааааа!

Тут на Колькино счастье из окна первого этажа высунулся любопытный алкоголик Пузырь, безобидный мужичишка, целыми днями сидевший во дворе в старом кресле, которое притащил с помойки.

— Где пожар? Кого зарезали? — деловито поинтересовался Пузырь.

— Выходи, — зловеще процедил Колька, у которого суеверный ужас тут же затмился чувством собственной значимости, — сам увидишь.

Пузырь вылетел из подъезда в развевающихся семейных трусах неопределенной расцветки и облепленных застывшей грязью резиновых сапогах на босу ногу.

— Ну?! — нетерпеливо крикнул он Кольке. — Чё стряслось-то?

— Не видишь?! — обалдел тот.

Пузырь покрутил головой, почесался и сплюнул.

— Допился я, брат, — философским тоном произнёс он, — когда с тобой из окна говорил, померещилось, что темно. А тут уже светлынь такая. Десять-то есть? Эх, не зря мамка пужала. Мол, будешь, как батя, закладывать, день с ночью попутаешь...

— Да щас ночь!!! — взревел Колька, которому уже невмоготу стало слушать эти неторопливые рассуждения. — Ночь!!! Это вон ОНО светит!!

Колька яростно ткнул пальцем в сторону черёмухи.

Пузырь долго молчал, сопел и чесал то грудь, то ногу.

— Та-а-ак... — протянул он наконец. — Стало быть, магазин закрыт ещё? А я-то разбежался...

Спустя полчаса Колька, не удовлетворившись вялой реакцией Пузыря, перебудил всех соседей. Многие вышли во двор. Гудели хриплыми со сна голосами мужики, где-то надсадно плакал младенец, тявкала взбудораженная болтовнёй и беготнёй собачонка.

— Я иду, а тут... Я аж... — в сотый раз рассказывал Колька Злодей, чувствуя себя героем дня, точнее, ночи.

— Ну сила, звездища, мощняк! — восхищался конопатый Лёха-шофер. — Мне б такую в гараж заместо лампочки!

— Зашибись светит, хоть в карты играй! — вторил ему низкорослый ветеран Серёга, потягивая — всем на зависть — припасённое с вечера пивко.

— Какие карты, вдруг щас шандарахнет! — истерически выкрикивал кто-то.

— А ты не каркай! Глядишь, пронесёт!

— Может, это комета, — рассуждали чуть поодаль.

— Аномальная зона!

— Или НЛО?

— Надо на телевидение позвонить.

— И в милицию.

— Не, ментов не надо, они продажные.

— А вдруг это китайцы нас радиацией с зонда облучают, а мы тут рты разинули.

— У нас в части был пацан чернобыльский, — перекрывая общий гул, вразумлял народ ветеран Серёга, — он верный способ знал — от радиации лечиться. Сто грамм на десять кило веса — и порядок.

— Да где взять-то? Магазин закрыт! — сокрушался Пузырь, который всегда был не прочь полечиться от радиации. — Слышь, Серёга, может, у тебя еще чё заначено? А то, вишь, как облучают, черти, до утра не дотянем!

— Светка, Светка, — время от времени подавала голос старуха Волкова, переместившаяся с балкона к окну, поближе к оживленному сборищу.

Несколько женщин, повязавшись платочками, отправились в монастырь, узнать, не начинается ли второе пришествие. Они прижимали к груди иконы и укоризненными постными голосами пели что-то церковное, отчего всем, даже ветерану Серёге, сделалось не по себе.

А тут ещё мрачный безработный Бык, поросший бородой по самые брови, ни с кем не разговаривая, покидал в раздолбанную девятку какие-то тюки, сунул туда же запуганную, всегда молчавшую сожительницу Зульфию, которая содержала его, моя пол в мясной лавке, и рванул в сторону леса.

Звезда по-прежнему стояла над старой черёмухой, и её зеленоватые лучи плавно шевелились, как колеблемые течением водоросли, похожие на волосы русалок. Звезда была чуть меньше луны, но светила явно своим светом, и сияние её то убывало, то усиливалось.

— Мне бабка говорила, на комете антихрист прилетит, — задумчиво произнесла в наступившей тишине трижды разведённая продавщица Ольга, уже успевшая накраситься и надеть туфли на каблуках.

— Это которая? Не бабка Нюрка часом? — живо откликнулся Колька Злодей. — Да она сама пострашнее любого антихриста!

— И то! — подхватил Пузырь. — Чуть мне горло не выгрызла, что я ей лук потоптал. А Борисыча, того вообще кипятком обварила, когда у неё в огороде спал!

— Ну уж и обварила, — обиделась за бабку внучка. — Так, чайком плеснула.

— А чего ж его в больницу-то увезли? — гоготнул ветеран Серёга.

— С перепою, чего ж ещё! А будешь спорить — перестану в долг отпускать! — кокетливо рассердилась Ольга.

Парни обступили её, весело пререкаясь.

— Светка, Светка, прошмандовка, с кем ты там зубы скалишь? — заунывно, как ночная птица над полем, прокричала недремлющая старуха Волкова.

— Мы и антихриста от радиации вылечим! — донёсся среди дружного гомона залихвацкий клич Пузыря. — Олька, не томи, отворяй магазин экстренно! Уважительная причина — конец мира!

Дети, разбуженные среди ночи, сначала молча таращили глаза и жались к материнским ногам, потом стали шушукаться, пихаться, носиться вокруг взрослых, иногда опасливо, как на завуча, оглядываясь на звезду.

Вскоре от того, что можно не спать и даже гулять в неурочный час, их охватила безудержная, новогодняя эйфория. Толстая девочка по имени Надя Кондрашкина сбегала домой и надела свою «самую страшную маску» — светящийся череп.

Теперь она что есть мочи раскачивалась на качелях, взлетали и опадали оборочки на платье, сверкали ссадины на круглых коленках, а над всем этим зловеще мерцала мёртвая голова.

Её подружка Маринка, такая же упитанная и нарядная, но без маски, скакала по гремящей горке и, захлёбываясь от восторга, вопила:

— Надя Кондрашкина! Хватит пугать людей!

Под горкой, скрючившись, сидел лопоухий мальчишка в очках с толстыми стёклами, которого во дворе никто не знал по имени, потому что он почти не гулял, всё время просиживая на подоконнике с книжкой и банкой варенья, откуда рассеянно черпал столовой ложкой, а если и выходил, то играл сам с собой в какие-то непонятные игры.

Мать его, одинокая пожилая химичка Червякова, постояв с соседями у подъезда, уже ушла домой проверять тетради, а мальчишка спрятался под горку и исподлобья, неотрывно глядел на звезду.

— Ты красивая, — шептал он чуть слышно, — я тебя вижу... Тебе, наверное, грустно там одной? Не плачь, звёздочка, я буду с тобой дружить. Хочешь?

Тихий ужас

В прошлом году весной, а может быть, и раньше — никто не помнил, — в Пролетарскую Свободу перестал ходить трамвай. Древняя дребезжащая «двойка», переползавшая Передовой мост, теперь разворачивалась на том берегу в депо, и район потерял последнюю связь с городом, частью которого считался.

Обитатели четырёх чёрных бараков, подпиравших забор завода, этого события поначалу даже не заметили. Но вслед за трамваем из Пролетарской Свободы пропали и рельсы.

Бывший рабочий Лаптев, имевший обыкновение добираться домой ползком, однажды не обнаружил на своём пути привычной преграды. Только две желтоватые полосы уходили за горизонт. Лаптев ощупал пыль около головы и от удивления слегка очнулся.

Через неделю соседи Лаптева, разбуженные непонятным известием, проследовали по маршруту «двойки» до самого моста и лично удостоверились в исчезновении путей. Большого впечатления это, однако, не произвело: через реку давно никто не ездил, за ненадобностью. На площади Труда, где некогда лежало трамвайное кольцо, работал универсальный магазин «Рассвет», рядом на почте получали пенсию; других дел в Пролетарской Свободе вроде как не случалось.

Старик Панкратов в выгоревшей полосатой кепке задержался на месте происшествия дольше всех. Он ковырял концом лыжной палки прогорклые следы шпал, поводил носом и пристально рассматривал чахлые одуванчики на обочине, будто в чём-то их подозревал.

— Проводя исследования грунта, — кряхтел старик, имевший привычку докладывать окружающей среде о своих занятиях.

С тех пор как на крыльце магазина его уронил бывший рабочий Лаптев, из ушибленной головы старика Панкратова вылетела вся грамматика, кроме деепричастных оборотов.

— Изучая погодные условия, — это старик разглядывал в лупу термометр за кухонным стеклом.

— Принимая воздушные ванны, — выходил на прогулку во двор.

— Совершая закупку продовольствия, — складывал в авоську кирпич серого хлеба.

Старик Панкратов жил на свете так долго, что мог бы помнить те времена, когда Пролетарская Свобода называлась Горшечной Слободой, а вместо четырёх скученных бараков карабкались по берегу вразнобой отдельные избы.

Однако давным-давно, ещё до закрытия кирпичного завода, на котором проработал всю жизнь, старик Панкратов впал в стыдливое недоумение по поводу своего долголетия. И чтобы не досаждать соседям, перестал предаваться воспоминаниям не только вслух, но и про себя.

Вскоре после пропажи рельсов старик Панкратов вышел погулять, сделал несколько шагов по солнцепёку и вдруг ощутил в своей привычной слабости долгожданную окончательность. Чёрная стена барака плавно поплыла в небо, он упал в утыканную окурками песочницу, в которой уже много лет не водилось детей.

Мимо из магазина шли недобрый человек Кадык и потомственный безработный Коля Корова.

— Что, Домкратов, — осклабился Кадык, не упускавший случая над кем-нибудь поглумиться, — впадая в детство, играя в песочек?

— Это он загорает, — вступился белобрысый Корова. — Как на пляже, да, дед?

Старик Панкратов с трудом сфокусировал взгляд на двух сутулых фигурах и неожиданно четко выговорил:

— Умираю.

Все беспризорные деепричастия, когда-либо выпущенные им в неподвижный воздух Пролетарской Свободы, зацепились за это главное слово, как вагоны за паровоз, и фраза длиною в несколько лет наконец завершилась.

От поминок первым отошёл недобрый человек Кадык. Свалив с себя тяжёлую, как бревно, руку бывшего рабочего Лаптева, храпевшего рядом на полу, он на четвереньках выбрался в коридор, погрузил лицо в ведро с водой и всосал почти половину.

Потом, по-прежнему не решаясь принять вертикальное положение, спустился по деревянной лестнице вниз и на пороге уткнулся лбом в худые женские колени, прикрытые трепетной заграничной тканью. Таких тряпок, а тем более таких ног, в Пролетарской Свободе отродясь не водилось.

Чтобы отогнать наваждение, Кадык осторожно потряс головой — и взвыл от боли. Когда чугунные тиски, сдавившие его бугристый череп, немного ослабили хватку, Кадык приоткрыл левый глаз и увидел, что ноги никуда не делись. Более того, рядом с ними нарисовались ещё одни, поменьше, в ссадинах и комариных расчёсах.

— Мама, — лопнул вверху нестерпимо звонкий голос, и чугунные челюсти вновь сжались. — Это человек-собака?

— Простите, — колыхнулась перед носом нездешняя юбка. — Где тут улица Стачек?

— Везде, — выдавил Кадык и пополз прочь, не в силах продолжать общение.

Маша с самого начала не хотела сюда ехать. Тимку оставить не с кем, придётся тащить с собой в чужой город, где не от кого ждать помощи и совета. Потом — хождение по конторам, бумажные муки, заранее наводившие ужас. Кроме того, робкая Маша до слёз боялась, что ей придётся отстаивать свои птичьи права перед ушлыми соседями, уже наверняка занявшими освободившуюся жилплощадь.

Но девчонки на работе, более укоренённые в жизни, чем она, всё-таки убедили потратить отпуск на то, чтобы оформить в собственность комнату неведомого Кирилла Михайловича Панкратова, о существовании которого она узнала из извещения о наследстве.

Столкнувшись с четвероногим человеком, Маша так перепугалась, что решила отложить поиск обиталища Панкратова и вернуться через мост в город, где ездили трамваи, носились на самокатах дети и люди, по крайней мере, передвигались на своих двоих.

Тимка сначала заныл: тащиться по жаре обратно было неохота. Но оглядев пустой двор, на макушке которого торчала скамейка со сломанной спинкой, насторожился. Тревога, захлестнувшая Машу, передалась и ему.

Они почти побежали по вмятинам от шпал вдоль заводского забора. Сверху на них глазели страшные пыльные буквы, похожие на застывшие гримасы.

— Мам, что там такое? — крикнул Тимка, ещё не умевший читать.

— Пролетарская Свобода, — не оборачиваясь, сказала Маша.

В городе, в сквере 60-летия СССР, построенном, как сообщала табличка при входе, на месте бывшего оврага Засора,

Маша немного пришла в себя. Невнимательно накормила сына мороженым и, оставив на детской площадке, отправилась в паспортный стол.

Невидимая женщина, сидевшая за глухой стеной — в крошечное окошко для приёма граждан виднелся только монументальный бюст, — долго крутила в руках Машины документы.

— И что же вы, — наконец, спросила она с сомнением, — жить там собираетесь?

— Нет-нет, — поспешно откликнулась Маша. — Оформлю и продам.

— На Пролетарке? Да кто ж у вас купит?! Туда даже милиция не заглядывает! ...В любом случае, это не ко мне, а к нотариусу.

Первым порывом Маши было уехать на ближайшем поезде, бросив ненужное ей наследство. Но в сквере на неё налетел взбудораженный Тимка:

— Мам, ты знаешь, почему туда ничего не ходит? Там люди пропадают! Уедут — и больше их никто не видел! Вот и запретили трамвай! Даже рельсы выдрали с корнем!

— Успел! Наслушался всяких глупостей! — рассердилась Маша и в который раз горько подумала, что не сможет воспитать мужчину, если сама будет бояться всего на свете.

Она взяла сына за руку и твёрдо пошла в Пролетарскую Свободу.

«Мамочки!» — кричало всё у неё внутри, и ладонь, сжимавшая Тимкины пальцы, противно потела.

Вечером в Пролетарской Свободе было несколько многолюднее, чем утром. У магазина «Рассвет» — голова к голове — лежали бывший рабочий Лаптев и потомственный безработный Коля Корова.

— Нет, Рикардо! Нет! Умоляю тебя! — летело из всех четырёх бараков. — Антонио не виноват!

Посреди двора на одном конце сломанной скамейки сидела угрюмая девочка примерно Тимкиных лет и смотрела в землю.

— Милая, где тут улица Стачек? — обречённо спросила Маша.

Девочка не шелохнулась. Зато из окна на первом этаже высунулась голова в бигуди и неприязненно каркнула:

— Эй, фрау! Чё надо?

Маша стала стоически объяснять про наследство. Голова, что-то непрерывно жевавшая, глядела всё насмешливей.

— Ни черта не понимаю! Ты не русская что ли? Какого-то Кирил Михалыча приплела! Это кто хоть?

Недобрый человек Кадык тяжело облокотился на круп кассирши Люськи, нехотя выглянул во двор и увидел незнакомую тощую девку с мальчишкой. Переведя взгляд вниз, он опознал своё утреннее видение и криво ухмыльнулся:

— Деда Домкрата родственнички пожаловали. Больше-то пока никто не помер, — Кадык отвесил Люське увесистый шлепок, будто хотел катапультировать её за окно. — Чё стоишь, мурло? Проводи гостей!

Маша испуганно заперлась на хлипкую защёлку и огляделась. В комнате старика Панкратова не осталось ничего, кроме матраса с подозрительными жёлтыми разводами и гнилой луковицы в банке на подоконнике. Даже выцветший календарь с «Незнакомкой» Крамского вчера унесла к себе хозяйственная жена Лаптева, обширная почтальонша Галина. Только светлый прямоугольник с четырьмя ржавыми следами кнопок остался на обоях.

— Что же делать? — прошептала Маша, радуясь, что Тимка ковыряет трещину в стене и не видит её малодушных слез.

Тут дверь сотряслась, и задвижка отлетела на середину комнаты. Маша схватилась за сына.

— Ну? Так и будете сидеть голодные? — воинственно спросила Галина, загородившая собой весь дверной проём. — Марш на кухню!

Маша не посмела ослушаться, хотя есть ей совсем не хотелось. За столом, покрытым изрезанной клеенкой, сидел бывший рабочий Лаптев и увлечённо уплетал нечто из большой кастрюли с цветочком.

— Навалился, боров! — прикрикнула на него почтальонша. — Парнишке-то хоть оставь, вона какой малохольный.

— Вкуснотища! — подмигнул Лаптев, вываливая на тарелку перед Тимкой дымящуюся массу. — Ум отъешь!

— Что это? — подозрительно спросила Маша.

— Мозги! — облизнулся бывший рабочий.

Бедного Тимку долго рвало в туалете. Маша держала его над чёрной дырой унитаза и плакала, уже не скрываясь. Потом он заснул у неё на руках, на полпути к комнате старика Панкратова.

— Какие мы нежные! — фыркнула Галина, ждавшая их на матрасе. — Я вам тут бельё застелила.

— Спасибо, — еле слышно проговорила Маша, опуская сына на подушку.

Тимке снился кошмарный сон, где люди-собаки смачно ели друг у друга мозг прямо из черепа. Он убегал на подгибающихся ногах, кричал без голоса, но не мог проснуться, будто что-то тяжелое наваливалось сверху, мешая открыть глаза.

Около полуночи дверь в комнату старика Панкратова со всхлипом отворилась. Тимка дёрнулся и почти вынырнул из вязкой жути, но тут собака, увешанная бигуди, вцепилась ему в ногу и втащила обратно в сон. Маша, не смыкавшая глаз, вжалась в стену. На пороге кто-то качался, шумно выдыхая перегар.

— Ну-ка, выходи. Потолкуем.

По сдавленному шёпоту Маша узнала четвероногого человека. Она послушно встала, шагнула навстречу и прикрыла за спиной дверь, тупо думая: «Только бы не проснулся».

Утром Тимку разбудила ворона. Она расхаживала по жестяному подоконнику с той стороны, скребла когтями и надсадно кричала. Маши не было. Тимка встал, порадовался, что спал в одежде и теперь не надо одеваться, и отправился на поиски.

С опаской заглянул на кухню, даже в туалет, высунулся на лестницу — никого. Набравшись духу, потянул другую, незнакомую дверь — и отпрянул: прямо перед ним сидел, расставив голые слоновьи ноги, вчерашний пожиратель мозга и громко икал. Тимка ойкнул и опрометью бросился на улицу.

Двор был удручающе пуст. Только в ветвях сутулой берёзы трепыхались два пакета. Тимка огляделся и вдруг увидел вокруг себя тот самый тихий ужас, о котором так часто твердила Маша. Он всегда поправлял её: не тихий, а дикий, разве может ужас быть тихим? Ужас, он ведь — у-у-у-у какой!

И вот тут, в тени четырёх чёрных бараков, Тимка внезапно ощутил: может. И это гораздо хуже, чем дикий. Но, что страшнее всего, двор, где шевелился тихий ужас, был при этом вполне обычным, разве немного слишком мусорным и скучным.

«Куда же она запропастилась? Маша-растеряша!» — подумал он, пытаясь досадой заглушить сосущую тревогу.

Мимо пробежал пёс, на длинной шерсти гроздьями висели тополиные почки. Пыль вилась волчком, силясь оторвать от земли сплющенный окурок. Из подъезда пахнуло чем-то мясным, и Тимку опять замутило. На ватных, как во сне, ногах он доковылял до сломанной скамейки и присел на краешек.

Липкая дремота, похожая на манную кашу, которой пичкали в детском саду, залила мысли, залепила душу. Тимка клевал носом и даже не мог бояться.

«Наверное, когда я спал, — вяло думал он, — они сожрали мой мозг. И теперь я тоже превращусь в собаку. А Маша? Может, это была она — в липучках от тополя?»

Хлопнула дверь. Тимка с трудом расцепил веки. Почтальонша волокла за руку вчерашнюю немую, у которой они спрашивали дорогу.

— На вот тебе кавалера, гуляйте, — Галина водрузила девчонку на другой край лавки.

— Как её зовут? — сонно поинтересовался Тимка.

— Никак! Гадюка и есть гадюка!

— Такого имени не бывает!

— А это слышал? — сдавив двумя пальцами щёки девочки, Галина рывком подняла её лицо и заглянула в отсутствующие глаза.

Девочка дёрнулась и издала страшный гортанный шип. Будто кричала без голоса, как в кошмаре.

— Ладно, играйте, — Галина отпустила дочку и медленно поплыла на почту.

Широкая спина колыхалась, как море. Наплывала дремота. Чтобы не заснуть, Тимка соскочил с лавки. Попытался спуститься к реке, но наткнулся сначала на гору мусора, а чуть поодаль — на грязные пятки, торчавшие из стоптанных ботинок. В кусте сирени, куда тянулись поросшие рыжей шерстью ноги, раздавалось сонное бормотание.

Тимка вернулся во двор. Девочка-змея сидела на лавке и смотрела в землю.

— Пойдём, — потянул он её за руку. — Вдвоём как-то лучше.

Не упираясь, она пошла следом. Но стоило Тимке, ненавидевшему ходить парами, отпустить её, остановилась посреди двора.

— Эх. Придётся таскать за собой повсюду, — вздохнул мальчик и внезапной острой молнией вспомнил Машу, которая тоже так говорила, когда он отказывался идти в сад.

Тимка побежал вдоль заводской стены, волоча за собой безропотное создание и понемногу привыкая к мысли, что Маша не вернётся и он навсегда останется один в этом жутком неподвижном мире. С человеком-собакой и девочкой-гадюкой.

В заборе обнаружилась дыра. Тимка забрался в неё, втащил свою *обузу* и отдышался.

Здесь почему-то тихий ужас кончался. Переплетались ветвями великанские кусты, качалась крапива человеческого роста, громоздились таинственные железяки.

В глубине джунглей, разросшихся на территории бывшего кирпичного завода «Пролетарская Свобода», они наткнулись на странное сооружение, не похожее на остальные постройки. Стены его закруглялись кверху, узкие окна были закрыты ставнями.

Тимка нашёл подходящий лаз, подсадил девочку-змею, которую про себя называл Таней в честь своей прошлогодней детсадовской любви, и забрался следом. Внутри странного дома стоял земляной дух — сырой и холодный. На стенах угадывались полустёртые рисунки, изображавшие бородатых людей в длинных ночных рубашках. Сводчатый потолок плыл головокружительно высоко, почти как небо. Для большего сходства кто-то нарисовал на нём облака и белых птиц с человеческими лицами. Там в узком солнечном луче порхала целая стая бабочек, и тишина была наполнена шумом их крыльев.

Тимка вернулся к Тане, которую оставил в коридоре. Та стояла лицом к стене. Он хотел повести её дальше, но она вдруг зашипела.

— Гадюка, — обиделся мальчик. — На меня-то за что?

Он побродил ещё, поймал и отпустил бабочку, потом вернулся к Тане.

— Там за углом, — ехидно сообщил он, — такая же, как ты, нарисована, да ещё с крыльями и перепонками на лапах!

Девочка-змея не шелохнулась. Тимка от скуки стал разглядывать картинку на Таниной стене. Там был нарисован кто-то в синем платье и с книгой в руках. Лицо его казалось знакомым.

— Это, наверное, самый главный, — рассудил Тимка, — на него все смотрят.

Когда они выбрались наружу, солнце стояло высоко-высоко. И Тимка вдруг понял, что всё обойдётся. Он помчался во двор, волоча за собой Таню. Прошлогодние листья шуршали у неё под сандалиями, и ему казалось, что сзади действительно вьётся змея.

Ещё издали он увидел Машу. Она сидела на сломанной скамейке и ревела в три ручья. Рядом горой громоздилась почтальонша.

— Где вы были?! — хором закричали обе.

— На древнем заводе, — важно сообщил Тимка. — Там люди в ночных рубашках.

— Ну что мне с тобой делать?! — рассмеялась Маша сквозь слёзы.

— Пороть, — пожала плечами Галина и потащила девочку-змею к бараку.

— Ну а ты где шлялась? — сурово спросил Тимка.

— За билетами ходила, — всхлипнула Маша. — Домой сегодня поедем.

Смерть весною

Она пришла умирать на пригретый солнцем пустырь в центре деревни. Вокруг ещё лежал ноздреватый снег, покрытый кружевной коркой, но здесь земля едва заметно поднималась к небу, образуя покатый холм, который уже оттаял. Прошлогодняя трава, перезимовавшая в сугробах, высохла и напиталась новым весенним теплом. Кое-где сквозь полуистлевшие стебли пробивалась свежая зелень, похожая на нежную шёрстку новорожденных щенят. А на южном склоне — проклюнулись первые желторотые цветки.

Понуждаемая привычкой, она обнюхала круглые мордочки первоцветов, но внутри ничто не отозвалось на их зов. Она постояла, прислушиваясь к непривычной пустоте своего нутра, которое больше не прошивали нити живых реакций. Потом покачнулась и осторожно опустилась на траву.

Солнце припекало её черный загривок, изъеденный многолетней паршой, но весенний жар не мог пробиться в стылую плоть, оставался снаружи. Жизнь будто отступила на шаг и выплюнула её из себя — в обречённое одиночество посреди деревни.

Правда, оставались звуки. Их было множество: чиркали по воздуху птицы, всхлипывали качели, кто-то в огороде скрежетал лопатой о снег. Гудела за лесом полуденная электричка, пробирались по канавам мутные ручьи, невдалеке от корней мать-и-мачехи сонными челюстями перетирал землю оживший червяк.

Она старательно поводила ушами, но звуки падали в неё зря. Даже кошачий вопль, пронзивший ветви прозрачной березы, не вызвал должного любопытства, только качнулось где-то на самом дне эхо уже ненужного воспоминания.

Она завалилась на бок и вытянулась в сторону солнца. Лимонная бабочка присела на впалый бок, сложила чуткие крылья, но тут ледяная судорога продёрнулась под шкурой — от холки до хвоста, — и лимонница перелетела на тёплый деревянный забор.

Кроша галошами лёд, по дорожке шла добрая Мила, торговавшая овощами в ларьке на станции. Рядом деловито бежала белая с чёрными пятнами дворняга. Мила остановилась и заговорила. Ласковые интонации человеческого голоса вернули на прежнее место почти исчезнувший мир.

Она открыла глаза и даже приподняла голову.

Не переставая говорить, Мила подошла совсем близко, зашуршала пакетом и протянула нарезанную ломтиками варёную колбасу. Приближение человека пробудило последний ещё не угасший инстинкт. Она рывком поднялась на слабые лапы и сделала несколько опасливых шагов в сторону.

— Не бойся, жучка, на, покушай, — позвала Мила, отталкивая от пакета морду своей собачонки. — Не лезь, видишь, болеет.

Положив еду, сердобольная продавщица немного отошла.

Чтобы порадовать человека, она нагнулась и вяло понюхала землю вокруг пакета. Однако, что делать дальше, так и не вспомнила. И обратила к Миле недоуменный тоскующий взгляд, будто спрашивая мудрое, столь превосходящее её существо:

«Что это страшное и чужое внутри? Как мне быть с этим? Можешь ли ты помочь?»

— Кушай, бедненькая, кушай, я тебя не трону, — уговаривала Мила, кивая на колбасу.

Она послушно взяла зубами розовый склизкий кусок и судорожно проглотила.

— Вот и умница, — похвалила Мила и облегчённо захрустела снегом.

С последней надеждой она смотрела вслед удалявшейся доброй женщине, удерживая в глотке непрожёванную колбасу — как людской ответ на своё мучительное недоумение.

Потом её вывернуло наизнанку. Ещё раз и ещё. Густая слюна свешивалась из пасти, цеплялась за полые стебли и повисала в воздухе между ними. Когда рвотные спазмы стихли, она обессилено привалилась к тёплому боку земли.

Пьяница Валерка разочарованно вышел из магазина, где ему давно не верили в долг, послал в открытую дверь парочку бесхитростных матюгов и побрёл восвояси, косолапо загребая ледяное крошево. Солнце слепило Валерку, он неприязненно морщился и даже грозил небу грязным кулаком с синим вензелем «ДМБ-86».

Дойдя до пригорка, Валерка вывернул карманы, и по густому весеннему ветру поплыли лодочки подсолнечной шелухи. Человек громко вздохнул и присел рядом.

У неё едва хватило сил, чтобы двинуть куцым хвостом.

— Что, миляга? Подыхаешь, как собака? — рассмеялся Валерка.

Смех моментально перешёл в кашель. Валерка долго отплёвывался, вытирая рукавом сизые губы. Настроение его изменилось. Когда, отдышавшись, он снова нагнулся к ней, на жёстких белобрысых ресницах висела слеза.

— Вот и я, — прохрипел он, — откинусь у всех на виду. И дела никому не будет. Так-то. Собачья моя душа.

Она посмотрела в мутные глаза Валерки тем же отчаянным вопрошающим взглядом, каким провожала добрую Милу.

— Тошно помирать? — догадался Валерка. — Ничего не попишешь. Все там будем.

Расчувствовавшись, он притянул к себе её безвольную голову и смачно поцеловал в крутой лоб.

— Валерий, у вас дома еда есть? — спросил незаметно подошедший церковный староста Алёша.

В начале поста ему исполнилось двадцать. И Алёша тщетно пытался придать своему мальчишескому голосу должную внушительность.

— Еда-то? — Валерка вскочил и вытянулся по струнке. — Никак нет!

— Пойдёмте, куплю, — Алёша двинулся к магазину.

— Командир, мне бы...

— Не может быть и речи!

Едва Валерка с Алёшей поднялись по стёсанным ступенькам магазина — налетел молодой вихрастый пес. Первым делом он попытался по-весеннему на неё взобраться, но, почуяв неладное, отпрянул, сделал несколько кругов по пригорку, обнаружил колбасу и в один присест слопал. Обернулся в поисках новых впечатлений и понёсся по тонкому следу трясогузки, разбрызгивая талую грязь. Пустой пакет из-под колбасы прошуршал мимо, задел её сухой нос и взмыл в синее-синее небо.

Пунктирная нить, связующая с миром, не успела окончательно прерваться, как на улице появились дети. С грохотом промчался на слишком большом велосипеде мальчишка в распахнутой куртке. Две толстые близняшки — Верка и Варька — протащили мимо ревущего брата Вовку.

— Смотри, собачка плачет, умирает, — проворковала Верка и дёрнула Вовку за правую руку.

— Нельзя! А то сам помрёшь! — в суеверном ужасе завопила Варька и рванула брата в другую сторону.

Вовка перестал орать, заинтересованно обернулся и изо всех сил упёрся ногами в скользкую жижу. Однако сёстры без труда подхватили его и умчали к скрипучим ржавым качелям.

Потом подбежала отличница Лида, всегда гулявшая со старухами, так как бабушка не пускала её к ровесникам, которые могли «научить плохому». Лида присела на корточки и протянула руку.

— Не трогай! — раздался истошный крик. — У неё чумка!

— Надо ветеринара, — рассудительно сказала Лида, оборачиваясь к старухам.

— Да где ж его взять-то? Нонче и к человеку не дозовёшься. Разве вон — к министру!

Лида сбегала домой и принесла, наполовину расплескав по дороге, блюдце вчерашних щей.

Умирающая сделала попытку встать, но тут же завалилась обратно.

— Ой, — шепнула девочка. — Что это? Почему так?

— Лида! — прокричала бабушка. — Иди домой, уже поздно!

Лида с досадой глянула на ещё высокое солнце и скорчила страшную рожу, которую никто не увидел. Потом повернулась к завалинке благообразным лицом отличницы и послушно побрела прочь.

Эта встреча окончательно лишила её сил. Прильнув к сырой земле, чей животворный дух уже не бередил ноздри, она покорилась тому, что происходило с ней. И чему не мог помешать никто: ни люди, ни дети, ни даже сама весна.

Планета дрогнула и плавно понесла её вверх — в неудержимо раскручивающийся смерч космоса.

Ночью все деревенские собаки устроили многоголосый плач. Скулила, встав лапами на подоконник, чёрно-белая дворняжка Милы. Выли, громыхая цепями, суровые сторожевые псы. Попискивал в кукольной колыбели туго спеленатый двойняшками щенок. И даже молодой нахал, слопавший колбасу, задирал к небу вихрастую морду и изливал душу, полную чернильной, необъятной тоски.

Наутро пятиклассники, бежавшие в школу, окружили покрытый изморосью труп.

— Тухлая собачатина! — загоготали они, пихая друг друга. — Дохлая псина! Кто тронет — тот пожизненный сифа!

Робко остановился рядом единственный в деревне первоклассник с огромным ранцем.

— Слышь, — снисходительно бросили ему через плечо. — Расковыряешь ей брюхо — сразу повзрослеешь! Верняк!

Рождество

О том, что Кривовы спиваются, долгое время знал только их сын. Когда это началось, Юрка как раз пошёл в первый класс. Поначалу Кривовы стеснялись и пили вдвоём, не выходя из прокуренной квартиры.

Примостившись на подоконнике за шторой, Юрка рисовал закорючки в прописях, учил под гудение родителей стихи про лес, точно терем расписной, клеил аппликации из цветной бумаги.

В школе ни о чём не догадывались.

— Способности у Кривова, конечно, ниже средних. Но, может, ещё подтянется, — говорила на собрании Юркина училка, рассеянно глядя на родителей, которых ещё не успела узнать в лицо.

Алёна Кривова, когда-то учившаяся в этой же школе, стыдливо сутулилась на галёрке и прятала глаза. На людей, даже Юркиных одноклассников, она уже смотрела слегка заискивающе, как на своё магазинное начальство: не учуют ли запах?

Маленький Юрка отличался от сверстников только тем, что никогда не спешил домой. В любую погоду он месил грязь на окрестных пустырях, мерил сапогами лужи, а потом грелся в подвале, дрессируя кошек. Но и тут никто не заподозрил ничего неладного.

В середине ноября у Кривова появился товарищ — вдохновенный врун Герка из параллельного класса. Захлёбываясь, он обрушивал на молчаливого Юрку потоки невероятных историй об инопланетянах, индейцах и вампирах. Геркины родители начали разводиться — с битьём посуды, криками и вызовами милиции. Так что и он не торопился из школы.

Как ни старались Кривовы укрыться от чужих глаз, рано или поздно по двору поползли слухи. Когда же Юрка перешёл в пятый класс, позор окончательно вылез наружу, как грязная рубаха из штанов.

Алёна, уже превратившаяся в Кривиху, побито улыбаясь, побиралась у дверей гастронома, в котором больше не работала. А Кривой спал в подъезде, свесившись головой со ступенек. Всегда этажом ниже своей квартиры, до которой ему не хватало сил добраться. Соседки подкармливали Юрку, заранее жалея завтрашнего детдомовца или колониста.

У Герки тоже продолжался кавардак. Родители то разъезжались, то съезжались, то уезжали мириться на Байкал, оставляя сына одного в разорённой квартире, похожей на поле битвы мифических титанов. Герка брызгал вихры мамкиными духами и, давясь, курил отцовские папиросы: ему представлялось, что так он становится немного ближе к родителям.

За этим занятием его и застала железная леди микрорайона — инспекторша по делам несовершеннолетних Иванова, которую никто не знал по имени, и все, особенно дети, панически боялись. Накануне она нанесла угрожающий визит в соседний подъезд — к Кривовым.

В первый день зимних каникул, пришедшийся на католическое Рождество, Юрка оказался в гастрономе вместе с родителями. Он пришёл за хлебом, а они — за бутылкой к празднику. В винный отдел, где когда-то сама покрикивала на бестолковых колдырей, Кривиха входить стеснялась, и они с Юркой топтались на крыльце, поджидая Кривого.

Стоять рядом с матерью Юрке было стыдно. Он отошёл в сторону, уткнулся в праздничную витрину — и вдруг провалился в другой мир.

Это была всего лишь маленькая ёлка. Серебристые иголки из фольги нежно подрагивали от сквозняка, отбрасывая едва уловимые блики на серую вату, изображавшую снег. На одной из веток качался крошечный колокольчик, покрытый аляповатой позолотой. Юрке почудилось, что даже сквозь стекло он слышит его кроткий жалобный голос.

Он задохнулся от сокрушительного чувства, названия которому не знал. Ему почудилось, будто он бежит по волшебному лесу с серебряными деревьями. И изо всех сил старается в него поверить. Но горестный бубенчик плачет под самым сердцем, не давая забыть, что этому никогда не бывать...

За спиной виновато скрипнул снег, и в витрине отразилось лицо Кривихи.

— Ёлку хочешь? — в горле у неё булькнули близкие пьяные слёзы. — Купим. Завтра.

Юрка зажмурился, сжался и — последним невероятным усилием — поверил.

— Такую же? — уточнил он, прячась в шарф от материнского перегара.

— Обещаю, — соврала Кривиха и, отвернувшись, неслышно заплакала.

Но прошёл день, два, прогремел Новый год — а Кривиха про ёлку так и не вспомнила. Юрка, никогда ничего не просивший, переступил через себя — и напомнил.

— Только и знает: дай да подай! — тут же, как ждал, разорался Кривой. — В доме выпить нечего, а ему ёлку! Иди в лес, там их много!

Кривиха бессмысленно улыбалась, хлопала густо накрашенными ресницами и тыкала вилкой мимо тарелки.

В Рождественский Сочельник Кривовы послали сына в далёкий круглосуточный ларёк. Вернувшись, он обнаружил, что дверь закрыта изнутри на задвижку. Юрка звонил, стучал, кричал, кидал в окно снежками — бесполезно: родители спали. В замочную скважину доносился надсадный храп Кривого.

Сначала Юрка сидел в подъезде. Но когда на площадке стали собираться сердобольные соседки, костерившие «поганых алкашей» и наперебой зазывавшие к себе, Юрка убежал.

«У Герки заночует», — решили старушки и разошлись по квартирам.

Но Герку на все каникулы забрала к себе тётка, а его родители выясняли отношения на турбазе далеко в горах.

Никто так и не узнал, где провел эту ночь, бывшую, как всегда на Рождество, звёздной и морозной, пятиклассник Юрка Кривов в демисезонном пальто с оторванными пуговицами.

Наутро Кривиха, сотрясаемая крупной дрожью, топталась у подъезда, спрашивая всех, куда делся Юрка, и по привычке стреляя мелочь. Потом на крыльцо осторожно выступил Кривой, и они, трогательно поддерживая друг друга на скользкой тропинке, отправились в соседний двор, к куму, у которого надеялись найти если не сына, то хотя бы опохмел.

Чуть позже вернулся Юрка. Пошарил в чулане, на антресолях и, не обнаружив ничего, постучал к дяде Лёше-инвалиду из квартиры напротив.

— Струмент? Замок? — одобрил тот. — Молодца! А то шастает всяка мразь, житья нет...

— Не ваше дело! — огрызнулся Юрка.

Дяде Лёше даже показалось, что мальчишка клацнул зубами, как волчонок. Сосед захлопнул дверь, бормоча:

— Пёсье семя! Оборотень!

До вечера Юрка ковырялся с замком. Дядя Лёша злорадно наблюдал в глазок, что наглый малец делает «всё не так». Однако тот в конце концов справился, молча вернул «струмент» и заперся на все обороты.

Вскоре явились Кривовы. Они долго царапали дверь ключом, вполголоса переругиваясь, что не могут попасть в замок. Дядя Лёша и оповещённая им баба Фая, каждый в своей квартире, приникли к глазкам, оставив ради такого зрелища один — футбольный матч, а другая — сериал.

Нетерпеливая баба Фая уже собиралась выйти и объяснить, в чём дело, как Юрка глухо сказал из-за двери:

— И не пытайтесь — замок новый.

Баба Фая ахнула. Дядя Лёша в волнении почесал живот.

— Так ты дома, стервец! — минуту подумав, сообразил Кривой. — Живо отпирай!

— Не открою, — ответил Юрка.

Кривой бушевал добрых полчаса. Даже баба Фая заскучала и отлучилась к телевизору. Дядя Лёша ещё раньше задремал, присев на полку для обуви.

Когда баба Фая вернулась на свой наблюдательный пункт, переговоры вела уже Кривиха:

— Не позорь! Пусти!

— Сами себя опозорили! — доносилось из-за двери.

«Ну времена! Как с родителями разговаривает! — возмутилась баба Фая. — От такой наглости кто угодно запьёт!»

Кривовы, наконец, осознали, что домой сегодня не попасть, плюнули и ушли ночевать к куму.

Вернувшись с каникул, Герка нутром почуял: что-то стряслось. Разряды скандала пронизывали воздух. И в центре этого напряжения находился Юрка, а вокруг была пустота. Войти в эту пустоту оказалось совершенно невозможно. На перемене, столкнувшись с бывшим другом, Герка отвернулся в прошлогоднюю стенгазету.

Он не мог объяснить, почему. Какой-то инстинкт. Нежелание соприкасаться с тем, кто изгнан из стаи.

Герка не хотел ничего знать. Но против воли впитывал подробности этой истории, о которой говорили на каждом углу.

— Чё вчера было! — тараторил долговязый Курицын из «Б» класса, живший в Юркином подъезде. — Кривой с мужиками припёрся дверь ломать! А *этот* на них с топором! В натуре!

Сам ты гонишь! Соседи растащили, а то б зарубил! А чё? Скостили бы по малолетке!

— Это не ребёнок! — кипятилась высокая тощая математичка по прозвищу Бесконечность. — Расчётливое коварное существо! Я с ним по-хорошему: мол, Кривов, давай тебя мирить с родителями. А он: «Давайте! И когда они квартиру пропьют, вы меня к себе возьмёте». От него вся инспекция в шоке! Потребовал, чтоб родителей прав лишили! Сам!

Все ждали, что Юрка сломается. И чем дольше этого не случалось, тем меньше ему сочувствовали. Кривиха с Кривым вызывали уже всеобщую симпатию.

Жили они, кочуя по многочисленным родственникам. Пили, жаловались на «изверга», снова пили — до тех пор, пока хозяева, угорев от запоя, не выставляли их за порог. Тогда они шли дальше. И незаметно ушли так далеко от дома, что даже баба Фая, знавшая всё про всех, потеряла их из виду.

Взрослые поначалу пытались Юрку вразумить. Взывали к совести, читали нотации, учили жить. Он выслушивал, криво улыбался и неизменно отвечал: «Не ваше дело».

Понемногу от него отступились даже самые рьяные воспитатели. Какое-то время люди ещё ждали, что *этот* обратится к ним за помощью — и уж тогда они отведут душу. Но Юрка упрямо делал всё сам. Наконец, его просто перестали замечать.

Финансовый вопрос пятиклассник Кривов решил, сдав вторую комнату вечному студенту Алексу. Квартирант был тихий: днём спал, а ночами читал Рериха, Библию, «Майн Камф» и Кастанеду. В институт он ходил дважды в год: получить обратно аттестат и вновь подать документы. Было ему уже лет тридцать. Всё почерпнутое в ночных радениях Алекс выливал на Юрку, совершенно не считаясь с его возрастом.

Алекс перебивался редкими переводами с пяти языков, включая идиш. Этого едва хватало, чтобы заплатить за комнату. Юрка покупал на все деньги макароны и пакетные супы, которыми они вдвоём и питались до следующего случая.

Иногда Алекс исчезал на несколько дней и возвращался с валютой, банановым ликером и шоколадными конфетами. Его бывшие одноклассники промышляли мелким бандитизмом и иногда — из сострадания — брали бесполезного Алекса «в дело»: стоять на стрёме вдалеке от основных событий.

Получая паспорт, Юрка взял себе новую фамилию: «Юрьев», образовав её от собственного имени. А отчество изменил на «Алексеевич» — в честь вечного студента Алекса.

Тогда же они неожиданно разговорились и проговорили несколько часов подряд с Геркой, который к тому времени отпустил волосы, вырядился в старую шинель и переименовал себя в Егора.

В начале их новой дружбы Егора кидало в жар, когда он сталкивался взглядом с Юрьевым. Но скоро жгучая недосказанность утихла.

Поэтому неприятный разговор застал его врасплох. Это произошло зимой, когда Егор косил от армии в психушке. Юрьев, заглянувший к нему, собирался уходить, а Егор от скуки упрашивал остаться. Тут-то Юрьев и обмолвился, что ему нужно ещё в женское отделение.

— Офелия, о, нимфа? — хохотнул Егор. — Безумная страсть?

— Мать проведать, — поморщился Юрьев.

Егор заметался, глупо хлопая глазами.

— Эээ... ты не говорил...

— Ты не спрашивал.

У Егора пылали уши.

— Что с ней? — кое-как выдавил он.

— Ну что. Допилась.

— А ты...?

— Навещаю, как видишь.

— Но ты же... Вы же... — отчаянно замялся Егор. — Так вот — как же...?

— А, это. Так она меня не узнаёт. Каждый раз рассказывает притчу о бессердечном сыне.

— А ты?

— Слушаю. Утешаю. Она говорит: «Ты не такой, ты добрый».

Они тяжело замолчали. У Егора на языке вертелся вопрос, который нельзя задавать.

— Давай, спроси, — тихо велел Юрьев, и Егор выпалил:

— Неужели тебе не было их жалко?

— Было, — нехорошо усмехнулся Юрьев. — Только моя жалость ничего не меняла.

— То есть падающего толкни? — осмелел Егор.

— Идиот! Всем было бы спокойнее, если б я попал в детдом! Прирезал кого-нибудь за побрякушку и в двадцать лет сдох на нарах от туберкулёза! Этого от меня ждали! Извините, не оправдал надежд!

— Ну, зачем же... — промямлил Егор.

— А в остальном всё было бы так же,— не слышал Юрьев. — Мать допилась до чертей, папаша получил отвёрткой в горло. Изменить этот сценарий могло только что-то чрезвычайное, из ряда вон. Например, малолетний сын выгоняет из дома. Достаточно сильное впечатление, чтобы очнуться. Но их уже не пробило.

— Неужели...

— Жалею ли я, раскаиваюсь ли в содеянном? Нет! Я жалею только о том, что не сделал этого раньше!

— Неужели ты...

— Не ваше дело.

Юрьев ушёл, не прощаясь. Сделал несколько кругов по больничному парку. На берёзах скандалили взбудораженные оттепелью галки. Мокрый снег покорно хлюпал под ногами.

— Вот тебе и рождественские морозы! — посетовала знакомая бабушка-санитарка.

Юрьева передёрнуло. Рождество он не переносил с тех самых пор. И всегда старался забыть об этом празднике, который, как назло, каждый год отмечали с нарастающим размахом. Но тут что-то другое, непривычное, откликнулось в нём на ненавистное слово.

Через полчаса Юрьев поставил посреди палаты большую искусственную ёлку. Увидев её, Алёна Кривова — осунувшаяся, кроткая и обо всём забывшая — ахнула и восторженно открыла рот.

— Вот, — Юрьев взял её за руку и подвёл поближе. — С Рождеством.

Алёна робко тронула серебристые иголки. Полутёмная комната наполнилась дрожащими сказочными бликами. Неуловимое воспоминание вспыхнуло среди них — и кольнуло в сердце.

— Что? Что? — заволновалась она, пытаясь ухватить проблеск.

Но туман снова сгустился. Беспомощно обернувшись, Алена увидела Юрьева и расплылась в улыбке.

— Хороший, добрый! — привычно залопотала она и неожиданно добавила: — Давай лучше ты будешь мне сыном?

— Давай, — согласился Юрьев и тоже потрогал ёлку. — Буду.

Расцветали яблони и груши

У подъезда за ночь народилась не лужа даже, а маленькое озерцо с чистой водой, под которой серел измочаленный ледок. Бабка Катька остановилась на пороге, ткнула палкой — проверить глубину, — но тут же забыла обо всём на свете, потянула носом и выдохнула: «Весна!»

Весна оказалась в мире как-то вся сразу, в один присест: вчера ещё ничто не предвещало, а сегодня — будто тут и была всегда. Бабка Катька заспешила на солнышко, улькнула, забывшись, в лужу, взвизгнула и сиганула вперёд, как девчонка.

— Эх, Катька-расКатька, когда остепенишься-то? — усмехнулась бабка беззубым ртом и сощурилась в синее небо.

С высокой ели посыпались ей в задранное лицо чешуйки прошлогодних шишек. Две вороны вдруг сорвались с вершины, сцепившись и лупя друг друга крыльями. Только у самой земли они разлепились и разлетелись в разные стороны, негодующе каркая. Стая носилась вокруг и подбадривала забияк истошным ором.

— Ишь, расквакались! — фыркнула бабка Катька. — Весна в них гуляет!

У придорожной вербы она остановилась и бережно подвела к глазам тугую ветку. В основании меховых почек уже забрезжили полупрозрачные зародыши будущих листьев. Бабка Катька стыдливо провела твёрдыми, как кора, губами по вербной шёрстке. Радость заколотилась внутри, сотрясая лёгкое изношенное тело, и старуха запела:

— Расцветали яблони и груши... — голос у неё был молодой и сочный, как зелёная горошина в скрюченном сухом стручке.

Из канавы выскочила чёрная жучка-подросток. Рот до ушей, хвост ходуном — закинула передние лапы бабке на плечи, едва не уронив, забрызгала с ног до головы талой грязью.

— Кыш, кыш, петрушка! — отпихивалась старуха, а собачонка, думая, что с ней играют, напрыгивала опять и опять.

— Хорош безобразить! — прикрикнула бабка и погрозила клюкой.

Жучка усвистала в кусты. Бабка Катька со скрипом согнулась, зачерпнула снег и принялась оттирать заляпанное пальто. Снег был кружевной, зернистый. Бабка вдруг вспомнила, как в детстве притащила в избу такую же корку весеннего сугроба, похожую на хрустальную подвеску — мамке в подарок, — и положила на самое почётное место.

— Мамка-то пришла, а по перине — лужа растекается! Эка мне и влетело! — весело сообщила бабка Катька жёлтым мать-и-мачехам, вылупившимся на пригорке; дорога уходила вниз, вспыхивая гирляндами ручьев.

Бабку обогнали шумные школьники с ранцами. Весна переполняла их, выплёскивалась через край избытком силы, так что мало было бежать вприпрыжку — они на бегу ещё и поднимали друг друга: ты меня сможешь? Ну-ка, а я тебя?

Рыжий Колька Кнопин вдруг обернулся, подскочил к бабке, обхватил худыми ручонками и, поднатужившись, оторвал от земли.

— Силы небесные! — ахнула она, взлетая.

— Бабку Катьку поднял! Бабку Катьку поднял! — загалдели мальчишки. — Дай мне! Я тоже!

— Бабочка! — завопил вдруг Колька и понёсся за первой в этом году капустницей; ватага ринулась следом, тут же забыв про старуху.

Отдышавшись, она двинулась дальше. За поворотом, на пятачке сухой травы, школьники постарше ходили на руках.

— Ишь, артисты! — опасливо подивилась бабка Катька, на всякий случай переходя на другую сторону дороги.

На остановке перебирал ногами пьяница из соседней деревни. Замызганная олимпийка с надписью «Russia» на спине была вся увешена репейником. Рядом стояла девочка в шапке с помпоном и чётко, как у доски, рассказывала:

— Родители подарили мальчику чёрный фонарь с призраками. Мальчик долго боялся его включить...

Подъехала переполненная маршрутка, пьяный рванулся, споткнулся и упёрся лбом в жёлтый бок газели. Девочка тут же очутилась рядом и невозмутимо продолжила:

— А когда он его всё-таки включил, призраки вышли и задушили его! Как ты не понимаешь, папа! Они разозлились, что он их долго не выпускал!

Пьяница с дочкой кое-как загрузились в маршрутку и укатили. Бабка Катька осталась дожидаться автобуса. В газелях она не ездила: все водители, чтобы не продавать старухам льготных билетов, отломали нижние ступеньки, так что забраться внутрь могли только молодые.

Автобус привёз бабку к станции. До электрички оставалась четверть часа. Она прошлась по платформе, заглядывая в урны, но все пивные жестянки, конечно, уже выудила Клавка-скандалистка. Бабка Катька не любила её ещё с войны.

— Явилась к нам в санбат с проверкой, — стала рассказывать она воробьям. — Мы все с ног валимся, а эта уселась и дубасит кулаком по столу: «Я как коммунист требую...» — грудь торчком, коса бревном — хорошо, видать, кушала, в войну-то!

А теперь Клавка всё время подстерегала бабку Катьку в собесе и галдела, чтобы ту лишили ветеранской прибавки. «Какая она ветеранка, ни одного фашиста не прикончила, всю войну судно таскала с фекалиями».

Тут бабка Катька услышала пронзительный Клавкин голос. Та поднималась с другой стороны платформы и кричала коренастому мужичку с сияющими на солнце залысинами:

— Кто хорошо живёт?! Коты да попы! Религия — опиум! Всё это выдумал человек! Во имя другого, будущего, человека!

«Опять проповедь читает», — поморщилась бабка Катька и решила Клавку позлить.

Подошла и брякнула:

— А мне вчерась в новый благовестник дрынкнуть дали. Голос-то у него важный, без блеянья.

— Что же вы, на колокольню лазили? В вашем-то возрасте? — удивился лысый.

— А чего? Жиру во мне нет, ноги ещё носят!

Тучная Клавка от злости глаза выпучила, того и гляди на рельсы выпрыгнут. Но не успела ничего ответить, подъехала электричка. Бабка Катька, довольная, запрыгнула в вагон и села с солнечной стороны у окошка.

На соседней скамейке полулежал, икая, безбородый старичок, похожий на морщинистого мальчишку. А прямо напротив бабки Катьки сидел молодой таджик.

— Скажи, друг, — пробормотал старичок, когда электричка тронулась, — как, по-твоему, сильно я напился?

— Нет, совсем нет, — застенчиво улыбнулся таджик.

— Неужто незаметно? — оживился дед и даже попытался выпрямиться. — Чё, даже запаха нету?

— Не.

Некоторое время пьяный удовлетворённо молчал, а из вывернутого кармана сыпались на пол семечки и мелочь.

— Хороший ты человек, — сказал он после долгого раздумья. — Хоть и брешешь как собака!

Поезд начал сбавлять ход, и пьяный поплёлся к выходу. На платформе под капелью стояло новенькое алюминиевое ведро.

Ветер сдувал капли в сторону, будто отворачивал золотой занавес. Бабка Катька вытянула шею. Конечно! Она и не сомневалась: старичок споткнулся и упал, ведро покатилось...

В вагоне что-то зашумело. Бабка обернулась как раз в тот момент, когда долговязый подросток ухватился за полку прямо у неё над головой.

«Подтягиваться затеял!» — изумилась Катька.

«Окно высадит!» — испугалась она, когда тот оттолкнулся и полетел, задрав кривые ноги в огромных ботинках.

Но ботинки ударили не в окно, а в лицо таджика.

«Доигрался, ирод!» — охнула бабка, всё ещё думая, что это он промазал и случайно попал прямо по человеку.

Но парень ударил ещё и ещё раз. Таджик не отвечал, только вжимался в угол и закрывал голову руками.

В вагоне, полном людей, царило молчание. Только громыхали ботинки, и другие подростки, штук пять — бабка только сейчас их заметила — орали что-то хором, скаля жёлтые зубы, как волки. У бившего был вытянутый голый череп, похожий на синеватое яйцо из столовой. Ботинки мелькали прямо перед носом у бабки Катьки.

Ей стало жутко. Как на войне, когда немцы подходили так близко, что она могла их разглядеть. И ей казалось, будто под круглыми касками — нечеловеческие лица... От тошнотворного ужаса она инстинктивно сделала то, что всегда делала во время боя.

Бабка Катька запрыгнула на скамейку и запела отчаянным звонким голосом:

— Расцветали яблони и груши...

Яйцеголовый сбился с ритма и гавкнул:

— Заткнись!

Она сжалась, зажмурилась. И осталось только одно: допеть, чтобы голос не дрогнул, чтобы *те* не догадались, как ей жутко.

— Молчи, ведьма! — визжал яйцеголовый.

Но вокруг уже началось движение. Вскочили две пожилые женщины, моложе бабки Катьки лет на двадцать. Они несмело хватали парней за руки, и одна по-детски повторяла:

— Не обижай его! Он же тебя не обидел!

Подросток перестал махать ботинками и только скалился. Появился даже один мужчина, правда, полный и в очках. Он подпрыгивал рядом и тоненько выкрикивал:

— Все на одного?! Это низко! Мужчины бьются один на один!

— С тобой, что ли, биться-то?! — ржал яйцеголовый.

— Ну, со мной, — не очень уверенно отвечал очкарик.

Свора забулькала, загоготала. И двинулась в следующий вагон, пролаяв на прощание какой-то лозунг.

Все сразу ожили, будто отпустила заморозка. Толстяк в очках помог бабке Катьке спуститься со скамейки.

— Он же их не обидел, — бессмысленно повторяла пожилая женщина, и у неё дрожали не только губы, но и щёки.

Кто-то полез за валидолом, кто-то заголосил:

— Как ни стыдно, молодёжь, сидят, глядят!

Несколько молодых работяг забасили в ответ:

— Да вы знаете, что эти чёрные там с нашими ребятами вытворяют? Головы режут и на видео снимают!

Две девушки, тёмненькая и светленькая, одновременно бросились в разные концы вагона к кнопкам вызова милиции.

Только таджик сидел не шевелясь и по-прежнему закрывал голову руками. По пальцам его стекала кровь.

— Сынок... — начала бабка Катька.

Поезд затормозил, таджик бросился к выходу, не отрывая от лица ладоней.

— Прости, — пронзительно крикнула она ему вслед.

Всю оставшуюся дорогу старуха проплакала, прильнув к окну. Слёзы текли за воротник, и ей становилось зябко.

В Москве бабка Катька тут же попала в толчею и забылась. Привычно прошмыгнула за чьей-то спиной в метро. В переходе остановилась, где всегда, под плакатом «Меха-дублёнки». Оперлась одной рукой о мрамор, другую протянула в бегущую толпу и запела:

— Расцветали яблони и груши…

Тут же вкрадчивый голос — вечный враг бабки Катьки — включился над головой и зашипел:

— Фантастические скидки на ювелирные изделия…

«Значит, день будет никудышный», — подумала бабка, перекрикивая механического зазывалу:

— Поплыли туманы над рекой…

Тут кто-то положил ей в ладонь.

— Выходила на берег Катюша...

«Пятачок! — обрадовалась бабка Катька, это была её любимая монета. — А может, и ничего ещё, наладится…»

— На высокий берег на крутой…

Вина

А потом пришла тишина. Звёзды светили слишком ярко, как бывает только во сне. Лёгкий морозный воздух потрескивал электричеством.

«Зрение осталось», — машинально отметила она.

И тут же увидела Его. Совсем рядом, на краю поляны, которая почему-то была уже пуста и покрыта инеем. Но холода она не ощущала.

Она, конечно, сразу узнала Его, и всё-таки спросила:

— Господи, это Ты, что ли?

— А ты что, не ожидала?

Она поняла, что каждый вновь прибывший задаёт Ему этот дурацкий вопрос.

Ей вдруг стало смешно. И немного стыдно. И опять очень-очень больно. И как-то совсем легко.

Он повернулся и пошёл. Берёзы, светившиеся в темноте, беззвучно расступались, пропуская. Она двинулась следом, несколько разочарованная тем, что Он даже не пожалел её после всего.

— Мне было больно! — крикнула она вслед.

— Я знаю, — ответил Он терпеливо.

Она вдруг вспомнила, что Он ведь тоже всё это пережил. Так что Он правда знает. Это её почему-то успокоило.

Он шёл быстро. Слишком быстро для неё, ещё не отвыкшей от силы тяжести.

«А я, наверное, могу взлететь, — подумала она, — сколько раз мне это снилось!»

— Смотри не упади, — сказал Он, не оборачиваясь.

На неё снова навалилась тяжесть.

— И страшно! — выкрикнула она Ему в спину.

Он кивнул на ходу, не замедляя шаг.

— И я думала, что Тебя нет, раз Ты не приходишь!

— Я пришёл.

— Но уже слишком поздно!

— Что ты! Всё только начинается!

Она вдруг задохнулась от дикой, звериной тоски по своему телу, медленно остывающему на пропитанной кровью земле. Верному, неудобному, единственному.

— Это не ты, — сказал Он быстро и очень серьёзно. — Не ты! Слышишь?

— Тогда почему же так больно?! — опять закричала она. — Почему это чувство — будто меня обманули?!

— Всё должно было быть иначе.

— НО ПОЧЕМУ ЖЕ ТЫ НЕ МОЖЕШЬ....

— Спокойно. Я всё могу. Забыла? Но не сразу. Нужно терпение. Как с деревом. Я же объяснял.

— Забыла. Вообще всё забыла. Я так испугалась! Я подумала, что Тебя нет.

— Все так думают. Даже Я так думал. Не вини себя.

Она вдруг опять остановилась. Тяжести уже почти не было. Но что-то не пускало дальше. Будто какая-то невидимая верёвка. Или цепь. Она оглянулась.

Сотворившие с ней это ещё ходили по поляне, пошатываясь. Один швырнул пустую бутылку в яму — поверх ещё тёплых, но уже пустых тел. Другой, выдрав клок сухой травы, судорожно тёр руки. Третий так неловко чиркал спичкой по коробку, что хотелось дать ему прикурить.

Тех, кто, как она, только что был изгнан из этой бедной, обезображенной плоти, ей почему-то не показывали.

Она видела только живых. Хотя на живых они походили ещё меньше, чем прежде. Ходячие сгустки тьмы, намертво перекрученные и искорёженные.

Она хотела отшатнуться. И не могла. Будто была привязана. Он ушёл уже далеко.

— А эти Тебя совсем не интересуют? — крикнула она вдогонку, с ужасом и отвращением чувствуя, что не сможет пойти за Ним, пока их тьма не станет светом.

— Господи, неужели? — еле слышно проговорила она.

Он остановился.

— Да. Они нужны Мне.

— Но у меня не получится!

— Конечно, нет. Но ты же не одна.

— Ты поможешь?

— Я. И они. И все остальные. Только так.

— Но я...

— Вот увидишь. Мы ещё вернёмся на эту поляну. И отпразднуем победу. Вина выпьем...

— Вина? — ошарашенно переспросила она.

— Ну, я же обещал. Тоже забыла?

Стволы слегка светились в темноте. Под ними белели огромные грибы. Шляпки их были забрызганы кровью.

Страх её отпустил, горечь — едва касалась, как паутина.

Его уже не было видно среди берёз.

«Вина! — усмехнулась она. — Ну и ну! Вина!»

Она обернулась, словно ища, с кем поделиться развеселившей её новостью. Тот, со спичками, извёл уже почти целый коробок. Он весь трясся и дёргался, будто избиваемый сворой невидимых конвоиров. Она приблизилась и незаметно сдвинула спичечную головку. Зашипев, вспорхнуло крошечное пламя.

Год в Раю

9 мая. Попросил у соседа телевизор. Он сделал *понимающее лицо*, но, к счастью, обошлось без расспросов. Неделю назад тёща явилась за вещами. И теперь весь подъезд знает, что от меня ушла жена.

Встречаясь со мной на лестнице, все женщины, включая четырёхлетнюю Марусю, с которой мы раньше дружили, многозначительно отворачиваются, а мужчины — делают *понимающее лицо*.

Но телевизор мне понадобился вовсе не из-за того, что я помираю с тоски. Последнее место, где я бы стал искать утешения, — это программа передач. Просто 9 мая — единственный день в году, когда я смотрю телевизор. Все эти фильмы о войне. Они не дают обманываться.

Дело, конечно, не в самой войне. Я нормальный человек, и массовые убийства не приводят меня в восторг. Просто там всё всерьёз, как всегда в присутствии смерти.

И когда я смотрю на этих ребят в гимнастёрках, мне делается стыдно, что я несчастлив. Из-за маловажных, в сущности, вещей. Ведь они ложились под танки, веря, что если победить, то все будут счастливы.

Когда там запели «лишь только бой угас» — не выдержал, спустился в магазин. Хотя обещал себе перетерпеть всухую, хотя бы ради нового опыта. Но тут подвернулось отличное оправдание: я же не за себя, а за того парня. Вернулся с двумя бутылками. Сосед, куривший на крыльце, *понимающе* крякнул.

Но за вечер я вспомнил *о ней* только раз. Как она кричала: «Нравится вся эта военная хрень — запишись контрактником! Хоть денег заработаешь! Как мужик!»

Можно подумать, я мечтаю о стрельбе, окопных вшах и рукопашной.

Пил, смотрел, думал о деде, который без вести пропал под Смоленском. О нём я знаю только по рассказам люто презиравшей его бабки. Она всю жизнь любила другого и замуж вышла назло, когда с тем поссорилась. Но война всё уравняла: не вернулись оба. Зато от нелюбимого осталась дочь. Так что он выиграл, зацепился за этот свет вопреки всему.

Дед знал, что его не любят. Она ведь и не скрывала. Иногда не выдерживал и молча уходил на пару дней в лес. Он и погиб так же: отправился на разведку — и больше его никто не видел. Ни живым, ни мёртвым.

Думаю, если бы не война, он бы всё равно долго не протянул. Тоже ушёл бы в лес и не вернулся. А она бы всю жизнь вздрагивала от шагов на лестнице. Невозможно жить нелюбимому. По себе знаю. В общем, нам было бы о чём выпить.

На второй бутылке мне вдруг захотелось увидеть те места, где исчез дед. А поскольку я был уже достаточно пьян, то я отнёс телевизор соседу и пошёл пешком на вокзал.

Всю дорогу я пил, чокался со столбами (будто это дед) и дурным голосом орал, что нам нужна одна победа. Короче, вёл себя как идиот. Типа, этот факт ещё нуждается в доказательствах! В поезде моментально вырубился. А утром с удивлением увидел слово «Смоленск» на серой стене вокзала.

Погулял по городу. Кремль и хрущёвки. Как везде. Наткнулся на автовокзал. Сел в первый попавшийся пазик, даже не узнав, куда он едет. В душном салоне воняло соляркой, и на каждом ухабе внутренности подскакивали к горлу. Минут через сорок меня окончательно растрясло. Попросил водителя остановиться.

Долго шёл по полю одуванчиков. Небо было как батальное полотно. Облака громоздились друг на друга, наступали, лавировали. Смотрел, пока не затекла шея. В городе ведь нет неба.

Забрёл в какую-то деревню. Присел отдохнуть. Закурил на припёке. Из покосившегося дома выглянул мужик. И, конечно же, подошёл стрельнуть огоньку, хотя из нагрудного кармана у него торчала зажигалка.

Я поинтересовался, как называется деревня. Мужик сказал: «Рай», — таким тоном, будто выругался. И сплюнул в лопухи. Я решил, что он шутит, и переспросил.

Мужик вдруг взбеленился. Ринулся в дом, тут же выскочил обратно и стал совать мне в нос какие-то гербовые бумажки. В том месте, куда он яростно тыкал чёрным ногтем, значилось: «Смоленская область, Грязевский район, деревня Рай».

— Круто, — сказал я, чтобы что-то сказать. — Живёте в Раю.

— Ага, — он опять плюнул, — круче некуда!

Какой-то прямо рекордсмен по слюноотделению. Я докурил и поднялся уходить.

— Эй, — окликнул меня этот нервный, — хочешь хату в Раю?

— Не понял.

— Ентот вот дом.

— Чего дом?

— Чевокало! Купи, говорю. Стоящая хата. Лет сто ещё простоит.

— Почём? — спросил я частью из любопытства, а частью опасаясь рассердить слишком быстрым отказом.

— Ящик.

Пока я соображал, о чём речь, мужик затащил меня внутрь, отрывисто и невнятно объясняя что-то про печку, погреб и грабли. На стене висела большая карта Российской Федерации.

— От сеструхи осталась. В город свалила, когда школу ейную прикрыли. Училка, чтоб ей!

— Я, пожалуй, пойду, — я уже не знал, как от него отделаться.

— Сдурел?! Семь километров шлёпать! Сейчас на моей трясожопке мигом домчим!

Я думал, он предлагает подбросить до трассы. Когда, взревев, как истребитель, его «Запорожец» вырвался на просёлочную дорогу, до меня из каких-то мутных обрывков стало доходить, что мы едем оформлять купчую на дом. Это в мои планы не входило.

— Слышь, мужик, как тебя звать? Лёхой? Знаешь, Лёха, давай я тебе просто дам на выпивку. Не надо этого спектакля с документами, ладно?

Лёха немного помолчал, безостановочно плюясь в открытое окно. Он, видимо, так же плохо понимал меня, как и я его. Но когда смысл моих слов для него прояснился, меня смело смерчем непередаваемой брани. Смысл её сводился к тому, что он со мной по-честному, как деловой, а я его — за мазурика и попрошайку. После каждого слова Лёха на полной скорости бешено крутил руль. И плевался, как пулемёт. Я подумал, что если бы он метил в лобовое стекло, то появился бы шанс отмыть с него засохшую грязь.

Я даже решил, что сейчас, так нелепо и бесславно, погибну на той земле, где мой дед пал смертью храбрых. Чтобы ублажить обиженного Лёху, я крикнул:

— Ладно, сбавь обороты! Я просто — чтоб тебя испытать. Мало ли.

Эта бессмыслица неожиданно подействовала. Леха замолчал. Машина по-прежнему виляла во все стороны, и я увидел, что он просто объезжает рытвины, а вовсе не пытается меня угробить.

В райцентре Грязево мы с шиком затормозили у двухэтажного купеческого дома. Причём от «Запорожца» отвалилась какая-то деталь. Но Лёха и ухом не повёл.

На дверях конторы висел большой замок. Забрезжила надежда на избавление. Но Лёха знал обходные пути. Непрерывно плюясь, он бросился во двор и тут же привёл оттуда тётку с таким ядрёно-фиолетовым цветом волос, которому позавидовал бы любой городской панк.

Тётка иронически оглядела меня с ног до головы. Будто я был старой клячей-доходягой, которую ей втюхивали на ярмарке, выдавая за мерина-производителя.

Потом с исключительно скептическим выражением на рыхлом лице отперла замок и стала грузно подниматься на второй этаж. Деревянная лестница истошно заскрипела на разные голоса, как непокоенные души в Вальпургиеву ночь. У каждой ступеньки был свой звук.

На ходу фиолетовая мадам умудрялась оборачиваться. И бросать на меня уничтожающие взоры. Я опасался, что она вывихнет шею.

В конторе Лёха завёл с тёткой, которую называл Танюхой, малопонятную светскую беседу.

— Тебе это чучело не надокучило?

— А куда я его дену-то? — Танюха лихо сверкнула золотым зубом и достала печать.

— В огороде ткни заместо пугала!

Сначала мне показалось, что Лёха имеет к Танюхе мужской интерес. Но потом выяснилось, что обсуждаемое чучело приходится ему сыном. Что, впрочем, не вполне опровергало первую версию.

Через полчаса я спустился с крыльца конторы, держа в руках документы на дом в деревне Рай. Лёха, получивший восемьсот рублей, рассеянно попрощался, прыгнул в свой истребитель и рванул к магазину, до которого мог бы дойти пешком, потому что он находился в соседнем доме.

Я сел в автобус на Смоленск и всю дорогу думал: правильно сделала, что ушла. Не человек, а сплошное недоразумение. Попёрся куда-то спьяну, купил дом... Ну не идиот ли?!

Я постарался забыть о своём нелепом приключении. Ходил на надоевшую работу, изредка напивался с надоевшими коллегами, но чаще один... Всё как всегда.

А в первый день отпуска мне приснился странный сон. Будто я бреду, спотыкаясь, по серому полю. Колючки цепляются к шинели, которую я никогда в жизни не носил. На опушке леса встречаю солдата. Это дед. Просит закурить. Садимся на нагретые солнцем кочки. Пускаем к небу два дымка. И он, посмеиваясь, рассказывает, что немецкий патруль выпустил по нему две очереди почти в упор:

— Грудь — как решето! А мне хоть бы хны!

Он весь в крови. Я вижу, что он мёртв, но почему-то не понимает этого. И не знаю, как ему объяснить. И надо ли.

— Пойдём, молока напьёмся, — предлагает он. — Тут недалече одна коза уцелела! Лютее волка.

Мы огибаем перелесок и выходим к деревянному дому. Заглядываю в окно, вижу на стене карту России — и вспоминаю. И ужасно радуюсь, словно разрешилась какая-то мучительная загадка. И чувствую огромное облегчение и даже будто бы счастье.

Утром я достал из чулана дедовский вещмешок, в котором хранились инструменты. Кое-как почистил и стал загружать книгами. Без них я не представлял себе жизни даже в Раю. Рюкзак получился страшно тяжёлым. Я с трудом взвалил его на плечи и двинулся на вокзал.

Шёл и воображал, будто уезжаю не на месяц, а навсегда. Вот так, не сказав никому ни слова, с мешком книг. От этих мыслей становилось легко. Давно забытое ощущение.

Приехав в Рай, я в очередной раз убедился в своей неизлечимой тупости. Конечно же, вместо книг надо было взять с собой посуду, крупу, соль. В доме не оказалось ничего, даже спичек. А зажигалку я где-то обронил.

Пришлось идти к соседям. Первым, кого я встретил в Раю, был большой дымчатый кот на крыльце дома напротив. Где звери, там и люди, — решил я и, перешагнув через кота, который даже не подвинулся, постучал. Ответа не было.

Я вошёл. Посреди комнаты торчала обвалившаяся потолочная балка. Сквозь щели в полу пробивалась трава. Пахло нежилой гнилью. На покоробившихся обоях висела выцветшая до прозрачности репродукция «Мадонны» Рафаэля. Это был единственный след человеческого присутствия.

Обойдя несколько домов, я обнаружил везде примерно то же. Отличалась только степень запустения. Поэтому, увидев двух маленьких старушек, синхронно ковырявших грядку, я обрадовался им, как родным.

Тома и Люся — они настаивали, чтобы я называл их именно так — были сёстры. Они болтали без умолку и часто произносили хором целые фразы. Причём каждый раз изумлялись и ликовали, будто произошло нечто небывалое.

Через полчаса я знал всю историю Рая. Кот на крыльце — это Василий. Хозяева уехали несколько лет назад, а он не захотел — на полпути выбрался из корзины, в которой его везли, и вернулся обратно. Так и живёт один в пустом доме.

Тома и Люся родом отсюда. В юности поступили в техникум в Смоленске. Так в городе и остались. У них там двухкомнатная квартира. В Рай приезжают на лето. Зимой им в деревне тяжело.

— А вы ведь постоянно тут жить будете? — спросила одна.

— Да, — неожиданно ляпнул я.

— Ах, как хорошо, как замечательно! — воскликнули Тома и Люся и радостно рассмеялись. — За домом хоть присмотрите. А то каждую зиму Черенок взламывает, ничего оставить нельзя. Всё с собой увозим, до последней ложки. Да он, один чёрт, найдёт, что украсть. Вон в том году ручки с дверей свинтил. Зачем они ему, спрашивается? Да ещё стёкла побьёт — просто так, для удовольствия! — и нагадит посреди комнаты. Отсидел, не знает, куда себя деть, тварёныш!

Сёстры накормили меня отварной картошкой и щедро одарили всякой утварью. Назавтра я обещал вскопать им грядку под чеснок. Вернувшись в дом, я обнаружил, что у России отвалился Дальний Восток. Карта вся истлела и расползалась на сгибах.

Так и повелось. Я помогал сёстрам в земледелии, в котором ничего не смыслил. Ходил в Грязево за продуктами. Тома с Люсей кормили меня, опекали и каждый вечер рассказывали про Костю.

— Ах, наш Костя был такой высокий, статный красавец! — начинала одна, умильно сложив ручки на переднике.

— Жгучий брюнет! — подхватывала другая. — Вылитый Лев Фричинский!

— Да что ты! Евгений Урбанский! — возмущалась первая.

— Жерар Филип! — тут же мирились сёстры и продолжали: — Ах, никто так не танцевал вальс, как наш Костя!

— Самый завидный был кавалер!

— А он приглашал только нас! По очереди: Люсю, Тому, Люсю, Тому…

— Он был от нас просто без ума!

— И никак не мог выбрать!

— А потом ему сделали выговор на собрании ячейки!

— Сказали, что любовь втроём — буржуазный пережиток!
— На нём лица не было!
— Пришёл и говорит: я вас обеих одинаково люблю!
— Да! И обеим делаю предложение!
— А кто за меня пойдёт — решайте сами!
— Мы всю ночь проплакали!
— А наутро ему отказали! Обе!
— Ведь мы его одинаково любили!
— И тоже не могли выбрать...

Я бродил по окрестным лесам. Заглядывал в большие лужи, где чёрный мох стоял не шелохнувшись, как часовой подводного царства. Перепрыгивал через затопленные тропинки. Поскальзывался на мокрых корнях. Подолгу смотрел, запрокинув голову, как в далёком небе кланяются облакам вершины берёз. И сам начинал покачиваться в такт, словно тоже превращался в дерево.

Потом выбирался на дорогу, ведущую в Рай, совершенно пьяный — от воздуха, запахов леса, берёзовых качелей. Шёл и горланил, распугивая сорок: «"Наш Костя, кажется, влюбился!" — кричали грузчики в порту...»

Спустя неделю я столкнулся ещё с двумя обитательницами Рая. Сначала я заметил козу. Она пристально смотрела на меня из высокой травы. Неподалеку на бревне сидела суровая старуха в тулупе и валенках. В отличие от любопытной козы, она даже не обернулась. Я подошёл и поздоровался.

— Бе-е-е! — ответила коза. Она была не в пример общительнее хозяйки.

— Как вас зовут? — спросил я.

— Куда это он нас звать собрался? — вдруг гневно заговорила старуха, обращаясь исключительно к козе. — На посиделки к этим городским фифам? Сказано — не пойду! И нечего тут! Всю траву вытоптал! Ну-ка, поворачивай оглобли!

Коза наклонила рога и грозно пошла на меня. «Лютее волка», — вспомнил я из сна. И поскорей повернул оглобли.

Вечером я спросил сестёр про старуху.

— А, это тётя Мотя! — Тома с Люсей прыснули в кулачки как молоденькие.

— Она дикарка!

— Ни с кем не водится!

— Кроме козы!

— Говорить-то ещё не разучилась?
— Или только блеет?

Прошёл месяц. Лунной ночью от карты тихонько отвалилась Камчатка. Отпуск закончился. Решение, конечно, уже давно созрело во мне. Наверное, оно сидело там с самого начала — судя по тому, как по пути на вокзал я мечтал не возвращаться в город, а приехав, в первый же день заявил сёстрам, что буду жить здесь всегда...

И мне оставалось лишь принять это как данность. Ведь втайне я давно думал о чём-то подобном. О бегстве. О другой жизни, где «всё по-настоящему». Сознательно я бы никогда не решился на такое. А тут всё случилось само. Без моего участия. Как и заведено у судьбы.

Тем не менее за день до выхода на работу я погрузил в дедовский вещмешок книги (к которым ни разу не притронулся), подмёл пол, закрыл на щеколду ставни и, ни с кем не прощаясь, направился к трассе. Тома с Люсей были заняты прополкой. Тётя Мотя на своём солнечном пригорке могла бы заметить моё бегство. Но её глаза, выцветшие, как репродукция Рафаэля в брошенном доме, смотрели на меня, словно на траву, колеблемую ветром. Только коза удивилась и вопросительно мекнула вслед.

Я шёл нога за ногу по порожнему полю, играя, что рюкзак слишком тяжёл и поэтому я никак не могу идти быстрее. Я даже сел на пенёк и закурил, хотя совсем не хотелось. А хотелось съесть Томин-Люсин пирожок и ещё раз услышать, что Костя, конечно, потом женился, но всю жизнь присылал им на день рожденья букет роскошных розовых пионов...

Поднявшись на последний пригорок, я увидел отъезжающий от остановки автобус. Я зачем-то разыграл целый спектакль: бросился вдогонку, замахал руками (я же знал, что водитель если и увидит, не остановится), потом — якобы в сердцах — швырнул в пыль мешок с книгами, топнул ногой.

И только тогда расхохотался. И не мог остановиться минут десять. У меня даже заболел живот и свело скулы. Последний раз я так смеялся в шестом классе. Вернулся огородами, чтобы ничего не объяснять.

Однажды в лесу я споткнулся о солдатскую каску. На дне её плескалась дождевая вода, в которой отражалось небо и плавал чёрный прошлогодний лист. Осторожно я распутал траву, руками кое-как подкопал с боков землю и вызволил каску. На меня тут же полилась вода. Каска оказалась простреленной в двух местах.

Солдат, носивший её, должен был лежать где-то рядом. Я обшарил всю поляну. Безрезультатно. Собрал только пригоршню пустых гильз. Решил назавтра вернуться туда с лопатой и заняться поисками уже всерьёз.

Но поляна как в воду канула. Вместе с кривой корягой, сухорукой берёзой и муравьиными кочками. Целую неделю я плутал по лесу, проваливаясь в болотца, продираясь сквозь бурелом и проклиная свою никудышность.

Потеряв надежду найти место, где погиб солдат, я решил похоронить хотя бы каску и гильзы, которые в тот раз прихватил с собой. За околицей Рая на солнечном косогоре было старое кладбище без ограды, открытое настежь в окрестные луга.

Тома с Люсей положили на холмик, похожий на могилку младенца, букет полевых колокольчиков. И всплакнули, пока я приколачивал к колышку неровный кусок фанеры с надписью: «Неизвестный солдат, 1941 год». Я тщетно гнал от себя мысли о деде, повторяя, что жизнь — это не сентиментальная повесть и таких совпадений в ней просто не может быть.

На следующее утро я зачем-то опять отправился на кладбище. И остолбенел. Над нашим самодельным захоронением вырос крепкий деревянный крест с меня ростом. Я со всех ног бросился обратно в Рай.

— Это немой столяр из Грязева, — успокоили меня сёстры, вдоволь посмеявшись над моим мистическим ужасом. — Он гробами торгует. А кресты — это у него такая причуда, он их всюду ставит. Кто его знает зачем.

Вскоре я увидел и самого столяра. В камуфляже, с седой пророческой бородой во всю грудь. Он тащил, взвалив на плечи, очередной крест. Я хотел было догнать и помочь. Но почему-то не сдвинулся с места. Он меня, кажется, не заметил. Домой я вернулся в дурном настроении. Вечером от карты отвалился кусок Таймыра.

Начались заморозки. По утрам индевела трава в колеях и овражках. Я сжигал летний мусор у сестёр на огороде, а Тома с Люсей варили в бельевом тазу яблочное варенье и болтали. Им вторили сороки на изгороди.

Вечером перед отъездом они рассказывали, как однажды, ещё до школы, в поле за Раем упал настоящий истребитель. И они так торопились на него посмотреть, что обе упали в одну и ту же канаву. И Тома сломала правую руку, а Люся — левую.

На остановку сёстры шли почти налегке. Весь скарб, все бесценные кастрюльки и секаторы в этом году они оставляли в Раю. Ведь я обещал стеречь их домик.

Тома катила тележку с кабачками, а Люся несла огромный букет золотых шаров. Они долго махали мне из автобуса. Я стоял на обочине в клубах пыли, заслоняясь от солнца, и чувствовал себя осиротевшим.

В тот день со мной впервые заговорила тётя Мотя. Она сердито поставила на стол банку козьего молока, покосилась на сваленные в углу книги, погладила холодную печь и сказала отвыкшим хриплым голосом:

— Укатили, стало быть, твои трещотки? А рябину, гляжу, галкам оставили? Иди-ка обтряси, нечего добру пропадать. Я, даст бог, рябиновку сварганю, — тётя Мотя неожиданно подмигнула и лихо прищёлкнула языком: — Продирает до костей! Не чета вашим городским помоям.

Я собрал рябину. Наколол себе и тёте Моте дров на зиму. Попытался приклеить к карте Якутию, но лоскуток продержался на стене меньше минуты, и я махнул на это дело рукой. Прямо за моим окном росла невысокая берёза. Засыпая, я слушал колыбельную листьев. С каждым днём она становилась всё более сухой и разреженной.

Одним зябким утром я обнаружил на своём крыльце околевшего кота Василия. Видимо, почуяв смерть, он инстинктивно потянулся к человеку. Но это его не спасло. Я завернул кота в старую скатерть, отнёс на кладбищенский косогор и закопал рядом с неизвестным солдатом. Вечером мы с тётей Мотей молча помянули обоих ядрёной рябиновой настойкой. Ночью выпал первый снег.

В подполе у тёти Моти в пудовых холщовых мешках хранились неисчерпаемые запасы крупы, сахара и гороха. Как только смеркалось, я шёл к ней в избу «вечерять». Мы ужинали гречневой кашей. Потом садились спиной к печи. Я закуривал, старуха что-нибудь штопала, а коза, встав передними копытами на лавку, смотрела в окно с напряжённой и будто бы осмысленной тоской. Она жила прямо в избе и как-то совсем очеловечилась.

Мы в основном молчали. На расспросы хозяйка отвечала неохотно и односложно. Мне удалось выпытать, что где-то на Кольском полуострове у неё есть дочь.

— Слала открытки на Новый год. Картинки-то разные. А намарано всегда одно и то же: здоровья, счастья, долгих лет. Хоть бы слово от сердца. Я ей и написала, мол, не траться на марки. В Новый год я прежние твои «здоровья-счастья» из комода вытащу, полюбуюсь. Столько же толку... С той поры от доченьки ни слуху ни духу.

Сон был полон тревожных чужеродных шумов. Несколько раз я пытался очнуться, но проваливался обратно, как в топь. Проснулся с больной головой и настойчивым предчувствием беды. Пока одевался, от карты отслоился и медленно сполз на пол юг Сибири.

Я вышел и сразу услышал этот звук. Мерно хлопала на ветру незапертая дверь. Дом Томы и Люси изумленно смотрел на меня выбитыми окнами. Будто спрашивал: «Как же так?» На снегу у крыльца чернели следы колёс.

И тем не менее то, что я увидел, превзошло самые дурные предчувствия. Грабители вынесли всё: от высокой железной кровати до последнего ножа. Даже не поленились ободрать полинявшие обои с розовыми цветочками.

— Ты слышала, как они орудуют?

— Может, и слышала.

— Почему же не остановила?!

— Рехнулся?! Кулаком в лоб — и алё. Никто не хватится. Всю ночь тряслась, кабы тебя не понесло встревать! Да хватило ума, отсиделся.

— Спал я! Спал! Не отсиживался!

— Куда?!!

— В Грязево! Он у меня всё обратно притащит! На своём горбу! И стёкла вставит, скотина!

— Не пущу! — тётя Мотя прыгнула на порог и выставила вперёд ухват. Коза тут же очутилась рядом и наклонила рога.

— Ну-ка, разойдись, — беззвучно сказал я, и меня затрясло.

Добежав до Грязева, я немного остыл. Серое февральское небо лежало почти на самых крышах. Истошно вопили галки. Вокруг никого не было. Только две взъерошенные дворняги промышляли у магазина. Поразмыслив, я отправился в отделение милиции.

— Ну, пиши заявление, коли охота, — вздохнул круглолицый молоденький сержант с румянцем во всю щёку. — Только зря ты это. Всё одно — не найдём.

— А искать будете?

— Ну да, поищем...

Я бросил ручку:

— Он с тобой делится, что ли?!

— Кабы делился, я бы на Любке женился, — невесело усмехнулся сержант. — А то живу на одну зарплату, кому такой сдался... Хочешь пирожков? Маманя пекла. Ну, как знаешь. А я закушу, пожалуй. Эх, жизня...

— Сразу видно, приезжий, — продолжал он с набитым ртом. — Здешних раскладов не знаешь. Лезешь куда не след. С Васюхиным никто не связывается. С Черенком то есть. Он отмороженный совсем. Башни нет.

— Ну нельзя же так! Один уголовник всю округу запугал! А ещё милиция!

— Вот именно, милиция! Черенок попа зарубил! Так то поп! А я — мент! Сечёшь разницу? Меня пырнуть вообще святое дело.

— Боишься, значит?

— Маманю жалко. Старенькая. А я... на Любке жениться хочу. И вообще.

— Ну, подкрепление вызови, герой!

— Смеёшься?! Кто же мне даст?! Дом вскрыли! Велика важность! Сколько их каждый день вскрывают!

Я обвёл взглядом комнату — пирожки, румянец, фикус, портрет президента — и понял, что всё бесполезно. Всё будет так, спасенья нет. Скомкал недописанное заявление, швырнул в корзину и вышел, хлопнув дверью.

На крыльце меня поджидал Черенок. Я сразу его узнал. Хотя и представлял совсем иначе. Это был низкорослый, плюгавый человечишка с серым лицом и невыразительными крысиными глазками. Он стоял, глубоко засунув руки в карманы спортивных штанов, и покачивался с пятки на носок.

— Чё, земеля, чаи с сержантом гонял? — бесцветно поинтересовался Черенок и ухмыльнулся одной половиной рта.

Однажды в детстве меня столкнули в раскуроченную вандалами могилу. Было тогда такое поветрие: взламывать дореволюционные гробы в поисках драгоценностей. А мы с пацанами бегали на кладбище — смотреть, вдруг что осталось.

Я упал и вляпался руками в какую-то измазанную глиной ветошь. В лицо дохнуло гнилью. Я не смог даже закричать. Всё живое во мне в ужасе вывернулось наизнанку, силясь освободиться от мертвечины, уцелеть.

То же самое я испытал и теперь. Черенок монотонно раскачивался и бессмысленно твердил своего тошнотворного «земелю». Больше ничего.

Я спрыгнул с крыльца. И побежал по безлюдной улице. За спиной кто-то залаял. Это смеялся Черенок. Моя борьба за справедливость оказалась плачевно краткой.

Хотелось одного: поскорее оказаться у себя и запереть дверь на засов. И подпереть комодом. Мелькнула даже мысль вернуться в Москву. Я закурил, и паника немного утихла. Смеркалось. Идти пешком было неразумно. Автобус, который проезжал поворот на Рай, отправлялся через полчаса.

Я зашёл на почту и заказал три минуты со Смоленском. Зная разговорчивость сестер, я опасался, что не уложусь. А денег было в обрез. Трубку взяла Тома. Выслушала меня. И не задала ни одного вопроса.

— Ничего, — с фальшивой бодростью заключил я, — кровать уступлю вам свою. А со всем остальным как-нибудь разберёмся!

— Я, наверное, больше не приеду, — тускло произнесла Тома.

— А... — начал я, но в ту же секунду понял и осёкся.

— Да, — подтвердила Тома. — Люся умерла.

Я промолчал. Тома положила трубку.

После моей вылазки в Грязево тётя Мотя опять перестала со мной разговаривать. Задули обманчивые весенние ветра. Я уходил в поля, вставал на оттаявший пригорок и смотрел на столбы света, упиравшиеся в прорехи облаков. Порой солнце проглядывало прямо над моей головой, и я оказывался внутри луча. И мне казалось, что между мной и далёким невидимым небом возникла мгновенная нерушимая связь. Но облака стягивались, луч ломался, и я оставался один на отчуждённой промозглой земле.

Иногда я произносил вслух какое-нибудь слово. Просто чтобы вспомнить свой голос. Губы двигались неуверенно и неохотно. От карты отвалился уже весь Урал. По ночам за окнами что-то вздыхало, шлёпало, бормотало.

Одной такой беспокойной ночью со столбов исчезли провода. Свет в Раю погас. Провода были срезаны до самого шоссе. Я даже не пошёл в Грязево за правдой. И так ясно, что ради одной старухи никто не станет тянуть к нам новую линию передач.

Тётя Мотя извлекла из своих запасов десяток парафиновых свеч. Молча отделила мне половину. Мы стали ложиться в сумерках, а вставать на рассвете.

«Зачем я здесь? Зачем я вообще?» — всё чаще думал я.

Чувство точного попадания дало течь после столкновения с Черенком, а к весне окончательно исчезло. И я опять перестал понимать, чего хочет от меня жизнь. Я тосковал, зарастал щетиной и до полудня не вылезал из-под старых тулупов, под которыми спал.

Как-то днём, царапая куцым веником пол, я услышал за окнами весёлые голоса. Осторожно и подозрительно выглянул наружу. Посреди Рая, озираясь и пересмеиваясь, стояли два пацана в высоких ботинках и девчонка в лихо повязанной красной косынке. Я почувствовал себя человеком, который после года на необитаемом острове увидел корабль.

Девчонку звали Лесей. Пацаны, не спускавшие с неё влюбленных глаз, были один Митей, а другой Димой. Моя угрюмая берлога заполнилась рюкзаками, спальниками, звонким девичьим голосом и гудением молодых басов.

— Мы из Смоленска. Студенты, — говорила Леся, проворно чистя картошку. — В городе сидеть скучно. Мы постоянно куда-нибудь ездим. На выходные, на праздники...

— А сейчас выходной или праздник?

— Вы что!!! Завтра 9 мая!! — Леся залилась смехом, будто не видела ничего смешнее, чем одичавший мужик в заброшенной деревне, потерявший счёт дням.

Картошка выскользнула у неё из рук и покатилась Мите под ноги.

— Так вот, мы ездим. Но просто так ездить — тоже скучно. И мы стараемся делать что-нибудь полезное.

— Например?

— Да всё что угодно! Чаще всего бабушкам по хозяйству помогаем.

— Тимуровцы? — желчно спросил я, готовясь возненавидеть нежданных гостей.

— Да ну! — отмахнулась она. — Мы безыдейные!

Я опять проникся симпатией к Лесе и её команде. Расспрашивал. Она охотно отвечала. Парни настороженно сопели по углам. Леся выудила из рюкзака толстую тетрадь, куда записывала услышанные в деревнях словечки, житейские истории и сказки, просьбы и поручения. Обычно старухи просили купить в городе какое-нибудь чудодейственное лекарство от всех болезней, о котором рассказало радио, и узнать, жива ли кума в соседней деревне.

В той же тетради были выписки из краеведческих книг. К каждой поездке Леся трогательно готовилась в библиотеке.

— Представляешь, в Грязеве родилась княгиня Улита, жена Васильки, которого братья ослепили! Мне страшно нравится это имя: Улита! Я бы хотела так назвать дочку. А они, — Леся метнула быстрый смеющийся взгляд в Митю-Диму, — дразнятся: Улитка, покажи рожки! А ещё недалеко жил отшельник Илларион, прямо в земле, в самодельной пещере. А во время войны тут были бои...

Поев, они отправились в Грязево. Весь день я слонялся по Раю, не находя себе места. Стало темнеть. Они не возвращались. Я непрерывно курил, и губы были горькие от смолы. Мне вдруг представилось, что Лесю убил Черенок. Я прямо ясно увидел, как она лежит в придорожной канаве, и на синей курточке чернеет кровь. Я чуть не упал от этой картинки. Но тут где-то в тёмном поле послышались голоса. Такие же беззаботные, как утром.

— Мы красили военный обелиск, — пробасили Митя и Дима. — Из двадцати погибших — четырнадцать Васюхины, прикинь!

— И везде кресты! — подхватила Леся. — И где жил отшельник, и где родилась Улита, и где был бой! Мы потом нашли Степана, столяра, который их ставит, и проболтали с ним до темноты. Он такой философ!

— С кем проболтали?! — поразился я. — Он же немой!

— Кто немой?! — в свою очередь изумилась Леся.

— Ну, крестоносец этот, гробовщик.

— Леська даже немого разговорит, — хохотнули Митя-Дима.

После ужина, когда пацаны уже храпели в своих спальниках, она сидела на пороге и, улыбаясь, что-то писала в свою тетрадь. Я заглянул ей через плечо.

Мы пойдём в деревню Рай
В сапогах высоких.
Там стоит один сарай,
Он зарос осокой.

Спит в сарае тракторист,
Пьяный и суровый.
Опадает жёлтый лист,
И мычат коровы.

— Это я, что ли, пьяный тракторист?

— Ну это же образ! — принялась, как маленькому, объяснять Леся. — Ведь и коров тут нет. И листья ещё не пожелтели.

— Нет, не надо коров. От них веет благополучием, что неправда. Лучше так: «Спит в канаве...» В сарае тоже слишком благополучно... «Спит в канаве тракторист, пьяный и несчастный. Опадает жёлтый лист, а за ним и красный»... И про сарай... Ну, зарос и ладно, не беда. А в заброшенных домах трава внутри растёт. Смотри: «Там стоит один сарай, в нём растёт осока», это гораздо печальнее.

Леся внимательно посмотрела на меня.

— Вам тут плохо? — спросила она почти с утвердительной интонацией.

— Ну, наверное...

— Так зачем же вы тут живёте? Уезжайте.

— Ну, кто-то же должен здесь жить.

— Кто-то, кому тут хорошо. А когда плохо — какой смысл? Зачем мучиться? Ради чего?

— Не знаю. Честно — не знаю. А тебе тут хорошо?

— Мне везде хорошо. Правда.

— А мне везде плохо. В этом, наверное, ответ. Не было смысла приезжать. Нет и смысла уезжать.

Мы помолчали. Леся посмотрела на звёзды. Поёжилась. Я хотел укрыть её своей телогрейкой, но не решился.

— Пойду спать, — зевнула она сладким молодым зевком, и я вздрогнул от того, каким радостным и бессердечным был её голос.

Наутро я проводил их до автобуса. Когда двери захлопнулись, зачем-то отчаянно крикнул:

— Вернись!

Леся рассеянно кивала и улыбалась сквозь пыльное стекло. Через минуту я исчезну из её светлой головы, как ненужное воспоминание, портящее картину.

Я неумело сажал картошку, когда на огород сломя голову влетела коза. И отчаянно заблеяла. Я почему-то сразу догадался, в чём дело. Бросил лопату и так резко встал, что потемнело в глазах. Коза побежала, поминутно оглядываясь и не переставая блеять.

Тётя Мотя лежала на том пригорке, где они с козой проводили все дни. Она была жива. В груди её что-то булькало и сипело.

— Ходит Хорохоль, — сказала она одними губами. Я не понял.

Я прислонил старуху к пеньку, присел на корточки, подхватил её под коленки и взвалил себе на спину.

— Держись крепче, домчу с ветерком! Потом доктора вызовем. Не бойся. Всё будет хорошо!

Я нёс тетю Мотю. В голову настырно лезли посторонние мысли. Вспомнил, как тащил сюда мешок с книгами, которые так и заросли пылью в углу. Подумал даже про жену. Видела бы она меня сейчас! Идиот идиотом. Бросил работу и квартиру в Москве и таскает на закорках сварливую бабку. Тоже мне, Хома Брут!

Тётя Мотя стала заваливаться набок.

— Эй, мать, держись!

Сухонькая старушка, в которой весу было как в ребёнке, вдруг страшно потяжелела. Коза уже не блеяла, а кричала человеческим голосом. Я неловко перехватил сползающую вниз ношу. Руки соскользнули. Она упала.

В ту же секунду я понял, что ей уже все равно. Коза подошла ближе, заглянула хозяйке в лицо. И вдруг отскочила. И понеслась прочь, не разбирая дороги. Больше я её не видел. Наверное, волки задрали в лесу.

Я дотащил тётю Мотю до дома и положил на стол. Стал искать документы. Ведь я не знал даже её фамилии. Но в комоде лежали только мотки ниток, обрезки ткани, пуговицы и прочая дребедень. Не было даже открыток дочери. Я обшарил всю избу. Ничего. Ни паспорта, ни пенсионной книжки. Неужели действительно сунула в печку, как много раз грозилась? Хотя что тут такого? Я и сам не прочь сжечь эти ненужные бумажки.

В доме было прибрано. Все банки и склянки, обычно загромождавшие стол, исчезли. На кровати лежала длинная чистая рубаха. Я понял, что от меня требуется, хоть никогда и не имел дела с покойниками. Принёс ведро воды. Помедлил немного. Может, не надо? Нет, надо, — пришёл неукоснительный ответ.

Я достал из комода большие ржавые ножницы и разрезал на старухе юбку и кофту. Взял чистое полотенце и начал её обмывать. Застучали по полу бодрые струйки воды. Сознание погасло, остались одни движения. Я не думал. Просто делал.

Потом обрядил покойницу в рубаху. Сложил руки на груди. Прикрыл веки. Вышел покурить, прикидывая, из каких досок сколотить гроб. В голове всплыло даже древнее слово *домовина*. В мире было очень тихо. Или это казалось?

Я с трудом приоткрыл вросшую в землю дверцу сарая. Достал инструменты. Вторая половина сарая всегда была заперта. Мне вдруг — совершенно некстати — стало любопытно, что там. Недолго думая, я вскрыл топориком рассохшуюся дверцу — и отпрянул.

Внутри стояла *домовина*. Тётя Мотя сама обо всём позаботилась. И, видимо, уже давно: гроб был затянут паутиной.

Я похоронил её рядом с неизвестным солдатом и котом Василием. На дощечке так и написал: «Тётя Мотя». Не смог сообразить даже, как будет полное имя.

Я стоял над свежей могилой и никак не мог уйти, чувствуя, что сделал ещё не всё.

Неожиданно я опять подумал про Хому Брута, и меня осенило. Искать богослужебные книги дома у покойницы не имело смысла. Она была атеисткой. А сам я не знал наизусть ни одной молитвы. Разве что...

— Отче наш... — неуверенно начал я. И вдруг откуда-то пришла следующая строчка: — Иже еси на небесех...

Как дальше? В голове было пусто. Тогда я перестал вспоминать. И тут же без всяких усилий произнёс всю молитву. Потом ещё раз. И ещё. Три раза. Начал накрапывать дождик. Я ощутил, что теперь могу идти.

Как только я переступил порог, карта России, будто ждала, стала медленно опадать на пол. Я подбежал и придержал её руками. Нестерпимо хотелось курить. Я перевернулся так, что карта легла мне на плечи, прижался спиной к стене и достал сигареты.

Наступала темнота. Я курил, подпирая собой родину. Торопиться мне было некуда.

Незабудки самого долгого дня

Первое Танино письмо писатель Фёдоров получил в мае. Поплёлся выбрасывать мусор, а в двери — конверт. Почтовый ящик давным-давно подожгли, а потом и содрали местные шпанята, и он так и не собрался повесить новый. Да и зачем — всё равно ничего, кроме счетов за свет, ему не приносили.

Фёдоров, всю жизнь игравший в бесконечном спектакле, где сам был и актёром, и единственным зрителем, небрежно, как знаменитость, утомлённая вниманием публики, сунул письмо в карман и даже нарочно смял. Но сердце предательски забилось.

Тем не менее он сначала сходил к помойке. Потом медленно, отдыхая на каждой площадке, поднялся по лестнице, загаженной «котами и скотами», как острил его сосед и собутыльник скульптор Донец, к которому Фёдоров — ради пущего эффекта — хотел было постучаться, но не выдержал и свернул к своей двери.

Однако в квартире, за грязными стёклами которой бушевала, не трогая Фёдорова, чужая, посторонняя весна, он ещё немного поломался: зевнул и развернул журнал, валявшийся в пыли под софой.

«Зачем это я?» — наконец спохватился Фёдоров и дрожащими руками разорвал конверт.

Письмо было написано на тетрадном листе в клеточку. Старательными круглыми буквами. Внизу страницы он увидел рисунок, схематичный, но правдоподобный: опушка леса с поваленным деревом на первом плане. От бревна тянулась стрелочка, на острие которой было аккуратно выведено:

«Вот отсюда я Вам и пишу».

Фёдоров зажмурился. От письма, которое он ещё не прочел, повеяло чем-то таким родным, хорошим и крепко забытым, что ему стало стыдно за свою унылую щетину, батарею пустых бутылок, махровую паутину в углах.

«Сколько лет я не был в лесу?» — ужаснулся Фёдоров и краем сознания вспомнил, что уже видел эту опушку; да-да, именно её — но где?

«Дорогой Василий Михайлович!» — начиналось письмо.

Фёдоров опять остановился и перевёл дух. Он отвык от своего имени-отчества, а уж тем более от того, чтобы его называли дорогим.

«Простите, что я Вас так сразу величаю, но Вы мне действительно очень дороги. Ведь я сейчас дочитала Вашу книжечку "Незабудки самого долгого дня". Она — замечательная. Точнее, замечательный Вы, раз смогли такое написать. Вы меня просто окрылили, и я сидела на крыльце, а сама летала — над деревней, над лугом, над облаками — и радовалась тому, что Вы есть...»

Внезапно писатель Фёдоров ощутил, какой тяжёлый и смрадный воздух в квартире. Пахло застарелым перегаром, протухшей снедью из холодильника и неухоженной человеческой плотью. Запах одинокой старости, которого он когда-то не мог выносить, избегая визитов вежливости к пожилым родственникам.

«Будто мертвец навалился», — с омерзением подумал Фёдоров.

Ему захотелось дышать. Так сильно и горячо, как уже давно ничего не хотелось. Он вскочил — в глазах потемнело от резкого движения — и бросился открывать окно. Створки не поддавались, пружинили, и в лицо сыпались труха и комья истлевшей ваты.

«Незабудки», так и оставшиеся его единственной книгой, вышли лет пятнадцать назад в безвестном провинциальном издательстве. Смешным тиражом. И канули, не собрав ни одной рецензии.

Сначала он ждал оглушительной славы. Потом — хотя бы отзыва в захудалой городской газетке. Но не дождался даже пары добрых слов от приятелей, которые вежливо принимали в подарок беззащитную книжицу и все как один — молчали.

Жена его Анна, властная женщина с тяжёлым подбородком, книг вообще не читала. Просто ей всегда мечталось выйти замуж за писателя, а тут как раз подвернулся он со своими несчастными «Незабудками», и Анна грубо и решительно взяла его в оборот.

«Как я мог так попасть?» — всю жизнь потом недоумевал Фёдоров, с острой тоской вспоминая последний вечер своей свободы, который остался в памяти подобием потерянного рая, хотя был лишь обычным вечером обычного дня.

Особенно мучительно вспоминались цветы. Он шёл на дружескую попойку, где встретил Анну, мимо цветочного рынка, смеркалось, накрапывал дождь, и он вдруг заметил, что пышные пионы в больших белых вазах, похожих на башни из слоновой кости, слегка окрашивают серенький дремотный воздух вокруг себя, будто в них так много цвета, что он переливается через край — туда, где его слишком мало, — в скудность пасмурных сумерек...

И от этого наблюдения ему почему-то стало весело и тепло, и опять показалось, как часто казалось тогда, что впереди ждёт что-то очень и очень хорошее. И он, как школьник, вприпрыжку побежал по лужам, догоняя свою судьбу.

Эти светящиеся в дожде пионы жгли его потом все годы семейных мучений. Ведь попавшись в лапы «паучихи», как он называл Анну (разумеется, не вслух), Фёдоров погрузился сначала в кипящую боль, потом в ледяное оцепенение и перестал замечать красоту, которую раньше видел во всём, даже в обычном одуванчике и некрашеном заборе.

А разучившись быть внимательным и благодарным, больше не смог писать.

Вскоре Анна поняла, что просчиталась, но могучий темперамент не позволил ей отступить. Десять мучительных лет она возделывала Фёдорова, как безответную грядку. Пропихивала в местное отделение Союза, выбивала путёвки в дома творчества, ежедневно загоняла за письменный стол...

То, что было радостью, стало пыткой. Фёдоров возненавидел всё, связанное с писательством, особенно — безнадёжную пустыню чистого листа, над которой уныло и обречённо сидел, как второгодник над контрольной, пока Анна не разрешала сделать перерыв.

«Хорошо, что она ушла!» — в который раз порадовался Фёдоров, лежа грудью на подоконнике и глотая густой весенний воздух из откупоренного окна.

В ту же секунду квартиру просверлила телефонная дрель — уйти-то ушла, но в покое никак не оставляла, по-прежнему инспектируя каждый шаг.

— Ну? — нетерпеливо гаркнула Анна, и Фёдоров, страдая, отодвинул телефон от уха. — Как успехи?

Он сжался, готовясь привычно соврать, что обдумывает рассказ, как вдруг сквозняк, словно обнюхивая, зашуршал на полу конвертом. И Фёдоров, ненавидя себя, покорно доложил:

— Письмо получил. От читателей. Хвалят...

— Письмо! — презрительно фыркнула Анна. — Если бы премию!

День был испорчен. Паучиха, безошибочно почуяв добычу, набросилась и слопала едва затеплившийся в его безжизненном сердце зародыш чего-то живого.

Фёдоров без сил повалился на софу. Среди грязных, скомканных простыней беззащитно белел ставший таким же неопрятным, как всё вокруг, бедный тетрадный листочек. Фёдоров хотел было дочитать письмо, но тут заскучал уже неподдельно и, махнув рукой, отвернулся к стене.

«Поздно, милая девочка. Слишком поздно», — всплыла в голове реплика из бульварной пьески, и Фёдоров снова ощутил запах разложения, бродивший по квартире.

«Яйца там, что ли, стухли? — машинально подумал он. — Или крыса в вентиляции сдохла?»

Ему вдруг почудилось, что трупный смрад исходит от него самого.

«Кто сотворил ЭТО с моей жизнью?» — горько и беспомощно выкрикнул он в потолок.

Это был его любимый вопрос, постоянная претензия к миру. Но как ни глушил он себя поиском виновных, всё чаще приходил к нему другой — нелюбимый — вопрос:

«Почему ты позволил сделать ЭТО с твоей жизнью?»

Ему, разумеется, хотелось бы переложить всю ответственность на железные плечи бывшей супруги. Но он понимал (хотя делал вид, будто не понимает), что винить одну только Анну, при всём её паучьем аппетите, было бы слишком просто.

Додумать эту мысль до конца Фёдоров никогда не решался. Поэтому он постарался растравить себя каким-нибудь болезненным семейным воспоминанием, благо их было хоть отбавляй, неподдельно разволновался и пустил лёгкую старческую слезу.

Утомлённый переживаниями, Фёдоров задремал. И увидел во сне ту самую лесную опушку. Он ведь сразу узнал её на рисунке, но не смог вспомнить. А теперь ликовал, будто встретил забытого друга. Этот поросший молодыми берёзками грибной косогор часто снился ему, всегда наполняя беспричинным счастьем.

Фёдоров видел во сне, что идёт — легко и быстро, как в юности — по своему заветному перелеску, и душа гудит от радости и переполняющей её жизни, как весёлый весенний шмель.

«Брат мой лес! — плакал он, обнимая деревья. — Как мог я тебя оставить?!»

Проснулся Фёдоров неожиданно бодрым. Из раскрытого окна тянуло холодом, и, спеша к кольцу, грохотал пустыми вагонами трамвай. Писатель поёжился, нащупал под боком скомканный лист и в меркнущем свете дня дочитал:

«В Вашей книге, как в природе, нет ничего лишнего. Всё на своих местах, всё нужно и важно: малейший кропотливый жук и даже бурелом с бурьяном...»

«Как пишет, — невольно залюбовался Фёдоров. — Будто в школу не ходит! Может, маленькая ещё. Не успела выучить, "что хотел сказать автор"».

«К нам в школу привезли списанную литературу из района. Стали разгружать, и Ваши "Незабудки" выпали прямо ко мне в руки. Я открыла — и не смогла оторваться. Будто брата потерянного нашла! Мне сразу так захотелось рассказать Вам всё. Как мы тут живём. Как под гремучим мостом бежит на месте ледяная Ольховка. Как печально смотрит на другой берег одинокая корова Марфа. Как вчера на закате две лошади — чёрная и белая — вошли в золотой сноп лучей и превратились в плавные силуэты, неотличимые друг от друга...»

Фёдорову хотелось читать дальше. Но письмо внезапно обрывалось прыгающей строчкой:

«Прибежал Митяй с новым рисунком. До свидания! Обязательно напишу ещё! Ваша Таня».

— Ну почему так? — сморщился Фёдоров, охотно соскальзывая в привычную обиженность. — Раз в жизни кто-то вспомнил — и сразу прибегает какой-то Митяй, и до свидания! Неужели я не заслужил, чтобы хоть эта ничтожная радость была целиком моей?!

Нахмурившись, Фёдоров перечитал письмо. Царапнули незамеченные сгоряча «книжечка» и «списанная литература». Не видя ничего от подступивших слёз, он прошаркал в коридор, грузно влез на табуретку и потянул с антресолей пыльную сумку с остатками тиража.

Сумка оказалась неожиданно тяжёлой, пальцы беспомощно царапнули болонью, и на пол посыпались выцветшие «Незабудки». Писатель Фёдоров, сдерживаясь изо всех сил, спустился, сел среди своих книг, прижал одну к лицу и только тогда — заплакал.

«Я совсем старик, — всхлипывал Фёдоров, которому недавно исполнилось сорок. — И больше уже ничего не будет. А ведь ничего и не было. Неужели это и есть жизнь? Но за что?»

Он обвёл взглядом рассыпанные книги. Совсем тоненькие, в бумажной обложке, с незатейливым, как на ситцевых платьях, рисунком. Такие и впрямь иначе как «книжечками» не назовёшь.

Он открыл наугад:

«Присев на кочку, я услышал дуэт кукушки и лягушки.

— Ку-ку, — окликало с кривой ивы.

— Ква-ква, — отзывалось из болота».

Преодолевая стыд и гадливость, он стал читать дальше и незаметно добрался до конца.

«Какой же я был, — скривился Фёдоров. — Дурак заповедный. Кому я это рассказывал? Дрожащие прожилки осеннего листа, неслышный плач травинки, бормотанье ручья, медленные мысли деревьев... И догадался же напечатать! Зачем? Для кого? Лучше бы стал лесником. Или биологом. Да чего там. Теперь уж поздно. Больше ничего не будет».

Фёдоров опять обманывал себя. Самое страшное было вовсе не в том, что книжка оказалась никому не нужной. Перечитывая сейчас «Незабудки», он неожиданно понял, что эта их невостребованность, всегда казавшаяся ему величайшей несправедливостью в мире, была, на самом деле, вполне заслужена и закономерна.

Он любил свою бедную книжку горькой и болезненной любовью, как никчёмное, ничего в жизни не сумевшее, никуда себя не приткнувшее дитя. Любил, стыдился, недоумевал и был абсолютно уверен, что дело тут исключительно в глупости и чёрствости окружающих, не способных «по достоинству оценить».

И вдруг ему открылось другое. Свет, который он считал главным достоинством своих рассказов, с ложным смирением признавая, что мастерством и талантом они, возможно, не блещут, этот свет — его единственное оправдание, единственная надежда — вдруг показался совершенно натянутым, вымученным, ложным.

«Письмо этой девочки — по-настоящему светло... На её фоне мои потуги звучат так фальшиво... Неужели и это обман?» — запаниковал Фёдоров и, спасаясь от безжалостных очертаний правды, проступающих в мутном сознании, включил обычную заезженную пластинку:

«Никому нет дела до таких тонкостей и мелочей, люди не хотят остановиться и поглядеть вокруг себя...»

Но мысль, уже запавшая в ум, продолжала, помимо его воли, свою разрушительную работу. Будто кто-то впечатывал в душу чеканные формулировки приговора:

«Ты думал быть светлым, но никогда не был таким. Хотел быть живым, но не имел в себе жизни. Считал, что пишешь о любви, но не любил. Ты презирал людей — и тебе ответили тем же. Ты сеял плевелы — вот твоя жатва. Ибо у того, кто не имеет, отнимется и то, что думает иметь. А если свет, который в вас, тьма, то какова же тьма?»

В ту ночь Фёдоров спал немощно и тревожно. Раз за разом ему снилось, как из раскрытой сумки падают вниз его бедные книжки. А он пытается поймать, оступается и летит следом. В другом изводе того же сна из сумки вываливалась лавина настоящих незабудок, и Фёдоров, никогда не рвавший цветы, кричал от боли. Наконец, он очутился на деревянном мостке, и из сумки полилась вода.

«Сейчас кончится!» — он беспомощно и зло дёргал молнию, чувствуя, как неумолимо иссякает поток.

«Всё ещё впереди», — звенел за спиной детский голос.

«За что? Ну за что?» — ревел Фёдоров и безнадёжно соскальзывал с мостка вниз, в мерзкий чёрный провал. И ухватиться было совершенно не за что.

Проснулся он весь мокрый от слёз, будто искупался. Накинул плащ поверх халата — ему давно было наплевать, как он выглядит — и, давясь отвращением и жалостью к себе, побрёл в гастроном.

Всю неделю — вплоть до следующего Таниного письма — Фёдоров пил. Чаще один, иногда со скульптором Донцом из соседней квартиры.

Донец был очень жизнерадостный алкоголик, лёгкий, болтливый, жалостливый, всегда готовый прыснуть, как девчонка. Фёдоров его ненавидел.

Донец жил вдвоём с огромным псом по кличке Роден. Пару лет назад скульптор подобрал полумёртвого доходягу на помойке и поставил на ноги, отпоив, как уверял, подогретым пивом.

— Вчера с Роденушкой в обнимку заснули, — трепался Донец, ничуть не смущаясь тяжёлым молчанием соседа. — И он скинул меня с кровати! Я отполз на его подстилку. Но Роденушка соскучился и снова ко мне под бок. А потом опять как потянется — и я на пол! Хорошо спать на полу: дальше падать некуда!

Фёдоров мрачно слушал, и чугунный хмель давил на затылок, унося мысли, но не принося облегчения. «Незабудки» так и валялись в коридоре, и Фёдоров с Донцом, пробираясь в уборную, ступали прямо по ним.

— Списанная литература! — плевался Фёдоров.

— Макулатура! — радовался Донец. — Да как много! Если ещё и бутылки сдать, на портвейн хватит!

Донец всю жизнь лепил бюсты Ленина для райцентров, но точно знал, что когда-нибудь сваяет нечто по-настоящему бессмертное. Было бы время. И вот заказы на вождя иссякли, и Донец, предоставленный сам себе, не замедлил спиться.

— Ты ведь тоже неудачник, — допытывался Фёдоров, еле ворочая языком. — Чему же ты рад?

— Тому, что жив! — сиял Донец, и Фёдоров чернел от зависти.

— Почему ты жив, а я — нет? — исступленно кричал он. — Куда моя жизнь подевалась? Почему она так и не началась, а уже кончилась? Понимаешь? Ничего не было, ни-че-го! И уже ничего не будет!

— Да ты философ! — умилялся Донец. — Мыслитель! Роден!

В приоткрытую дверь квартиры шумно врывался Роденушка, клал лохматую голову на колени хозяину и замирал, блаженно поскуливая.

— Заведи пса, — в сотый раз советовал Донец, целуя Родена в крутой лоб. — Собаки — лучшие из людей!

«Мне кажется, собаки так долго живут с людьми, что им без нас одиноко, — читал Фёдоров на следующее утро в новом Танином письме. — *Бездомные псы — самые несчастные создания на свете, они в любом прохожем готовы признать хозяина и полюбить на всю жизнь по первому щелчку пальцев. Мне стыдно смотреть им в глаза...»*

По распухшим щекам писателя текли слёзы, замедляя бег в неровной щетине. Донец дубасил в дверь, но Фёдоров не двигался с места и в глубине своего онемевшего тучного сердца обещал Тане, лесу, незабудкам — лучшему, что было в нём — выбраться, завязать, очнуться.

«Я лишь боюсь, — продолжала Таня, казавшаяся уже не школьницей, а молодой и, разумеется, прекрасной девушкой, — *что Вы перестанете писать. Ведь в лесу так хочется замолчать и раствориться. Слова нужны только людям, а Вам, я чувствую, нелегко с людьми. Но Вы не молчите — это самое главное. А второе самое главное: не храните в себе обиды. Они могут разлучить Вас с лесом, с радостью, с душой. Надеюсь, этого не*

случится... Марфа и Митяй шлют Вам привет, а моя любимая ива кланяется до земли. Я же Вас обнимаю. Ваша Таня».

На конверте был обратный адрес. Фёдоров обрадовался, ведь первое письмо затерялось в беспорядке пьянства. Он хотел сразу же взяться за ответ, пока не остыло сердце. Но для начала понадобилось стереть со столешницы махровую пыль. Потом Фёдоров нудно искал ручку, в забывчивости выдвигая один и тот же ящик стола. Наконец, отправился на кухню попить воды, наткнулся на книжки, сгрёб в охапку и решил убрать. Но вдруг обессилел, свалил их в углу, кое-как добрёл до софы и провалился в сон без сновидений.

Только через день Фёдоров пересилил бессилие и сел к столу. Призрак писательской каторги, которую он отбывал десять лет под немилосердным надзором Анны, тут же парализовал его.

«Но ведь когда-то я любил писать», — попытался вспомнить Фёдоров.

И вдруг увидел себя — тощего, юного, с пылающими щеками. Как он сидит на корточках под фонарём на виадуке, над какой-то незнакомой станцией, погружённой в ночь, внизу идёт грузный товарняк, над головой вьются мошки, а он что-то лихорадочно строчит в блокнот и временами счастливо смеётся.

Неужели это был он? Ему стало больно. И бесконечно жаль себя. И сегодняшнего — неподвижного, обрюзгшего, давно не смеявшегося и ненавидящего писать. И тогдашнего, обуреваемого мечтами и надеждами, из которых, как ему уже было известно, ни одна не сбылась.

Фёдоров вернулся к письму, заранее зная, что ничего не выйдет.

«Танечка», — написал он и густо зачеркнул.

«Дорогая», — начал на новом листе, но, смутившись, скомкал бумагу.

«Здравствуй», — осенило Фёдорова.

«Или — здравствуйте?» — засомневался он и погрузился в глубокую безысходную задумчивость.

Прошёл почти месяц, а Фёдоров так и не продвинулся дальше первого слова. Волнение, проклюнувшееся от писем, увяло. Он перестал открывать окна, запер «Незабудки» на антресолях и, потеряв ручку, окончательно угас.

Последний корабль, который мог бы его спасти — утлый кораблик, сложенный из тетрадного листа, — проплыл мимо, а он так и остался на своём крошечном необитаемом острове, который уже почти полностью скрыла безжалостная чёрная вода.

В тот день Фёдоров, как обычно, печальным студнем колыхался на софе и машинально тасовал засаленные обиды. Вдруг посреди сутулых малокровных мыслей выстрелила одна — тугая и мощная, — будто подуманная не его усталым умом.

Мысль была огромным богатырём, подпиравшим небо, но умещалась в коротеньком слове: «Смерть».

Фёдоров встал. Оцепенение разом слетело с него. Кровь потекла быстрей, тело наполнилось жизнью.

Вторая короткая мысль догнала первую и встала с ней вровень: «Сегодня».

Он тщательно побрился, скинул свой вонючий старческий халат, впервые за долгое время нормально оделся и, оставив ключ в замке, вышел на волю.

Он был так сосредоточен на свершавшемся в нём, что не заметил ещё одно Танино письмо, белой птицей метнувшееся к ногам. Да и вряд ли он стал бы его читать сейчас, ведь он уже вышел на ту печальную и суровую дорогу, по которой каждый идёт один. И впервые в жизни не испытывал нужды ни в друге, ни в утешителе, ни в опоре, будто сама неизбежность предстоявшего пути укрепила его дряблый и робкий дух, придала мужества, смирения и силы.

Все движения его были точны и размеренны. Он не делал ничего лишнего, не бросал начатое на полдороге, не ошибался и не мельтешил, как обычно. Будто бы вместо него действовал кто-то другой — полный спокойного достоинства, умудрённый, а не изнурённый прошедшим сквозь него временем, кто-то, проживший совсем другую жизнь.

И всё-таки это был он сам. Он — настоящий, незнакомый самому себе, но гораздо более реальный, чем то жалкое и гадкое существо, что лёжа на диване, ненавидело весь мир.

Он знал: скоро, почти сейчас, с ним произойдёт самое страшное и несправедливое. То, чего он с трёх лет смертельно боялся. Что никак, ни в коем случае не должно, не может случиться с ним... И впервые в жизни не дёргался и не роптал.

Фёдоров долго ехал в трамвае. Его лицо, казалось, навеки сросшееся с выражением плаксивой униженности, вдруг расправилось и стало спокойным, даже величественным. Матерившиеся рядом подростки, бросив на Фёдорова случайный взгляд, отошли в другой конец вагона.

Фёдоров смотрел в окно. Медленно и важно, как плакальщицы, прошествовали мимо старые липы городского парка. Мелькнула облупившаяся поделка скульптора Донца. Скрылись за поворотом раскладушки букинистов, где когда-то он пытался продавать свои «Незабудки». Уплыли назад застывшие над шахматными досками старики.

На вокзале Фёдоров попросил билет до станции Урочь. Это была последняя точка пригородных маршрутов. В юности он доезжал до неё, как до ближайшего края света, и уже оттуда пускался в странствия по нехоженым лесам.

— С луны свалились?! — рявкнула кассирша, и Фёдоров тут же вспомнил свой семейный ад, но как-то отстранённо, почти без боли. — Эту станцию сто лет назад закрыли!

— А какая сейчас конечная?

— Вешки! — огрызнулась тётка, и Фёдоров поспешно сунул в пасть с надписью «Касса» последние сто рублей.

— Ещё семнадцать!

— Больше нет. Давайте докуда хватит.

Ожидая электрички, Фёдоров внимательно и серьёзно читал свой билет, словно ожидая найти объяснение всему, что с ним случилось (то есть не случилось).

Но на билете было напечатано только волшебное слово «Берендеево» и фамилия кассира. Сварливую бабу звали Абрамочкина, и Фёдоров её сразу простил. А заодно — с последней лёгкостью — и Анну, сожравшую как минимум треть его жизни. Даже этот счёт уже превратился в ненужную бумажку, гонимую ветром.

Потом он стал думать неспешно и складно, будто читал свой, так никогда и не написанный, но где-то всё равно существовавший рассказ. Ему часто снились эти нерождённые, жаждавшие быть, звавшие и манившие слова — лёгкие и стремительные, как ласточки, — он слышал их во сне, не веря своему счастью, ибо они были прекрасны. Просыпаясь, он утешал себя тем, что когда-нибудь уловит и запишет их наяву, ведь они жили в нём... И эта надежда была самой горькой из обманувших его надежд.

Фёдоров стоял на платформе, вертел в руках маленький билет с синими буквами и думал, что грубая кассирша с ласковой фамилией продала ему пропуск в сказку. Или, наоборот, в реальность. Швырнула, как кость, долгожданное приглашение в смерть. Или, наоборот, в жизнь. В любом случае, сама того не ведая, подписала вольную, равнодушной рукой открыла дверь пожизненного карцера, в котором кто-то за что-то его сгноил...

— Да нет же! — вдруг воскликнул Фёдоров, и толстые вокзальные голуби, лениво подскочив, отошли от него на пару метров.

«Причём тут вообще эта тётка? Таня! Вот, кто дал мне свободу, поднёс напоследок глоток живой воды. Как жаль, что я её уже не увижу. Почему же всё так поздно, почему?..»

Чтобы не опускаться в привычный мрак, он снова уставился в билет. И увидел дату: 21.06.

«Самый долгий день! — невесело усмехнулся Фёдоров и вдруг заволновался: — Увижу ли я незабудки?»

До Берендеева он не дотерпел. Выскочил на платформу безымянного километра. В ноздри ударил крепкий полевой дух. Электричка стихла, и Фёдорова окружило неподвижное стрекотание кузнечиков. Он спустился по раскрошенным ступенькам и, почти не касаясь земли, пошёл среди спелого разнотравья.

Стало душно. На ходу он повесил шляпу на макушку берёзового подростка. Скинул пиджак в широкие ладони лопухов. Галстук чёрной змеёй остался лежать на узенькой тропинке. Фёдоров смеялся, и в расстегнутый ворот чистой рубахи текли потоки слёз.

Запыхавшись, он остановился, вынул блокнот и легко начал письмо Тане.

«Душа моя, — писал Фёдоров, и солнце пекло его в лысое темя. — *Я вижу жаворонка, он стоит в небе...»*

Фёдоров ослабел, опустился на колени и глубоко-глубоко вздохнул. Огляделся по сторонам, подмигнул внимательным незабудкам и вывел кренящимися буквами ещё одну строчку:

«Вот то, что никогда не умрёт: цветы, лето, дорога в полях, голоса птиц...»

Фёдоров лег на спину. Письмо продолжалось, хотя он уже не мог его записать:

«В глубине солнечного дня живёт спокойное торжество над смертью. Просто лежишь в траве и сквозь наклонившиеся к тебе незабудки смотришь, как меняются очертания облаков, как иногда отрывается от края маленький завиток и тихо растворяется в бездонном синем...»

Таня стояла у мостка через Ольховку и ждала гостей. Рядом вглядывалась в цветущую даль корова Марфа. Тане мнилось, что писатель Фёдоров тоже приедет её поздравить, ведь она его пригласила и подробно объяснила, как добраться. Успело ли дойти письмо? Да и получает ли он их, ведь ни разу не ответил? Да жив ли он вообще?

По давней привычке она стала тихо напевать колыбельную — чтобы успокоиться.

На холме за рекой показалась белая панамка. Босые пятки Митяя уже стучали по нагретым доскам моста, когда над ромашками взошёл праздничный розовый платок его прабабки Анфисы, младшей Таниной сестры. Несмотря на светлый — вместо обычного чёрного — головной убор, старуха всё равно была похожа на боярыню Морозову.

Взявшись за руки, прибежали Мишка с Машкой — молодые родители Митяя, работавшие в школе на том берегу. Из Вешек прикатил на мопеде почтальон Портянкин, поросший непроходимой бородой.

— Ну, веди за стол, именинница, — милостиво приказала Анфиса. — Или ещё кого поджидаешь?

Таня вздохнула и пошла в дом. Гости потянулись следом. Только Марфа осталась на берегу.

— Дорогая Таня... — начал нетерпеливый Митяй, не успев переступить порог.

— Какая она тебе Таня! — громыхнула клюкой Анфиса.

— А то кто ж? — весело заспорила Таня. — Не Татьяна же Михайловна! Я ещё молодая!

Все дружно загалдели, соглашаясь, что Таня правда ещё очень молода. В этот день ей исполнялось восемьдесят.

— Дорогая Таня, — перекрикивал общий гул Митяй. — Я хотел подарить тебе цветы. Но ты не любишь, когда их рвут и они умирают. Поэтому я нарисовал тебе цветов. Много-много, сколько влезло на землю.

Митяй вытащил из панамки альбомный лист и развернул перед Таней. На рисунке была зелёная лужайка, похожая на купол. Зелени, правда, было совсем немного — почти всё место занимали крупные, с кулак, незабудки. Над первым куполом громоздился второй — синий с белыми облаками, а над ним ещё один: чёрный, в котором горели три огромные звезды.

— Это космос, — важно пояснил Митяй, и все засмеялись.

Надежда

— Эх, Надежда, Надежда... мой компас... неземной... — проворчал директор.

И Надька, не переставая плакать, обрадовалась, что сегодня тот сердится понарошку. Ведь когда он злился всерьёз, то говорил, что она компас — сломанный.

— Ну что?! Рукавом утираешься?! Опять платка нет? — директор бесцеремонно схватил Надькину сумку, валявшуюся на полу, и, морщась, начал поиски.

— Так. Походный набор спасателя... Конфеты — каким-нибудь детям подземелья... Хлебные корки — голодающим стервятникам...

— Для ворон...

— Сдохнут без тебя, бедняжечки... Господи, а учебник-то по высшей математике зачем?!

— Один человек просил прислать...

— Инвалид, разумеется?

— Как вы догадались, Алексей Степанович?

— Разве ты станешь с нормальными людьми якшаться! И живёт наверняка где-то на забытом полустанке.

— На станции Зима, а вы...

— О, я не сомневался! Так, что там дальше... Валидол-корвалол... Какая же девушка без них из дома выходит... Странно, что шприца нет...

— Я не умею уколы, — прошептала Надька, и слёзы, уже почти иссякшие, полились с новой силой.

— Учись, — мрачно буркнул директор, которому вдруг расхотелось продолжать шутку.

Надька кивнула и громко шмыгнула. Алексей Степанович опять поморщился и вытащил из кармана аккуратно сложенный платок огромного размера.

— Не бойся, несморканный. Реви на здоровье, этой простыни надолго хватит.

— Спасибо, Алексей Степаныч, — просипела Надька, пряча в платок, — я завтра постираю и отдам.

— Ии, оставь себе, — отмахнулся директор. — Подарок от фирмы. Завела моду: полдня всех спасать, потом полдня рыдать. А платка носового не завела... Я уж не говорю о том, что всё это в рабочее время...

— Алексей Степаныч, я...

— Старушку через дорогу переводила! Только не вздумай рассказывать, слышишь! Не порти мне перед обедом аппетит!

— А ведь я правда через дорогу переводила, — зарёванная Надька улыбнулась так бесхитростно, что директор закашлялся и поспешил произнести про себя все известные ему ругательства.

— Алексей Степаныч, я иду, а он, то есть она, ну, в общем, человек этот, на четвереньках стоит прямо посреди проезжей части. Машины визжат, виляют, грязь летит...

— А из уст водителей летят крылатые слова, — тоскливо протянул директор. — Ну, чего замолчала?

— Вспомнила, что вы просили не рассказывать.

— Да чего уж. Я и сам могу продолжить, не первый год тебя знаю. Стоит, значит, *оно*, а мимо идёт Наденька. На работу спешит, в архив, и, может, даже не опаздывает... Но тут она видит это самое *оно* — и у неё моментально включается мессианский комплекс: спасать, спасать, спасать! Надя бросается наперерез машинам, взваливает на плечи очередного убогого и тащит... тащит... и полдня с ним где-то таскается... вместо работы...

— Алексей Степаныч, я всё объясню...

— Нет-нет, избавь меня от подробностей!

— Я неподробно! Чтобы вы не думали...

— А я и не думаю!

— ...будто я от работы отлыниваю. Это случайно.

— У тебя всегда случайно! Можешь не объяснять!

Но Надька уже взялась объяснять, и остановить ее не было никакой возможности. И добрый, толстый, бесконечно одинокий Алексей Степанович, директор скучного, пыльного архива в таком же скучном и пыльном городе, морщась, покорно слушал те самые портящие аппетит подробности очередной Надиной истории, от которых умолял его избавить.

Он всегда сердился на Надю. Точнее, делал вид, что сердится. И рассердился бы по-настоящему, если бы кто-то сказал, что эти бесконечные, раздражающие, нелепые истории — единственное живое место в его скучной и пыльной жизни. Но сказать этого было некому. Столь близко Алексея Степановича не знал никто, даже он сам.

А Надька, такая проницательная во всём, что не касалось её самой, думала только, что Алексей Степанович хороший, хоть и ругается. И что его ужасно жалко.

Правда, жалела она всех. Даже тех, кого жалеть никому не пришло бы в голову. Например, женщин в дорогих шубах, которые, случайно взглянув на неё — запыхавшуюся, в грязных ботинках, с огромной сумой, — брезгливо поднимали нарисованные брови.

Она видела этих надменных кукол сгустками одиночества и несчастья. Хотя, конечно, приблизиться к ним не решилась бы ни за что в жизни.

Зато взять под руку какого-нибудь неприкасаемого, которого даже милиция обходит стороной, отвести, куда попросит, например, на вокзал, — это было для Нади в порядке вещей. Она не успевала даже задуматься, как всё происходило. Само.

Но ни сто рублей, сунутые в грязную ладонь, ни купленные на ползарплаты лекарства для очередной старушки — ничто не исцеляло Надьку от жестокой, беспомощной жалости.

Что бы она ни делала, всего было мало.

— А что ещё ты должна была сделать? — кипел Алексей Степанович, и шея его краснела над тесным воротничком. — Привести домой? Уложить в свою кровать, а самой лечь на коврике у порога? Устроить на работу? Но это всё равно не поможет!

— Знаю...

— Ты мечтаешь сделать счастливыми всех несчастных...

— Вовсе нет!

— ...а не сумеешь даже одного!

— Почему?

— Просто не сможешь на нём сосредоточиться! Всегда найдётся кто-то ещё, мимо кого ты не сможешь пройти. Бросишься спасать второго, пятого, десятого... Но это ведь только в сказке грибочек рос, чтобы укрыть всех. А в жизни растёт только ощущение беспомощности...

— Это моя любимая сказка!

— Эх, Надежда безнадежных, иди работай, а то уволю за прогулы.

Алексей Степанович не любил думать, потому что ему не нравилась его жизнь. Если он вдруг задумывался, то мысли, сделав малый или большой круг, неминуемо возвращались к этому — основному — факту его биографии и упирались туда, как в стену, которую невозможно обойти.

Думать же о том, отчего и в каких именно пунктах ему не нравится собственная жизнь, было так противно, а главное — бессмысленно, что Алексей Степанович предпочитал есть.

Ел он много, неразборчиво — абы чем заняться — и до ночи сидел в кабинете, раскладывая пасьянс, как старосветский помещик.

Он не любил своё отражение в зеркалах, казавшихся (все как одно) кривыми. Не любил свою тесную, заставленную неудобной мебелью квартиру, где всегда что-нибудь ломалось, а он не умел починить.

Не любил свою работу, её скучную тишину и мертвенный шелест бумаг.

Не любил — с самого поступления в универ — свою специальность, но все остальные не любил тоже, поэтому разницы не было никакой. Не любил учиться — с первого класса. Но учился, ибо «так надо», а бунтовать против общепринятого он не смел.

Людей — почти всех — считал глупее себя. А с теми, кто казался умнее, боялся заговорить, и от страха выискивал недостатки.

От одиночества он разговаривал с голубями в парке. И однажды весной влюбился в чугунную спортсменку из фонтана, который давно наполняла не вода, а однообразный городской мусор.

Он тяготился провинцией, боялся столиц, терпеть не мог деревню, избегал природы, ругал свою страну, мечтал из неё уехать... И не мог решиться даже сменить работу.

В глубине души он знал, что живёт неправильно, что когда-то предал себя, струсил и запутался. И, может быть, если бы он осмелился хоть раз по-настоящему подумать...

Но Алексей Степанович предпочитал есть. Он ел, как жил, уныло и вяло, не чувствуя ни вкуса, ни радости. Будто перетирал челюстями несъедобное время.

Или это его самого жевало время, высасывая остатки жизни, так что не оставалось ничего — один жмых, мякина, которую выбрасывают вон...

Алексей Степанович изо всех сил старался не задумываться. И это давалось ему с большим трудом. По природе своей он был мыслитель, человек, который шага не ступит, пока не подведёт под него философскую базу.

Его страшно раздражала непоследовательность и нелогичность.

И, конечно, абсолютным чемпионом по всему, что его раздражало, была Надька.

Она врывалась в архив растрёпанная, одетая не по погоде, востренький носик некрасиво краснел. Переполненная чужими бедами и слезами, всегда готовыми закапать на документы, над которыми она благоговейно сутулилась.

Надька вечно таскалась с алкашами и бездомными котятами, хотя Алексей Степанович доказывал ей, как дважды два, что это бессмысленно. И она, шмыгая дурацким красным носом, соглашалась. А назавтра опять встревала в чью-то гибель, пытаясь противостоять неизбежному.

«Ты понимаешь, что это не имеет смысла?»

«Понимаю».

«А зачем делать то, что не имеет смысла?»

«Оно само...»

Во время одного из таких внушений Алексей Степанович неожиданно спросил себя, а какие из его собственных действий имеют смысл? Есть? Спать? Играть в пасьянс? Подписывать приказы об отпуске?

И ему стало так нехорошо, что он наорал на безответную Надьку, которая только кивала и шмыгала, и выставил её из кабинета, грубо схватив за плечо.

После этого Алексей Степанович долго сидел, глядя в стол, и слоновьи пальцы его дрожали.

А правую руку жгло, как клеймо, воспоминание о худобе плеча под тощим свитерком.

«Вот на этих цыплячьих косточках она всех и таскает, — тоскливо усмехался он. — Может, и мне напиться? Пусть... да ей меня с места не сдвинуть...»

Алексей Степанович скривился. И отправился в столовку. Взявшись за дверную ручку, он вспомнил, что уже обедал. Но всё-таки вошёл. Схватил первые попавшиеся тарелки и погрузился, как старая покорная корова, в привычный жевательный транс.

Вернувшись в архив, он случайно взглянул на Надьку. Та сидела за своим сиротским столом, на котором не было ничего, кроме уродливой голенастой лампы, и вытирала (опять рукавом!) заплаканные глаза. Он подошел, собираясь в знак примирения отпустить какую-нибудь шуточку.

— Алексей Степанович, представляете... В списках погибших дата смерти: 9 мая 1945 года.

— Представляю. Перепил на радостях и помер. Обыкновенная история.

Надька работой в архиве не тяготилась. Хотя Алексей Степанович и утверждал, что она ошиблась дверью, и ей надо пойти в хоспис или дом престарелых.

В том, что ему казалось ворохом мёртвых бумаг, она видела нити судеб. Могла замечтаться над трудовой книжкой и уйти домой с чувством полноценного контакта с новым и, разумеется, несчастным человеком, о котором теперь можно думать, плакать и видеть сны, будто они и впрямь знакомы.

И всё-таки между ней и людьми, воскрешёнными из праха казённых документов, стояла преграда времени, помогавшая выдержать их боль.

Боль живых была невыносима. Спасали только слёзы, всегда готовые пролиться, не зря Алексей Степанович подарил ей такой большой носовой платок.

Если бы не передышка, которую на целый день давал архив, она бы долго не протянула.

Надька, на первый взгляд, была действительно будто создана для работы в местах повышенной концентрации несчастья: больницах, приютах, лагерях беженцев. Но из-за чрезмерной восприимчивости к чужой боли совершенно не могла там находиться.

И если бы Алексей Степанович немного подумал, он бы не стал так настойчиво отсылать её в хоспис.

Да ей и не надо было никуда специально идти. Достаточно было просто выйти на улицу — и она начинала слышать. Не только людей. Но и беззвучную жалобу вытоптанной городской травы, и вздохи покинутых домов, и плач голой безрукой куклы в мусорном баке.

Всё звало на помощь, хотело быть нужным, остывало без внимания, безнадёжно цеплялось за жизнь.

Всё хотело жить. И всё умирало.

Надьке часто снилось, что она мечется по кренящейся палубе, пытаясь поймать скользящих в чёрные волны детей, зверей, стариков, деревья, вещи...

Иногда ей удавалось выхватить кого-то из потока обречённых, и она бежала в безопасное место, чаще всего — железобетонное здание архива, в котором, как шутил Алексей Степанович, можно укрыться даже от атомной бомбы.

Добежав, Надька разжимала руки и видела, что спасла нелепую безделицу: обломок трубы, гнилой капустный кочан или ботинок с беспомощно разинутым ртом.

«Нет, это нужно, — упрямилась она. — Мне нужно! Пусть я дура!»

Во сне она была строптивой. А наяву — безропотно соглашалась с Алексеем Степановичем.

И продолжала делать своё ненужное, бессмысленное дело. Точнее «оно само» продолжало свершаться, не спрашивая её согласия.

В детстве Надька часто рисовала в тетрадях один и тот же сюжет. Лист бумаги был пропастью, маленькая чёрточка в верхнем углу — единственной опорой, такой крошечной, что за неё мог ухватиться только один человечек. Но за его ноги и свободную руку цеплялись трое других, за них — ещё и ещё, пока вся страница не покрывалась держащимися друг за друга человечками.

Надькина мать — одинокая математичка по кличке Синусоида — криво ухмылялась:

«Это геометрическая прогрессия?»

«Генеалогическое древо?» — предполагала одинокая историчка Бюст Ленина.

Но Надька рисовала что-то другое, а что — не знала сама.

Эта картинка — пронизанная сквозняком обречённости (ну сколько они смогут так провисеть?) и в то же время исполненная непонятной надежды — перекочевала и во взрослую жизнь.

Частенько Надька рисовала её в рабочем блокноте, и это равномерное, как сеть, спасение всех — всеми утешало и обнадёживало даже после самых безнадёжных историй.

Алексей Степанович, от которого невозможно было укрыться, объяснял картинку на свой лад:

«Рисуешь свой мессианский комплекс? Будто ты одна тащишь на себе всё человечество?»

«Это не я, — шептала Надька. — Я тут ни при чём».

Свою жалостливость она воспринимала как физический недуг, не излечимый лекарствами. Железные тиски сжимали горло и сердце, не давая дышать. Это не имело ничего общего с мечтами осчастливить весь мир, в которых её подозревал Алексей Степанович.

Первый приступ жалости случился с ней лет в десять. В учительскую, где она росла, прислали одно приглашение на модный спектакль, о котором «говорил весь город». В театр было решено отправить Надьку.

«Ничего, что немного не по возрасту, она девочка умненькая, всё поймёт!» — восклицала экзальтированная химичка.

«А что не поймёт — объясним!» — поддакивала литераторша.

Собирали Надьку сообща. Горы одежды громоздились в учительской поверх тетрадей. Всё было безнадежно велико, подшивалось в кабинете труда, примерялось на безропотную Надьку, обсуждалось до изнеможения...

Наконец, настал день, когда Надька вошла в фойе театра. Огромные зеркала в золотых рамах отразили нелепую фигурку в старомодном платье и тяжеленных туфлях, набитых ватой, которые стучали, как копыта цирковой лошади.

К несчастью, постановка оказалась бездарной, пошлой и злой. Пожилой Гамлет (разумеется, в джинсах и свитере) с разбегу прыгал на огромную кровать, где лежала расхристанная Гертруда, и норовил залезть ей под сорочку. Пожилая Офелия навязчиво раздевалась и бегала нагишом, размахивая бумажными цветами.

Они без передышки визжали, швырялись стульями, били тарелки, что должно было изображать накал страсти, но больше походило на пьяный скандал в коммуналке.

Надька сидела на неудобном бархатном стуле, и ей было трудно дышать. Глядя на далёкую сцену, она впервые испытывала жалость, похожую на спазм, нарастающую и бесконечную, как родовые схватки.

Слёзы бежали по щекам, по шее, скатывались в широкий вырез платья, закушенный брошью, текли по животу, наливались в пупок.

Сначала она плакала о том, как расстроятся в учительской, что спектакль оказался паршивым.

«Бедные, бедные», — твердила она, вспоминая злые клички, заштопанные колготки, испачканные мелом юбки, холодные макароны в школьном буфете...

Актёров тоже было жалко.

«Бедный Гамлет, — всхлипывала Надька, — весь потный, даже отсюда видно. Ему бы снять этот свитер! А бедная Офелия, наоборот, мёрзнет без одежды... А как ей, наверное, стыдно. Вдруг внуки в театр придут?»

Надька плакала так, что на неё стали оборачиваться. А она уже не могла остановиться и плакала обо всех, сидящих в зале, идущих по улице, лежащих в земле...

Алексею Степановичу казалось, что в его жизни уже ничего никогда не произойдёт. Как вдруг — произошло. Причём, разумеется, плохое. Даже хуже. Тётка Марья позвонила из своего «имения», как она величала завалившуюся на бок дачу в Ахтырке, и с торжественным злорадством сообщила, что сломала шейку бедра.

— Надо скорую! — засуетился Алексей Степанович.

— Давно вызвала!

— Потерпите, сейчас они... в больницу...

— Эти недоучки уже уехали!

— А как же...?

— От госпитализации отказалась!

— Но ведь...

— Им попадись — до смерти залечат! Недаром их Сталин убийцами в белых халатах называл!

Тётка Марья оседлала любимого конька — и понеслась, размахивая шашкой. Даже перелом ей не помеха. Алексей Степанович привычно отодвинулся от трубки. Голос у старухи был профессионально громкий: чтобы «покрывать» весь зал и «дотягиваться» до галёрки. Теперь за неимением более почтенной публики она выступала перед единственным родственником, коим, на свою беду, оказался Алексей Степанович, боявшийся её с самого детства.

У неё было пятеро братьев и три сестры, включая Тому, рано умершую мать Алексея Степановича, от которой в памяти остался только стук швейной машинки и сказочное слово «белокровие», казавшееся ему чем-то вроде Лукоморья.

Тётка Марья ненавидела родственников. И не удостаивала даже приходом на похороны. Исключение сделала только для Томы.

На кладбище тётка Марья влетела, как беззаконная комета: шурша подолом немыслимого чёрного одеяния, покачивая перьями на шляпе, похожей на взлетную площадку для вертолёта...

Родня разинула рты. А тётка Марья, не одарив никого взглядом, царственно вздохнула над гробом и воздела руки к небесам жестом Клеопатры, которую как раз репетировала.

— Что у вас были за рожи! — любила вспоминать тётка, когда ей случалось бывать в хорошем настроении. — Юлька на своем жидёнке повисла, как тряпка на гвозде. А Борька, недоумок, глаза выпучил, будто баба на потугах. А ты! В Шуркуполудурку вцепился и орёшь: «Смерть пришла!»

К счастью, тётка Марья не подозревала, что после явления на похоронах стала навязчивым ужасом его детства, Пиковой Дамой, таившейся в тёмных углах, чтобы задушить в сладких чёрных одеждах. Только став взрослым, он узнал, что этот детский кошмар имеет реальный прототип. И даже сходил в театр, чтобы её увидеть. А увидев, сразу узнал.

Великолепная старуха возвышалась в глубине сцены, как скала в приливах и отливах безликой массовки, и — показалось Алексею Степановичу — глядела прямо на него гневным, презрительным и властным взором, от которого ему на секунду стало так же страшно, как тогда, на кладбище.

Он отогнал наваждение, но посмотреть на тётку больше не решился и, пригибаясь, будто её взгляд был пулемётной очередью, выбрался в фойе.

Разговорившись с билетёршей, Алексей Степанович узнал, что тётка Марья уже несколько лет выходит на сцену только в массовке из-за войны с новым главрежем, которого так и не смогла «прибрать к рукам».

— А вам зачем? Родственник?

— Так... Видел её лет сорок назад. Запомнилась. Вот, решил снова глянуть.

— Да, Марья Гавриловна — дама колоритная. А вы в каком спектакле её видели?

— Не помню. Маленький был.

Шли годы. Круг большой семьи неуклонно сужался. И, наконец, в нём не осталось никого, кроме тётки Марьи и Алексея Степановича. Хоровод превратился в данс-макабр с Пиковой Дамой.

Конечно, были, кроме него, другие дети и внуки, но они разбрелись по свету, не оставив следа. А он всё сидел в своём архиве, ел, ругал Надьку и не двигался с места.

И вот однажды летом, на рассвете, без объявления войны, тетка Марья ворвалась в его жизнь непрерывным, как пытка, звонком в дверь. Алексей Степанович выскочил из кровати. Распинывая тапки, бросился в коридор. Почему-то он сразу догадался, кто стоит на площадке, не отрывая пальца от кнопки звонка.

Она влетела в квартиру, не утруждая себя такими пустыми формальностями, как поздороваться или снять обувь.

Остановилась посреди комнаты, брезгливо передёрнула плечами и, наконец, удостоила вниманием Алексея Степановича, который никак не мог поймать пояс халата.

— Боги, этот тюфяк и есть мой племянник?

— С кем, простите...

— Не узнаёт! — гостья разразилась хорошо поставленным хохотом: — Ха-ха-ха! СМЕРТЬ ПРИШЛА!!! Вспомнил?

— Очень рад. Но зачем же в шесть утра?!

— Лучше было бы в пять? Ладно, к делу. Ты как хочешь, а имение в Ахтырках моё! Станешь по судам таскаться — сживу со света.

— Да я и не...

— Ещё бы!

— Но всё-таки, почему в такую рань?!

— С пробежки возвращаюсь, вот и заглянула.

Тут только Алексей Степанович заметил, что Пиковая Дама стоит перед ним не в развевающихся чёрных шелках, как ему казалось, а в спортивном костюме, от которого, к тому же, сильно разит потом.

— Боги! — вскричала тётка. — Я совершенно выбилась из графика! Не планировала тратить на тебя больше минуты. А теперь не успею добежать до дома! Мне пора делать мои асаны. Надеюсь, в этой норе найдётся хоть одна чистая тряпка?

Тётка Марья по-хозяйски распахнула шкаф, выдернула лучшую рубашку, надеваемую только на совещания, и швырнула на пол.

— Вообще-то... — начал Алексей Степанович и в следующий миг потерял дар речи, потому что старуха без всякого усилия встала на голову.

— Что скажешь, развалина? — тётка задорно помахала ногой. — Неплохо для восьмидесяти двух лет? А ты, поди, уже и присесть не сможешь?

Как ни странно, за первым визитом последовал второй, потом ещё и ещё. После безропотной сдачи «имения» в Ахтырке формальных поводов навещать племянника у тётки Марьи не было. Но она, не снисходя до объяснений, продолжала врываться в его захламлённую квартиру, причём всегда в неурочное время.

Алексей Степанович так и не понял, почему удостоился такой чести. Может быть, восемьдесят лет одиночества оказались слишком длинны даже для этой несгибаемой старухи. А может, под чёрными шелками таилось родственное чувство к его матери, которая в силу двадцатилетней разницы в возрасте и ранней смерти не успела ни в чём провиниться...

Кстати, освоившись с тёткой, которая вскоре утратила демонический ореол и превратилась в старую чудачку с отвратительным характером, Алексей Степанович как-то спросил, почему она пришла тогда на похороны.

— Захотела и пришла. Ещё вопросы?

— Вопросов больше не имею.

— Вот и отлично. А то сегодня вместо йоги был пилатес, я так умудохалась! Надо немедленно выпить смузи из сельдерея! Сейчас только напишу жалобу в собес, чтобы эта глиста в шиньоне меня навсегда запомнила!

Выдворенная из театра на заслуженный отдых, тётка Марья с утра до вечера чем-то занималась, бесконечно удивляя Алексея Степановича, которого едва хватало на то, чтобы ходить на работу и там ничего не делать.

Тётка посещала вернисажи и премьеры, митинги и семинары по сыроедению. Училась кататься на роликах, ездила на велосипеде. Прочёсывала секонды в поисках безумных нарядов или шила их в ателье, доводя портних до нервного тика. По полчаса красила каждый глаз, прежде чем спуститься в магазин за молоком.

Обучилась на бесплатных пенсионерских курсах компьютеру и яростно билась на форумах, обсуждая всё: от реформы образования до захоронения Ленина. До хрипоты спорила с радио, слала обличительные письма в газеты, судилась с ЖЭКом, писала мемуары, заказывала семена редких лилий из Индонезии, копила на билет в Париж...

И да — она стояла на голове. Утром и вечером.

Она казалась вечной.

Совсем недавно Алексей Степанович зажёг восемьдесят пять свечек на торте, заказанном в лучшей кондитерской города и получившем от именинницы почётный титул «говна печёного». На следующий день тётка укатила открывать дачный сезон, полная планов по перестройке крыльца и перевоспитанию соседок.

И вот теперь она лежала обездвиженная, и не было никого, кто принёс бы ей воды и помог дойти до уборной.

Алексей Степанович с ужасом понял, что к тётке придётся ехать ему. И заметался по квартире, кидая в сумку нелепые предметы, которые с перепугу представлялись ему необходимыми: кастрюлю, перекись водорода, полотенце, пакет макарон...

«Вот Надька сделала бы всё как надо», — то и дело думал он.

И наконец, решил спросить у самой Надьки, что брать с собой в таких случаях. Это, разумеется, был лишь предлог. Уж онто отлично знал, что Надька сразу бросится на выручку и избавит от страшной и непосильной ноши, свалившейся на него. Надеяться на это было стыдно, и Алексей Степанович со страданием рвал зубами невкусный батон и заглатывал, не жуя, огромные куски.

Позвонил в архив, предупредил, что его сегодня не будет. И, поколебавшись, спросил Надьку. Той, разумеется, ещё не было.

— Всё спасает кого-то! — с тоскливой злостью пробормотал Алексей Степанович. — Лучше бы телефон купила!

Сотовый у Надьки давным-давно украл кто-то из её подопечных.

— Зачем припёрся!? Тебя ещё не хватало!

Переступив порог дачи, Алексей Степанович угодил прямиком в ад. Марья Гавриловна яростно отвергала любую помощь, изрыгала проклятья и даже пыталась укусить племянника за руку.

— Убирайся! — вопила тётка, едва он выглядывал из кухни со стаканом воды. — Дай сдохнуть спокойно!

— Да будет вам, — Алексей Степанович ненавидел себя за этот фальшивый тон, — перелом срастётся, ещё на голове постоите.

— У-у, заткнись! И так тошно!

Ей было очевидно плохо — губы потрескались, брови сведены, глаза ввалились — но когда Алексей Степанович всётаки решился подать воды, старуха чётким движением выбила стакан у него из рук.

Он убежал на кухню, зажал уши и застыл в тоске.

«Помрёт же без воды! Скорую — и в больницу! Хватит с меня!»

— Эй, ты! — орала меж тем тётка. — Не вздумай вызывать этих коновалов! Прокляну!

«И правда проклянёт. Ну и ладно! Хуже всё равно не будет!»

— С того света буду являться!

Он прокрался в коридор, чтобы взять телефон.

— Уже по карманам шаришься?!

Алексей Степанович сдёрнул с крючка куртку — и выбежал на крыльцо. В прихожей что-то грохнуло.

Мстительно хрустя ростками редких лилий, он отошёл на другой конец сада, куда не долетали вопли. И в эту секунду в кулаке запиликал телефон.

— Алексей Степанович, — словно с другой планеты долетел запыхавшийся Надькин голос. — Что-то случилось?

— Надька... — выдохнул он и рассмеялся, — Надька... Где тебя носило?

— Не смей! — кричал он через минуту. — Даже не думай!

— Приеду!

— Последняя электричка уже ушла!

— Автобусы ещё ходят!

Алексей Степанович с наслаждением швырнул телефон в кусты и заорал, что есть мочи:

— Дура! Упёртая дура! Дура сопли-и-ива-я!

Никогда в жизни ему не было так хорошо. С каждым криком, обдиравшим горло, что-то мёртвое, серое, как старая вата, вываливалось из него, освобождая место свежему воздуху жизни.

Он стоял, задрав голову к небу, где легко и быстро летели облака, и чувствовал, как его отпускает страх, как кровь пульсирует в каждой жилке, как ветер обдувает разгоряченное лицо, как нежны новорожденные листья, как сладко, по-детски пахнет оттаявшая земля...

Не заходя в дом, который по-прежнему сотрясался от ругани, он отправился через поле в соседний городок Хрульково. Встречать Надьку с автобуса.

Поле ещё не просохло после таянья снегов, тропинка ныряла то в грязь, то в топь. Алексей Степанович почти сразу промочил свою городскую обувь и пёр уже напролом, как трактор.

Сказочная лёгкость, осиявшая его в тёткином саду, не уходила. Он даже пел, чего с ним не случалось, наверное, с первого класса. А потом слушал, как в берёзовой роще, бежавшей по кромке поля, заливаются безудержные весенние птицы.

«Надька приезжает... Дура...» — то и дело вспоминал он и подпрыгивал, как мячик.

В ботинках чавкала вода, мокрые брюки облепили ноги, за шиворот задувал ветер, а ему всё равно было весело и жарко.

Он шёл и думал. Это оказалось совсем не страшно. Просто смотрел на мысли, как на облака.

«Приезжает спасать меня, дождался!»

«Хорошо, что я в этой истории не один...»

«Не такой уж я и старый...»

«Эх, вспомнить бы стихи... Всё выветрилось... И как безумный светел день... Так нравилось, а теперь и автора забыл... Ну и что, и так — хорошо...»

«Не померла бы там, пока я в полях пою...»

«Мне её совсем не жалко... Ничего, Надька пожалеет... На то они и нужны, эти Надьки-плакальщицы, чтоб оплакивать тех, кого некому...»

Он добрался до станции на полчаса раньше автобуса. Присел на скамейку и с радостью ощутил, как гудят ноги, как урчит в желудке, как пересохло во рту. Алексей Степанович совсем отвык от таких простых чувств.

Он купил в станционном буфете холодный пирожок и обжигавший чай. И стал медленно, с наслаждением, какого не испытывал в ресторанах, есть и пить, глазея на редких прохожих.

Привокзальную площадь подметала толстая баба с младенчески-розовым лицом. Она была по-старинному обмотана белым платком, как тряпичная кукла-берегиня, и выглядела гостьей из прошлого на фоне реклам и машин.

Когда баба приблизилась, Алексей Степанович услышал, что она поёт тонким-претонким, каким-то ненастоящим голоском. Сквозь шарканье метлы до него долетело: «Богородица, маточка, свечку затепли...»

Потом вдруг: «Сдох, как собака, мой милый барон...»

— Что за барон такой? — удивился Алексей Степанович.

— Да кобель шелудивый, — зло сказала женщина с корзинами. — Машиной сбило. Ходила за ним, как за дитём, хлеб жевала и в пасть совала. Да всё одно — околел.

— Недобрая она, — подхватила крашеная девка. — Собак больше людей любит.

— Прямо на улице с ними и спит, в обнимку! Потом в автобус залезет — вонь такая, хоть на ходу спрыгивай. А водители не высаживают. Сколько раз бывало — выгонят, а потом авария.

— Во-во, и я говорю, собак больше людей любит, ведьма блаженная!

— А моя Надька, — неожиданно для себя вклинился Алексей Степанович, — и людей жалеет, и всякую тварь.

— Жена? — незаинтересованно уточнила женщина с корзинами.

— Да так... — замялся он.

— Кто же сейчас женится! — усмехнулась девка, и во рту у неё блеснул золотой зуб.

Алексею Степановичу стало неприятно. Он отошёл к газетному киоску. Ему вдруг вспомнилось, как в юности он вызволял из таких печатных притонов случайно попадавшие туда приличные книги.

Алексей Степанович присмотрелся и почти сразу увидел на дальней полке, между сборниками анекдотов, сиротливый томик Мандельштама.

Продавщица никак не могла понять, что ему нужно. Она залезла на табурет и принялась снимать все книги подряд, а Алексей Степанович командовал:

— Левее! Правее! Недолёт! Перелёт!

— Возьмите вон «Трепетание страсти», тоже хорошо идёт!

Когда Мандельштам наконец оказался у него в руках, Алексей Степанович оглянулся и увидел, как на площадь вползает Надькин автобус. Он нервно раскрыл книгу и прочёл первое, что попалось:

Есть женщины, сырой земле родные,
И каждый шаг их — гулкое рыданье,
Сопровождать умерших и впервые
Приветствовать воскресших — их призванье.

Автобус дотащился до остановки и лениво, словно нехотя, открыл дверь. Вышли бабки с рассадой, пьяный подросток, несколько невнятных мужичков... Надьки не было.

Алексей Степанович настолько не ожидал такого поворота, что продолжал тупо смотреть в открытую дверь, куда теперь заходили женщина с корзинами и крашеная девка.

Он сунул руку в карман, но телефон остался под кустом сирени.

«Что теперь делать? Возвращаться одному? Ни за что!»

Крашеная девка, за которой он машинально следил глазами, тяжело плюхнулась на свободное место. А рядом с ней...

Рядом с ней, приоткрыв рот, мёртвым сном очень уставшего человека спала Надька.

Он испугался, что автобус сейчас уедет, и забарабанил в окно изо всех сил.

— НАДЬКА! НАДЬКА!

— Эй, полегче! Разобьёшь — платить будешь! — высунулся водитель.

Надька дёрнулась, вскочила, уронила шапку, бросилась к выходу, вернулась за сумкой, опять что-то уронила...

— Да выйдешь ты наконец или нет!! — не выдержал он.

— Простите, Алексей Степанович...

Привычно оправдываясь, Надька появилась в дверях. Словно это был очередной день в архиве.

Глубоко вздохнув, Надька переступила порог комнаты. Будто вошла в клетку ко льву. Пока они тряслись в прокуренном такси, Алексей Степанович успел её порядком запугать. Теперь он прятался на кухне, не включая свет.

Надька стояла, зажмурившись, в темноте чужого жилья, пахнущего несчастьем, и ждала.

Она уже не чувствовала страха, только собранность и печаль, как хирург, приступивший к операции.

Марья Гавриловна, застонав, пошевелилась и внезапно приказала:

— Ближе стань.

Надька подошла.

— Томка, — удовлетворённо произнесла старуха. — Так и думала, что встречать будешь.

— Я — Надя...

— Я тебя сразу узнала.

Надька не стала спорить. Она заметила на полу стакан и нагнулась.

— Оставь! — крикнула старуха, и Надька застыла. — Плебейской посудиной рот марать не стану. Ещё бы в горшок налил, хомяк плешивый.

— Зачем тогда вы это в доме держите? — Надька погладила стакан, словно утешая.

— Чтоб электрикам и прочим пролетариям самогон подносить. Эта сволота страшно разбаловалась, не нальёшь — палец о палец не ударят. Ты, Томка, нынешней жизни не знаешь.

— Хорошо, где посуда, из которой вы пьёте?

Следуя указаниям Марьи Гавриловны, Надька приготовила отвар трав и поднесла старухе на серебряном подносе в чашке дулёвского фарфора. Тётка Марья, проворчав что-то про помои, выпила всё до капли.

Потом кое-как, с площадной бранью Марьи Гавриловны, тихими Надькиными слезами и зубовным скрежетом Алексея Степановича, который раз десять порывался выскочить из укрытия и свернуть тётке шею, удалось решить проблему туалета. И Надька выбежала в сад, чтобы прийти в себя.

Была уже ночь, ветер тяжко вздыхал, перебирая недавно родившиеся листья, будто заранее печалился об их осенней судьбе. В кусте сирени что-то светилось и жалобно пиликало. Казалось, будто плачет сорвавшаяся с неба звезда. Раздвинув мокрые ветки, Надька подобрала и вытерла о подол разряжающийся телефон Алексея Степановича.

В соседнем доме истошно заголосил младенец, жалуясь на что-то такое, чего взрослые не в силах понять. Это были не колики и не зубки, как бормотала сонная мамаша, торопливо пихая соску в кричащий рот.

Это был древний, как мир, ужас жизни, обречённой на угасание, и Надьке казалось, что и ветер, и деревья, и несчастная Марья Гавриловна, и даже задыхающийся без электричества телефон у неё в ладони — всё грустит и томится о том же.

Ей уже не надо было делать усилие, чтобы впустить тётку Марью в круг своей жалости, потому что круг разомкнулся и стал полноводной рекой, омывающей весь белый свет.

— Надька, тихо, ноги не переломай, тут ступеньки.

Алексей Степанович ждал её на крыльце. Из дома доносились раскаты храпа.

— Укатала тебя барыня? Чего делать-то будем? Помирать от обезвоживания она, вроде, раздумала. И проживёт теперь еще лет двадцать всем назло.

— Ну и хорошо!

— Чего хорошего? Переломы эти чёртовы у них не срастаются. Так и будет валяться в кровати, а мы вокруг неё плясать и судном по башке получать за нерасторопность... В больницу она не хочет, в город — не желает, сиделку — съест...

— Алексей Степанович, тут раскладушка есть?

— Что? Нет! Зачем?

— Матрас какой-нибудь?

— Может, охапку сена?.. Ты что — жить здесь собралась?!

— А как иначе? Только вот с работой..?

— Сдурела?! — вскричал Алексей Степанович и тут же испуганно прислушался.

В «имении» Марьи Гавриловны не было кровати, кроме той, на которой спала она сама. Не нашлось ни матраса, ни охапки сена. И стул на кухне стоял только один.

Алексей Степанович усадил Надьку, но она тут же вскочила, чтобы поставить чайник и найти что-нибудь из еды. Пока она бесшумно, как призрак, сновала по кухне (свет они по-прежнему не включали), Алексей Степанович присел и, облокотившись о стол, задумался.

Её руки смутно белели в темноте — тонкие, плавные, невесомые, и ему казалось, что он видит сквозь толщу времени руки матери, готовящей ему есть. Картинка становилась более чёткой. Он даже разглядел голубой халат с гладкими пуговицами, которые так приятно было грызть.

Услышал, как на улице стучит мяч, позвякивает велосипед, тенькают птицы. Ветер задувает занавеску в окно, лёгкую, насквозь прошитую солнцем. Бормочет радио, тикают часы, в которых ещё жива кукушка, бурлит закипающая вода. Мир бесконечен, добр, не тронут смертью. Загадочен и прекрасен. Она оборачивается, наклоняется к нему. Ещё немного — и он увидит её лицо. Увидит и вспомнит...

Ладонь на лоб — зачем! Так не видно! Он пытается вынырнуть из-под руки, мотает головой — и разбрызгивает видение.

Вокруг опять темно. И Надька испуганно шепчет:

— У вас жар!

— Нет, просто задумался... Это ты мне сейчас лоб трогала?

— А кто же ещё!

— Кто же, кто ещё, если не ты... — запел Алексей Степанович и рассмеялся. — Совсем забыл, что когда-то любил эту песню!

— Вы, наверное, ноги промочили...

— Конечно! Бежал к тебе, не разбирая дороги!

— Разувайтесь!

— У тебя, наверняка, и носки запасные есть!

— Представляете, Алексей Степанович, есть! Причем большие! Я сейчас нагрею воды...

Надька метнулась к плите, притащила из коридора таз.

«Она уже всё тут знает!» — изумился Алексей Степанович, а потом испугался:

— Ты что, омовение ног решила устроить?

Надька не расслышала или не обратила внимания. Она торопилась поведать о чуде с носками:

— Алексей Степанович, это невероятно! Я недавно с одной бабушкой познакомилась...

— И опоздала на три часа!

— Она у гастронома стоит, букеты из одуванчиков продаёт. Ну, не покупает никто, конечно...

— А ты взяла оптом, сколько у неё было, и ещё соседний газон скупила на корню...

— Мы разговорились. Где дети, внуки... Сын у неё умер от рака... Взрослый...

— Это можешь пропустить!

— Она говорит, и фашистов видела, и колхоз, а всё равно самое страшное — это как её Володька с трубкой в горле хрипел, чтоб ему водку в капельницу влили...

— Надька, носки!

— Да-да... Пенсии, говорит, на полмесяца хватает. Милостыню просить стыдно... Я ей: «А носки вязать умеете?» — «Обижаешь!» — «Так носки скорее купят, чем одуванчики!»

— Отличный бизнес-план! Надо тётке Марье предложить! У неё теперь много времени будет...

— Вода согрелась, Алексей Степанович!

Надька закатала рукав, опустила в таз локоть. У него опять поплыло перед глазами — и на мгновение привиделось: мать собирается его купать, пробует воду...

— Я не буду! Отстань!

— Разувайтесь! Ноги надо согреть! Что вы, как маленький! Давайте, помогу...

— Надька! Кыш! Хоть шнурки-то мне не развязывай! Привыкла со своими убогими!

— Брюки закатайте! Ой! Тоже мокрые!

— Штаны не сниму!!!

— Всё равно ничего не видно. Закатайте хотя бы повыше... Ну, ставьте! Не горячо?

— Терпимо...

— Слушайте дальше! Сегодня на работу иду, а она уже носками торгует. Я купила, хоть они и велики мне, но маленьких не было. И они сразу пригодились!.. Алексей Степанович, бедненький, вам плохо?

— Мне хорошо... Вот и я стал бедненьким! Можно, я всё-таки заболею? А? Чтоб ты у кровати сидела и вязала, как Наташа Ростова.

— Давайте воды подолью, остыла.

— Надька, а если я умру, ты...

— Замолчите немедленно! Сейчас липовый чай заварю...

— ...плакать будешь? Оплачешь? Да не сейчас! Я ж ещё не умер!

Надька откопала в чулане валенки. Заставила надеть. Он не сопротивлялся. Неудержимо клонило в сон.

Алексей Степанович тёр глаза, боясь, что если он уснёт, Надька исчезнет. Он задрёмывал — и в ужасе вскидывался:

— Надька! Ты где?

— Тут, Алексей Степанович, не волнуйтесь...

— Надька! С тобой можно идти хоть на край света... ты и там найдёшь тёплые носки, валенки... Надька!

— Да куда я денусь! Спите, Алексей Степанович... Вот на стол руки положите, на них — голову...

— Только не говори больше «Алексей Степанович», а то мне кажется, что я сплю на заседании...

— Хорошо, Алек... Ой, извините, Але... Ой!

— Эй вы там! — заорала вдруг тётка Марья и громыхнула по тонкой стене чем-то тяжёлым. — Кончай шушукаться!

Алексей Степанович настолько отключился от всего, кроме Надьки, что в первую секунду его окатил обжигающий ужас. Как тогда, на похоронах.

— Сговариваетесь меня отравить?! — бушевала тетка, и было в этих воплях что-то нечеловеческое. — Насквозь вижу! Над старухой глумиться пришли!

Надька, поначалу рванувшая в комнату, застыла в коридоре, и Алексей Степанович не видел — было слишком темно, — а чувствовал, что при каждом выкрике её сотрясает дрожь.

Сам он вдруг совсем перестал бояться. Шагнул к Надьке и, обняв её, такую маленькую, загородил своей широкой спиной. Надька замерла и, кажется, перестала дышать.

Длилось это одно мгновение. Крик старухи резко оборвался, будто разбившись о невидимую преграду, и перешёл в хрип, в котором больше не было злобы, только мука и ужас.

Они бросились к ней, столкнулись на пороге, Алексей Степанович опрокинул загромыхавшее ведро.

Наконец Надька нашарила выключатель. Старуха раскинулась поперёк кровати. Одной рукой она судорожно хваталась за грудь, а другой — страшно, неестественно растопыренной — пыталась нагнать воздух в разинутый рот.

— Сердце, — Надька метнулась на кухню.

«Вот и корвалол пригодился», — отметил Алексей Степанович.

Надька вернулась, и комнату наполнил лекарственный запах.

«И чашку эту чёртову не забыла!» — изумился он.

— Помогите, — скомандовала, не оборачиваясь, Надька. — Поднимите. К подушкам. Повыше. Так. Теперь — скорую! Мой телефон в сумке. Ваш разрядился.

— Не смей, — прохрипела Марья Гавриловна. — За-ле-чат...

— Молчите, вам нельзя разговаривать! — велела Надька, и тётка повиновалась.

Алексей Степанович побежал за телефоном. Почти сразу на кухню вышла Надька. Ему показалось, что она стала выше.

— Идите, вас зовёт. Я сама позвоню.

Алексей Степанович приблизился к кровати. Марья Гавриловна полулежала, обложенная подушками в кружевных наволочках.

«Пиковая дама, — мелькнуло в голове. — Сейчас три карты скажет».

Тётка слабо махнула рукой. Алексей Степанович наклонился.

— Женись, дурак, — одними губами прошелестела старуха и, видимо, не надеясь на его понятливость, из последних сил мотнула головой в сторону кухни.

Алексей Степанович топтался у кровати, хотя было ясно, что аудиенция окончена. Тётка закрыла глаза. Стараясь ничего не уронить, он вышел в сад.

Небо уже светлело. Яркая, отливавшая синим звезда дрожала над чёрными силуэтами яблонь. Алексей Степанович так давно не видел ночи, что на несколько секунд забыл обо всём. В саду ворочалось, потрескивало, шныряло. Мир был до краёв полон чем-то, что совсем не нуждалось в человеке.

Жизнь, ещё вчера казавшаяся выцветшей и плоской, как архивный лист, вдруг обрушила на него свою бездонность. И он ужасался. И задыхался от счастья. Будто его самого сняли с пыльной полки, раскрыли и внимательно прочли. И мёртвое стало живым, привычное — непредсказуемым...

Он не слышал, как вышла и встала рядом Надька. Только ощутил, что справа вдруг сделалось тепло.

— Алексей Степанович...

— Что? — зачем-то спросил он, хотя и так понял.

— Всё... — выдохнула Надька и залилась слезами.

Недолго думая, он снова обнял её, будто это она была безутешной родственницей. И в первую секунду не испытал ничего, кроме счастья.

— Н-не ды-ышит, — заикалась Надька. — Зеркало не запотело... Только что дышала — и не дышит. Как же это? Как же?!

Его рубашка постепенно промокала от её слез. Он пытался сосредоточиться на страшной фразе, которую твердила Надька: «Дышала — и не дышит». Но думал только о последних тёткиных словах: «Женись, дурак». И хотел лишь одного: чтобы она подольше плакала, а он — подольше утешал.

— Эх, надежда ты моя... несбыточная, — нечаянно вздохнул он.

В церковь Надька не ходила. Её пугал покой, мерцавший в сладком полумраке. Поэтому, когда соседки, с утра включившиеся в похоронные хлопоты, заговорили об отпевании, Надька похолодела. Но делать было нечего. Алексей Степанович устранился от дел, сказав, что полностью ей доверяет. И только шатался по саду, пугая своим взбудораженным видом.

Надька договорилась, чтобы его пустили в соседний дом отдохнуть.

Деревенские бабки, ненавидевшие Марью Гавриловну, сразу приняли Надьку. Её опекали, расспрашивали, поучали.

Она не спорила, слушала и вдобавок — почти непрерывно плакала.

Она была понятной самому простому уму. Мёртвая Марья Гавриловна тоже перешла в разряд понятных явлений. Умерев, чужая сделалась своей.

Алексей Степанович действительно разболелся. Лёжа в чужой кровати, он никак не мог согреться, хотя и был укрыт тяжёлым одеялом. Стуча зубами, он вглядывался в узоры на ковре, и они шевелились, превращаясь то в лица соседок, то в чудовищ, то в строки стихов.

Он то и дело задрёмывал. И ему снилась тётка Марья. Она стояла на голове, пила настой овса из хрустального бокала, примеряла платье с пелериной, катилась на самокате по проезжей части. Она грозила кулаком, подмигивала, плевалась, топала ногами, показывала язык, кривила напомаженные губы... В общем, была несомненно живой.

Проснувшись, он не сразу вспоминал, что случилось. А вспомнив, спешил уснуть, чтобы тётка Марья вновь ожила и приложила крепким словечком.

Забегала Надька, поила морсом, испуганно говорила про отпевание. А он потом никак не мог понять, снилась она ему или нет. Да и откуда она могла тут взяться? В этой старинной комнате с кружевными салфетками на комоде... Или это мама заходила? Да-да, он заболел в гостях у одной из тёток и лежит, придавленный одеялом. И смотрит ковёр, как бесконечный, бессмысленный мультик...

Очнулся он так же неожиданно, как заболел. Поёживаясь, встал. Понюхал красную герань на подоконнике, сочно горевшую на фоне тоже красной, но вытертой и потухшей стены храма.

Ему вдруг показалось жизненно важно вспомнить две строчки, случайно сложившиеся во время блужданий по тёткиному саду. Но слова исчезли. Только одно имя билось внутри, будто он заполнял бредовые прописи:

«Спросить Надьку. Обнять Надьку. Отнять Надьку...»

Он увидел её сразу. Она стояла позади всех и словно кренилась под тяжестью невидимого груза. Алексей Степанович остановился, забыв даже взглянуть на гроб, окружённый деревенскими старухами. Надька была, как все они, повязана чёрным платком. Грубая ткань обрамляла окаменевшее лицо скульптурными складками.

Алексей Степанович вдруг понял, что она напоминает ему памятник Скорбящей Матери на воинском кладбище. Те же невидящие глаза, сведённые брови. Тот же вечный — крестьянский, библейский — платок, сползающий на опущенные плечи. Тот же обморочный наклон, будто она вот-вот рухнет на свежую могилу...

Дом, где прошло его детство, стоял около кладбища. И он часто застывал у окна, глядя на Скорбящую со странным чувством, в котором сливались смятение, восторг и необъятный ужас. Будто явилась Хозяйка Медной Горы или Мать Сыра Земля — он не знал Её имени — исполинская женщина из жутких сказок, из тёмных лесов, где не ступала ничья нога...

И вот, глядя на кренящуюся в мерцании свечей Надьку, он на секунду пережил тот же сладкий ужас. Словно омылся в реке, где живая и мёртвая вода неотделимы друг от друга.

Он почувствовал, что сейчас закричит или засмеется, и выскочил наружу.

Пытаясь успокоиться, трижды обошёл храм. И вдруг вспомнил, что у него с собой книга. Та страница, которую он читал, глядя на подъезжающий автобус, была загнута. Ветер пытался её перелистнуть, но Алексей Степанович поймал улетающие слова и увидел продолжение своих мыслей:

И ласки требовать от них преступно,
И расставаться с ними непосильно.
Сегодня — ангел, завтра — червь могильный,
А послезавтра — только очертанье...

Тут ветер всё-таки вырвал из рук страницу, и Алексей Степанович успел ухватить только последнюю строку:

И всё, что будет — только обещанье...

Он не стал снова отыскивать стихотворение. Ему стало не по себе. Опять почудилось, что Надька исчезла. Он бросился в церковь.

Отпевание закончилось. Ряды старух смешались. Надьки на прежнем месте не оказалось.

Теперь с порога, дальше которого он так и не пошёл, была видна икона Ахтырской Богоматери. На Женщине, изображенной там, тоже был чёрный платок. Она так же клонилась к земле под тяжестью горя.

— Видите, у Неё вокруг глаз — морщины, — шёпотом сказала Надька, незаметно оказавшаяся рядом.

Вспышка радости, пронзившая его, вдруг высветила две строчки, которые он тщетно пытался вспомнить.

— Пойдём на крыльцо, кое-что скажу, — он потянул за руку перепугавшуюся Надьку.

— Послушай, я стишок сочинил, а то опять забуду. Слушаешь?

— Конечно!

— И, выпав из небесного гнезда, в траве пищит и светится звезда...

— Это про то, как я ваш телефон в сирени нашла! — засмеялась Надька. — Очень похоже!

— А ещё знаешь что...

— Что? — беззаботно отозвалась она, продолжая смеяться.

— А ещё я люблю тебя, Надька. Вот такие дела.

Немного толку

Рано утром родители Егора уезжали на Приполярный Урал.

— Забудет нас, пока там землю роем, — сокрушалась мама, глотая горячий чай.

— Я вас запомню, — пообещал Егор между двумя огромными зевками.

— А в прошлый раз забыл, — усмехнулся отец.

Но Егор никакого прошлого раза вообще не помнил.

«А раз не помню, что забыл, значит...» — мысль тянулась, тяжелела и никак не могла дотянуться до конца, Егор отпустил её — и тут же полетел; он всегда летал во сне.

Проснулся Егор при тусклом свете дня. Натянул рубашку и принялся помнить родителей, радуясь серьёзному делу, которое у него наконец появилось. Однако это оказалось слишком легко, и скоро он захотел помнить кого-нибудь ещё.

Егор вышел в огород и побрёл по грядкам, заброcанным морковной ботвой и капустными листьями. Соседский пёс бурно облаял его из-за забора. Егор подпрыгнул от неожиданности.

«Тебя я помнить не стану. От тебя толку нет, одно расстройство», — решил он и двинулся дальше.

Под старой антоновкой бабка Егора швыряла яблоки в гнутое ведро. Рядом соседка Любаша плевала семечками на галоши.

— Вся природа через нас с ума свихнулась! — кипела бабка. — Месяц как Покров был, а снега — шаром покати!

— По радио завтра зазимки обещали... — протянула Любаша.

— А дождичка в четверг не обещали? Врут на каждом слове по семь раз! Пенсию...

Егор побежал прочь. Сапоги больно стучали по щиколотке. Носки надеть он забыл.

На всякий случай Егор обернулся и запомнил тётку Любашу: с лохматой головы до белых ног, торчавших из-под вытертой шубейки.

Дальний край огорода незаметно переходил в ничейный пустырь. Забор давно завалился в крапиву и там сгнил. Пыхтя, Егор перебрался через канаву, забитую ни на что не годным мусором, и запрыгал по кочкам. Среди пучков сухой травы он вдруг увидел жёлтый одуванчик на короткой ножке.

— И чего ты тут вылез? — укорил его Егор. — Бестолочь! Радиу не слышал? Завтра зима!

Он потрогал встрёпанный затылок цветка.

— И какой в тебе толк? Весной надо было рождаться. Тогда бы рос всё лето.

Одуванчик горестно кивнул.

— Что теперь с тобой делать?

Делать было нечего. Завтра зима, и земля надолго скроется под снегом, таким глубоким, что от маленькой берёзки, которая сейчас ростом с Егора, не останется даже верхушки. Когда же он наконец растает, повсюду вырастут другие, умные цветки. А этого, глупого, больше никогда и нигде не будет.

— Но я тебя, дурачка такого, запомню, — пообещал Егор и, не зная, чем ещё помочь, решил измерить расстояние от берёзки до одуванчика и от одуванчика до канавы, чтобы весной точно знать, где тот рос когда-то.

— Сколько раз говорено не ходить за огороды! — заругалась над ним бабка.

Схватила за воротник и потащила. Егор обиделся.

— Я тебя забуду! — крикнул он и топнул ногой по грядке.

— Потопай мне тут! И так всё козы вытоптали!

Едва Егор успел опомниться от одной обиды, как бабка усадила обедать и водрузила перед ним полную миску ненавистного рыбьего супа. Чтобы хоть немного утешиться, Егор принялся исследовать разрезы на кухонной клеёнке, казавшиеся ему полостями и пещерами земли, в которых исчезли родители. Дядя, горбясь над своей тарелкой, читал журнал с выгнутыми страницами.

— На одном острове в Тихом океане ни разу не было войны, — бормотал он, бултыхая ложкой. — А всё потому, что тамошние туземцы каждое утро рассказывают друг другу сны... Вот тебе, мать, что сегодня снилось?

— Отстань, — бабка с присвистом хлебала суп. — Мне никогда ничего не снится.

— Неправда! — дядя даже уронил ложку, услышав такое. — Человек всегда видит сны. Но, проснувшись, сразу же забывает. Мне вот сегодня Алёнка снилась, будто она с вершины горы птицам пшено сыпет, а они внизу клювами щёлкают.

Егор надулся. Алёнкой дядя называл его маму, свою сестру, и Егора это ужасно возмущало.

«Сам ты Алёшка!» — гневно подумал он, но вслух произнёс другое:

— Так ты её тоже помнишь?

— А то.

— Не надо! Я сам! — горячо заспорил Егор и от внезапной жгучей обиды капнул слезой в суп.

— А вдруг забудешь? — подмигнул дядя.

— Нет! — завопил Егор и вылетел из-за стола.

— Не встанешь, пока не съешь! — запоздало спохватилась бабка.

Егор спрятался за дверь, где была вешалка. Нашёл среди неповоротливых пальто мамину кофту, прижался к ней лицом, вдыхая родной запах, и только собрался зареветь на весь дом, как вдруг передумал и тихонько, как взрослый, заплакал.

«Я один тебя помню по-настоящему. От этого дядьки Алёшки какой толк? Он тебя во сне помнит, не взаправду!»

— Пока я тут стою, кто-нибудь по улице идёт, а я его не помню, — устыдился Егор и вылез из-под вешалки.

Но за окном никого не было. Метались голые деревья, ходили ходуном электрические провода и шевелила мохнатыми плавниками серая туча, похожая на крокодила с козьей мордой.

— Совсем нечего помнить! — расстроился Егор. — Только этот крокодил. А может, он на Приполярный Урал пробирается — людей лопать? И я его, злодея, помнить буду?

Егор прижался лбом к стеклу, пытаясь разглядеть дальнейший путь крокодила, но того уже не было — по небу струился расплывчатый рыбий скелет.

— То-то же! — сказал Егор и на всякий случай показал бывшему крокодилу кулак.

Тут на улицу въехал мотоцикл, поперёк которого пружинили длинные доски. На досках восседал незнакомый мужик. Едва Егор приготовился его запомнить, как он проехал мимо.

Правда, потом, опомнившись, затормозил у соседской калитки. Егор опрометью выскочил из дома, чтоб получше разглядеть мотоциклиста, но налетел на Кольку, который, пиная мешок со сменкой, возвращался из школы.

— Ненавижу учиться! — мрачно сказал Колька. — Скоро башня треснет. Столько учить надо!

— Как это — учить?

— Ну, в мозг пихать, наизусть помнить. Все буквы, всю таблицу размножения, да ещё стишки: «Роняет лес какой-то там убор...»

— Забор, — поправил Егор. — И не лес, а ветер. Как его лес уронить может, он и ходить не умеет, стоит, как вкопанный.

Колька озадаченно лягнул мешок, и глаза его вдруг заволоклись слезами.

— А Карманов из третьего Килькой обзывается! «Килька Кузин!» Я ему это припомню!

— Зачем помнить кильку? — удивился Егор. — Что в ней хорошего? Одно огорчение да кости.

— Как зачем? — в свою очередь удивился Колька. — Чтоб отомстить, когда вырасту!

Из ворот вышли тётка Любаша и мужик. Лицо у него было большое, но жалобное и какое-то подмокшее, словно его тоже обижали в школе. Глаза слезились, с унылого носа свисала капля.

«Не больно-то приятно тебя помнить», — разочаровался Егор и поплёлся домой, так как тётка Любаша загнала Кольку делать уроки.

На кухне дядя читал огромный том. Егор забрался на стул и заглянул в книгу. Ровными шеренгами стояли на белой странице чёрные палочки и кружочки, такие одинаковые, что рябило в глазах.

«Зачем помнить буквы? — подивился Егор, вспоминая Кольку. — Разве они живые? Не буду в школу ходить, зряшное дело... А дядька Алёшка столько книжек уже запомнил! Сколько же в них буков? Еще бы он сдачу не забывал в магазине! Он и маму, конечно, не помнит, где ему!»

Пришла бабка, взгромоздилась на кровать. И завздыхала.

— Ох-ох-охонюшки, трудно жить Афонюшке на чужой сторонушке...

— Какой Афонюшке? — не понял Егор.

— Никакой, присказка такая, — огрызнулась бабка, недовольная, что её перебили, и завела снова:

— Ох, нету мочи, знать, помру к ночи...

— Бабка, расскажи лучше, как ты маленькая была, — опять встрял Егор, у которого от бабкиных охов засосало под ложечкой.

— Вот ведь! — рассердилась бабка. — Пристал, как банный лист!

Но воздыхания были испорчены. Подвигав мохнатыми бровями, она принялась вспоминать:

— Однажды погнался за мной бык. Он у нас дурной был. Токаря Борьку забодал вусмерть. Я на поленницу прыг, с неё на дерево — и сижу там. А этот ирод башкой ствол трясёт, чтоб я ему на рога свалилась. Тут, на счастье, хозяйка его идёт, тётя

Дуня Сапрыкина. Чмокнула губами, он и присмирел, и поплёлся за ней, как собака...

«Вот помрёт бабка, — думал Егор. — А я её помнить буду. И как она от быка спасалась. И как мне ватрушки пекла. А про воротник и рыбий суп — так и быть, забуду. И получится, что она не совсем померла. А осталась жить у меня в мозге...»

Егор с сомнением ощупал свой лоб: вдруг не влезет?

Он поглядел на бабку, растопырившуюся на кровати, как большая птица. Один её локоть торчал у дальней стены, второй прямо у Егора под носом. Чёрные валенки свешивались в проход вообще на другом конце комнаты.

«А я её запомню маленькой!» — догадался Егор.

— Дядька Алёшка, — заглянул он на кухню, — сколько всего в голове места?

— Уточните ваш вопрос, коллега, — закашлялся дядя.

— Ну, сколько туда людей влезает?

— В голову? Зачем?

— Чтобы помнить.

— Ах, помнить, — засмеялся дядя и опять сбился на кашель. — Так помнят не головой, а сердцем.

«Ясно, — думал Егор, выходя во двор. — Буквы помнят в голове, потому что они маленькие, а людей — в сердце, потому что живые».

Над крыльцом уже нависли ранние ноябрьские сумерки. Надрывался, гремя цепью, соседский пёс. Егор осторожно выглянул за ворота. Мужик, который днём привёз доски, стоял у забора, дирижировал и пел дребезжащим голосом:

— На побывку едет молодой моряк...

Чёрная куртка его была до пупа расстегнута, из щели торчал волосатый шарф. Мужик неловко переминался на месте, и было видно, что он изо всех сил хочет веселиться, но не знает как.

— Эй, — окликнул Егор. — Где твой мотоцикл?

— Запамятовал, — жалобно ухмыльнулся мужик.

— Не горюй, — утешил его Егор. — Я тебя запомнил.

Мужик посмотрел подозрительно:

— С какой это стати? Я себя прилично веду. Не нарушаю. Ну, выпил человек — зачем же сразу?

Егор удивился.

— Чего глаза таращишь? — заорал вдруг мужик. — От горшка два вершка — а туда же! Подглядывать! Проявлять бдительность!

Егор бросился наутёк и со всей мочи врезался в тощий дядин живот.

—А-а-а! — завыл Егор, не зная, как реагировать на странный разговор.

— Ты чего? — дядя неловко обнял Егора. — Кто тебя напугал? Этот крендель? Да он себя не помнит. С утра пьяный.

Егор отпихнул дядю и поплёлся в дом. Он вдруг страшно устал всех помнить. Бабка на кухне свирепо гремела кастрюлями. Егор обнял мамину кофту, свернулся на продавленной тахте и загоревал.

На комоде неспешно стучали ходики.

— Поторапливайтесь! — прошипел Егор в лунное лицо часов. — Не то я сам помру, пока они вернутся! Кто тогда всех помнить будет? А меня — кто?

Не успев додумать страшной мысли, Егор скатился на пол.

— Дядя! Дядя! Ты меня помнишь?

— А ты кто? Никак Любашин Колька?

Егор дикими глазами обвёл кухню и заревел.

Бабка в сердцах грохнула о плиту чугунную сковородку:

— Ироды полоумные! На грех меня навели! Вон отсюда обои!

Егор выскочил во двор и помчался наугад по грядкам, решив бежать до самого Приполярного Урала, пока его не забыли хотя бы родители.

В темноте он споткнулся о канаву и во весь рост растянулся на ничейной земле. Прямо перед глазами качался знакомый глупый одуванчик.

— Я тут один хожу всех помню, — пожаловался ему Егор. — А меня — никто. Хоть ты меня не забудешь?

Цветок кивнул.

— Вот видишь, не такая уж ты и бестолочь. Немного толку в тебе тоже есть.

Егор опустил голову на одуванчик и закрыл глаза. Дядя, подошедший следом, осторожно взял его на руки и понёс в дом. Егор этого уже не помнил — он спал.

Наутро выпал снег. И повсюду в мире началась припозднившаяся зима.

Людь

Первой её замечает двухлетняя Ляля, стоящая на табуретке у окна.

— Бака, бака! Люка папот эёт! — вопит Ляля, что значит: — Бабушка, бабушка! Любимка паспорт несёт!

Любимка, белая дворняга с жёлтыми ушами, виновато трусит по двору. Ей навстречу уже выскакивает простоволосая Лялина «бака» и вынимает из Любимкиной пасти паспорт на имя Верина Прокопия Ивановича. Вернувшись в комнату, она, вздыхая, вытирает паспорт полотенцем и прячет в рыжий комод. Затем сдёргивает с крючка серый шерстяной платок и, на ходу повязывая голову, опять выбегает на улицу.

— Ну, веди.

Любимка подпрыгивает и, слабо вильнув хвостом, пускается в обратный путь, в конце которого спит на грязном покровском снегу Проня Верин — добрейшей души человек, ровно половину жизни прокуковавший на нарах.

Проне не везло с детства. В третьем классе он заболел менингитом и вылетел из школы. Да так до первой щетины и гонял гусей, резался сам с собой в ножички и зубоскалил с редкими прохожими.

Наскучив вольной жизнью, Проня стал ошиваться возле проходной, канюча, чтоб его «задействовали в пятилетке». Но на завод его не взяли: не положено с «психической справкой». Зато стали регулярно кормить шабашками. Так что Проня к шестнадцати годам накопил на башмаки «со скрыпом». И тут же задумал жениться на соседской девчонке, в которой, как он хвастал на рынке, было «росточку с валенок».

Оставалось дождаться совершеннолетия. Но когда Пронины одноклассники пошли в армию, Проне тоже забрили лоб. В тюремной бане. Произошло это совершенно случайно. Представляя гогочущим мужикам беспосадочный перелёт Чкалова, Проня так размахался руками, что ненароком проломил череп подошедшему сзади участковому.

Из зоны он написал письмо:

«Уважаемая товарищ невеста, имени-отчества твово я не знаю, но хочу связать с тобою свою непутёвую жызнь. Находясь в местах лишения, на сердце у меня одна лишь ты. Как поётся: жди меня и я вернусь (через год и восемь месяцев). Твой будущий

супруг Прокопий Верин. Сообрази мне, сердечно прошу тебя, заварки да махорки».

Спустя две недели Проня получил такой ответ:

«Уважаемый товарищ Верин! Твоей женою быть согласная. Провизию и табак по твоему запросу высылаю».

Освободившись, Проня потопал прямиком к суженой. По пути, правда, завернул на рынок: поздороваться с мужиками. Встреча вышла столь щедрой и стремительной, что вскоре Проне стало трудно стоять, и он прислонился к хлебному ларьку.

Когда Проню попытались оторвать от прилавка, чтобы отвести к невесте, он потерял равновесие, неловко взмахнул руками, и пудовый кулак его впечатался в челюсть хлипкого старикашки Загоскина, торговавшего мочалом. Второй Пронин кулак обрушился на мотоцикл татарина Хабибуллина, на кожаном сиденье которого была разложена закуска.

Ни старикашка, ни мотоцикл от встречи с кулаками Прокопия Верина не оправились, а сам Проня, не поняв, что к чему, уже оказался на тех же самых нарах, где ногтём царапал крестики, считая дни до воли.

Заключенный Вахтанг, по прозвищу Кикабидзе, присел в ногах понурого Прони и, прижав руки к груди, запел жестокий романс. На строчке «Неужели снова сяду, так и не увидев Вас» Проня всхлипнул и отвернулся к стене.

Рынок в Покрове — средоточие всей здешней жизни, клуб и народное вече. На пустыре, с четырёх сторон огороженном деревянными ларьками, вершатся дружба и вражда, решаются вопросы международной политики, складываются и распадаются заговоры против заводского начальства. Единственное, с чем здесь туго, так это с торговлей. Про неё как-то всё время забывается.

Проня Верин всегда приходит на рынок в сопровождении своей беспородной Любимки, про которую судачат, будто она спит не на коврике у порога, а между супругами на вышитой подушечке.

Прохаживаясь по рынку, Проня выглядывает заезжих деревенских мужиков (свои-то покровские про этот фокус все знают). Дальше всё разыгрывается как по нотам: заключается пари на поллитру, спорщик покупает здоровый кус колбасы и кладёт перед Любимкой. Проня тихо говорит: «Не трожь». И отправляется в обход рынка.

У каждого прилавка Проня останавливается: порасспросить, порассказать, ну, и угоститься маленько.

— Первая коло́м! — кряхтит Проня, занюхивая рукавом тулупа. — А у нас со старухой, слыхали, подкидыш! Севкина девка дёру дала в Челябинск. А личинку свою — нам подкинула!

— Ой-ёй! — колыхается над кадкой огурцов краснолицая Маня. — А Севка-то чё?

— А чё, — откликается Проня. — Неделю гудел да ёкнулся. Весь в меня — невезучий... А-а-ах! Вторая — соколо́м!

— Это чё же, — наклоняется над заиндевелой тыквой старуха Загоскина, — загребли чё ли Севку?

— А третья — мелкой пташечкой! — довольно облизывается Проня. — Да не-е-е. Но, чую, скоро. В Челябинске видали его, чуешь? Искать будет.

К Любимке он возвращается «весёлыми ногами», как говорит местный дурачок Костян. Нетронутый кус колбасы припорошен снегом. Проспоривший мужик уже сбегал за поллитрой.

— Ах ты моя сучечка! Людь моя дорогая! — треплет Проня дрожащую Любимку. — Ну, жри, милая, вольно, Господь с тобой!

Проня свою норму знает. Одной рукой — швыряет через плечо пустую бутылку, другой — достаёт из-за пазухи паспорт и торжественно, как сотрудник ЗАГСа, вручает Любимке. Дальше можно ни о чём не беспокоиться. И Проня сонно валится в сугроб.

Вот уже спешит на выручку маленькая Пронина жена в больших валенках. Скачут за ней по ухабам деревянные санки. Мелькают впереди жёлтые уши Любимки. Мужики с завистью глядят вслед. В Покрове знают, что за всю жизнь Пронина жена не сказала ему ни слова упрёка.

Медленно, со скрипом, едут они домой. Огромный Проня лежит на санках, ноги волокутся по дороге, загребая грязный снег. Проня таращится на робкие ранние звёзды, счастливо улыбается и хрипит: «Неужели снова сяду, так и не увидев Вас?»

Тем временем в длиннющем коридоре барака соседский Оська дразнит маленькую Лялю:

— Ты кто? Тумбочка?

— Нет, я людь!
— А, может, табуретка?
— Лю-ууудь!
— Точно! Ты — треугольник!

В тот день, когда Пронину жену увезли в больницу, Проня на рынок не пошёл. До сумерек продымил у окна самокрутками. Любимка тревожно дышала у двери и иногда тихонько поскуливала. Одна только Ляля была весела — она играла в «баку»:

— Папот! На! — командовала Ляля, засовывая в пасть Любимке сплющенную дедову тапку.

Покрыв голову бабкиным серым платком, который был ей до пят, Ляля громко вздыхала, забирала у Любимки «паспорт», тёрла его полотенцем. Проня оборачивался, смотрел на внучку и мучительно соображал, что же ей нужно.

«Видать, купаться просит!» — догадался Проня и отправился на общую кухню за кипятком. Вернувшись в комнату с дымящим чаном в руках, спохватился, что забыл принести холодную воду.

«Куды теперь его девать? — размышлял Проня. — Запрячу на самую верхотуру — всё одно доберётся и улькнет себе на макушку. Скажу: не трожь — тем паче полезет! Это те не Любимка...»

Тут Проню осенило. С равнодушнейшим видом он поставил посудину посреди комнаты и, насвистывая, пошаркал на кухню. Теперь-то Ляля вряд ли заинтересуется: «Ну, стоит кака-то фиговина, а и пущай стоит, велика важность!»

Ещё за две двери до своей Проня почуял неладное: надсадно выла Любимка. Влетев в комнату, Прокопий Верин увидел Лялю, стоящую прямо в чане. Сквозь пар на Проню глядели два испуганных круглых глаза. Он выронил ведро и выдернул внучку из кипятка. Всхлипнув, упали на пол Лялины валенки.

— Ошпарилась? — выдохнул Проня, боясь глянуть вниз, на крошечные босые ножки.

— Не-а, — шепнула Ляля и сладко, на весь дом, разревелась.

К Проне вернулось сознание. Первым делом он почувствовал, что стоит в луже. Потом — что ужасно счастлив. Третья мысль была про жену, но он её не додумал.

На следующее утро Проня с Лялей шли в больницу к бабке.

«И чё делать? — рассуждал про себя Проня. — Попросишь: не говори — тут же разболтает... Да, это те совсем не Любимка, нет!»

— Ну, мать, — бодро гаркнул Проня, увидев свою маленькую жену под куцым казённым одеялом. — Мой черёд к тебе на свиданку бегать?

— Бака! — Ляля проворно вскарабкалась на железную койку. — А Поня вчея...

Тут, на счастье, в палату вошёл татарин Хабибуллин, увидевший Проню из окна мужского отделения.

— Ой ты, капелька! — легко подхватил он Лялю и поднёс к белёсым смеющимся глазам.

— Я не каика! Я людь! — возмутилась она.

— Когда мамка с папкой померли, — радостно заговорил Хабибуллин, оборачиваясь к Проне, — я с сестрой нянькался. Хлеб дашь — плака́ет. Конфетка дашь — плака́ет. А покажешь палец — смеётся!

На похороны Прониной жены пришли две древние скрюченные плакальщицы. Они стояли друг против друга и по очереди всхлипывали. Постепенно в рыданиях нащупывался ритм, и тогда одна из них, закатив глаза, заводила пронзительным страшным голосом:

Прилетять к те на могилку кукушечки-ииии...
Да ты знай, то не кукушечки кукую-уууууть...
То твои малые детушки горю-ууууують...

Ляля стояла на стуле, позади курящих взрослых, окружавших ящик с «бакой».

И угрюмо думала: «Я не укушечка, я людь!»

Олух царя небесного

По выходным и праздникам Павёлка ходит в церковь — смотреть на ангелов. Он бы и чаще ходил, только поп Василий бывает в Толгоболи наездами: отслужит службу, повесит на двери замок и обратно — в Большой Город. Благо пути всего двадцать минут, через мост переехал — и уже там.

Подходит Павёлка к закрытой церкви, трогает замок, заглядывает в щёлку. Но ангелы живут у дальней стены, и разглядеть их отсюда не получается.

— Запер он вас, ага, сидите, чего уж! — говорит Павёлка для отвода глаз, чтоб не выдать тайну.

Сам-то он давно знает, что ангелы умеют выбираться из-под замка. Разгуливают потом по всей Толгоболи, как цыплята, скачут по окрестным полям, мелькают меж стволов берёзовой рощи, плещутся в Волге, а, может, и на тот берег переплывают, в Большой Город, они такие.

Но к приезду попа Василия успевают назад воротиться, шмыг на место, будто всегда тут и были. И стоят, хитрецы, слушают, как толгобольские старухи им песни поют.

Павёлка у алтаря усмехается, двумя глазами ангелам подмигивает (одним он не умеет), а те — и бровью не ведут, таятся.

Вот кончится служба, скажет поп Василий торопливое напутствие, громыхнёт замком и бегом на остановку: полуденный автобус пропустишь — будешь до вечера по Толгоболи слоняться, у них там перерыв.

Походит Павёлка вокруг церкви, похитрит на всякий случай, да и ляжет где-нибудь в траву. Только зажмурится — ангелы тут как тут: чует Павёлка сквозь веки их солнечную чехарду. Выбрались, значит, на волю, играют.

Откроет глаза — и нет никого — только берёза ветками шевелит — попрятались.

Закроет — и сразу брызнут из-под каждого листочка, поднимут ветер, обступят Павёлку и словно беличьей кисточкой сердце щекочут.

Заноет сердце, замрёт сладко и покатится золотым колесом по небу. И увидит Павёлка сон.

...будто идет он один посреди пустого места, вокруг ничего нет. Смеркается, белеет в темноте дорога. Вдруг прямо перед

ним — Город! Сияет, как сотня радуг, вьётся вокруг горы, а на самой вершине — янтарная башня-свеча.

Стоит Павёлка сам не свой, с духом захваченным. Льётся Город в глаза, как живая вода, зажигает внутри ответную радугу-радость. И хочет Павёлка скорее туда попасть, бежит навстречу, а под ногами вдруг — пропасть бездонная: край земли.

И видит Павёлка, что гора, на которой Город, прямо в небе висит. И нет к ней ни моста, ни лодки.

Ходит Павёлка по Толгоболи, ищет, кому сон рассказать, никак не найдёт. Жители все давно в Большой Город перебрались. Остались в Толгоболи одни старухи, да и тех нет. Каждое утро на рынок уезжают: продавать городским людям крокусы-да-флоксы.

Всего в Толгоболи три улицы: две вдоль Волги, а третья — от реки к автобусной остановке, Главная. На ней раньше и школа стояла, куда Павёлка три года в первый класс ходил.

Потом всех детей увезли в Большой Город учиться. А Павёлку в городскую школу не взяли. Ведь он — дурачок, и родители у него от водки померли.

Вскоре приехала в Толгоболь сердитая тётка в фуражке, искала Павёлку на всех трёх улицах, хотела увезти в страдательное место, вроде тюрьмы. Но старухи не выдали, пожалели. Ведь кривая Лукерья открыла, что он умеет радикулит лечить.

— Поводит, — говорит, — ладонками над поясницей, прострел-то и отпустит! Лучше всякого Кашпировского!

С тех пор старухи стали Павёлку беречь и пастухом оформили.

Жили тогда в Толгоболи четыре козы и корова Изаура. Выгонит их Павёлка за огороды и завалится поскорей в траву, закутавшись в кофту кривой Лукерьи. Сны смотреть.

...и снится Павёлке, будто растут из неба вниз головой цветы. То распустятся, то закроются, а сами — огромные! Один своей тенью всю Толгоболь накрывает. Разговаривают цветы меж собой без единого слова, гудят, как колокола.

И всё небо цветами горит, и ночь никак не наступит: светят они во тьме ярче всяких звёзд. Лезет Павёлка на сарай — поглядеть поближе. Да не может никак ухватиться, смотрит — а вместо рук — огненные лепестки. И сам он — цветок.

Умерла Лукерья, корову Изауру сменила рыжая Марианна, Кашпировского — поп Василий. Раздался Павёлка в плечах — вся одежда трещит. Две улицы в Толгоболи заросли лопухами. А на Главной открылся Коммерческий Ларёк «Ариэль».

Опустевшие от старух дома стали занимать дачники из Большого Города. Павёлку они не трогали, но и не здоровались.

Помнётся Павёлка у забора, посмотрит, как те чай на веранде пьют, поулыбается без ответа. И уйдёт восвояси. Вроде и есть люди, а вроде как бы и нет.

К вечеру вернутся с рынка уцелевшие старухи, усядутся на низкую скамейку в лопухах и начнут костерить дачников. И «хапугами», и «прохиндеями», и «японскими городовыми».

Подойдёт Павёлка послушать и попадёт под горячую руку. «Олух царя небесного», «статуй недельный», «пугало», «паноно» и ещё какое-то «папандополо». Отведут душу, а потом жалуются, как Милиция их с рынка гоняет, штрафы дерёт, а флоксы-да-крокусы в урны выбрасывает.

Милицию Павёлка хорошо помнит. Это ж та самая злая тётка, что хотела его в тюрьму сдать. Злится теперь на старух, что его укрыли, наказывает.

Сядет солнце, замычит печальная Марианна. Разойдутся старухи по домам: смотреть сериал. А Павёлка спать ложится — чего ещё делать.

...и снится ему, будто идет он рядом с самим Господом Богом. Бог — молодой, как в церкви нарисован. А вокруг дома огромные, одинаковые — Большой Город. Вот заходят они в один такой дом, залезают на крышу. И говорит Бог: «Пришёл Мой час». Затосковал Павёлка, аж кровь потекла вспять. Схватил за рукав: «Не уходи!»

Бог положил ему на голову ладонь, утешает. Затих Павёлка, задремал будто. И так хорошо ему, так сладко — как не бывает.

А Господь тихонько его голову отодвигает. Чует это Павёлка, да не может очнуться. Повернулся Бог — и с крыши прыг. Только тут Павёлка вскочил.

Порой у толгобольских старух гостят другие — покрепче, — приехавшие на поклон к Толгской Богоматери, в обитель, что стоит чуть ниже по Волге.

Раньше там жили только ласточки, и одичавшие ангелы осыпались со стен. Павёлка забрался туда однажды, да перепугался до икоты, когда на него упал и тут же рассыпался в пыль ангельский пальчик.

Теперь, говорят, всё иначе. Живут в монастыре живые монашки, и матушка Варвара кормит их постным борщом. Но Павёлка всё равно боится. Вдруг ангел без пальца затаился где-нибудь и ждёт? Лучше уж он будет со своими знакомыми, из запертой церкви, в жмурки играть да слушать россказни заезжих старух.

— У нас в станице блаженный был, дед Кузяка, босиком ходил в любой мороз. Как-то в войну в детсад приплёлся, воспиталки его гонят. А он хлоп в ладоши: «А ну-ка, догоните!» — и за ограду. А детишки-то все за ним. Только отбежали чуток — бомба прямо в садик! Одни головёшки остались!

— Осподипомилуй, — шепчут старухи и расходятся по домам, чтобы завтра попасть на раннюю службу.

Засыпает в лопухах и Павёлка.

...и видит, будто идёт к нему по Волге старичок, в бороде запутался.

— Ты кто таков? — окликает Павёлка.

— Павёлка я, — отвечает, — поп из Рыбьей слободки.

— А чего это ты по воде гуляешь?

— Образок ищу, — вздыхает рыбий поп. — Отцово благословение.

— Как же он у тебя в Волге потерялся?

— Утоп вместе с городом! Слыхал про Мологу? Идём, покажу!

Цапнул старичок Павёлку за руку и тащит в реку. Павёлка — плыть, а вода — твёрдая, только пружинит слегка, как мох. Старичок усмехается и вперёд бежит. Побежал за ним и Павёлка.

Очутились они враз на широком месте. Кругом вода, берегов не видно.

— Теперь гляди под ноги! — велит старичок. — Вон она, Молога-утопленница.

Смотрит Павёлка, а внизу — подводный город: улицы, заборы, даже фонари. На звоннице — колокола сами собой колышутся, только не слышно ничего. А из окон домов выглядывают водяные старухи.

— Они, — объясняет поп, — уезжать не захотели.

— Как же они дышат?

— Господь им на удочке воздух в горшках спускает.

Любит Павёлка лежать на берегу Волги. Песок под щекой осыпается, бежит по своим делам. Жужжат на реке моторки, гонят волну. Качаются привязанные к мосткам тихие лодчонки. А другие — лодочные старухи — валяются брюхом к небу на песке, как большие дохлые рыбы.

За Толгоболью Волга изгибается и скрывает себя в речную тайну: излуку. Только длинные баржи знают, что там за поворотом. И Павёлка порой летает туда во сне.

Летит он над незнакомой родной рекой, щекочут живот прибрежные сосны, поднимают головы усердные рыбаки, гудят белые пароходы, плывущие назад, к сельцу Толгоболь, где спит на берегу Павёлка, олух царя небесного. Спит и спит.

Странствие К.

Ксения не помнит, как оказалась на улице. Кажется, небо плыло над головой не всегда. Кажется, когда-то она видела потолок — старый, в трещинах и подтёках. Кажется, это был чужой дом. И Ксению там обижали. Долго, жестоко, без всякого зла.

«Люди, — шептала Ксения, глядя вверх, чтоб не пролить слёзы, — люди, люди, люди».

«Чучело, — отвечали люди, — чувырла, чудовище, чудо-юдо».

***

Ещё одно воспоминание о «доме». Скрипят во тьме половицы. За окном рвётся с верёвки бельё, машет рукавами рубаха. Будто хочет предупредить о беде. Да Ксения и так знает: беда повсюду.

Беда над ней, как небо. Беда в ней, как заноза, как яд. В слоновьих ногах. В большой голове. В тяжёлом сердце.

Ксения идёт сквозь беду. Огромная, как гора. Идёт под музыку половиц, старых деревьев, далёких поездов. Несёт невесомые слова.

***

Слова внутри, как бабочки. Целые стаи. Тучи. Скоро Ксения раздуется от слов, как воздушный шар. Перестанет проходить в двери. Не сможет выбраться даже в голый тюремный двор. С виселицей ржавых качелей и лебедем из старой покрышки.

Может, хотя бы когда я взойду на эшафот, прилетят мои белые лебеди-братья? Существа, подобные мне?

***

Потом она вдруг понимает, что можно просто открыть дверь. И идти, идти. Упасть. И идти снова. И будет ночь, будет ветер, паруса простыней, узники серого двора. Отцепить, проходя, прищепки. Пусть летят тоже. К облакам, к диким звёздам.

Выйти вон, упасть на пустыре, где проклюнулись первоцветы. Нащупать их детские личики, прильнуть, вдохнуть. Запах, неуловимый, как надежда.

Смотрите на меня, равнодушные звёзды, брат мой ветер.

***

Тяжело ступает тело по земле. В земле спят люди.

«Мы, — говорит душа, касаясь спящих, *— мы».*

Ксения гладит полустёртый портрет. Лицо уже выцветает. Скоро вместо него будет только свет. Но пока ещё смотрят глаза. И Ксения в них смотрит.

Имя не прочитать. Даже на ощупь. Пальцы её грубы, как палки.

***

Ксения не помнит, как появился ребёнок. Ей кажется, он был всегда. Но это не так.

«Я твой сын», — говорит он, и она верит. Но родился он где-то в другом месте. А потом догнал среди могил, всунул в её ручищу свою ледяную ручонку. И больше не уходил. Почему так случилось?

«Меня усыновили мёртвые, — говорит он. — Я спал в их склепах. Ел от их конфет. Но теперь холодно. Ты меня забери. Ты тёплая. Ты живая».

— У меня бабочки, — шепчет Ксения. — Много-много. Страшные, нежные. На огненные цветы похожие.

— Я не вижу.

— Надо закрыть глаза.

***

Ловит Ксения летящих из неё бабочек, зажимает лапищей рот, мычит. Слово не воробей. Оно быстрое и хитрое. Скользнуло сквозь пальцы, порх под облако. И смеётся, смеётся. Как маленькая музыка, как дитя. Под волосы заползло, сложило крылышки и тихо светит. Не поймаешь. Не вернёшь. Как ни молчи.

— Щекотно, — смеётся ребёнок, — внутри щекотка. И горячо. Что это?

***

Долго шли по улице вверх. Рука в руке. Ручонка в ручище. Ветер подпирал в спину. Заталкивал на гору, где кончаются троллейбусные провода.

Неубранный сквер. Девичьи деревья нацепили серёжки, выстроились вдоль пути. Белое тело берёзы дугой согнулось, с тонкой руки скатилось солнце-кольцо.

Ксения в чьём-то пальто, с тетрадью в кармане. Идёт по кромке крошечного пруда.

В сердцевине пруда серый лёд. С краёв талая водица. В водице полощется чёрный лист. Ксения вызволяет его, разглаживает на ладони.

«Больше ты не должен здесь кувыркаться. Вернётся солнце. Вернёт лёгкость».

Ксения говорит с чёрным листом, с трухлявым дуплом, с мёртвой вороной. Говорит и не узнаёт свой голос. Это какой-то музыки голос. Виолончель, а не сломанная качель.

Ксения видит: птичий хвост торчит из гнезда. Слышит: вода плещет. Огромное тело становится лёгким, как облако. Ксения смеётся. Летит. Машет крыльями пальто.

«Выбора нет, — думает Ксения. — Времени нет. Я иду. Да».

Но дитя... Радостное, чумазое, веснушчатое. Бегает, падает, поёт. Гладит вербу, кидает палки. Просит есть. Есть просит. Возвращает к земле.

«Попрошу у первого встречного», — решает Ксения.

***

Первый встречный смугл и мал. В куртку и кепку одет — красные, чужие. Вечером снимет их, сдаст, в общежитие за рекой поедет, будет на раскладушке лежать, цветущий урюк вспоминать. Урюк, арык, учкудук.

У него есть вчерашние бутерброды из ресторана, которые велено на помойку выносить. А зачем — помойка? Еда обижается. Еду надо есть. Он и сам пожует, и бомжам оставит, и собак бездомных угостит, и уток в пруду.

И толстую тётку с малым. Глаза у этих двух — он сразу узнал — как у иссохших оборванцев, что приходят из пустыни и молча сидят у стен, собирая тень. Старухи выносят им мутную воду и чёрствые лепёшки.

Только никогда не видел он, чтобы среди таких попадались бабы и дети. Да мало ли, что тут, на севере, бывает. Они вон и в чай вместо соли — сахар кладут...

***

Ксения слышит: капли стучат. Слышит: паровозы гудят. Что-то ворочается в ночи, стонет, глухо ворчит. Вода стекает по волосам. Кругом вода и внутри. Ручонка в ручище всё холодней. Ксения хочет выть.

— Я отведу тебя!

— Ни за что! Мне с тобой хорошо.

Насыпь, навес, перестук колес, диспетчеров голоса.

— Они читают стихи?

— О нет.

— А мне приснилось, что да. А мне приснилось, что ты — гора, и я над тобой лечу. Не отдавай меня никуда, только с тобой хочу!

***

Ксения слышит: шаги во тьме. Хруст, пыхтение, хрип. Ксении страшно. Ребёнок спит. Вдруг это зло идет?

Встало и дышит, прямо над ней. Спирт, беломор, моча.

— Это мой дом! Убирайся вон!

Ксения тихо встаёт.

— С мелким ты, что ли? Ладно, живи. Только на эту ночь. Ближе садись. Так оно теплей. Бутылку держи. И пей. Что заметалась? Дыши, дыши. Видишь, как хорошо...

Ксения слышит: капли стучат. Слышит: поезд поёт.

Ксения слышит: сердце стучит. Слышит: оно поёт.

***

Утром они встретили дождевого червяка. Он тянулся поперёк дороги, как грязный шнурок. Подняли, отнесли в траву. Через два шага — ещё один. Так всё утро и спасали от равнодушных каблуков их беззащитные бессмысленные жизни.

— У червяков есть душа? Они попадают в рай?

— Им больно, они хотят жить.

— Я сам такой червяк. Ползёшь — и вдруг чья-то нога. И всё.

— Или вдруг — чья-то рука. И ты летишь.

***

Ксения улыбается птицам. Всё больше синего в просветах домов. Хочется туда, где небо, много неба.

Вот она, река. Серая, старая, с баржами и бутылками, что качаются на мелких волнах. С чайками и длинношеими кранами.

Какое странное место. Куда они забрели? Ксения помнит, тут были фонтаны с музыкой, дети на самокатах, мороженое в тележках, туристы в тёмных очках.

А теперь — ничего, кроме реки и неба. Оборванные люди железными крюками стаскивают тюки с лодок, волокут на берег. Вместо асфальта — скользкие доски, под ними жидкая грязь.

Ксения слышит: люди говорят. Гогочут. Грубые, громкие голоса, привыкшие перекрикивать ветер. Звуки знакомые, русские, а слова непонятны. Как в болезни или во сне.

«Может, я умерла? И эти с крюками — чернорабочие преисподней? Хотя я надеялась всё-таки на ангелов, пусть и с карающим мечом. Но в чём же моя вина? Вот я бросила всё и пошла на зов. И тетрадка почти полна...»

«Кто вы такие?» — спрашивает она.

Отворяют, растягивают пустые рты:

«Зимогоров не признала? Го-го-го! Золотую роту? Мы тут жили. Двести лет назад. Го-го...»

***

Ну вот, тетрадь исписана. Теперь самое трудное. Что с ней делать? Оставить на скамье? Чтобы всю ночь ветер листал страницы, а утром дворник смёл в мешок, полный палых листьев?

Невозможно, нет. Они беззащитней ребёнка. Странные эти, совсем чужие слова. Не найдут пути-дороги. Нельзя бросить. Надо проводить.

***

Робко переступает порог. Гладит шершавую кожу дверей, чтоб решиться. Вдыхает запах дешёвых сигарет и старой бумаги. Полумрак, шкафы, набитые папками, коробка сушек на подоконнике.

Сколько их будет ещё, таких порогов. Но этот, первый, труднее всех.

«Редакция», — произносит Ксения одними губами.

Какое сказочное слово. Сколько в нём надежды. Может, здесь обитают подобные ей?

Вот человек в потёртом пиджаке, торчат из рукавов сиреневые запястья. Так заговорился, что забыл стряхнуть пепел. Длинный невесомый столбик подрагивает на фильтре.

Человек говорит, говорит. Взмах угловатой руки. Серые хлопья осыпаются на плечи, на воротник. Летят в луче, пробившемся сквозь шторы.

Не глядя, суёт окурок в банку. Прикуривает снова. Говорит, говорит. Ксения пытается вникнуть. Слышит ритм:

***

«Полковник Перхуров уходит в туман. Садится на пароход. Невидимый ни своим, ни чужим, вверх по реке плывёт. Против течения, наугад, "в руки Твои" шепча. Город горит, голова болит, сколько ночей не спит?

Мост пролетает над головой — сказочной птицей, серой совой. Там, на спине моста, часовой, меченый хищной красной звездой.

Выстрелы прорезают рассвет. Погони, кажется, нет...

Твой выстрел, полковник, ещё в пути. Тебе за ним всю страну пройти, дойти до края, вернуться вспять. В город этот опять.

Сонным виденьем обитель плывёт мимо бессонных глаз. Полковник крестится, как во сне: медленно, тяжело. Как тяжела ты, рука судьбы. Как ты тиха, река...»

***

Всё вокруг засыпано пеплом. Руки поэта взлетают, словно мельничные крылья. Люди ругаются, кричат, что кто-то предатель, кто-то графоман, кто-то идиот. Ксения смотрит, не отрываясь, пытаясь увидеть сквозь лицо. Распознать. Ничего не видно.

Вдруг поэт затравленно дёргает головой, и ей в глаза ударяет луч света. Секунда — и опять темно. Но Ксении довольно. Она не успевает понять, что это вспыхнула её собственная жалость. Делает шаг, ловит летучую руку, обжигается о тлеющий фильтр. Выуживает из недоброй ссоры. Выводит на воздух.

— Лучше слушать птиц, чем людей, — кивает поэт.

По вытоптанному двору семенят друг за другом две трясогузки.

— Смотри, сколько сокровищ! — дитя протягивает Ксении ладони, полные пыльных стёклышек, тополиных сережёк.

— А деньги у тебя есть, мать? — спрашивает поэт. — Нет? Тогда — прощай!

— Кто такой Перхуров? — кричит вслед Ксения, пытаясь удержать.

Поэт сердито машет рукой:

— Э, темнота! Его, между прочим, тут, на соседней улице прихлопнули.

— Зачем всё так?! Разве нельзя иначе?!

— Свистульку суют в огонь, чтоб играла. Кисель и грязь, если не обжечь. Не знаешь, что ли?

Поэт пинает пустую бутылку, скрывается за углом.

***

Ксения спит. На скамейке в парке. Светит в лицо фонарь. Сыплет мелкая морось. Перекликаются вдали поезда. Тревожно, как перелётные гуси.

Ксения спит, старательно, как пишет. Вдруг хотя бы во сне встретит подобных себе.

Видит Ксения чёрный барак посреди пустого места. Небо лежит на крыше. Двое стоят у стен. Прощаются. Скоро приедет поезд.

«Мы друг друга не найдём, не узнаем», — всхлипывает веснушчатая девчонка с длинной косой. Стоит, запрокинув голову, слёзы льются, ужас в синих глазищах.

Высокий растерянный парень. Штаны мешком. Щёки ей вытирает. Горестно, осторожно. Ладони как лопухи.

«Кто вы такие?» — окликает Ксения.

«Люди люди люди», — шепчет эхо.

Ксения спит. Слёзы текут по неподвижному лицу. Тихо, медленно, непрерывно. Как дождевая вода по стене. Бабочки покрывают её тело. Тихо шуршат крыльями. В темноте.

***

Ксения большая, а двигается бесшумно. Как облако. Вошла в редакцию. Засмотрелась на паука в углу. Задумалась, закачалась. И вдруг:

— В мусорную корзину! Это будто корова писала. Или дерево! Разве люди так говорят?

— Она просто не умеет. Рифму теряет, с ритма сбивается!

— Может, это косноязычие ангела?

— Ангелам положено летать, а не бумагу марать!

Ксения тихонько выходит. Но этот голос — нудный, как скрюченная качель — продолжает наскрипывать внутри. И никуда теперь не сбежать, не деться.

«Бумагомарательство... В мусорную корзину...»

***

«Бедные мои бабочки! Вернитесь, не бойтесь! Кто я без вас? Не улетайте!.. Но, может, он прав? Нет, нет, вы прекрасны, это я всё порчу... Зачем вы прилетели ко мне? Летите к тому, кто может вас уловить...»

«Нас не надо ловить», — смеются.

«Но я...»

«Мы тебя выбрали, Ксения. Времени больше нет!»

Ксения тоже смеётся. Но и сквозь смех слышит ржавый скрип:

«В корзину в корзину в корзину...»

Теперь она слышит его везде: в ветре, дожде, пении поездов. В бульканьи кипятка внутри консервной банки, в воробьиной оратории, в шмыганьи ребёнка.

«Ксения! Ищи пути! Иди к людям!»

«В корзину в корзину в корзину...»

***

Ксения встаёт у стены. Гладит её обветренной рукой, просит поддержки. Стена, ты прекрасна. Ты почти жива. Ты неровная, старая, с трещинами и шрамами. Ты как я. Держи меня, стена, сейчас будет очень страшно.

Ксения делает вдох. Смотрит на солнце. Нет, надо смотреть на людей. Ведь это — им. Ну, давай же!

Ксения открывает рот, хрипло произносит первую строчку. Вторую — будто толкает в гору тачку с углём. Третью — будто летит в пропасть.

Дальше уже ничего. Только солнце сквозь веки. Глаза она всё-таки закрыла. Бабочки несут огромную Ксению. Легко. Ей хочется смеяться от счастья. Только страшно остановиться. И услышать ответ.

***

«Во времена моего детства в городе жила юродивая поэтесса К. Читала стихи прямо на улице. Питалась подаянием. Бродяжничала. Свалявшиеся волосы, чёрные зубы, бесформенное лицо. И жалобный тонкий голос, столь чужеродный в такой туше...

Она даже не читала, а будто выпевала их из себя. В памяти не сохранилось ни строчки.

Дети дразнили К., швыряли камни, плевались. Пока не появлялся всегда ошивавшийся поблизости беспризорник. Кажется, её сын...»

***

Ксения уже далеко. Уже недоступна для упрёков и усмешек. Для камней.

Нет, она не умерла. Какое неправильное, нелепое слово.

Ксения идёт по пустынной дороге, белой от солнца. Пьёт из ручьёв. Спит, обняв цветы. Над ней танцуют бабочки. Ветер, пахнущий клевером, гладит лицо, разглаживает морщины.

На горизонте плавится и мерцает в горячем воздухе далёкий город. Ксения видит текучее золото крыш, подрагивание белоснежных стен, флаги на башнях.

Ксения идёт туда. Она точно знает, её там ждут. И, может, уже выходят навстречу.

Содержание

ВРЕМЯ — НАСТОЯЩЕЕ

Повесть

НЕЗАБУДКИ САМОГО ДОЛГОГО ДНЯ

Рассказы

www.ingramcontent.com/pod-product-compliance
Lightning Source LLC
Chambersburg PA
CBHW070637310726
48982CB00001B/305